ZUO JIA CHU BAN SHE

chong xin sheng huo

重新生活

张平 著

作家出版社

张平，祖籍山西省新绛县，一九五四年十一月生于西安，毕业于山西师范大学。先后发表各类文学作品八百多万字，主要作品有《祭妻》《姐姐》《凶犯》《孤儿泪》《红雪》《法撼汾西》《天网》《抉择》《十面埋伏》《国家干部》等。先后数十次获全国优秀短篇小说奖、赵树理文学奖、庄重文文学奖、金盾文学奖、中国图书奖、国家图书奖、中宣部"五个一工程"奖、茅盾文学奖等重要文学奖项。主要作品均被改编为电影电视剧。由《凶犯》改编的电影《天狗》，先后获金鸡奖、百花奖、华表奖、上海国际电影节金奖。由《孤儿泪》《红雪》《法撼汾西》《天网》《抉择》《十面埋伏》《国家干部》改编的影视剧，先后八次获中宣部颁发的"五个一工程"奖。由《抉择》改编的电影《生死抉择》获中宣部"五个一工程"特别奖。《抉择》被评为建国五十周年献礼作品，并获第五届茅盾文学奖。被授予"人民作家"称号。曾任山西省电影家协会主席、山西省作协主席、民盟山西省委主委，山西省人民政府副省长、中国民主同盟九届、十届、十一届中央副主席、中国作家协会六届(增选)、七届、八届副主席，第九届全国政协委员，第十、十一届全国政协常委，第十二届全国人大常委等职。现为第十三届全国人大常委，第十二届民盟中央副主席，第十届中国文联副主席。

引　子

◆

　　延门市委常委会开了不到一个小时，主持会议的市委书记魏宏刚突然接到市委秘书长邵伟递过来的一个小纸条：

　　省领导在会议休息室有要事见你，请你宣布休会十分钟，然后马上到会议休息室与省领导见面。

　　市委书记魏宏刚接到条子看了一眼，琢磨了半天没吭声，此时主管教育卫生的副市长钱华涛正在汇报有关工作，看样子还得十来分钟才能结束。他本想问问秘书长邵伟是哪位省委领导来了，但秘书长放下条子已经离开了，此时正面无表情地站立在常委会会议室门口等着他。

　　会是哪位省领导呢？又有什么要事？竟然要他中止常委会，马上过去见面。

　　这是从来没有过的情况，也不是秘书长一贯的工作风格。秘书长从来不会这样马虎，竟至于不告诉他是哪位省领导，并且还是命令似的口吻。

　　突然间，像意识到了什么，市委书记魏宏刚的脸色顿时死灰一般。

　　他的双手猛烈地颤抖起来，头上也冒出了一层细汗。他想站立起来，去一趟厕所，但看了一眼会议室门口，发现并不是秘书长一个人站在那里，只好作罢。他想把手机里的一些东西删掉，但两只手怎么也不听使唤，手抖得几乎摁不住手机按键。

他看了一眼身旁的公文包，想了想里面并没有什么紧要的东西，也就没去翻动，他也不想再去翻动了。

已经没有必要了，晚了，没有任何意义了。

坐在身旁的副书记、市长郑永清此时看了看他悄悄地问了一句："书记怎么了？身体不舒服？"

"没事，就是肚子有点难受。你替我主持一下吧，我想去一趟洗手间。等这个议题结束了，宣布休息十分钟。"

"好的。"郑永清一边应允着，一边又看了一眼魏宏刚，他有些不放心地说，"一个人行吗？要不要找个人帮忙？"

"没事。"魏宏刚很费劲儿地站了起来，转身走出了一步，又回身把手机揣进兜里。

会议室门口除了秘书长邵伟，还有三四个陌生的面孔在等着，魏宏刚看了一眼表情沉重的秘书长邵伟，愈发感到了事态的严重。

魏宏刚一出会议室，身后和一左一右立刻就贴身紧随了三个人。

门口没看到自己的秘书，自己的预感再次被证实，一定是出大事了！

休息室就在会议室旁边，魏宏刚几乎是被几个人架着走进休息室。他眼前阵阵发黑，浑身瘫软，两腿打战，衣服已被虚汗湿透。

魏宏刚勉强地站在休息室中间，看到一个熟悉的面孔，省纪检委副书记龚利辛。魏宏刚曾多次在市里接待过龚利辛，此前，龚利辛也曾多次向他征求过有关纪检工作的建议和意见。

此时的龚利辛副书记脸上已经看不到以往的亲切和微笑，只有一脸的严肃和冰冷。

龚利辛默默地看了魏宏刚一眼，然后拿出一纸公文一字一句地宣读道：

"魏宏刚，经调查核实，发现你涉嫌严重违纪违法问题，根据中国共产党纪律检查机关案件检查工作条例规定，经省纪委研究并报省委批准，对你的问题予以立案并实施双规措施，从今日起接受组织审查。要求你在接受审查期间，主动配合，认真对待，不得拒绝、阻挠和对抗，必须如实提供有关情况，实事求是地向组织说明问题。"

宣读结束，龚利辛沉默片刻，轻轻地然而又十分严厉地问道："魏宏刚，听清楚了吗？"

魏宏刚愣了一下，机械而又战栗地回答："听清楚了。"

"请签字吧。"龚利辛再次严厉地说道。

魏宏刚被扶着坐下来，汗珠子大颗大颗地滴在桌子上。

三个字，魏宏刚足足用了差不多一分钟才写完。

写完了，魏宏刚看着龚利辛像是乞求似的说："龚书记，我母亲快八十岁了，请组织暂时不要把我的事情告诉她。"

龚利辛点了点头，没有说话。

"还有，我现在能回一趟家吗？我想拿一些生活用品。"魏宏刚像是喘不过来气似的说道。

"不能。"龚利辛没有任何回旋余地地拒绝了，"所有的生活用品都替你准备好了，没有必要。"

这时，两个工作人员走过来，在魏宏刚身上检查了一番，把手机、打火机和钢笔等东西一并拿走，然后厉声对魏宏刚说道："走吧。"

魏宏刚再次被架了起来。他已经完全虚脱了，根本迈不开步子。

此刻，延门市委常委会仍在进行之中，副市长钱华涛的汇报还没有结束。

一

◆

天地之间，自然有时。

当武祥收回巴掌时，第一个感觉就是下手重了。

老实说，绵绵长这么大，他还真没这么打过她。

确实下手重了。这么长时间了，他的手心一直还在发烫发麻。整个胳膊转不过筋来，甚至半个身子都在发僵、发颤。

武祥有些晕眩地坐在那里，感觉眼前像罩着一团灰雾，身边全是不羁的浮尘，什么也难看透，周遭都是缚不住的混沌。今天是怎么了，干吗要打她！而且是那么重的一巴掌，劈头盖脸地就甩了过去。

他觉得自己就像疯了一样，可当时根本就没办法控制自己。

绵绵木然地坐在那里，没看他，没哭，没哼一声，她无漪的情绪似乎正让她进入玄想，她甚至连动也没动，就那么不出声地坐在那里。

大冷的天，皮肤尤为敏感，绵绵脸上的手指印，起棱、凸条，他看得清清楚楚。绵绵的肤色娇嫩，那些血青色的指印刺眼，鲜亮。

武祥一时哑然失语，喉头发憋，觉得什么话也说不出来。他没想到会这样。如果她哭起来，嚷起来，或者大喊大闹，那他还可以继续扮演暴跳如雷，愤懑地骂上几句，也能给自己找个台阶下。

但绵绵什么也没说，什么表示也没有，就那么一动不动地坐在那里。

确实没想到会是这样。

绵绵一副消散磨尽的疲态。

他竭力掩盖着自己的失态，拼命地让自己显出一副怒不可遏的样子："你倒还能睡！你倒还能睡得着……"

绵绵是武祥的女儿，今年十七岁。

武祥今年五十岁，就绵绵这么一个女儿。

绵绵长这么大，别说挨打了，就是一个指头他也没碰过。

十七年了，今天是第一次。

离高考没剩几个月了，星期天好不容易请来家教姜老师。姜老师有一搭没一搭地布置完作业，就说家人忘带钥匙，进不了门，要回去送钥匙。武祥记得之前姜老师说他家换了美国 ONITY 的电子门锁，劝他们家也换上。武祥一笑，做出请便的手势。再等武祥送走姜老师到小区门口，返回，没想到绵绵竟然趴在桌子上睡着了！

当时，他觉得绵绵的屋子里很静，想想孩子也够辛苦的，寒假期间也没有一刻休息时间。正值高三，寒假时间很短，总共也就半个月左右，过了年初三就返校集中复习了。但即使时间很短，家里还是请了家教，不付出，哪儿来的收获，想考一个好点儿的大学，不下功夫行吗。看看周围的那些孩子，哪个不是这样。辛苦就辛苦点儿吧。于是就端了一杯柚子水送去，没想到绵绵居然趴在桌子上睡着了。

绵绵睡得很香很沉，甚至还在微微打鼾。

绵绵竟然睡着了！竟然能睡得着！

给绵绵请的这个家教姜老师是位有名的数学押题高手，此前，他是绵绵所在重点班的班主任吴秀清万里挑一亲自选中的，还是托校领导的关系特别请来的。这个家教确实有水平，来了不到四个月，眼见着绵绵的数学水平在提升，每次测验分数都在明显提高。班主任吴老师说了，只要下点辛苦，把每天布置的这些题都能演算了，如果还能融会贯通，把这类题的做法解法都牢牢记住了，高考提高个三五十分的，应该不成问题。如果再用功点儿勤奋点儿努力点儿，将来的分数就是再高点儿也不是没有可能。

绵绵的成绩中等偏下，弱的就是数学。其实语文也并不怎么样。只是临阵磨枪，补语文外语政治没什么用，只能补数理化。

老实说，虽然绵绵上了高中，但武祥从未考虑过女儿的学习，更没把绵绵的成绩当回事。也就时至今日，绵绵的学习成绩才突然成为家里的头等大事。绵绵妈妈在孩子的学习上帮不上任何忙，武祥虽然对高中课程并不陌生，但是要马上上手给孩子做辅导教师，可绝对是两码事。以他的数学水平，不是有些差，而是差得太远太远。现在的一些题，其难度深度看都看不懂，更甭说去辅导了。何况现在高三有好多科目，本来都是大学范围的学科，鬼晓得怎么就都下放到中学了。武祥闻所未闻，他们那时候压根儿就没学过。

孩子的成绩一直就这样，虽然很用功，状态进入到了焚膏继晷阶段，可问题是在一所重点学校的重点班里，水涨船高，想让孩子的成绩短时间内赶到前面去，可能性为零。

这个现实，武祥清楚。

既然清楚，干吗还要打她，干吗要打她！

他真的鬼附体了，不知为什么自己一下子就完全失控了。

武祥对自己刚才的举止悔恨不已。在孩子身上出气算什么本事，又能顶个蛋用！瞅瞅你自己的样子，什么时候变成这样了？整个一个浑蛋，一个屌头，一个没用的窝囊废。

武祥把自己关在卧室里，出来不是，不出来也不是。他浑身无力、口干舌燥，直觉得心虚身沉、耳热脸烧。他清楚地知道，从今往后一个人坐在屋子里生闷气的日子绵长无尽，他对"坐立不安"这个词有了深刻的体会。

家不大，他不想再看到绵绵挨打后的模样。

想到大街上走走，想想还是不出去好。他害怕街上那些眼神，对那些眼神不敢也不想正视。眼下家里的情况，出去了比在家里更难受。武祥真切地感受到了来自四面八方睥睨的目光。

他想缓和眼前这种气氛，可目前还真想不出什么好办法。看看时间，为时尚早，要等到妻子回来至少还得一两个小时。一旦妻子回来了，知道了绵绵挨打的事，说不定家里的气氛会更糟糕。

电话铃声突然响了起来，他转过身去看了一眼来电显示，然后又把身子转回来，任凭铃声一遍一遍地在这沉寂的屋子里顽强地空响。

苍狗白云变幻中。

烦人的事情实在太多了。

本来不是问题的问题，现在全都成了大问题，甚至全都成了绕不过去的大问题。以前条条都是铺满鲜花的阳关大道，现在眨眼间全都变成了无法逾越的汪洋大海、崇山峻岭。全家人好像从云端突然栽进了无底的深渊，处处都是比刀还要锋利的坎。

一如飞来横祸，巨石一般砸在了全家人头上。

就在两个月前，延门市的市委书记魏宏刚突然被宣布严重违纪违法，接受组织审查。

这件事对武祥一家的影响实在太大了，特别是对绵绵来说，几乎是致命的。

因为这个被宣布严重违纪违法、接受组织审查的市委书记魏宏刚，不是别人，正是妻子的弟弟、绵绵的亲舅舅。

如梦幻泡影，如露亦如电，全家人与此等横祸正面遭遇，真正是度日如年地把这两个月一天一天熬过去了，可时至今日，仍然没有任何有关魏宏刚的消息。

二

◆

绵绵的学习成绩一直就不怎么好，家人谁都清楚，学校的老师也一样清楚。

只是在两个月前，成绩对绵绵来说，似乎根本就不是什么问题。即使绵绵的成绩再差一些，上大学甚至上重点大学对绵绵来说也根本不是什么问题。原本绵绵在市十六中上学，一年多前转学到了延门中学。延门中学是整个延门市最好的一所重点高中，绵绵则分派在这个重点中学的重点班读书。能在这样的学校和重点班上学，再加上绵绵的背景，上延门市的大学可以说是张飞吃豆芽。光延门市就有四所大学，其中一所还是全国重点大学。特别是这所重点大学，交通便利，离家只有三站地，几乎就在家门口。绵绵要是上了这所大学，那实在太方便了。至于另外的三所大学，虽然不是重点，但在省里也都是很不错的大学。绵绵究竟上哪所大学，武祥当时好像连考虑也没考虑过。按武祥的意思，绵绵愿意上哪所大学，就上哪所大学。因为这几所大学的领导都曾三番五次托人给武祥说过，几乎是千叮咛万嘱咐，希望绵绵一定上他们的大学。这些学校的领导并没有说假话，他们打心底里都巴不得绵绵能上他们的大学。

之所以要争着抢着让绵绵上他们的大学，并不是因为绵绵有什么特长，更不是因为绵绵学习成绩拔尖，或者有见义勇为、发明创造、文体特长诸类的突出事迹和成绩。原因也就这么一个，当然也是人所共知、见怪不怪的公开秘密，就是绵绵的舅舅魏宏刚是这个延门市的市委书记。这些学校的领导谁都清楚，招一个绵绵这样的学生进来，就等于给学校的下一步发展拉来了关系，夯实了基础。这些年，几乎每一所市属高校都在迅猛扩招，原有的地盘都大大不够，捉襟见肘、四下缺钱。如果能同当地的主要领导搞好关系，在城市用地如此紧缺的情况下，有这么一个市委书记的宝贝外甥女在学校读书，那几乎就等于拥有了可以轻松对话的经济资源和政治资本。何况非此一项，一所高校同所在地的党委政府，方方面面都会有着千丝万缕、盘根错节的联系。

延门市是一个近七百万人口的大市，分管十五个县区，而且是省里条件最好最大的一个地级市，距离省城只有百十公里。还有至为关键的一点：延门市在省里的地位之所以无比重要，因为整个省城几乎就在延门市区的包围圈里。所以，能有这样一个当市委书记的舅舅，绵绵的升学从一开始就压根儿不是什么问题。甚至绵绵到省城大学读书，也不算什么问题。

其实早就有人在暗地里说了，绵绵根本就用不着参加高考，市里省里的这些大学根本就不在绵绵和绵绵舅舅的视野里。绵绵的舅舅其实也根本用不着亲自说话打招呼，早在上一个学期，甚至更早，绵绵将来上什么样的大学就已经有人给安排好了。

绵绵就魏宏刚这么一个舅舅，绵绵的妈妈魏宏枝又是舅舅唯一的亲姐姐。

绵绵的母亲比舅舅魏宏刚大八岁，长姐如母。父亲去世得早，魏宏刚几乎是姐姐一手拉扯大的，大学毕业后，还和姐姐一家人一起生活了很长时间。也正因为如此，绵绵几乎就是在舅舅的肩膀上长大的。

魏宏刚有一个儿子，平时管束颇多，家教很严。只有到了姐姐家里，魏宏刚才能发出阵阵爽朗开怀的笑声。魏宏刚对绵绵的爱溢于言表，在舅舅跟前，绵绵想干什么就能干成什么。除了天上的星星和水里的月亮，绵绵想要什么舅舅就能给她找来什么。连绵绵的母亲也逢人就说，绵绵都是让舅舅给宠坏的。

其实谁都看得出来，在魏宏刚眼里，绵绵比亲生女儿还亲。舅舅疼外甥女，比疼亲生儿子还疼。魏宏刚如此疼爱外甥女，其实是对姐姐的敬重和回报。

绵绵的舅舅很年轻，今年只有四十二岁，是省里最年轻的市委书记。以他的年龄和他目前的位置，前程无可限量。

有这样一个舅舅，绵绵的未来也同样鲜花遍地，前程似锦。

然而，让所有人都没想到的是，就在两个月前，绵绵的舅舅在一次市委常委会上，突然被中纪委和省纪检委的四个人带走了。就像晴空一个炸雷，当人们回过神来再睁开眼时，一个威武庄严、顶天立地的市委书记，顷刻之间没了，真就在延门市消失得无影无踪了。

一个在绵绵眼里和蔼可亲、威武强大的舅舅，一个说话铿锵、做事铿锵，在锦绣斑斓的延门市大地上显示着巨大魄力和超强能力的市委书记——绵绵的舅舅，就像是舞台上的一场魔术，眨眼间，就这么不可思议地在人间蒸发了，看不到了。

山雨欲来风满楼。

在魏宏刚被宣布接受审查之前，就有各种各样有关魏宏刚会出事的传闻与消息，特别是延门市的社区网站上，更是帖子满天飞。骂他的咬牙切齿，恨之入骨，说这个伪君子书记头上长疮，脚底流脓，天生就是地痞无赖、流氓恶霸；说好的斩钉截铁地认为绝对是一个好书记被一帮小人陷害冤枉了。黄钟毁弃，瓦釜雷鸣，魏宏刚几乎就是当年的岳飞、于谦、袁崇焕。武祥和妻子魏宏枝，魏宏刚的妻子，甚至魏宏刚的司机、秘书，甚至于还有魏宏刚的外甥女绵绵和魏宏刚上了初三的儿子丁丁，每天都有接不完的电话和短信。短信、微信、微信群，还有大大小小的朋友圈，大段大段的也不知哪里来的各种各样的文章和时评，铺天盖地地占满了手机最醒目的位置。都在强烈维护着延门市的公理和正义，都在显示着极大的愤怒和关切，或旗帜鲜明，或拐弯抹角，都奋不顾身地表示着坚决的态度和毫不动摇的意志。有一段时间，大家都以为什么事情也没有了，这阵风已经刮过去了。因为省里下派的巡视组，也在巡视报告中对以魏宏刚为书记的延门市委领导班子进行了正面评价，并且赞扬市委书记魏宏刚"作风正派，严于律己，起到了应有的示范作用"等等。从此以后，家里的电话更是响个不停，常常是手机刚接通，座机又响了起来。一个接一个的电话，锲而不舍地，顽强果决地从一大清早一直响到漏尽更阑，甚至有很多他们根本记不起来究竟是些什么人，是否真的认识，真的在什么地方见过面，居然也不断地不停地一次一次地打进电话来。有时候通话很久了，还是想不起打电话的这个人曾在哪里见过，究竟是干什么的。每个电话时间都很长，都有说不完的安慰话，当然其中不乏义正辞严的议论和义愤填膺的声援，也不乏各种各样的主张主意和绞尽脑汁的出谋划策。尽管他和妻子总是不断地提醒对方，这种事情最好不要在电话上讲，但电话那头的声音好像全然不顾这些警示和提醒，慷慨激昂有之，强烈抨击有之，忠贞不贰有之，泣不成声有之……于是武祥和妻子反倒要一遍一遍地宽慰和安抚对方，一遍一遍地给对方解释：我们也绝不相信魏宏刚会有什么大问题，我们一定要相信政府，相信纪检委，相信组织和领导。如今已经是法制社会了，不会放过一个坏人，也决不会像过去那样随便冤枉一个好人，现在网上瞎传的那些东西，其实也没有多少是真的。宏刚当领导时间长了，哪能不得罪几个人，这些人在网上发泄发泄，咒骂咒骂，都可以理解。至于那些唯恐天下不乱的谣言和传闻，我们不信也不看。如今当一把手，也得肚量宽些，想说什么就让人家说去……等等等等，直说得头昏脑涨，口干舌燥，好像对方都是魏宏刚的至爱亲朋，不好生安慰就不能打消他们的忧虑和悲愤。

当时正值中秋节，虽然有八项规定，但借过节的机会，来家里的人甚至比过年时还多，包括市委市政府各个部门各个单位的人，心往一处想地都借这个机会不断到家里来问候和看望。武祥夫妇当然明白，好多人都是想让他们给书记传话，让书记明白，我们还是一如既往地支持着书记，维护着书记的尊严和声誉。武祥也看得明白，这些人也知道，现在不同过去，往年可以不来，但今年一定得来。往年来是锦上添花，如今来则是雪中送炭：真出了事，当然谁也不来了；万一没出事，来不来，那感觉和心态可谓天壤之别。虽然没有什么贵重礼品，但水果篮子、土特产还是堆得屋子里哪哪都是。

武祥和妻子当时见过的各个部门领导就不下几十个，特别是妻子接待得不堪重负，老用手捂着要打的哈欠。凡是那些年纪大点儿的领导，常常是说了没几句，眼圈就红了。安慰过后，紧接着又愤愤不平，思维敏捷，思考深刻：网络也是国家的网络，政府的网络，就没个人管管吗？宏刚是一把手，是书记，自己不好说什么，政府部门难道就看着不管吗？网上居然还说什么纪检委的已经调查问询过好几次了，宏刚都已经被监控了，连住所也被监视居住了。听听，这不明摆着造谣吗？我们天天跟宏刚书记通电话，他一天到晚还是那样忙得团团转，什么时候被监控、被监视居住了！

每逢听到这些话时，凡在座诸君的共鸣都很一致，也都很坚决，都很气愤，措辞基本上也都差不多：是啊是啊，确实太不像话了！这个网络也真该管管了，这让领导干部们以后还怎么开展工作！我们也查过，也向上面反映过，但至今谁也不清楚，谁也查不出来，这些东西究竟是哪里出来的，我们也没有任何这方面的情况汇总。我们也不是没有和魏书记说过这些事情，但魏书记从来也不表态，他有大将之风，既不介意也反对任何人追查这些东西。魏书记不表态，下面的人迟迟不敢妄动。其实，这股疾风从何处刮来，魏书记也不清楚，魏书记是市里的一把手，这样的事情，魏书记都不清楚不知道，我们怎么能清楚和知道。不过魏姐您放心，那些传谣的人政府肯定不会任其逍遥法外。我们支持反腐败，但有些人借反腐败肆意攻击党和政府的领导一把手，那也是决不允许的。

武祥渐渐地也看出来了，这些人虽然说是这么说，话赶话地这么说，反倒有了此地无银的意味，并没有什么底气。有时候，有些人干脆支支吾吾地避开话题，净扯一些不酸不咸的淡话，甚至问到汽油还涨不涨价的问题……

实际上，有关那些没完没了的传闻，对魏宏刚当时的真实情况，武祥和妻子心里也一样没谱。妻子虽说隔三差五就往弟弟家里跑，其实也很难见到魏宏刚的面。打电话不是不在，就是没人接，好容易见着了，或者打通了，魏宏刚三言两语就把话茬转了。有时候妻子问多了，问急了，魏宏刚还会很不客气，很不耐烦，甚至很生气地打断姐姐的话，吼道：你能不能不在电话上扯这些事情！不要添乱了好不好！你还嫌我不麻烦是咋的！有一次妻子好容易在家门口等着他了，没想到宏刚摆了摆手，什么也没有说，双目空洞，表情呆滞地头一低坐进车里，连车窗也没打开，一溜烟就让车开走了。

也就是从那时候起，妻子的话越来越少了。连武祥也看出来了，妻子的弟弟魏宏刚确有异样，他的心事全反映在了发灰发暗的脸上，与平时的反差太大了。知弟莫如姐，妻子已经预料到弟弟说不定真有什么问题。否则作为一个市委书记，对自己的亲姐姐，怎么会有这样漠然的表现。就是装也应该装装样子，给家里人减减压力，安慰安慰。难道他会不知道姐姐心里有多担心多忧虑？

魏宏刚几乎是姐姐一手带大的，为了他，姐姐放弃了上大学的机会，对他操不完的心，吃喝拉撒都大包大揽，一手包办，都二十好几了还没嫁人、生孩子。人们说，如果宏刚的姐姐当初上了大学，即使只是上了大专中专，魏宏刚还会有今天的机会和地位吗？如果魏宏刚也像武祥这个姐夫一样，只上了个初师中专什么的，那他魏宏刚还能有什么大出息？还能进省城的第一学府？还能当省城第一学府的学生会主席、团委书记？还能当今天的市长、市委书记？长姐如母，对魏宏刚来说，姐姐真正是恩重如山。在这个节骨眼儿上，姐姐是担心你、牵挂你，你怎么能连个安慰话也没有，给屁股不给脸地钻进车里就跑了，你这当弟弟的究竟是怎么了？

没有多久，那个越来越让人提心吊胆的事情终于发生了。越是怕什么，就越是来什么。最令人胆战心惊、想也不敢想的担忧终于变成了事实……

眼看着就要过年了，一棵枯柳露出了当季的颓败和破绽。也就是那次常委会上，魏宏刚当着所有市委常委的面被纪检委的人带走了。

紧接着，各种各样的说法，一个接一个地传到了武祥家里来。有的说，当纪检委的人宣布完决定，坐在书记座位上的魏宏刚根本就站不起来，最终是被工作人员拖着架走的。有的说，魏宏刚被带走的时候，只说了一句，请组织上照顾一下我的母亲，她已经快八十岁了，身体也不好，最好不要告诉她有关我的情况。还有人说，魏宏刚走的时候，特别讲了一句，我爱人什么也不知道，我所做的任何事情，都与她无关……

其实，武祥明白妻子最想听到的是这一切与妻子哪怕只有任何小小关联的消息，但一句也没有。即使到了今天，也没有任何有关这方面的消息。

一如蛐蛐喊着嘿嘿，不知道藏在何处，紧接着，魏宏刚的秘书被带走了、爱人也被带走了，曾与魏宏刚一起搭过班子的主管教育卫生的副市长也被带走了，连魏宏刚的司机也给带走了，前前后后足有十几个人都被带走了。就在前几天，连魏宏刚家里的保姆也给带走了。大蛐蛐和小蛐蛐们都在这个本该藏匿的冬天被翻露出来。

最忙最焦心的还是妻子。出事后、抄家前，妻子还去了弟弟家里两次，那时候弟媳还在，感觉弟弟的家几乎像个墓地，倒不是不干净不整齐，而是那种阴森森的气氛让人喘不过气来。过去显得拥挤的热气腾腾的上下两层二百八十多平方米的小楼房，现在突然空落落的，好像回到了寂静最初的样子，寂静得活似座鬼宅。后来弟媳也被带走了，保姆也被带走了，紧接着又被抄了家，妻子就再没去过弟弟的家，也不是不想去，而是弟弟魏宏刚的家根本就不让进去了。

至于魏宏刚和这些人究竟在什么地方接受审查，天知道。一说就关在省内，二说这是大案，一般不会在省内，估计得上北京。还有人言之凿凿地说，就在某某省某某地方某某楼某某层的一间小黑屋里……

整整两个多月过去了，也没有任何人知道魏宏刚现在究竟在什么地方。

魏宏刚关到哪儿了？恐怕成了整个延门市搜索热度最高的话题。

妻子刚开始还蒙着，一直不知道该怎么办，到了后来，连保姆也被带走了的时候，妻子像是突然醒悟，发了疯似的到处打听弟弟的下落。最终她上蹿下跳竟然找到了巡视组，还找了市纪检委，打问弟弟的情况。也许是在巡视组和纪检委那里受了什么刺激，回来后情绪极差，好几天一句话也不说，也不碰家务，也没去上班。有句话叫好奇害死猫，妻子真就成了那只垂死一样的猫，只是一息尚存的好奇心还未泯灭，竟让她又想到了什么，接着又去找省委市委，甚至还打算往北京跑。就这么东跑西撞的，每天都被北风吹足了揪心的凉，揪心的寒，一直到了今天，还是没有任何消息任何结果。

在公开宣布魏宏刚接受组织审查之后不久，武祥一家人很快就感到了一种明显的变化：家里的电话突然少了，越来越少，有时候一整天也接不到一个。再后来，倘若突然一个电话打来时，反倒让一家人吓得不轻。

家里仿佛突然没了生气和活力，一下子就沉寂了下来。死静死静的，静得让人无法呼吸，就像被什么死死压住窒息了一样，胸口憋闷得揪心般刺痛，连觉也睡不安生。现在挂钟的每一声嘀嗒都无比刺耳，武祥发现他可以听到狂风吹破云朵的声音。而妻子常常是躺着躺着，突然一个激灵坐了起来，然后被什么吓着了似的长时间坐在那里发愣，发呆。妻子有一次幽幽地问他：咋办呀？

渐渐地，才意识到这件事对他们几家人来说，都像天塌了一般！宣布魏宏刚被审查的第二天，妻子就准备把魏宏刚已经上了初三住校的儿子从学校接回来，但魏宏刚的儿子丁丁竟然在学校宿舍里怎么也叫不出来，手机不接，让人传话也没有回应，妻子这个当姑姑的在学校大门口站了整整两天，既没见到丁丁的影子，也没等到丁丁的任何音讯。后来找到教导处才知道，丁丁压根儿不在学校里。丁丁早就在外面租了一套房子，打去年就一直住在外面。这些天根本不回家，也从不去学校上课。学校的老师包括班主任也都不知道丁丁的住处和下落，其他的联系方式也全都阻断了。直到今天，妻子几乎找遍了市区，也没有打听到丁丁究竟住在哪里。丁丁的手机也一直处于关机状态，短信、微信、QQ统统不回。妻子甚至到派出所报了案。

接待妻子的民警一脸春风迎了上来，但一听说是魏宏刚的儿子，民警的脸立刻就换成一副漠然的样子，淡淡地说，一个大男孩，能出什么事？写个情况，办个手续在家等着吧。妻子写了个报案材料，警察看也没看就扔到桌子上那一堆报纸文件上了。

妻子那时候顾头不顾腚，抓着手机通信录给这个打，给那个打，就差没打给电话本身了。妻子那时候足蹬旅游鞋，去东家找西家，去找此前经常来往的朋友，请他们也帮帮忙。但往往是应承得很好，却没有任何结果。前后找了不少人，结果竟然没有一个再打回电话来。有时候着急了再打电话给这些人，居然都打不通了，甚至有些人铃声刚一响就给摁了。

好久以后，武祥和妻子才渐渐明白，当初有那么多电话，其实都只是试探、只是打问，只是抱着一种押注的心理。其实，他们肯定都知道魏宏刚有事，肯定都知道魏宏刚的情况很严重，也肯定知道是哪些人在不屈不挠、不依不饶地在死磕、在举报揭发魏宏刚。但万一没事呢？万一魏宏刚不仅无事，而且还继续稳稳地坐在书记位置上以至又被提拔了呢？那这一个电话可就价值万金，一个问候比平时的多少努力都更有作用、更有效果、更有价值。一俟等到后来确实出了事，等到魏宏刚果真被纪检委带走了，等到这些举报和传闻都已经成为事实了，等到报纸上终于出现了那些大家都明白无误的用语时，都清楚"严重违纪违法"意味着怎么回事时，电话咔嚓一下就没有了。不仅没了电话，连泾渭分明的界限也一下子就划分出来了。对这样的人，这样的人的家属亲属，躲都躲不及，还会往上凑？干脚还要往泥里踩？"严重违纪违法"，这就意味着这个案子已经成了铁案，死案。不管是什么人，即使有通天的关系，登天的本事，也绝没有什么办法再能把它翻过来。纪检委如果没有十足的把握，确凿的证据，决不会以这样的用词，在市委常委会上把一个市委书记直接带走。这在延门市史无前例，几乎就是

重新生活

十恶不赦、罪不容诛的大案要案，当然，立刻也就成了惊天动地、家喻户晓的爆炸性新闻。纪检委绝不会随便在全市几百万人面前，把市委书记像犯人一样带走！别梦想最终会不了了之，变成冤假错案，甚至天地翻转，平反昭雪，官复原职。中国的现实是，一个领导不管职务多高，一旦被双规，即使不被判刑，即使处理得很轻，但行政级别、公职工资也绝无可能再保得住了。这也就是说，延门市这个市委书记职务，就算是再选十个百个，即使在现有的干部里挨个选，哪怕选出阿猫阿狗，也绝无任何可能再让绵绵的舅舅魏宏刚来担任了。

退一万步讲，就算你真的是冤枉的，这个案子真的应该翻过来，那也只能是很久以后，甚至是几年、十几年以后的事情了。更何况一个有近七百万人口城市的市委书记被冤枉了的案例，在现在这种社会条件下的比率和可能性实在是太小了，几乎是零。

再退一百万步讲，即便你是被冤枉的，最终你被平反了，宣布你无罪了，但若还想再当这个市委书记，可能性也几乎为零。不管什么原因，只要你是一个领导，只要你被卷进一起或者多起重大的腐败案件，即使最终证明你是无辜的，那也绝对是你的失职渎职。就算你不违法，那也一样违纪违规，也一样是你的问题，也绝对没有任何可能再让你峰回路转，云破天开，给你彻底平反。

武祥常常就这么恍恍惚惚、迷迷糊糊地想来想去，有时候睡着了，脑子里还全是这些情景和念头。武祥梦到自己去了一家经常去的理发馆，一向热情招呼热脸相迎的理发师拿着一把锋利的剪刀问：往短里剪？武祥没好气地回答：可以往多里剪吗？武祥气醒了，理发师的剪刀还咔嚓咔嚓响着，他分不清究竟是在梦里还是在现实。

直到现在武祥才算明白过来，绵绵的舅舅魏宏刚，其实从宣布严重违纪违法，接受组织审查的那一刻起，就极可能已经是铁案如山，罪孽深重，就已经没有任何再翻转过来的余地和希望了。越冷静越思考才会越理性越清醒，越理性越清醒才意识到越是无路可走无路可逃！一旦被双规，也就基本上等于被判了极刑，连正常人都不是了，基本上就等于成了一个彻头彻尾的罪犯。而且绝不是一般的罪犯，而是一个比一般罪犯更令人厌恶、更令人发指的重犯要犯了。魏宏刚已经成了延门市几百万人眼里永世无法翻身的寇贼，成了几百万延门市人不共戴天的仇敌！还有，魏宏刚从被带走那一刻起，伴随而来的骂名和罪恶，就将成为魏家整个家门永远也抹不掉的奇耻大辱，将会让魏家几代人都翻不过身来！这在别人那里早就清楚了的事情，在武祥夫妇这里，似乎很久很久以后才真正明白过来。其实并不是不明白，而是不相信，不能相信，无法相信，死也不愿意相信。在妻子的眼里，在绵绵的心里，魏宏刚就是完美的化身，把他同一个罪犯联系在一起，打死她们也不会相信，也不会承认，这怎么可能！魏家祖祖辈辈多少代了，好容易有了这样一个光宗耀祖的苗子，老天爷何以如此不开眼。魏家哪辈子造孽了，今天遭此报应！

现实的渐近线在这一刻才清晰。

家里窒息般的死寂和落寞，连阳台抽茎的君子兰，那已经藏躲不住的橘红色的花蕾也全都锈死了。慌张死掉的还有茉莉、米兰和四季桂花，早已明明白白地在印证着这个事实。在绵绵舅舅被纪检委带走后不到一个星期，重要的，有身份的，在武祥夫妇眼里能给他们带来任何一丝安慰和希望的访客几乎绝迹。此前，让他们听了感到踏实，感到期待，感到激动，感到想哭，感到想倾诉，感到有分量的电话像刀切了一样突然没有了。即使有，也是几个绕不过去的亲戚，电话的内容也都大同小异，差不多都是让他们想开点儿，心宽点儿，反正大家心里都知道是怎么回事，身体要紧，千万别那么难过，多为孩子想想，多为老人想想，等等。也就是这些大同小异、不断重复的安慰话，毫无用处，越听越难受的套话虚话客气话让武祥一家人明白从现在起，他们一家要讲述一个伤心的、痛心的故事，一个现实活报剧。

再接下来发生的事情，其实都是他们本该想到的，但等这接踵而至的事情真正发生时，还是让他们目瞪口呆、心惊肉跳，让他们惊恐万分、难以承受。

在宣布魏宏刚接受组织调查之后，很快就宣布了撤销其党内外一切职务的重大决定，伴随而来的还有延门市四大班子的表态和新闻媒体言辞猛烈的批判、声讨和鞭挞。特别是一些公共网站、社区网站和大报、小报，各种各样的案情披露和内幕消息更是犹如狂风暴雨、怒浪巨涛。

本来武祥夫妇对这个结果早就应该有充分的心理准备，但声势之大，来势之猛，波及之广，还是让他们觉得无处可躲，无以见人，无从想象。报纸上、电视上、广播里、网络上，无不把这件事以最醒目的标题放在最突出的位置。他们几乎不敢打开报纸，不敢打开电视，不敢上网，甚至不敢打开手机。映入眼帘的每一个大标题，都犹如五雷轰顶；手机里的每一个细微的声响，都让他们心惊肉跳。本是意料之中，但仍然让他们难以相信的是当初那些曾经给家里打过电话，曾经跑上门来表示安慰和声援的人，曾信誓旦旦、忠心耿耿的一些部门和机关的领导，此时也一反常态，再次表现出一种义愤填膺、慷慨激昂的严厉和坚定。他们措辞激烈、声色俱厉，对魏宏刚的腐败行为给予了无比激奋的怒斥和大义凛然的谴责讨伐，争相表示对党中央的反腐败工作予以坚决支持，不仅要以零容忍的态度参与反腐败，并要以此为戒，与一切腐败分子腐败行为坚决划清界限。同时一再申明谁要是敢顶风作案，铤而走险，甚至暗中串联，包庇腐败分子，一经查出，一定严惩不贷，绝不留情，绝不手软。神情之激越，态度之坚定，言辞之果决，让武祥一家人目瞪口呆，毛骨悚然，以致整日手足无措，不吃不喝，默默地坐在那里发愣发呆。

武祥一家就像突然陷进一场被严惩被抨击被咒骂的人民战争的汪洋大海之中。

受打击最大的是绵绵。魏宏刚刚出事时，绵绵的眼睛哭红了一次又一次，整天茶饭不进，不去学校，也不同任何人联系。幸亏不久之后就放寒假了，有这么个缓冲的时间，不至于压力太大。但因为高三面临高考，寒假只能放十几天，过了正月初三就返校复习了，所以武祥和妻子就想抓紧时间把女儿落下的那些课程和研习不足的学科好好补一补。看上去这些日子里绵绵的情绪似乎渐渐平静了下来，但武祥夫妇都感觉得出来，绵绵的思维却越来越不集中，学习成绩也眼见得往下滑，补课的效果也根本看不出来。武祥夫妇虽然劝过说过无数次，恩威并举，刚柔相济，天下的励志好话几乎都说尽了。有时候甚至止不住厉声怒斥，大发雷霆：你能不能振作起来！你这样荒废颓废下去，别人就会同情你吗？你这样子就能救得了你舅舅吗？你这样，只能让更多的人耻笑你舅舅，如果这么不努力不长进的，像你这样的成绩还能考上一本二本？只怕三本都没戏！即便是个好点儿的高职高专，也不一定考得上！要真到了那一天，谁也不会可怜你，更不会帮助你，哭天都没泪！狠的说完了，又说点儿软的：绵绵你千万得振作起来，你舅舅已经成那样了，亲朋好友里面我们也没什么能靠上的人，你爸你妈都是普普通通的人，咱们啥也指望不上，只能凭自己。这两天你也看到了，满世界的人，谁还想看咱一眼，躲都躲不及。现在只有努力用功，发奋读书，真正学好了，考好了，才真正是给咱家长脸，给咱自己长脸，也给你舅舅长脸……

　　说归说，武祥和魏宏枝却感到没有什么效果。绵绵越来越沉默寡言，神色也越来越差。常常一个人闷在那里，一整天也一声不吭，一动不动。课本翻开了，要是不督促，大半天也翻不过那一页。其实，刚开始做父母的并没意识到问题的严重性，等到发现孩子成绩严重下降，变得很不正常时，似乎才感到有些晚了。做家长的才明白绵绵的学习是最大的事，家里最不应该忽略的事，恰恰给忽略了。

　　债多不知愁，虱多不知痒，人在困局其实什么事情也都麻木了。在这么一场猝不及防，令人心惊肉跳，犹如晴天霹雳般的事件面前，好似被一棍子打闷了似的，好像谁也顾不上谁了。夫妻本是同林鸟，大难临头各自飞，这句话真让武祥体会得刻骨铭心。在这样的一种环境里，特别是刚发生巨变的那几天，如果有个地缝，他真会一头扎进去。如果能去国外定居，他肯定毫不犹豫地就去了。虽然不是株连九族的时代了，但依然是一荣俱荣，一损俱损的时代，在这种特殊的氛围里，作为犯罪嫌疑人的直系亲属，也同样会像罪犯一样难受难过，备受煎熬。即使事情发生已经两个月了，武祥夫妇不论是在单位还是在街上，都常常会莫名其妙、突如其来地招来各种各样难以形容的目光。

　　最让一家人闹心的是绵绵的姥姥。

　　绵绵的姥姥快八十岁了，尽管身板还算硬朗，但他们还是对她隐瞒了魏宏刚的事情。就在绵绵的舅舅被纪检部门突然带走的第二天，他们就着急忙慌地赶紧把绵绵的姥姥送到了乡下。毫不知情的老太太本来就住不惯城里，嫌城里乌泱泱的乱嫌城里让她耳朵嗡鸣，尽管只在城里住了还不到半个月，就一直就闹着要住回乡下去，恰好要过春节了，所以当时姥姥就欢天喜地地回到乡下去了。但就在一个月前，绵绵的姥姥却连着打了好多次电话，一个劲儿地嚷着说她要到城里来。还说魏宏刚这么久了，为什么一直没给她来个电话？绵绵姥姥说，这些天老有人给她咬耳根子，说宏刚好像出什么事了。宏刚真的出事了？宏刚能有什么事？说呀，宏刚到底出什么事了？忙，忙，再忙给他妈来个电话也没工夫？春节不回来，先是说下乡访贫问苦了，后来又说开会了，再后来又说出国了，即使到了天边，不是还有手机吗？吃饭的空儿，让他来个电话哪怕说一句都行，这老家的电话不是宏刚非让装的吗，电话号码他又不是不知道。不等了，你们马上把我再接回城里去，这些天心惊肉跳的，晚上噩梦一个接一个，钻出被窝的蛇都是白色的，你们就是拍死我，我也睡不踏实……

只要姥姥的电话打过来，两口子都吓得好半天也不敢接。

就在十天前，绵绵的姥姥还在不停地打电话说她一定要来。如果没人接她，她就自己来，她自己又不是来不了。反正也快死的人了，死在路上也成，死在哪儿也是个死。让人感到惊恐的是，绵绵的姥姥在电话中竟然再没提她的儿子一句！

绵绵的姥姥连儿子都不提了，这可不妙。

这就是说，有关儿子魏宏刚被双规的事情，她极有可能已经知道了。武祥目睹着阳台上一只流浪猫无趣地走掉，他清楚地知道：其实老人家就是再没文化，再不识字，别人再保密，在如今这样的社会氛围里，媒体又这样连篇累牍地狂轰滥炸，一个村子里突然出了这么一大档子事，能瞒得了谁，又能瞒得了多久。

其实，这只是无数揪心事中的一桩。

两个小时前，绵绵的学校突然来电话，一个自称是教务处的人在电话中用一种严厉但还算客气的话说，绵绵的班主任已经给学校汇报了，学校里也已经研究过了，本来春节前学校就有这个意向，因为马上要放假学校就拖下来了。因为是刚开学，学校领导们都很忙，本来还想再放放的，但鉴于绵绵这些天的表现，再加上绵绵的成绩一直在下滑，如果再不采取行动，再这么拖下去，由此带来的在学生中的负面影响肯定会越来越大，所以，此前绵绵在学校担任的各项学生干部职务，就没必要再担任下去了。

脑袋发木的武祥听到这里，本来想说句什么，但还没等他把话说出来，那个教务主任就不容分辩地继续说道，我们已经通知绵绵的班主任了，绵绵的班主任还可能会约见你们谈谈其他一些情况。你们家长明天上午最好能到学校来一趟，有些事情还得当面给你们说说。不过这些事情也不是马上就要你们去办，至于怎么办，什么时间办，绵绵班主任见到你们后，会给你们说清楚的。我们的意思，你们就让绵绵认真详细地写一份检查和辞职书，先把学校和团里班里的职务辞了。这样对学校也好，对绵绵也好。辞职书我看你们明天来时最好就带过来，当然了，什么原因你们也清楚，总比我们免职撤职好吧。实话跟你们说，我们现在压力也很大，你们也要配合我们，越主动越好。这已经是最好的处理方案了，学校仁至义尽，你们也替孩子多着想着想。好了，就这么着吧，如果有什么事情，我们会提前通知你们，你们有情况有问题，也及时同我们联系。说到这里，没等武祥再说句什么，对方就把电话挂断了。

学校这样做，武祥觉得完全可以理解。但学校的这副口气，还有这些话的内容和颐指气使的态度，对武祥来说，却不啻是五雷轰顶。武祥接完电话，久久站在电话机前，怎么也回不过神来。这之后，他机械地用扫把和簸箕清扫此前他憋屈时摔碎的一个茶杯，他的动作井井有条，仿佛处在自动巡航状态……武祥终于长叹一口气，这样势利眼的学校，这辈子他还是第一次碰到，简直让他难以相信。变得太快了，就说世事如棋，人与人之间的关系怎么能成了这样？

在以前的那些日子里，他们哪个敢这样说话？就算绵绵的舅舅有十恶不赦的罪行，你们就能这样对待她吗？就能这样对待我们吗？近两年来，通过我们的关系，绵绵的舅舅曾为学校办了多少事情、批了多少资金！那座豪华的办公大楼，还有那一流的教学设施和宽敞的教学大楼，包括学校教职员工的住宅大楼，如果没有绵绵舅舅的特别关照和特别批示，能建得起来吗？想当初，他们的校长、班主任，还有那些副校长、教务主任，包括绵绵的数学老师、语文老师、物理老师、化学老师、政治老师，甚至体育老师、音乐老师都千方百计、想方设法地一遍一遍往家里跑。他们自己的事，他们孩子的事，他们老婆丈夫的事，还有他们七大姑八大姨、亲戚托亲戚、朋友托朋友找上门来的事，什么提拔、调动、找工作、评职称、打官司、立项目、批经费、承揽工程、借款贷款，几乎能踢破门槛。什么话也说得出口，卑躬屈膝得让你哭笑不得；什么礼物也送进来，不死推硬扛闹得面红耳赤、满头大汗根本就推辞不掉。这一切几乎都是刚刚发生过的事情，怎么眨眼间，就颐指气使、夹枪带棒地不认识人了？

为了让绵绵当校级干部、校团委干部和班级干部，学校领导几乎往家里跑了无数趟，见了武祥夫妇就像见了省委和中央领导。那些客气得让你感到无言以对的奉承话，那些真诚得让你无比感动的表情和口气，一次一次、锲而不舍、孜孜不倦、振振有词地让你怎么推辞也推辞不了。特别是对绵绵的校干、团干和班干的职务安排，如果你有哪怕一丁点儿的不同意，他们立即就可以找到成百上千个理由来说服你、打动你。

——你说孩子成绩不太好，让孩子把功课学好了才是最要紧的事情。

他们就说，没关系，没关系，根本没关系嘛，绵绵的成绩就包在学校身上了，我们会给她配备最好的老师做辅导，配备最好的学生帮助做作业，保证有充分的时间让绵绵吃偏饭，这个我们早就考虑过了，放心放心，绝对没问题，你们完全不需要考虑。

——你说绵绵就不是当校干部班干部的料，绵绵从小就没当过班干部，更没有当过校干部，她就没那个能力。

他们则说，你们当父母的也太谦虚了，绵绵呀，难得的一个好孩子，威信高，脾气好，模样也大方，肯定行，没问题，这个我们也早就了解考查过了，绵绵绝对是棵好苗子，是块好材料。同别的校干部班干部相比，绵绵要强多了。其实谁又是天生当干部的料呀，再说不论干什么也得锻炼也得培养呀，为了孩子的将来，从小就让绵绵历练历练也是必要的嘛。

——你说孩子的性格也不适合当干部，这样给孩子的压力太大，揠苗助长会适得其反。

他们好像早就想好了似的说，这你们就多虑了，哪里会那样呀，有压力但决不会成为负担。绵绵的性格？嗨，绵绵的性格还有啥说的，稳稳当当、文文静静的，适合适合肯定适合，绵绵的性格再适合当干部不过了！我们对每一个学生干部也都认真慎重地研究过，让绵绵当干部也是经过了多方面的考虑，再说，不把孩子放在岗位上考验考验，咱们又怎么知道孩子适合不适合？

——你说现在不比过去了，学生会、团委、班委的选举都要竞选演讲，都要投票选举。绵绵的性格那么内向，平时说话动不动都脸红，在那么多老师学生面前演讲，那还不把孩子紧张死了。自己的孩子自己还不清楚，这样做真的对孩子不好。竞选演讲不成功，万一选举落选了，或者差很多票，她能承受得了吗？那还不把孩子毁了。我们想想都紧张害怕，何况是绵绵。你们的好意我们都心领了，有什么事该怎么办就怎么办，只要能办了的绝不推辞，你们尽管放心就是。你们是孩子的母校，让我们做什么事都是分内的事，我们一定尽力而为。

他们立刻就说，放心放心，这个我们都替孩子考虑好了，演讲稿是现成的，早都写好了，绵绵背下来就行。都是好文字，好语句，一举两得，现在背下来，将来考试肯定也用得着。至于选举嘛，你们就放一百个心。这个工作我们来做，保证高票，争取全票，决不会低票，更不会落选。我们如果连这个事情都办不好，怎么再有脸见你们，又怎么给魏书记交代？

——就是真让绵绵当，让孩子当个一般干部就可以了，用不着又是班干部，又是团干部，又是校干部的，绵绵咱们也不是不清楚，真不是多么出色的学生，这样做，影响也不好，让学生们怎么看她呀。

他们一边轻轻地笑着，一边和颜悦色地解释道，什么呀，看你们都想到哪儿去啦，哪会像你们想的那样，都什么年代啦，现在的学生什么不清楚呀，让绵绵当学生干部，那也是为了学校好，为了大家好呀。如今的学生还不清楚这个！咱们学校有绵绵这样的学生，那还不是学校的福气，还不是学生们的福气！班里的学生，做绵绵的同学，那还不是天大的缘分，三辈子的运气！再说了，我们现在还能在哪里找得到绵绵这样的学生呀，这样的家庭，这样的身份，学生们都说了，从来也没见过绵绵有什么架子，绵绵也从没有跟别人显得不一样的地方。这些东西要放到别的孩子身上，哪里还放得下呀，早不知道会变成什么样子了。这就是绵绵最出色的地方，绵绵朴实得一塌糊涂，大家都说了，绵绵的舅舅那样精明能干得人心，绵绵这样突出优秀让人喜欢，外甥随舅，一定是块当干部的好材料……

……

绵绵的班里六十八名学生，全校五十四个班级，结果绵绵班长全票，团支部书记全票，校团委副书记只有一票弃权，学生会主席还是全票！看到这个结果，武祥和妻子相顾无言，呆了好半天，以至于后来一直都避谈这个话题。实在太神奇了，神奇得让他们自己都脸红。连绵绵自己也绝口不谈这方面的情况，只是说老师和同学们对她都挺好，挺尊重，至于平时都有些什么工作，她从来不讲，他们也从来不问。

　　其实，最让武祥难以对付的是绵绵的班主任，那是一个姓吴的四十多岁的女老师。隔三差五地就往家里跑，时间长了，彼此熟悉了，什么话也敢说，什么话也能说。可以说，最终武祥夫妇之所以能答应了学校所有的对绵绵的安排，都是被这位班主任说服的。这个班主任口才好，点子多，又是重点班多年的班主任，社会上的三教九流几乎都有交往。再难的事，经她一点拨，立刻振聋发聩，醍醐灌顶，让你大彻大悟，茅塞顿开。当初就是她第一个提议先要培养绵绵当团干部，接下来又多次非要让绵绵当班长。团干就团干吧，当当也无妨，但让绵绵当班长，武祥和妻子包括绵绵的舅舅都觉得不妥，绵绵更是一百个不愿意。其实，那会儿绵绵从别的高中转到这个重点高中也才几个月的时间，班里的人还不熟呢。何况这个班又是这个省重点学校的重点班，班里的学生哪个没当过班干部？哪个在原来的学校不是数一数二的校干团干好学生？绵绵的成绩本来就不怎么样，调到这个班里就更显得差了，逊得她手心出汗下意识地老低着头。学习跟不上，成绩上不来，班里的情况又不熟悉，就算绵绵性格还算随和还算沉稳，但要在这样的班里当班长，那绝对是不可想象的事情。其实现在的孩子对有些事情不吭声，并不意味着心里就服你，更不意味着对什么也不清楚不了解。让这样的差生进重点班，不就是因为有一个市委书记的舅舅吗？如今还要让这样的差生给我们当班长，是不是有点欺人太甚，太过分了？当然，学生们也都明白这是班主任的意思，班主任要这样的学生当班长，当然有班主任自己的想法，要什么人当就让什么人当呗，但还要让我们对这样的学生心服口服，说什么就听什么，想想那有可能吗？这样的班长在班里能有什么威望和公信力？所以班主任一开始提到这个话题时，立刻就遭到了武祥夫妇的坚决反对。绵绵能进这个班，就已经让很多人心怀不满了，想进这个班的人有多少啊。中考时，最低录取线六百二十分，凡是考进来的学生哪个不是学校的尖子生。不在这个分数线的，低一分就得多花一万，分数差点的，家长出十万二十万都在所不惜，眼睛眨也不眨。若是有钱有势的孩子，就是出再多也有的是人愿意出，抢着出。特别是那些大老板们，为了让孩子进来，出个百八十万的毫不在乎，为的就是能让孩子有一张将来能主宰天下的优秀同学关系网。现如今，同学就是最铁的关系，就是一辈子的硬关系。有这样的一帮好同学，那是一笔多大的潜力投资，那将会是多么深厚的政治资源和社会资本啊。这样的一个重点学校，这样的一个重点班级，那是多少人眼巴巴盯着的地方。而如今你不但一分不掏就进来了，何况还是个差等生，居然还要当一班之长，难道真以为大家的眼睛都瞎了，脑子都烟了？进不来的人，本来就窝着一肚子火呢，现在你们竟然还公开这么干，冒天下之大不韪，这世上还有没有天理，有没有公道了？那岂不等于火上浇油、顶风作案？如今八项规定人人皆知，处处都有巡视组的影子，你这铁板钉钉的事情，有人那么一检举揭发，随便一封告状信，闹出什么事来那还不把绵绵害惨了，弄不好岂不把书记也影响了？

不行不行，说什么也不行，武祥对班主任多次的劝说，一直坚决表示不同意。说什么也不能眼睁睁地把绵绵往火坑里推，能进这样的学校已经是谢天谢地了，再怎么着也还有个自知之明吧，不至于糊涂到连个底线也没有了吧。

绵绵当然也坚决不同意，这可不是小事情，让我这样的学生当了这个班的班长，那班里的同学岂不是更要把我看扁了！

不过，这个班主任并不着急，每次都笑眯眯地来，笑眯眯地去，从来也不硬说什么，这次说不通就下一次，下一次还不行，就再等下下一次。到后来，武祥终于不再说什么了，连绵绵也不怎么再坚持了。因为慢慢地，他们终于听明白了班主任的意思。

班主任让绵绵当班长的深层用意其实很简单也很有说服力，而这层用意让武祥夫妇几乎是丢盔弃甲，毫无还手之力。班主任说，绵绵现在当了班长，当了团干，当了学生会主席，再加上每年的三好学生，下一步上省重点大学，甚至上全国重点大学，就可以有办法让绵绵免于考试直接保送。这样的保送生年年都有，不显山不露水，谁也说不出什么。就算有人来调查，那大家选举出来的班干团干还能是假的？人家的学生会主席、三好学生还能是假的？这都是一票一票选出来的呀，哪个敢说当初选错了？敢说有人私下干扰选举了？就算能干扰了老师，那整个班里的学生都选错了，都被干扰了？那几百几千学生的选举也都错了，也被干扰了？再说了，就算查下来，学生们也早都毕了业，上了大学，又到哪里查去？如今的八项规定、巡视组什么的和咱不沾边儿。咱违反什么了？谁会为了这些事情去告状？其实这算个什么事，谁会把这事当个事？高考在即，哪个家长学生不是战战兢兢、老老实实、规规矩矩的，谁会在这个关口给自己找麻烦、找罪受？告状还能比高考更要紧？万一露了馅、出了啥娄子，影响了孩子的高考，因小失大，这样的傻事谁会干？再有一年就毕业了，谁当班长校干部，关你什么事？哪个家长学生会吃饱了撑的操这份闲心？就算绵绵当不了，能轮到自己的孩子当吗？那个当家长的还想不明白？再说了，如今什么也就是那么一阵风，等这阵子风刮过去了，谁还管得着谁？

　　班主任其实还有一层意思没有说出来，但一家人立马都听明白了。按班主任的意思，那就是以绵绵现在的学习成绩，将来要是真刀真枪地考起来，甭说考重点大学了，就是能考上一般的大学也还差着一大截子。即使那所大学愿意要你，成绩太差，不还得冒风险走关系？班主任的这些话可算是击中了要害。对这一点，在班主任多次的家访中，武祥和妻子还有绵绵对此也都十分清楚，绵绵的学习成绩确实很一般，要凭绵绵的真成绩，绵绵确实很难考上大学，更不用说好大学重点大学了。班主任说了，如今同过去不一样了，现在你想考个一流大学、重点大学比考个一般的大学和专科，不知比过去要难多少倍。现在上全国重点大学，那可真正是千里挑一，万里挑一。班主任不慌不忙、不紧不慢地分析来分析去，现在每年有多少学生考大学啊，七七、七八，包括八十年代那会儿，全国的累积了十几年的考生，三十多岁的都算上，总人数才五百多万。而如今，一年差不多就是一千万。只咱们延门市，如今上高中的就七八万。应届生加上复读生，考大学的学生怎么也有十多万，比过去整个省里的考生还多！如今大学是多了，可真正能算是好大学的又有多少？真正大学里的重点大学又有多少？达到录取分数线的，过去一百个里面就有三个五个能上重点大学，如今一千个里面能有三个五个进重点就已经算很不错了。若是全国重点大学，一万个考生里面能有三个五个都烧高香了。上大学的人是越来越多，但其实这只是一个假象，因为在咱们延门市这十万多考生中，能上全国一流重点的也就几十个人。而这几十个人其实就是我们市、我们省，包括我们国家未来的栋梁之才，真真正正的人尖儿。那些所谓的普通大学，一般大学，还有那些只是凑数的专科、三本，其实都只是挂挂名而已。说是个大学生，其实在人们眼里也就跟"文革"前那会儿的高中生差不多。有好多好多所谓的大学，都只是大专的牌子，中专的底子。学校里的设施都是急就章，师资力量更是无从谈起。脏、乱、差、劣、次、挤，管理混乱，校风败坏，好学生进去了，用不了多久也都变成坏学生了。如果稍稍有些办法，谁家舍得把孩子往这样的大学里送？你想想，全中国上千万的考生都拼命地想往好大学、一流大学、重点大学里挤。上千万的考生啊，还不算自考、成考、专升本，你想想，在这里头父母有钱有势的子女有多少？父母是领导干部的子女有多少？父母是千万富翁亿万富翁和重要领导干部的子女又有多少？有这么多这样的学生要上重点大学，你想想这里面的竞争会有多激烈、多残酷？说白了，现在就是一考定终身，要是考进了重点大学，就等于是一辈子端稳了金饭碗。进了重点大学，就等于硕士博士也一起拿到了手。再想想看，到了那一步，进了重点大学，岂不等于这辈子永远都是人上人了。当然了，咱家绵绵根本不愁上重点大学，只要舅舅说话，想上哪儿最终就能上哪儿。不过让我说，既然要上，咱就体体面面地上，正大光明地上，理直气壮地上，用不着看别人的脸色，让别人说长道短。咱是重点学校重点班的班长，还是学校的干部，团里的干部，等过了这几天，再给绵绵评上一个市级的三好学生，这就全齐了。其实全省的三好学生也没什么问题，这样的条件十有八九没问题。这样的学生，千了百当，众望所归，将来保送到哪个学校，都光光彩彩、排排场场、鲜鲜亮亮。据我所知，绵绵小学初中都被评过三好学生，初中升高中就是保送的，这对下一步保送重点大学已经打下了很不错的基础。保送生，三好生，还有班长，校干部，团干部，到了五四青年节，咱们再想办法闹一个全省青年标兵，这就更没问题了，等于上了双层保险。这样的学生保送大学，还怕别人说闲话！像这样的学生哪所重点大学不欢迎？有这样的资本履历，即使到了重点大学不也还是照样成为重点培养的对象？这些年都讲什么小升初难，中考难，再难还难得过上大学？什么高房价，什么看病贵，什么入托难、上学难、工作难，其实咱们中国最贵最难最不容易的就是上大学，顶顶难的就是上重点大学。只要上了大学，尤其是上了重点大学，以往的成绩、分数啊就没那么重要了。上了大学，尤其是上了重点大学，才等于万事俱备、一切齐全，咱才会去考虑别的。咱连一个好点儿的大学也上不了，还谈什么住房工作，你连考虑的资格也没有！其实咱们绵绵，房子工作那算什么事？顶顶要紧的还是挑所好大学。所以让我说，现在当个班长吃点苦也值得，其实班干部也没那么多事情，更没那么复杂，现在的那些孩子，什么不明白，什么看不开？根本不会把这些当回事。绵绵当班长，肯定要让大家选举，这个我来做工作，再难也得保证顺顺利利，圆圆满满，就是跑断腿，磨破嘴，也要保证绵绵高票当选。绵绵大家也挺喜欢，端庄高雅，朴实善良，既没架子，又没有脾气，班里的学生都能接受。让绵绵当班长，正好让大家有了一个接近绵绵的机会，有绵绵这样的同学为同学们服务，还不是同学们的荣耀和机遇？其实呀，咱们都老古董了，人家现在的孩子，脑瓜子都好使着哪……

　　班主任虽然年龄不大，但老成持重，人也精神，在校领导跟前说话也算数，当然领导也有意让她来拉关系做工作。还有，学校有个副校长缺额，班主任也在候选之列。班主任虽然没有明说，但武祥夫妇心知肚明。这样的事，只需魏宏刚书记一句话，立刻就瓜熟蒂落，水到渠成。

　　没有多久，一切都成为事实，而且确实都是高票全票当选。当然，校领导们没少做工作，所有的老师都积极配合，学校的扩建，教学条件的改善，尤其是老师们的福利分房，也都有了指望。让这样的学生当班干部校干部，能换来这一切，哪个老师会不同意？

据班主任说，班里的孩子都很高兴，学校也没什么人有意见。至于那弃权的一票，班主任说了，大家都知道是谁，这样的人以后肯定没有好果子吃，将来到了哪儿也别想有什么发展，这不明摆着坑大伙吗？就算你对校长有意见，也不该这么跟大伙过不去。不过这人还算是有点觉悟，没投反对票，谅他也没胆子敢跳出来公开反对。

绵绵回来后也证实了班主任的话，同学们确实对她很好，她和同学们的关系也确实很融洽，老师们也都很高兴，特别是校领导都对此表示相当满意。

再后来选三好学生，也一样高票当选。只是绵绵当时对三好学生的选举多多少少还有些不满意，倒不是因为自己丢了票或者有人反对，而是说有些成绩很差的学生，竟然也被选成了三好学生，听学生们私下议论，说有些三好学生都是给学校和班主任送了东西的，反正有两个三好学生，家里确实都是大款。其中有一个，资产超过几十亿。晚饭时间，武祥问绵绵，学生们就没意见吗？绵绵说，现在的学生，有意见谁会当面说出来？其实那个学生也挺不错的，除了学习差点，别的都挺好，隔三差五的，就把班里的同学请到大饭店里撮一顿。班里到什么地方参观活动，也都是人家派车接待。豪华大巴，几天几夜，一分钱也不要，有时候连饭费住宿费也包了，老师学生都开心得很。人家没架子，威信也很高，要不是因为有我，说不定班长肯定就是人家的了……

就在绵绵的舅舅魏宏刚出事的前几天，绵绵的班主任还在做绵绵的工作，希望绵绵能代表学校和班集体参加全市的优秀学生"我爱祖国"普通话演讲赛，班主任苦口婆心说如果在市里被选拔上了，就可以参加全省的普通话演讲大赛。班主任老师还说了，如果这个奖得上了，那可就锦上添花了，下一步的路子就更宽了。咱就可以提前参加中传中戏北电和上戏的艺术特长考试，将来当个主持人什么的，不也挺好的吗……

……班主任每次来都忍不住说一句：咱绵绵的小脸蛋真是越看越耐看。

……这一幕幕，历历在目，仍在眼前晃动，犹如刚刚发生了一样，其实也确确实实刚刚过去没多久，这才多长时间，满打满算也就一年多。

但是，就好像一夜之间，完全变成了另一个世界！

……

刚才那个自称是教务处的人说，至于别的情况，班主任到时候会告诉你的。

还有什么别的情况？

绵绵的校干部已经被免了，不是免，而是要让绵绵主动提出辞职，其实也已经等于是被免了。那么，还有什么别的情况？不就是这个班长吗？不就是那个团干部吗？要免就一块儿免了吧，长痛不如短痛。可是听这个教务处的人的口气，班主任可能还会带来什么别的消息。

还会不让绵绵在这个学校念书了？

想到这里，武祥禁不住打了个寒战。

武祥真的不想在吃惊后再猜中什么。

他们会不会把当初绵绵从一般高中转到这个重点高中，也当作是绵绵舅舅的一个腐败问题来处理？

会吗？武祥慌了，意识到自己好像在变相地回答这个问题。

也许真会！

要真那样，那岂不更把绵绵害惨了！没几个月就要高考了，要真那样，绵绵这辈子可就彻底完了！

武祥突然觉得心惊肉跳，魂飞魄散。

说是班主任要来，今天会来吗？几点？晚上会来吗？

这个班主任，真会带来这么一个消息？

这个学校，真会这么干？

他竭力在想象着班主任总也是一副弥勒佛笑眯眯的样子，是不是也一下子会变成一个令人胆寒的黑脸婆？

如果真那样了，又该怎么办？

绵绵如果离开了这个学校，还能去哪里上学？现如今哪个学校还会接受她？

武祥默默地僵在那里，连呼吸也觉得困难起来。

绵绵的屋子里静悄悄的，整个家里依然像窒息一样的死寂。隐遁的还有扑朔迷离的期待和绝望，隐遁的还有一棵蟹爪兰的红，累坏了这株饱满的植物的红。武祥竖起耳朵，听不到任何声息，连绵绵看书写字的声音都听不到。

自己是怎么了，今天居然会打孩子一个耳光！而且还是那么重，这会儿绵绵的脸上会是个什么样子？那几道手印肯定都还在，说不定那半个脸都已经肿了。

都到这步田地了，为什么还要打她！

只想自己了，为什么就不想想孩子！

武祥和衣而卧，泪水潸然。

三

◆

　　还好，班主任下午没来。武祥本想打个电话问问，想了想又把电话放下了。

　　也许晚上会来？

　　武祥很少做饭，但今天却特地做出感兴趣的样子做了一回。他熬了稀饭，还炒了两个菜。

　　他似乎已经察觉家里气氛不对，便再没有同绵绵说话，事实上也不知道该说些什么。武祥原想给绵绵送杯水过去，踌躇了半天，还是忍着没过去敲门。绵绵也一直没吭声，一直没过来，甚至连盥洗室也没去。武祥炒菜做饭时，绵绵也没像以往那样过来帮忙。

　　妻子魏宏枝回来时，已经快晚上八点了。

　　武祥本想先跟妻子说说今天下午的事情，腹稿早都打好了，连该怎么说的话也想好了：老婆啊，今天也不知怎么了，一失手就打了孩子一巴掌，你当妈的就唱唱红脸吧，千万别再责怪孩子了，孩子这些天压力太大也太累了，心愁爱瞌睡，本就该让孩子好好睡两天的，大人都受不了了，绵绵哪受得了这样的事情。我打也就打了，怪后悔的，你就好好哄哄孩子吧，以后我这当爸的肯定不会再这样了，打死也不会再动孩子一指头。一会儿当着孩子的面，你好好数落我两句，我说两句软话，给孩子个台阶，事情也就过去了。

武祥知道，在孩子的事上，妻子从来都听他的。要是不嘱咐两句，妻子肯定只会数落绵绵，而不会责怪自己。妻子这几天的脾气一天比一天差，万一要是把火气再发泄在绵绵身上，说不定会比他发作得还厉害。

武祥思忖着，当这件事情过去了，家里气氛缓和过来了，一家人再坐在一起商量一下学校要让绵绵辞职和班主任要来的事情。

然而，当见到魏宏枝时，他才发现，妻子的情绪似乎比他更沮丧，神情也比他更忧郁。她甚至都不看他一眼。妻子整个眼皮都耷拉着，面色发灰，一副绝望的神情。

武祥蹑手蹑脚想凑过去，靠近妻子，但他明显地感觉到一股寒气，妻子一身肃杀的寒气让他战栗。

看眼下妻子的样子，如果真和她说句什么话，或者看她那么一眼，或者问她一句怎么了，备不住她就会放声号啕，备不住她会做出什么极端的事情来。

妻子整个人好像完全垮了。

妻子的精神濒临崩溃，已经经不起任何打击了。

魏宏枝原本并不是一个柔弱的女人，也不是一个胆小的女人。

魏宏枝与武祥同岁，同乡，两人上学恰好都比别人晚一年，小学、初中还是同班。后来武祥上了市里的中等师范学校，魏宏枝因为家庭情况则上了县里的技工学校。当时的技校只需上一年学就可以挣到工资，因为上一年学后通常就会去大工厂实习。一旦实习，就有补贴了。大工厂的补贴也多，比地方上的工资也少不了多少。魏宏枝当时的动机和想法非常简单，上学就是为了上班，上班也就是上学的目的。在她心目中，上学跟求知完全是两码事。她的上学就是为了就业，就是为了找工作。上学也好，找工作也好，目的只有一个，就是为了让全家的日子能轻松一些，让比她小八岁的弟弟魏宏刚，能顺顺利利地读完小学、初中、高中。她清楚，像她家这样条件的家庭，绝无可能同时供两个子女上学，更无可能供两个子女都上高中，上大学。即使供一个大学生也非常艰难，几近倾家荡产。魏宏枝还有一个堂姐，虽然从小在家里长大，但早已嫁人生子，家庭也一样并不富裕。所以，只有自己能尽快找到出路，尽快挣到钱，才有可能让弟弟完成所有学业。有心的她提前已经了解清楚了，如果上了技校，到工厂实习时，一个月差不多可以拿到三十块钱。魏宏刚上学早，从小就成绩好，又刻苦，小学时曾连跳两级。等到她实习时，领到的补贴就可以供弟弟读书了，交完学费剩下的钱，还可以让弟弟吃点儿好的，不至于天天啃窝头，吃咸菜。如果再干点别的，基本上就可以顺顺利利、安安心心地让弟弟读书。等到自己技工学校毕业，分配了工作，她就可以继续供到弟弟高中毕业然后再上大学直至大学毕业。

　　魏宏枝的成绩很好，她不费吹灰之力就上了当时县里唯一的市属技工学校。几乎所有的老师都为她惋惜，以她的成绩，上高中，上大学，应该不存在任何问题。那时候，刚刚恢复高考不久，大学、大专、中专的录取分数差不了多少，重点高中和技工学校的录取分数也差不了多少。当然，这里面还是有区别的，上了技工学校，注定就是工人；上了中专，就可以做技术员；上了大专，就可以做医生、做工程师；上了大学，就可以留校，就可以考研，就可以进政府、进机关、进国家最重要的部门。分数表面上差不了多少，但结局则相去悬殊，甚至是天壤之别。

　　魏宏枝并不是不清楚这些门道及利害关系，她也知道老师们的劝说和惋惜都是为她好，不过她还是毅然决然地选择了技工学校。她之所以如此选择，最主要的是因为那时有一个让人没有后顾之忧的社会环境，那就是不管你是大学生还是技校生，只要你能上了学，将来就肯定会有一份不错的工作在等着你。那时候，有多少单位在等着要人啊，只要你能上了学，即使像技工一类的学校，也一样等于是端上了铁饭碗，也就等于是获得了一辈子的温饱生活。

最关键的问题是，面对着比自己小八岁的弟弟，魏宏枝非常清楚，如果她挣不到可以让弟弟继续上学的钱，那么姐弟俩面临着的结局就只能是双双辍学回家务农。

非此即彼，别无选择。

当时家里的情况已经无法再供他们中的任何一个人继续上学了，没钱就只能辍学回家，即使是弟弟的学习成绩再好，也只能这样。虽然家里三代单传，这一辈就弟弟这么一个男丁，二百亩地就长出这么一棵大白菜，那也只能听天由命。二十几年后，当魏宏枝的弟弟魏宏刚当了市委书记后，曾在武祥面前动情地说道，姐夫啊，他们都夸我这行那行，这有本事那有才气，其实，我这辈子最大的运气福气就是有这么一个姐姐。要是没有姐姐当时的付出和选择，我绝对不会有今天。紧接着，他又说了一句富有哲理的话，贫穷不是罪恶，但贫穷却会制造罪恶。贫穷会把最优秀的人才扼杀在摇篮中，也会把未来的天才变成愚民和恶魔。

魏宏刚说的是实情，也是真心话。

技校毕业后的第四年，魏宏枝的父亲被确诊为肝癌晚期，并已全身扩散。当时整个家里就魏宏枝和父亲两个人知道此事，连母亲也一直被蒙在鼓里。

当时，为了不让在县城里上高中的弟弟魏宏刚分心，一直到父亲去世，姐姐都没有对魏宏刚说出父亲病症的实情。

魏宏枝的父亲是个地地道道的农民，农民是这个世上最能扛病的群体。农民意味着从生到死，从黄口孺子一直到离开尘世，这其中只允许也只可能经历一次熬不过去的大病暴病。魏宏枝的父亲从十七八岁成家立业开始，一辈子从未有任何病症让他在床上躺过三天两夜。也很少吃过什么药，平时头疼脑热胃寒拉肚子什么的，顶多吃两片麻黄素、去痛片也就过去了。该干的农活，不管是挑粪还是耕地，不管是耙地还是播种，也从未因病而停下来过。然而，这一次不同，父亲动不动就喊累、喊乏。那段时间农活不忙，父亲忙不停地一直在帮村里人盖房子，虽然是重活，但能省下家里一口吃的，父亲基本上天天不落。父亲正值壮年，是摞瓦的好手，摞瓦这活儿就是盖房子铺瓦时，从房下把瓦片直接用手扔到两丈高的房顶上去，房顶上一般是个小孩或老者接瓦。这是个苦活累活力气活，一页瓦有三斤重，一次摞二至三页，多时可以扔五至七页。越多越重也越容易扔散了，所以得有技术有技巧还得有猛劲儿有耐劲儿。魏宏枝的父亲每次都能扔三到五页，一口气可以扔上去几百页瓦，而且从来都扔得稳稳当当，很少有失手的时候，至于把瓦摞空摞散摔碎了的情况更是极少。正因为如此，每当村里到了盖房修房的季节，魏宏枝的父亲就被东家请西家叫，很少有闲下来的时候。

　　然而那一次魏宏枝的父亲真的是不行了。他的脸蜡黄，原本极瘦的身子骨越发瘦得怕人，饭减睡短，腰板佝偻得已经挺不起来。以前一次可以扔三到五页瓦，现在两页都扔得气喘吁吁，扔几下就窝在地上喘上好半天。再到后来，就不扔了，只躬着身子在一旁给人递瓦，但即使这样，也眼看着不行了。有人让他去医院看看，他摇摇头说没啥，扛两天就过去啦。但终究没能扛过去，魏宏枝的父亲在一次弯腰搬瓦时一头栽在了土堆上，前喊后唤的乡亲拥上，一直让人抬到家里时，他都没能醒过来。

　　当时刚满二十三岁的魏宏枝，得到消息回家后，第二天一

还算高大的父亲，坐在自行车上，飘飘忽忽的就像一把棉花！

大早就毅然决然地用自行车把父亲绑在自己背后，急踩狠蹬地送到了县医院。那时候村里还没有通往县城的公共汽车，最便捷最省钱的交通工具就是自行车。好在二十三岁的魏宏枝，尽管家里缺吃少穿，粗衣粝食，工厂里夜以继日，精疲力竭，但似乎并不妨碍她发育成一个大姑娘。自行车是家里最得力的交通工具，魏宏枝骑自行车带一二百斤的重物翻山越岭已经是家常便饭。全家用一万多个工分换来的这辆自行车，买回来整整四年了，仍然像新的一样。一家人就像爱护生命一样爱护着这辆自行车，平时用完了，擦得干干净净，然后就把自行车悬吊在房梁上，即使已经都十五岁了的弟弟魏宏刚，也根本没有机会可以随便骑到这辆自行车。这辆自行车平时用得最多的，除了父亲，自然就是魏宏枝了。如今父亲到县医院看病，护送父亲的任务自然就落在了魏宏枝头上。

父亲躺在诊床上的时候，魏宏枝不忍地把脸别过去，看着一只撞到玻璃上的受伤的鸟儿在窗台上抽搐。她眼看着奄奄一息的鸟被一股旋风拂下窗台……魏宏枝转身看着父亲隆起的很高很黑的肚子，憋得咳嗽个不停。

医院里的检查其实很简单，那时候没有 B 超，也没有 CT，事实上根本不需要这些了，医生只做了一次腹部按诊，而后又进行了一次 X 光透视，基本上就确诊了：肝癌，晚期，肝腹水，而且已经全身扩散。

回去的路上，魏宏枝才发现自己父亲的体重竟是这么轻。还算高大的父亲，坐在自行车上，飘飘忽忽的就像一把棉花！

父女俩一路无语。父亲看不到女儿脸上的泪水，女儿也看不到父亲脸上的绝望。父亲倔犟的脾气没有任何人能说服得了他，其实也没有什么可以说服父亲的理由。当父亲搞清了自己的病情后，几乎没有任何犹豫就做了放弃治疗的决定，并坚持要立刻回家，而且几乎没有买回任何药物。

魏宏枝和父亲都清楚，肝癌晚期，已经全身扩散，而且放弃治疗，对一个人来说意味着什么。而这对魏宏枝，对十五岁的魏宏刚，对四十多岁的母亲，对年近七十的爷爷奶奶，对这个家庭，又将意味着什么！

父亲去世前，魏宏枝给父亲买回十颗鸽子蛋。父亲问：多少钱一颗？魏宏枝不敢照实说三毛钱一颗，骗说一毛钱一颗。父亲勃然大怒道：咋这么败家浪费钱呢，一毛钱干啥不行，吃这么贵的东西，还让不让我死得安生？父亲推推搡搡让魏宏枝出门赶紧退了，把钱收回来，孰料，身子一倾，虚弱地倒地不起⋯⋯

父亲只撑了一个多月就去世了。一个月的时间，对一个人很短暂，但对魏宏枝则像过去了百年。这个荷负全家重担的父亲，临死都舍不得吃一颗鸽子蛋。在这个月里，她在父亲身上学到了大概是只有农民才具有的刚毅、坚韧、忍耐、沉默和他们与生俱来的对待死、对待生、对待自身，对待亲人的类似自裁似的人生守则和人生态度。

在一个多月的时间里，父亲几乎没有喝过一次药，只是在一次大吐血时，才喝了两口镇吐剂。母亲一直到父亲去世前十天，才真正知道了父亲的病因和即将到来的无法阻止的结局。为了不让弟弟的情绪受到影响，魏宏枝在父亲去世前十天，就再也没让弟弟见到父亲，尽管弟弟所在的学校离家只有二十几里地。那时父亲的身体和面容已经彻底变形，极度的消瘦、疼痛和虚弱让父亲形容枯槁，面无人色。剧痛没有让父亲吭过一声，但疼痛的感觉最终全写在了父亲的脸上和躯体上。父亲死前二十天就已经无法入睡，因为不能躺卧，只能像一只狗一样蜷缩在棉絮里。父亲去世前十多天就开始浑身战栗，两手死死地抠着炕席以致指甲纷纷脱落。魏宏枝日日夜夜守候在父亲身旁，看着已经不成人样的父亲，她最后唯一的心愿就是希望父亲能早点离开人世。毫无任何怜悯之心的病痛一直把父亲折磨到最后一刻，人们都说父亲真的是一条狗命，活得艰难，死也不易。父亲陷入昏迷只有一天多时间，而后一阵大呕，呕出一大摊像黑酱一样的血块，这之后再也没醒过来。看着一动不动的父亲，大家都以为父亲是昏睡过去了，但等到父亲的身体越来越硬，越来越凉时，才明白父亲终于彻底地去了。

哭得昏天黑地的魏宏枝，一直到父亲被掩埋后，才渐渐体悟父亲的死给她带来的终生剧痛；父亲的死，也让她过早地完成了一个贫困农民的基因传承。贫穷，可以让一个人的承受能力超越人的生命极限。她从父亲身上，看到了一次活生生的这样的生死演练。

魏宏枝记住了父亲去世那天雷声滚过自家的屋檐，自家的瓦页掉下来无数。

武祥几乎不在妻子跟前提她的父亲，刚结婚那几年，有那么几次，不经意间说到她父亲的事，魏宏枝立刻埋下脸去，几乎一刹那间，大颗大颗的泪水就会砸进碗里，砸在桌子上。

在此后魏宏枝的人生历程和人生抉择中，似乎都掺进了父亲的影响。夫妇俩二十几年的婚姻生活中，无论是病痛还是横灾，武祥曾多次领略过妻子的坚韧和毅力。

作为丈夫，武祥也清楚妻子的个性和脾气。在这个世界上，武祥还从来没有见过妻子为什么事情焦虑过，发愁过。她好像参透了生死交谢，寒暑迭迁，万物流动，人之常情。他甚至很少见妻子为什么难事发愣皱眉头，尤其是极少见妻子有唉声叹气的时候。恰因如此，他甚至常常会觉得妻子有些冷漠，有些乖戾，缺少点女人应有的温和与柔媚。

回到当下，让武祥吃惊和难以猜透的是，今天晚上妻子的情绪怎么会这么差？半年前做乳腺癌根治切除手术时，临进手术室了，妻子还乐呵呵地说：你去给我买把新梳子，老梳子齿

父亲的死，也让她过早地完成了一个贫困农民的基因传承。

都掉了好几根，咱经过手术室的洗礼，得重新做人不是？

永远也压不倒打不垮的妻子，怎么会成了这样？

即使是魏宏刚出事的那些天，妻子的神态和精神也从来没有这样低落和萎靡过。她甚至还常常劝说武祥和绵绵，是树，春天都得发芽，是人，三灾六难不在话下。她要大家都乐观一些，眼光都放宽一些，而她也确实很乐观，眼光也确实放得很宽。即使在魏宏刚被宣布双规，在市委常委会上被突然带走时，妻子除了感冒发烧至三十九度多的那几天，都一直在坚持上班。他劝她休息好再说，魏宏枝不在意地说：不就扁担长，板凳宽那么点事吗，绵绵舅是绵绵舅，我们是我们。我们的扁担又没折，我们还得过我们的生活。

看着妻子对天塌地陷泰然处之的样子，他也不住地安慰自己，提醒自己，这当口一定帮衬妻子坚决顶住，绝不能倒下。看着妻子的言行举止，他常常会突然生发出一种说不出的敬重之情。妻子虽然没有那多的温柔优雅，但妻子坚强、刚毅，千斤的担子也压不弯腰，一个真正宠辱不惊，可以同甘共苦的女汉子。平时，她宁静得就像放在犄角旮旯儿的一根棍子，家里一旦出事了，她能抢得八面来风，呼呼呼的。有妻子这样的女人撑着，这个家什么时候也垮不了。

武祥深深爱着自己的妻子，爱着自己的家。武祥与魏宏枝结婚二十余年，几乎没有几年安逸的日子。武祥有个妹妹，刚结婚不久就得了一种怪病，医学术语称之为一种典型的自身免疫性结缔组织病——红斑狼疮。当得知这个病几乎是不治之症时，自己的父亲母亲首先从精神上就完全垮掉了。武祥的妹妹很漂亮，省音乐专科学院毕业，弹得一手好钢琴，曾多次获奖。得病前，当时中央音乐学院已批准她进修两年。妹妹也确有音乐天赋，每当她修长的双指在琴键上来回舞动，一曲曲悦耳的旋律就立刻回荡在并不宽敞的家中。妹妹的琴声，像蔷薇摇晃着细雨潜潜落下，让家里充满了温馨，给了爸妈无尽的欢乐和憧憬。妹妹的学习成绩很好，当初很轻松就考上了那所省里最好的音乐专科学院。据老师讲，妹妹的文化课成绩比中央音乐学院高出三十多分，但专业成绩并不理想，并不是因为分数低，而是复试和面试的结果让她的排名落在了后面——她的音乐老师说，你就是肖邦的妹妹，没有关系也是枉然。再后来，妹妹留在学校当了钢琴老师。那时候，妹妹已在全国青年钢琴比赛中荣获了二等奖。再后来，妹妹结婚了，嫁给了一位市老领导的孩子、狂热追求妹妹多年的市教育局中教科副科长贾贵文。妹妹的婚姻武祥和父母都赞成，咱们这样的家庭，嫁给一个那样的人家，那还不是攀了高枝。唯一强烈反对的是妻子魏宏枝，妻子经过多方打听，知道那个贾贵文品行很差，纯粹一个纨绔子弟。父母则说，人家不嫌咱门不当户不对，咱还嫌弃人家是干部子弟？干部子弟家教严，懂规矩，都受过良好的教育，有几个差的？不管怎么说，好的还是多。再说了，千差万差，还就真差在咱头上了？

　　谁知妻子一语成谶，结婚才一年多，妹妹就被气得常常回不了家。据人说，那个贾贵文在外面的女人少说也有一打，整宿整夜在外面鬼混是常事。公公婆婆年纪大了，住得也远，两年了没有孩子，对儿媳妇怨气也不少。见了面，就叨叨风来了，雨来了，娶个媳妇肚来了，你可倒好，肚子比瓦片还薄！说罢，冷屁股冷脸地转身就走了，自始至终，婆婆从来没说过儿子一句不是。直到这个时候，武祥才明白了老人常说的一句话，儿女婚姻，就得门当户对。攀上了高枝，毁的是儿女。侯门深似海，滴滴都是泪。平民百姓走入官宦门第，真要想翻身也只能靠下一辈人。而如今你连儿子姑娘也没生下一个，还指望公公婆婆把你当人看？

那时候绵绵已经五岁，当姑姑的几乎把所有的爱都给了侄女。家里的玩具，几乎全是妹妹买回来的。绵绵一回到家，黏到姑姑怀里扭来扭去的像块棉花糖。绵绵那点还算过得去的钢琴水平，都是姑姑手把手教出来的。到姑姑那里学钢琴的孩子多得要走后门，一个星期天辅导几十个孩子，每个孩子也就那么十几分钟半小时，姑姑的脾气让所有的学生都战战兢兢。唯有到了绵绵这里，姑姑一没脾气，二没时限，只要绵绵乐意，想弹多久就弹多久。即使弹错了，使性子瞎捣蛋，弹得狗屁不通，姑姑也从没说个不字。

让人做梦也没想到的是，美丽清秀、人见人爱的妹妹一下子就病倒了！而且不到三个月就离开了这个让她无限留恋而又万分悲伤的人世！至亲的女儿在春天结束了生命，就好似春天真的来过了么？父母遭受的打击是残酷的，老两口几天几夜守着行将离去的女儿，眼看着她日渐面如死灰，形容枯槁，喉咙里无声的呜咽惨厉而瘆人，他们的痛是无法排解的。青草在林中青，白云在树梢白，孩子的死一多半是他们虚荣造成的。嫁出去的姑娘，最终死在娘家，公公婆婆除了妹妹在医院时看过那么一次，就再也没露过面。而妹妹的娘家，公公压根都没来过，婆婆还是妹妹结婚那年在屋子里站了几分钟，让座都不坐，四下扫了几眼就走了。结婚后，武祥的父母送姑娘到亲家家里时，才真正感受到了什么是天差地别。相比人家的房子，自己的家就是个鸽子窝。卖了老家房子，倾尽家财买来的六十多平方米的家，客厅还不到五平方米，两个人坐下来几乎就是脸对脸，端杯水都要从头上越过去。亲家母一身珠光宝气，如果坐在那令人寒碜的椅子上，连自己也觉得不配人家。亲家的住宅，则在市里的中心区域，闹中取静，就像建在一座幽静的公园里。那一片都是市领导的小楼，大多都精心翻修过。有灌木搭成的拱门，有树篱摆弄的造型。灰砖绿瓦，深色青彩，显得超凡脱俗，典雅显赫。打远看去都是枝叶繁茂、精心修剪过的茂林修竹。走近了，还会看到一片片奇花异卉、垂柳丰草，处处展露着非同一般的荣耀与气势。亲家的小楼上下三层，更是周遭精邃，半亩大的一个院子，一派绿烟红雾。再等进了客厅，第一感觉就是这个客厅比自家的整个房子面积还要大，光墙上的一张大画就比自家的客厅都大。他们手足无措地在沙发上坐了不到半个小时，就逃也似的离开了。老领导很客气，跟他们几个都握了握手，然后伸伸手让坐下，小保姆很快送上了茶水和水果，水果都削了皮切成了薄片，还有一些说不上名来的水果也摆得整整齐齐。寒暄了几句，好像再也找不出什么话来。亲家母在一旁不停地打着手机，嗓音不大，但透露着说一不二、不容置疑的威严。离开的时候，他们还没出门，回头看时，身后就只剩一个保姆了。保姆关门时，那哐当的一声巨响，几乎吓了他们一跳。

直到这个时候，武祥的父母才开始意识到儿媳妇魏宏枝当初的坚决反对真的是为了一家人好，身为父母同意把闺女嫁进这个家门也许是这辈子最错、最不该的一个抉择！

但一切都为时已晚，即使妹妹的病跟她的婚姻无关，但妹妹的婚姻却是她过早病故的最大原因。妹妹刚住院时，贾贵文还时不时地来看看，当得知妹妹的病几乎是不治之症很难痊愈时，妹妹就很难再见到丈夫的身影。妹妹病重时，贾贵文全家一起乘坐豪华邮轮，地中海四国游去了，整整二十天之后才回来！

最可气可恨的是，妹妹住院治疗的费用，贾贵文一家只缴过一次，其余的便再也不管。武祥夫妇和父母十多年来省吃俭用，加上妹妹加班加点带学生的费用，原本想换套大房一共积攒的三十多万块钱，几乎全垫在了医院里。武祥去贾贵文家里找过几次，从来都见不到人影，后来去单位，去他父母家，也一样无功而返。有一次打通了电话，贾贵文居然振振有词地说，你家的人病了，凭什么让我们家人掏钱！

那时候妻子魏宏枝刚刚当了车间副主任，每天忙得不可开交。武祥知道妻子的脾气，一直瞒着没跟妻子讲。但从公公婆婆的哭诉中得知事情经过后，妻子气得瞪着武祥一夜都没合眼。第二天，魏宏枝带了两个徒弟直奔教育局，先找局长，后找处长，把整个教育局都闹得天翻地覆，人人义愤填膺！魏宏枝反复讲述着一件事：我公公他老实巴交，俭朴克己，三年前去县医院做完割痔手术，连住院费都舍不得掏，当天下午硬是走了十二里路，走路回家！他从嗓子眼儿攒下的那点儿钱，真的是救不了他女儿呀！

……

本来就不得人心的一个干部子弟，居然干出这样的事情来，顿时成了人神共愤的禽兽！那小子从小到大，哪里见过这样的阵势，吓得转身就跑，好几天都无影无踪不来上班。妻子魏宏枝并没罢手，你逃得了和尚逃不了庙！第四天一早，她把车间的一半人都带到了那个老领导的家门口，一张大幅标语一字拉开：无德无品无教养，无仁无义无天理！

市委大院宿舍区本来是个显贵清静的地方，一下子竟热闹起来。这样的丑事，谁听了谁跺脚、谁咬牙。老领导刚开始还打电话叫来了几个警察，但警察再一听缘由，歪着脑袋直摇头，也就站着光看不管了。后来又来了几个记者，这下老领导才慌了。当时赶紧托人找到了妻子的弟弟魏宏刚。魏宏刚那时已经是一个城区的副区长了，听说姐姐在老领导家门口闹事，立刻开车就找了过来。弟弟上来就说，什么事犯得着这么闹？人家是老领导，得罪了人家，让我以后还在市里怎么混？再说了，好歹也还是一家人，有什么大不了的事情非要闹到这步田地？魏宏枝盯着弟弟，一字一板地说：你姐夫也在这里，你问问小姑子在他家过过一天好日子没有？如果不是把人逼到绝路上，谁会来这里闹！他一家不仁，就别怪姐姐不义！把我的小姑子害成这样，这样的事你忍得了，姐姐忍不了！这辈子忍不了，下辈子也忍不了！姐姐今天的事不用你管，姐姐一人做事一人当，跟你这个副区长没任何干系。不过你听着，将来你当官要是也当成了这个熊样子，小心姐姐也一样闹你！不管谁当官也不能当得没天理，没人性！

那当儿，围观的人越来越多，七嘴八舌、议论纷纷，没有一个人听了不气愤不憎恶，几乎异口同声说道：这样的人家，要是真没钱，真没办法，也还可以理解。像这样的家庭，这样的身份，这样的收入，凭什么这样丧尽天良，不仁不义！

这件事持续发酵、街头巷议，连当时的市领导也获悉了此事，市领导对此怒不可遏，雷霆震怒，拍着桌子说：真是太不像话了，品质败坏，影响恶劣，让老百姓怎么看待你们这些领导干部！

结果是贾贵文全家登门赔礼道歉，住院费医疗费陪护费和药费一次性全部付清！

妹妹弥留之际还在念念不忘嫂子的恩义，去世的那一天，她一直等着嫂嫂合不了眼。妻子赶回来一边抱着妹妹一边泣不成声，妹妹断断续续只对嫂子说了一句话，下辈子……还做我的嫂子……

魏宏枝禁不住号啕大哭，好妹子，下辈子嫂嫂就做你的姐，一定让你活得像个人……

妹妹死的时候，最难过最揪心的还有绵绵，她一个人长时间窝在墙角，她的哭几乎听不到声音，也听不到她的喘气声，嘴巴大大地张着，绝望地看着病床上的姑姑，泪水止不住地顺着脸颊流下来，没完没了地流下来……她很害怕，好像根本不相信姑姑会死，会永远地离开她，即使半年之后，只要一看到姑姑的照片，就会放声大哭，哭着喊着要姑姑。

最凄苦的还是那两位老人，他们实在挺不住这人生最为沉重的打击，两年内武祥父母先后离世。父亲只比母亲晚走半年，平时父亲说得最多的就是，你爸你妈没本事，咱家也就这么一个平常人家。咱家前辈子一定是积了大德了，才让你娶了这样的一个好媳妇。儿子，咱要有良心，好好善待你的媳妇，这辈子她是咱家最大的恩人。报答不了人家的恩德，咱自己就多受点儿罪吧，别让她太累太苦，今后就是有天大的事也不要惹人家生气……

父亲的话，至今历历在耳，刻骨铭心。

魏宏刚曾说过，姐姐是他的福气运气。武祥觉得，拥有魏宏枝这样的妻子更是自己的福气运气，他甚至觉得这个家只要有妻子在，纵然天塌地陷也没什么可担心的，也没什么过不去的。

在现如今这样的社会里，能有个魏宏枝这样的女人做家里的后盾，已年过半百的丈夫还会奢求什么？尽管在几年前，突然出人头地的内弟，官运亨通、顺风顺水做了万人敬畏的领导干部，但在武祥的心目中，妻子的性情和作风并没有发生多大的变化。妻子仍然还是那个妻子：相貌平常，朴朴实实，一身正气，说话做事，一是一二是二，敢拿主意，敢做主。即使弟弟当了市委书记，也从未看到过妻子得意洋洋、欣喜若狂的样子。平时只要一见了弟弟魏宏刚，妻子说得最多的总是那么几句：好好干，别忘本，心里真要装着老百姓，你一个书记，上上下下前前后后有多少人整天盯着你看，别像有些领导，人前威风凛凛，人后被骂得狗屎不如。不管做什么事，咱首先要对得起国家，对得起父母，对得起老婆孩子，对得起良心。有时候弟弟听烦了，就呛姐姐一句，姐姐你能不能说点别的，让我高兴点儿，那么多闹心的事，见了面还得听你数落，你天天警钟长鸣、警钟长鸣的，你干脆改名叫魏警钟吧！你把我当什么人了。每逢这个时候，魏宏枝依旧是不依不饶，拳头捶着魏宏刚的肩胛说:宏刚你听着,你到这位置了,还能听到几句真话?谁还跟你掏心掏肺的,也就姐姐这么说说你,等将来你官再做大了,到了省里到了北京,只怕连姐姐的话你也听不到了。领导干部里头也有好有坏,成天花天酒地,醉生梦死的,国家就能看着不管?不信你现在下去好好听听老百姓都在说些啥,告诉你,别说你,现在连你姐也快听不到真话了,成天都是魏书记长魏书记短的,我都听烦了,你还不觉得烦?还想听什么高兴的话?实话跟你说,姐姐现在最担心的就是你,一想到你,我连觉也睡不安生。我不知道你这个家是个什么样子,我那个家要不是你姐你姐夫堵得严,什么东西都送得进来!那些大包小包的,天知道都是些什么!连我家都成了这个样子,你是个市委书记你不怕吗?你就不担心吗?这还是共产党的天下吗?照这么下去,有朝一日老百姓闹腾起来,你们这些领导干部有好果子吃吗?只怕姐姐也得跟着你受连累!

此后,姐弟俩见面,几乎每一次都是不欢而散。尤其是弟弟当了市委书记以后,妻子动不动就好一阵子唉声叹气,总说:家里整天被那么多不三不四的人围着,再这么下去怎么得了啊,说不定真要给毁了。

二十多年了,妻子一直都是这个样子。婚前这个样子,婚后还是这个样子。武祥有时候连自己也觉得太对不起妻子了,妻子的衣服永远是那老三件,几乎没见过她穿过裙子高跟鞋,像样的衣服更是很少。过去每天就那么一身工作服,到后来大家离开了工厂,都不穿工作服了,她永远都是衫子裤子,棉衣棉裤。以前大家都是叫师傅,后来当主任了,还让大家叫她师傅,如今成了分公司副总,依然还是让叫师傅。后来,好多次总公司领导要再提拔她,当然,还有其他的一些好单位好位置都想调她过去,统统被她断然拒绝了:我不干,也干不了,我是块什么料我知道,我都到更年期了,还往上升,不怕人家笑话？你们可别给我找罪受。弟弟当市长时她是这个样子，弟弟当了市委书记时仍然还是这个样子。八点钟上班，六点钟回家，加班加点从未缺过，也很少迟到早退。有人跟武祥念叨说：找老婆就得找你老婆那样的，你飞黄腾达了，她该骂你还骂你；你倒霉了、犯罪了、蹲了监狱她还会是你老婆，十年二十年也会等你出来，一辈子也不会离你而去。刚听了这话时武祥一笑置之，思忖后想了想突然泪流满面，哇哇哇地一个人躲在屋子里哭了好久。他想起了苦命的妹妹，想起了劳苦穷酸一生的父母，都是妻子在他们最需要的时候给了他们人生最大的安慰。

妻子与他虽是同乡小学初中同学，两人初中毕业后就再没什么交往。那年媒人上门提亲，妻子第一次见面时就相中了他。她对武祥说，你长高了，长得我都快认不出来了。魏宏枝还有一句话，武祥至今都记得很清楚：咱俩上学那会儿就感觉出来了，你是个老实人，找这样的人我觉得放心，踏实。

今天看来，这个家有妻子这样的女人、这样的主妇，才真正让一家人放心踏实。妻子行得正、走得直，不怕歪的，不惧邪的。不管多大的风浪和坎坷，妻子从来都是一副顶天立地的气质。有时候，武祥甚至觉得，假如延门市的市委书记不是魏宏刚而是魏宏枝，说不定她会更优秀，更出色。

可是，今天到底怎么了？究竟是什么事情，会让妻子的情绪如此之糟？以致糟糕到能把妻子这样的人也压垮了？

难道还有比自己的内弟魏宏刚被执行"双规"，被强行像犯人一样带走，比这更让人震惊更让人惧怕的事情？即使是听到内弟魏宏刚被抓的那些消息时，也从未见妻子有过这样的情绪。

难道，妻子经过这么多天的"刚强"，挺到今天实在是再也支撑不下去了？

武祥知道妻子的性格，越是这样的时候，越是不能随意说什么，此刻，缄默是对她最好的支持。就让妻子安静一会儿吧，他默默地把饭菜摆好，想了想，便轻轻地也不失严厉地叫了一声绵绵："绵绵过来吃饭。"

此时此刻，他只能自己找台阶下了。他不能把家里的问题再压在妻子身上。

绵绵很听话，虽然没吭声，但是乖乖地过来了。

他悄悄地心虚地看了看绵绵的脸，或许是灯光的缘故，五个指印似乎已经消失了，看不到了。绵绵的眼睛没有发红，眼角也没有泪痕。他回过头来想，当时也没有听到绵绵哭。看来绵绵真的没有哭。

他再次感到说不出的后悔和心疼。

绵绵居然没哭。

一切都收拾停当了，他和绵绵都坐好了，但妻子依然没动。

很多年了，这还真是第一次。回到家不做饭，不吭声，谁也不理，一个人坐在那里发愣。

武祥突然意识到问题的严重性。肯定出大事了，肯定。

绵绵终于也意识到了什么，尽管这些天家里像这样的气氛已经司空见惯了，但今天则完全不同。她似乎感觉到有比挨爸爸那一巴掌要更严重、严重得多的事情等待着她的家人。

她怔怔地看着母亲，弱弱地、小声地说："妈妈，吃饭吧。"

魏宏枝像是惊了一下，良久，回过神来，叹了口气说道："我这会儿没胃口，你们先吃吧。"

"出什么事了？"武祥把饭桌上的东西收拾停当，走过来，终于忍不住抚肩问道，"是单位的事，还是学校的事？"

魏宏枝长出一口气，摇了摇头说："一会儿再说吧。"

武祥还想说句什么，没想到妻子已经站了起来，转身，径自回卧室去了。

武祥突然怔住了，他分明看到，妻子的脸颊上泅着两道泪水……

他默默地在饭桌旁坐了下来，心里阵阵发怵。

到底出什么事了？

他目光发空地看了一眼绵绵，突然，心里像被什么揪了一下：

绵绵的右脸分明肿着！他一下子就看清了，正是他打了一巴掌的地方！

他那一巴掌真的是太狠了。

一直到吃完饭，他再也没看绵绵一眼。

在外边受了气，回家打孩子，打得还这么重，到底怎么了？你他妈的还算是个男人！

他突然觉得特别特别想哭，特别特别想放开嗓子地大哭一场。
……

武祥拿上垃圾袋赶紧下楼，在楼门口，武祥注意到一辆黑色大众慢慢行驶在这条安静的马路上。他注视汽车驶过，那辆车并不眼熟，武祥扔完垃圾，盖好垃圾桶的盖子后，就看见那辆陌生的汽车非常可疑地关闭了车灯，掉了个头，随后停在他们这栋楼的对面的暗处。

车里不知什么人，一直在暗处坐着。

武祥犹豫再三后上楼，他站在窗口往下看，那辆可疑的汽车仍然停在那里，香烟的火光在方向盘后面时明时暗。

四

◆

门铃响了。

武祥看看表，九点一刻。谁呢？

他突然一愣，绵绵的班主任！

刚才学校来电说过的要来的，竟然忘了！

他对绵绵说了一声，快去开门，看谁来了？然后立刻收拾桌上的碗筷，一边收拾，一边对卧室里喊，宏枝，快出来，可能是绵绵的班主任，刚才学校来过电话了，是绵绵的事。

眨眼间，妻子就出来了。

妻子的动作比他利索得多，三下五除二，饭桌就收拾得干干净净，杂七杂八的东西全都挪到一边去了。

妻子脸上的沮丧和萎靡那叫一个快地一扫而光，全都换成了敬重和温和，只有武祥心细地感觉得出来，其中还有很难察觉出来的紧张与惶恐。

他根本来不及跟妻子再说点儿什么，来人就大大咧咧地进来了，果真是班主任吴秀清老师。

"吴老师这么晚了还让你赶来，打个电话我们就过去了啊。"妻子一边寒暄一边沏茶，一边对绵绵说，"快去给吴老师洗几个苹果去，阳台上红色的箱子里，那是老家刚捎来的最好的苹果。"

"不用不用，刚吃过饭，喝口水就行。"吴老师一边径直在沙发上坐下来，一边大模大样地摆摆手说，"别瞎折腾，都是自己人客气个啥。绵绵你就做作业去吧，我和你爸你妈说点儿事。"

两个多月了，自从家里出事后，这是班主任老师第一次来家。

看看班主任老师怡然自得的神情和口气，武祥觉得还是有点难以适应，就在两个月前，就是这个吴老师，进了门，不让上十几遍，哪会这么大模大样地横躺着似的靠在沙发中间？又哪会这么颐指气使地这般发号施令？

妻子魏宏枝脸上则全是谦恭的笑容，一边客气地招呼着，一边把茶杯恭恭敬敬地端在吴老师眼前。吴老师依旧没动一动，只是有些随意地打量着四周。

以前吴老师来时，要么哈着个腰站着说，要么就总是圪蹴在沙发边上，屁股蹭都不敢蹭一下沙发。眼睛也只盯着前边一小块地方，一脸谦恭谨慎的样子，哪会像现在这样满不在乎地瞅来瞅去，好半天也不看主人一眼。

此前，吴老师一圪蹴，魏宏枝就赶紧扶她起来，两人得扯上半天。此前吴老师每次来都圪蹴在沙发边上，让魏宏枝心里很累，很疼，也很不安，吴老师的谦卑正如她呜咽的嗓音一样不仅愁人，更带来不祥的预兆，咋说她也是绵绵的班主任啊，至于吗，真至于吗？

仅仅两个月时间，一如主仆易位，一切全变了。

等到绵绵回到卧室，班主任慢慢地呷了口茶，这才说道："早就要来看看的，知道你们有压力，也就没过来。要我说，你们也别有什么包袱，事情慢慢就过去了。屎干了就不臭了，人这一辈子谁能保住就不出事？炒熟豆子大家吃，打烂砂锅一人赔，啥时不都这样？一荣俱荣、一损俱损的现实谁都得接受不是？"

"接受，接受，谢谢吴老师，谢谢。"魏宏枝有些感激涕零地说道。

看着妻子感激的样子，武祥也跟着说道："谢谢，谢谢。谢谢您来家宽慰我们。"

"好啦好啦，过去的事就不提它啦。"吴老师又喝了几口茶，然后像是商量似的说道，"学校是不是已经给你们说过了？你们是不是也考虑了？"

妻子有些诧异地看着武祥，武祥赶忙说："我爱人回来得晚，她刚进家，我还没来得及跟她说，不过没关系，也用不着考虑。我们同意学校的意见，绵绵的校干部班干部都不用当了。其实，学校不说我们也不会让她当了，本来就不合适。"说到这里，武祥简单地给妻子说了一下下午学校来电话的经过和意见。妻子听完赶忙说："没意见，没意见，早该这样了，就按学校说的办，明天就让孩子把辞呈交给学校，这样我们和孩子就都轻松了。我们没意见，用不着考虑。"

"唉，你说这算什么事啊。"班主任像是挑灯闲话，但又煞有介事的样子，她叹了口气说，"说实话，这么做也确实有点不合适啊，这不是株连九族吗。这年头，钉子钉在了钉子上，而不是钉子钉在了木板上，孩子又没做错什么，凭什么啊。不过让我说，既然这样了，就顺其自然吧。不坐沙发坐小板凳也挺好，圪蹴圪蹴也挺好，这样对孩子也好，省心也省事，免得让孩子遭罪，大人也跟着难受。"

"真是谢谢吴老师了。"妻子再次感激万分地说道。武祥也在一旁随声附和，忙不迭地说着是是是，对对对。

"你们也别太当回事，眼下为啥这么做，大家心里也清楚，这也不丢人。"吴老师慢慢地品着茶水，又接着说道，"关键是孩子，别让她包袱太重。绵绵是个要强的孩子，本来前些日子成绩也上来了，哪想到会碰到这样的事情。你们就多开导开导，丢掉包袱，丢掉幻想，过去是过去，现在是现在，抓紧时间，下功夫拼把劲，争取考个好大学。只要能考个好大学，别的什么都是假的。什么班长书记的，对咱们又有啥用。分，分，分，学生的命根，考不下好成绩，什么也是瞎扯。绵绵脑子好使，一定能想得开。"

"放心吧，吴老师。"妻子一边点头，一边说，"我们一会儿就给绵绵说，晚上就让她把辞职书写了，明天一早就交给您。对绵绵您最了解，这孩子以前靠您，以后也只能靠您了。我们一会儿就跟她说，她肯定不会有包袱。"

"这事，我前天就跟绵绵说过了，绵绵也说她没意见，这个你们不用担心，我们会做工作，绵绵心里也明白。"吴老师轻轻地说道。

"前天？"武祥吃了一惊。

"前天我们开了个班委会，会上就跟绵绵说过了。绵绵这孩子性情好，沉沉稳稳的。要放在别的孩子身上，还不知要闹成啥样呢。说实话，这孩子还真可惜了。她一脸平平常常的样子，会上也没说什么，就轻轻点个头，表现得很自然、很大气。"吴老师有些惋惜地说道。

班主任老师的声音依旧很轻，但武祥则像是听到霹雳一般感到震惊。

原来绵绵前天就知道了。

但绵绵回来后却什么也没说。

而且这件事是在班委会上讲的！竟然是这么郑重正式地在班委会上宣布的要免去绵绵的职务！

这究竟是学校的意思，还是班主任的意思？对一个孩子，怎么能这样做？这岂不是等于对孩子开了一场批判会！

可两天都过去了，绵绵却只字不提。

可想而知，孩子的压力会有多大。

这两天来，不，这两个多月来，孩子承受的压力也许比任何人都大。只有今天武祥才看到孩子的眼圈都有些发黑。想想看，这些天来，孩子能睡得着吗？

然而他这个当爸爸的，不分青红皂白，竟然还给了孩子一巴掌！

武祥禁不住又在心底里呻吟起来，这么大的事情，孩子都不跟你们讲，都一个人自己承受了，你这号当父母的又有什么承受不了的，一时冲动居然就大打出手。

他本想对班主任说点什么，但看着妻子依然一副感激一副谦卑的样子，也就忍了下来。

"让我说呀，这都不算个什么事。"班主任则依旧很随意地说道，"那辞职书也就是做个样子，别太认真了，随便写几句就得了。不过有几句关键的话，可别落下了。关于这个我跟绵绵都讲过了，你们知道就行了。只要写上这么几句，对绵绵对班里对学校都好。"

这时武祥终于看到了妻子一副讶异的眼神，直直地盯在班主任脸上："……吴老师，你说的那几句关键的话？……非让绵绵写？"

武祥当然也明白，班主任说的那几句关键的话究竟是什么意思。

肯定是涉及到了绵绵舅舅的一些话。

让绵绵揭发舅舅的腐败行为吗？让绵绵谈自己沾染了腐败的思想吗？还是要让绵绵同舅舅的言行划清界限？或者要绵绵承认当初她当班干部校干部都是舅舅纵容放任的结果？

可绵绵又如何写得了这样的话！

"没什么没什么，跟你们说了，一定别当回事。"吴老师一边乐呵呵地笑着，一边显得格外轻松地说道，"如今可不是'文化大革命'那会儿了，舅舅是舅舅，绵绵是绵绵，你们是你们，一点儿也不会牵扯到你们。写上那么几句，无非就是，怎么说呢，好了好了，咱就实话实说吧，就是让孩子说上这么几句，当初让绵绵当班干部，跟学校没有关系，当然跟老师也没关系，跟班里也没关系。"

听到这里，武祥终于忍不住说了一句："吴老师，您是清楚的，当初这些事确确实实跟绵绵舅舅没有关系呀。"

"嗨，你看你，我怎么会不清楚。"班主任皱了皱眉头说，"明摆着的事，不就是绵绵舅舅出了事了吗？不就是绵绵舅舅被褫职打趴下了吗！"

"可当初您也知道的，绵绵舅舅对绵绵当班干部还是持反对态度，一直不同意的呀。"武祥有点急了，他不管不顾地说道，"绵绵舅舅是出了事，可也不能把没有的事也摁在我们头上吧，这不是无中生有吗！"

"可你也得想想，事情也得有个一分为二吧。"班主任的脸色分明严肃起来，"绵绵舅舅要不是市委书记，学校能让绵绵当班干部校干部吗？你们是真幼稚还是假幼稚？"

"……"武祥一下子怔住了，他没想到班主任竟会这么说。

"我也知道你们会有想法，要不学校干吗非要让我来给你们做做工作。"班主任的话分外严厉起来，"既然事情出来了，大家就都承担一些责任不是吗？学校当初让绵绵当班干部，也确确实实是为了绵绵好呀。要不是绵绵舅舅出了事，出了那么大的事，学校能这样吗？你们有压力，学校就没有压力？知道吗？因为绵绵的事，到现在还有人在告状，而且都告到省里去了！学校的领导捂都捂不住，要再捂下去，学校领导一个个的也都得撤职。你们也知道的，现在不出事就没有事，出了事，啥都是事。现在有人不只告绵绵当班干部校干部的事，还有人告绵绵上初中上高中的事。人家把绵绵的老底子都挖出来了，说绵绵当时的中考成绩至少差了一百多分，凭什么就上了重点高中的重点班？后来又凭什么就当了重点班的班干部？甚至还当上了这重点高中的团干部、校干部？你说说，这不是问题是什么？这不是腐败又是什么……"

看着班主任老师那张冷冰冰的脸，武祥夫妇面面相觑，什么话也说不出来。一直等到班主任说完，妻子才小心翼翼地说："吴老师，全怪我们，真给你们添麻烦了。我们也没想到会成了这个样子，既然这样，就什么也不用说了。我们就听您的，您说怎么办，我们就怎么办。绵绵的辞职书，我们就按学校的意思写，只要不拖累学校，不拖累您，您让我们怎么做都行。"

"唉，学校也是没办法啊。"班主任绷紧的面孔终于松弛了下来，"如果不是万般无奈，怎么会让孩子做这种事情。学校领导和我说这些时，我当时就说了，这不是落井下石吗，这不是墙倒众人推吗？做人能这么做吗？你猜校领导怎么对我说，那总比立刻就把绵绵赶出学校强吧。这事要放在别的学校，不勒令退学，也早都劝退了，谁会像咱们学校这么仁至义尽？为了绵绵的事情，学校在上面做了多少次检查了？出了这么大的事情，哪家没有一本难念的经啊……"

班主任离开家里时，已经晚上十一点多了。两口子一直把班主任送到大门口，一直等到班主任背影都看不见了，两人才默默地往回走。

武祥注意到那辆陌生的汽车还停在那里，只是方向盘前的光亮熄灭了。武祥没有对妻子说出他观察到的情况。

二月的天气，还很冷，西北风飕飕地直往脖子里灌，呛得武祥话也说不出来。快到楼道口了，武祥才向妻子问道：

"宏枝，这事怎么办啊？刚才班主任说的那些话，绵绵肯定也听到了，我们骗不了孩子，回去该怎么和孩子说？"

"还说什么哪，人家都逼到家门口了，你还能说什么。"妻子头也不回，一边走一边说，"绵绵什么不知道？肯定比咱们知道的还多。回家先听听孩子怎么说，反正咱们不能逼孩子。"

武祥一时语塞。他不禁又想起了下午给绵绵的那一巴掌。本想趁这个时间和妻子说一下的，听妻子这么一说，顿时觉得无法张口了。算了，以后吧。眼下看这阵势，更紧急更严重的事情可能还在后头。想到这里，他禁不住又压低嗓音问了一句：

"刚才你也听到了，班主任的意思是不是想让绵绵离开延门中学？"武祥又追加了一句，"明摆着这是要赶人呢！"

"……等等再看看吧，反正咱不说。"妻子有些伤感地说。

"要是人家说了呢？"武祥越发惶恐起来。如果学校真的让绵绵这会儿离开延门中学，这对绵绵来说，无疑是灭顶之灾！离高考已经没有几个月了。武祥生怕预感被证实，马上强调："我看今天班主任的话里就有这意思。"

"我看还不至于吧，这岂不是逼人太甚了。"妻子越发伤感起来，"要那样，咱们就找校长，就找教委主任，实在不行就找市领导，凭什么？舅舅出了事，跟孩子有什么关系？"

"我看明天说不定就会说这事？"

"明天？"妻子有些吃惊。

"学校下午来电话了，明天一早就让咱们俩去学校。"

"……是吗。"妻子猛一下站住了，半晌无语。

"宏枝，要我说，学校如果真的安了这心，这辞职书咱可绝对不能写。"

"为啥？"妻子有些发晕的样子。

武祥赶忙上前，一边扶住妻子，一边说："咱要按学校的意思写了辞职书，那还不等于就上了学校的套了？"武祥此时把声音压得更低，"明摆着学校要把责任推到绵绵舅舅身上，若你自己也承认了，白纸黑字，铁证如山，然后勒令让你离开学校，到了那时候咱们找谁也没用。"

"可不写行吗？班主任刚才的样子，你也看到了，把话都说到什么份上了。"妻子一边慢慢地往楼上走，一边像是喘不过气来似的说，"说实话，班主任说的也不是没道理。"

"我不知道你看出来了没有，反正我是看出来了，班主任对咱的意见大了去了。"

"班主任对咱能有什么意见？"妻子再一次怔住了，"她能有什么意见？"

"你看你，这之前，班主任对咱绵绵这么尽心，人家就没目的吗？"武祥看看四周，小心翼翼地说道。

"绵绵舅舅给学校批过钱啊，批过好几次，她会不知道？"妻子问。

"那是学校的事，跟人家班主任有什么关联？"

"学校的事还不就是她的事？"

"你啊，人家去年就给你暗示过，我还提醒过你，你就没当回事。"武祥似乎都不想再提那件事了。

"暗示过什么？"妻子停下来追问了一句，看来她确实不记得了。

"人家当时说了不止一遍，说得也很明白。"武祥很耐心地提醒道，"当时学校缺一个副校长，不过人家说她也知道这个竞争太激烈，说还有个教研室主任的位置也空着，如果能占住这个位置，对下一步发展也是个促进。"

"可我怎么能给她说这种事？噢，让我弟弟给他的外甥女的班主任一个官当当，这不真成了鸡犬升天了？"妻子一下子反应过来了，"就算我说了绵绵舅舅又怎么能听我的？一个教研室主任还要市委书记亲自跟下面说吗？班主任我也领着她见过绵绵舅舅呀，这样的事情她要是个官迷，她也可以直接去找啊。她后来也给绵绵舅舅的孩子找过辅导老师，她直接提这事还不比我强？像我这样一个做姐姐的，做得还不够吗？她提拔不了主任副校长，能怪我吗？"

"你小声点儿。"武祥提醒着妻子，"好了好了，这事就到此为止，以后再也不说它了。"

"唉，也怪我。"妻子叹了口气说，"当时要是给人家说点儿有希望的话就好了，谁让市委书记是我的弟弟哪。可是，即使这样，她也不应该记恨咱们吧。你是说，为这事她会报复绵绵？"

"人心难测啊，如果班主任坚持要绵绵留下来，或者坚持让绵绵当班干部，别人也许并不好说什么。至少，别人也不至于能把绵绵怎么样。"

"平时过年过节的，咱们也没有亏待过她啊。几乎咱家有啥她家就有啥了，咱一直当王母娘娘一样敬供着她呀。"妻子还是有些不理解。

"对人家，那算什么。"武祥像是开导似的说道，"人家可是重点学校重点班的班主任，谁稀罕你那些村里村气的东西。"

回到家，打开门，两个人都吃了一惊。

绵绵泪流满面地站在客厅中间，直直地瞅着他俩。

魏宏枝赶忙问道：

"绵绵，怎么啦？"

"爸爸，妈妈，你们听我说，"绵绵一字一板，斩钉截铁地说道，"老师早就跟我说了，我一直没有告诉你们。我想过了，免我的职，我没意见，但检查我不会写，辞职书我也决不会写。还有舅舅的事，我更不会写。你们都知道的，当时我不同意当干部，你们不同意，舅舅也不同意，这班干部校干部是他们非逼着我当的，凭什么现在要让我写检查写辞职书！我不写，决不写，打死我也不写！把我开除了，我也不会写！就是不上学了我也决不写……"

五

◆

武祥整整一夜没睡踏实，隐隐约约地感觉到妻子好像也一夜没睡。

他曾经问了妻子一句，"是不是又有什么事了？"

妻子像是很随意地说了句："算了，不说了，没事。"

武祥又问："真没事？"

妻子又淡淡地回答了一句："睡吧。"

可他凭感觉，真是有事了，而且不会是小事。

天快亮时，武祥才感觉到妻子这会儿真是睡着了。

听着妻子微弱的鼾声，他顿时睡意全无。看看表，已经快六点了。责任和义务催促他悄悄地爬了起来，做饭吧，绵绵要上学，他和妻子一会儿还要去学校，趁着吃早饭，还能再商量商量。

这些年，家里很少在一起吃早饭。每天清早六点前后，总是绵绵一个人起来，洗漱完毕，然后背着书包到大院门口的小饭铺里吃点油条豆花。吃完了，就直接到学校了。这个小饭铺的油条豆花好吃不贵，绵绵也爱吃。后来干脆就包了月，还便宜，一个月只需要一百元。老板态度好，也招呼得好，什么时候也有座位，每天都有小菜供应。吃完饭，还有洗手漱口的地方。绵绵很满意，他们也觉得既实惠又方便。平时他和妻子也会到这个饭铺里吃点东西买份熟菜什么的，老板见了他们客气得让他们都不知道该说什么好。要把饭钱菜钱塞进老板的手里，几乎能推搡来推搡去地出一身汗。说实话，因为老板这么客气，让他们在这个饭铺里不知少吃了多少次饭。绵绵舅舅出事以后的这些天，绵绵去过两次后，就很少再在这个饭铺里吃早点了。总是一个人在家里随便吃点，就直接去了学校。他和妻子也说过绵绵，别瞎凑合，在饭铺里吃早点怕什么，因为舅舅的事，还能一辈子不见人了？那是咱们包了月的，不吃不就白包了。绵绵也不说什么，但始终也没再去。武祥和妻子对此也商量过，就再等等吧，孩子的心里也有个适应的过程。饭铺的早点还是继续包月好一些，确实省事省钱也吃得舒服，下个月再给老板说说，反正一个月也就是一百块钱，老板招呼得也不错，这个月没怎么吃也没关系，下个月和老板说说，继续包下去就是了。

妻子睡了顶多一个小时，便好像被什么惊醒似的猛地一下就坐了起来。然后就眨巴着眼睛，像做了个噩梦似的斜躺在被了里一动不动。

直到武祥做好早饭，妻子才算起了床。

吃早饭时一家三口人几乎没说什么话。快吃完时，武祥才对绵绵说了一句："下个月还是在饭铺里吃吧。"

好久，绵绵才说了一句："不去，就在家里吃。"

武祥想了想，很耐心地说："家里这些天事情多，饭铺还是方便嘛，营养也高些。你要不想一个人去饭铺，我和你妈陪你一块儿下去吃。"

绵绵一边收拾书本文具，一边说："不去。要去你们去，反正我不去。你们要是忙，以后早饭我自己做。"

绵绵的话毫无回旋余地。武祥不禁有些生气："要是过几天家里来人了怎么办？你姥姥和丁丁说不定都要来，在下面吃也

重新生活

是为你为你妈好，你没看见这些天你妈都瘦成什么了？这样安排也免得你身体受影响。马上高考了，你爸你妈再忙再事情多，还能让你自己做早饭？"

绵绵默默地收拾好东西，快出家门了，才说了一句：

"我的事你们就别操心了，用不了几天，我就不在家里吃饭了。"

武祥愣了一愣："什么话！不在家吃在哪儿吃？"

随着关门的声音，绵绵丢给了他们一句话：

"到了学校你们就知道了。"

武祥和妻子面面相觑，顿时像被定住了一样僵在了那里。

两个人特意穿戴整齐地出了门，魏宏枝说："先去趟小饭铺吧。"武祥说："好，咱俩想到一起去了。"两人好似不经意地"顺便"到门口的饭铺里转了转。饭铺不大，但干净亮堂，光线很好，两排擦得油亮的桌椅摆得整整齐齐。看得出生意很好。虽然七点多了，顾客依旧很多，基本都坐满了，还有不少站着吃的。老板一见到他俩，很热情地一边打招呼，一边走了过来。老板是外地人，一家子都跟着在这里打工。四十出头的样子，瘦瘦的，个子适中，说话声音不高不低，显得精明利落。

"大哥好，嫂子好。"平时老板一直就这么叫，后来发现他对谁也这么称呼，也就无所谓了，"等你们好多天了，本来要找你们的，想你们也忙，就让绵绵给你们带了话，也不知绵绵和你们说了没有。"

听老板这么一说，才感觉到绵绵不再来这里吃饭一定事出有因。

武祥赶忙问道："又有事了？"

老板乐呵呵地说："没事没事，托大哥大嫂的福，真没什么大事。"

老板过去确实事情不少，外地人来城里做生意，碰上地方上的一些地痞无赖小流氓，强拿恶要，要挟财物，有时候还真没办法。绵绵在这里常吃早点，出了事，老板常常给公安打电话，时间久了，派出所的人也都知道这里有个市委书记的宝贝外甥女，因此这些无端破费的事情也就少了许多。

"可绵绵什么也没给我们说啊，你让绵绵带了什么话？"妻子问道。

老板吭哧了半天，终于有些不好意思地说道："那就不瞒大哥大嫂了，弟弟我是小本生意，每个月没明没黑地也挣不了几个钱。逢年过节，那些要害部门也少不了要打点打点的。"

看老板吞吞吐吐的样子，武祥似乎明白了什么："有什么你就直说，只要能办的我们照办就是了。"武祥话一出口，就觉得话说大了，你现在什么状况，还能给人家办什么事，帮什么忙？魏宏枝先憋不住了："瞎说什么呀，先听人家老板有啥事嘛。"

老板好像并没在意，继续吞吞吐吐地说道，"按说吧，也真不是个事。如今物价每天都在涨，两根油条，一碗馄饨，再加一碗豆腐脑，光成本怎么也得十块八块的，绵绵在这里包饭，孩子每天是吃得不多，加上一个包桌，给了别人，一个月最少也得四五百块。这些天，天气冷，空调一开，里外都是钱……"

武祥夫妇一下子全明白了，两年多了，绵绵每天在这里吃早点，每个月只交一百元，确实太少了。本来应该很清楚的事情，当初怎么就没想到这一点！真的是太高高在上了！真的是不该！

妻子没等老板说完，就直接问道："你告诉我们，到底我们该补给你多少？我们马上补，补补补。我不是埋怨你，这些年你热心照顾绵绵，我们一辈子也忘不了。今后绵绵来这里吃早点，饭桌不包了，该给多少钱就给多少钱。你们在这里做生意，挣的就是几个血汗钱，你早该跟我们讲了，我们两口子虽然不是什么有钱人，但至少有固定收入，怎么也比你们强。再这么客气，再让你们吃亏，那我们就太不是人了。"

老板一听这话，差点没跪下来，"大哥大嫂，你们可千万别这么说。这些年，我们可没少沾绵绵的光，绵绵在这里吃饭，明里暗里省下的钱多了去了。人要讲良心，你们一家都是我的恩人，咱可不是那种狼心狗肺、翻脸不认人的小人。以前的事大哥大嫂一定不要再提了，再提我还咋在这里混。我的意思就是以后多少再加点，只要够本就行了。只要绵绵来吃饭，提前打个招呼，有空桌子还一定给绵绵留着。大哥大嫂也一样，只要看得起咱这小饭铺，永远都是咱家最贵重的客人。我要是说假话，大哥大嫂日后就在这饭铺里指着鼻子怎么骂我我都认。"

武祥见老板说成这样，眼圈也止不住地红了起来。说实话，老板外出打工，在这里立脚，也真不容易。谁不盼着顺顺当当、安安稳稳的。

武祥和妻子也分外感动。话说开了，很快和老板定了下来，以后不管绵绵早点来不来，每个月三百五，包吃不包座。

临走的时候，妻子再三叮嘱，我们都是平常人，千万别恩人长恩人短的。以后我们知道该怎么做，你只管放心就是。远亲不如近邻，以后如果有人闹事，你只管打电话就是，我们管不了别的，就是打架骂架，也肯定和你是一伙的。

听到这里，老板欲言又止地说了一句："还有件事，也不知真假，也不知当说不当说，大哥大嫂你们听了千万不要生气。"

"没关系的，你只管说就是。到这会儿了，对我们还有什么能说不能说的事情。"武祥像是安慰似的说。

"听说咱们这个小区的拆迁方案已经定下来了，说这里的住户，也包括你们，马上都要搬迁。听人说，拆迁工作早就开始了，一些重要的住户内部都接到通知了，对这些住户还表示了特殊优惠政策……他们还说，之前他们不在这里搞拆迁，主要是因为大哥大嫂住在这里，所以迟迟未动。而现在，人家说，障碍已经消除了，可能马上就要动工。我也不清楚你们知道不知道这些情况。听说那个具体负责人可凶了，还说跟大哥大嫂家是死对头。"

武祥妻子摇摇头，说："我们没有这方面的消息。就算要拆迁，也得跟住户们讲条件，签协议啊，哪有不声不响就搞拆迁的？那个负责人叫什么？"

"大嫂说的没错，听别人说，这要等人家背后商量好以后，才同你们签协议。到时候也就是做个样子，愿意不愿意也只能那样了。听说负责这个小区拆迁的是个官二代，原来是一个市领导的儿子，叫贾贵文，现在是市规划局的副局长。"

武祥听到这里，脑袋嗡的一声蒙住了，贾贵文！那个曾经的妹夫，调到市规划局了，而且当成了副局长，真是冤家路窄！怕是今年这一年都得过二月了。

妻子也好像蒙了，但紧接着像是自己给自己壮胆地说道，"不管他是什么人，只要他做得对，大伙就听他的，如果他做得不公正不公平，那大伙也不能由着他一个人说了算。"

"我们这些外地的，没根没叶的，人家说什么就是什么，如果真要撵我们走，也不知哪年哪月还能见到大哥大嫂。"老板突然眼圈红红地说，"以前每天见到大哥大嫂，心里就踏踏实实的，现在心里真的觉得好像没有什么依靠了。"

"还是刚才我们说的那句话，我们管不了别的，就是打架骂架，我们也肯定是一伙的。"武祥妻子再次安慰着说。

直说得老板一边点头，一边千恩万谢地送走了他们。拐弯了，武祥忍不住回头看到老板还站在那里不住地抹眼泪。

等到完全看不见老板了，武祥才担忧地对妻子说："有可能吗？咱们的小区真的要搬迁？要撵我们走？"

武祥妻子直直地看着前面说，"以前好像是听宏刚说过，但这个动议被他否了。说这个地方的搬迁涉及的住户太多，太密，怕引起连锁反应。今天听老板说，看来是真的，没想到真有这回事。"

"真会是那个贾贵文？"武祥有些发怵地说，"这样的人怎么还会被提拔起来，还委以重任？真是活见鬼了。"

"真是他也不怕，大不了就再和他闹一次。真要是他，老账新账一起算！"妻子依然头也不转地说，"他要敢胡来，我就把他以前的事情也翻出来！"

"到时候看吧，能忍就忍吧，别让他借机报复咱们，现在人家已经是副局长了。规划局可是有权有势的部门，谁也惹不起。"武祥劝慰地说道，"此一时，彼一时，咱现在可是案板上的熟肉，人家还不是想怎么收拾就怎么收拾？"

妻子没吭声，但也没回头。

武祥暗自祈祷着：这个节骨眼上，千万别再出什么七七八八的事情了。

六

◆

武祥和妻子魏宏枝八点准时到了学校教导处。

教导处门口一个好像是工勤模样的人员看了看他俩，不冷不热、面无表情地说，你们在外间等着吧，领导们这会儿都忙着呢。

他俩赶紧点点头，连说好好好，然后规规矩矩地在外间的一排凳子上坐下了。

说实话，绵绵在学校念书一年多了，身为家长，还从未专门到学校找过领导和老师。从来都是学校领导和老师到家里或单位来找他们，更多的时候是请他们吃饭。去的都是最好的饭店、最宽敞的包间，一边吃饭、一边寒暄，关心的话、奉承的话，说得让你好难为情，热情得几乎能让你麻木了，你只有机械地坐在那里一动不动。每一回都千方百计地让把绵绵也叫上，每一次死拉硬推地非要让两口子坐在主座上，连你用的湿毛巾密封包每一次也都帮你扯开，每一道菜等不到你动筷子就已经把最好的那部分夹到了你的碟子里。重复了无数遍的话总也显得那么恳切，一脸的虔诚看不出任何虚情假意。哎呀，哎呀，你们能来就给了我们天大的面子啦，一般的人能把你们请到吗。人要讲良心，要不是绵绵在咱们学校上学，我们能认识你们吗，学校里的人谁不清楚，绵绵能在咱们延中读书，那是咱们延中所有师生员工的运气，福气……

见瓶水之冰，而知天下之寒。冷板凳这么一坐，让武祥夫妻明白了今非昔比。

坐在教导处冷清的外间和硬板凳上，巴巴地等着校领导召见，今天确确实实是第一次。

来时就商量好了，并有了充分的心理准备。今非昔比，凤凰落架不如鸡，何况你原本就只是一只凡鸟，并不是什么凤凰，所以武祥说一定要准时。魏宏枝叮嘱，态度一定要端正。武祥总结说准时就是态度，恭顺就是敬重。魏宏枝概括：见了学校领导，心态一定要平和，平和就是能低三下四，就是能认清自己目前的状况和位置。现在，咱们只是一个差等生的学生家长，学校能收留绵绵就已经是天大的恩典，所以，自始至终都要表现出充分的感激和尊崇。这是关系到孩子的终生大事，一丝一毫都马虎不得。所以他们共同制定了三条准则：一、不管有多难听的话，也一定要笑脸相迎，决不反驳一个字；二、什么话都能说，什么态度都能忍，过去给学校办了的难事好事的话一句也不能提；三、什么事都能答应，但让孩子退学离校的事决不能答应，就是跪下来磕响头也不能答应。

什么都想好了，什么都想到了，但没想到把他俩一直晾在这儿。一直等到快十点了，却还是没有一个人找他们谈话。早自习结束了，第一节课也结束了，第二节课眼看也要结束了，还是不见任何动静。倒是不断有学生和老师进进出出的，说话声，打闹声，走路跑步声时不时地传进耳廓，但好像谁也没意识到他们的存在，甚至连看也不看他们一眼。武祥本想到里面催问一下，刚站起来，妻子就扯着他的袖口边说，坐着吧，老老实实等着。

一直到第二节课下课铃声都响了，才有一个面色发青、四十岁左右的男人从外面走了进来。可能是知道他们的身份，也可能是以前见过，朝他们点点头，一边径自往里走，一边显得很客气地说："来啦？里面坐。"

他俩愣了一下，赶紧起身跟了进去。

"坐吧。"那人一边坐下，一边指了指办公桌旁的椅子说。武祥看了看，整个办公室里只剩一个椅子，赶忙说："不用不用，领导您贵姓？"

"我姓赵，教导处副主任。"赵副主任一边回答，一边在抽屉里翻着什么，"上边要来开什么现场会，领导们都忙得一塌糊涂，临时抽调，让我来见见你们。"

"……赵主任啊，您好您好。"武祥看到桌子上有烟灰缸，一边问候，一边赶紧掏出烟盒把一支中华烟递过去。然而却见赵副主任猛地抬头，一声断喝，几乎吓了武祥一个跟跄。

"进来！"赵副主任似乎根本没在意武祥递过来的香烟，突然大声朝办公室外吼道。

像被打了一闷棍，武祥和妻子都有些发僵地愣在那里，真的不知所措。良久，只听得办公室门轻轻响了一声，像是从门缝里挤进来似的，一个又胖又圆，个子足有一米七八的学生磨磨蹭蹭地站在了办公室桌前。这个胖子学生显然是做错了什么事，低着头，但脸上却是一副满不在乎、嬉皮笑脸的样子。

"站好！"赵副主任突然又是一声怒吼，"笑什么笑！还知不知道羞耻了，唉！"

胖子学生好像被训惯了，只是象征性地挺了挺腰，依旧一副忍俊不禁的样子。

武祥那只捏着香烟的手，实在是伸在那里不是，抽回来也不是，正尴尬着，赵副主任这时又转过脸来，顷刻间，竟换了一脸的平和，很随意地说道："你们再等等，暖壶里有水，要渴就自己倒，别客气。"

武祥赶忙说："不急不急，我们等，您先忙您的。"

赵副主任看不出有什么生气的样子，很有风度地慢慢地接过香烟，等武祥给他点着了，慢慢地抽了一口，显得很儒雅地说："你们也知道，现在的社会风气真的是太成问题啊，什么稀奇古怪的事情都有，这些学生什么事情都敢干，可家家又都是独生子女，家家都想成龙成凤，不说不管不行，说重了管多了也不行，压力都聚在学校了。"

武祥赶忙说："是啊，是啊，现在的老师真是太累太苦了，要说压力，老师压力最大啊。"

妻子魏宏枝也随声附和道："可不是嘛，现在什么部门都能混日子，就是学校和医院没法混日子。当老师的，一个比一个辛苦，没明没黑的，可比起医院的医生，老师的工资又那么低，我们这些当家长的，真的是打心底里感激啊……"

正说着，赵副主任猛地又是一声怒喝："混账东西！让你站好了没听见吗！聋啦！"

这次连妻子也被吓得一哆嗦，脸色顿时变得煞白。只见赵副主任一脸的和蔼刹那间竟又换成了一脸的狂怒，就好像他俩根本不存在似的猛地转过脸对着那个胖学生大发雷霆："检查呢，为什么不交检查！你以为你家有几个臭钱就想干什么就干什么！你以为你家朱门酒肉，贵人达官鱼贯而入我就管不了你啦？牛能任重，马有报德，你说说，你说说你能干啥？一看你那没皮没脸的样子，就让我恶心！"

胖学生耷拉着脑袋，依旧一声不吭。

赵副主任好像也不需要那个学生回答，这时又转过身来，变戏法似的突然又换上了一副祥和的表情，依然就像没发生过任何事情一样，"你们喝点水啊，要不我给你们倒，窗台上就是一次性的纸杯子。"

"不用不用，"武祥急得赶忙拦住赵副主任，"不喝，不喝，您快忙您的。"赵副主任其实根本就没动身子，他甚至都没转过脸来。武祥有些不知所措地掂量着说："赵主任，要不您看我们就先到外面再等一会儿？"

"不用，外面冷，都说暖冬了，其实这阴冷阴冷的天气，更让人不好受。"赵副主任像拉家常似的，"过去各单位自己烧锅炉，什么时候不冷了才停下来。现在美其名曰集中供热，花钱多，还活遭罪，不管天气冷不冷，即使还刮风下雪，地冻三尺，说停就停了，一分钟也不给你多烧。你说说，这能叫和谐社会？整天冷飕飕的，那心里还能和谐了？"

武祥赶忙接过话茬儿说："可不是嘛，这几天停了暖气，医院里感冒的人多了去了，年龄大点的，好多都住了院。临时用空调，热风干干的真又一下子适应不了……"

正说着，赵副主任突然转过身去又炸雷似的一声怒吼："把你的手机给我放下！你以为是振动我就听不见了！掏出来！听见了没有！"

武祥夫妇尽管已经有了心理准备，但还是止不住地尴尬、无措。

那个学生歪着脑袋，还是一声不吭一动不动，任凭你怎么说，仍然是一副漫不经心的样子。

赵副主任猛地跳了起来，一眨眼间就从学生口袋里把手机掏了出来，然后啪的一声把手机拍在桌子上，怒不可遏地吼道："出去！给我站到外面去，今天不准回家！除非你把检查交了，把你的父母叫来，否则就别想回去！你要再敢偷偷回去，就再也别来了！滚！滚出去……"

那个胖学生好像正巴不得这样的结果，还没等赵副主任的怒斥结束，庞大的身躯竟像一条鱼似的倏地一下便不见了。

武祥夫妇瞠目结舌地看着眼前的这一切，怔怔地站在那里，被冻僵了一样。

"好啦，言归正传，咱们就谈咱们的事吧。"竟然没有任何转换过渡，赵副主任立刻又是一脸和气地对他俩说道，"真是没办法呀，现在的学生真能把你气死了。不是老师总跟你们家长发牢骚，我们这些当老师的，每天回去了，就只有两个感受，一是气二是累，还有就是嗓子疼心口疼外加浑身疼，有什么办法，谁让咱是老师。就像刚才那学生，你别看装着一副恭恭敬敬、规规矩矩的样子，心里什么时候能瞧上你这个教务处副主任？人家老子有钱，还是什么十大企业家、人大代表，分管咱市的书记市长，教育局长，学校校长的，哪个不是人家的座上客，什么纪律啊处分啊，你在这里说得地动山摇，他在那里照玩不误。这年头有教无类？哼，姥姥的！好了好了，不说他了，越说越气，人家根本没当回事，倒把你自己气出病来了，就说说咱们的事吧。"

武祥夫妇突然觉得站也不是，坐也不是，经过这一场面对面的"熏陶"，这会儿都眼巴巴地看着这个面色发青、矮墩墩的赵副主任，一时间紧张得不知道该说什么才好。

赵副主任猛吸了一口香烟，然后把烟头摁灭在烟灰缸里。武祥再递过去一支，被赵主任客气地挡住了。武祥只好把烟放在主任的桌子上，然后便屏声闭息地看着赵副主任。

"你们这事，嗨，该咋说呢。老话讲：有风方起浪，无潮水自平。"赵副主任皱了皱眉头，突然严肃地说道，"说实话，这样的事让我跟你们说，本来就不合适。可你一个区区副主任，人家说让你来，你又不能不来。现在的人，好事挤破头，坏事都躲得八辈子远。"

赵副主任这一番开场白，就像寒冬腊月劈头浇下来一桶冰水，顿时让武祥浑身上下都冻透了。不祥之兆，看来真是出大事了。莫非真的要把绵绵赶出学校去？

武祥一怔，妻子魏宏枝说话了：

"赵副主任，您也用不着为难，有什么就直说吧，我们明白，都是学校的决定，都是学校领导研究定下来的，不管是什么结果，我们也都能理解。"

听了这话，赵副主任铁青的脸色愈发难看，沉默了一阵子，终于说道："让绵绵写的辞职书，你们带来了？"

武祥赶忙说道："辞职书我们随时都可以写，您也清楚的，当初我们和绵绵就没想过要当什么班干部校干部的。我们今天来就是想先问问情况，如果就是让写辞职书，这没什么难的，我们现在就可以给你写出来……"

"问题不是什么辞职书，你们大概都理解错了。"赵副主任摆了摆手，打断了武祥的话，"绵绵回去就没跟你们说吗？辞职书不过是摆个样子，核心问题是要把问题说清楚，你们知道是什么问题吗？知道问题的性质吗？关键的关键是这个问题只能由你们说出来，学校才能通盘考虑绵绵下一步的问题。"

武祥听到赵副主任嘴里把这么多问题绕来绕去的，越发感到事态的严重。妻子的脸色也更加苍白，情绪也更加紧张，止不住地解释道："可绵绵什么也没说呀，不就是辞职书吗？还有什么其他性质的问题？是不是还要牵扯到别的什么？"

"不是牵扯，明摆着就是嘛，"赵副主任故意把口气放得很缓和，"这世间的人和事，你们应该心知肚明。要不是当初你们家的背景，学校怎么会做出那么多被动的事情？学校也是被迫无奈没办法啊，你们知道的，就像刚才那个学生，要不是他爹每年大笔大笔地资助学校，他这样的孩子进得来吗？"

武祥意识到问题实质了，但仍然无法相信并心存侥幸地问："您说的被动是指什么？是写辞职书？还是因为学校被迫无奈没办法才让绵绵进来的？"

"你看，你也不是很明白吗？你都意识到了，学校还意识不到？"赵副主任甚至笑了一笑，"你想想，像延中这样的学校，市里每年下发各项拨款不是很正常吗？改善办学条件不是早就规划好的吗？老师的生活待遇和住房问题，历届市委市政府都非常关心的呀，但这些本来十分正常的事情，为什么非得附加上其他条件来交换？学校确实是被迫无奈没办法啊，你们想想，如果你们是校长又能怎么办？"

武祥突然感到血脉贲张，两眼火星直冒。看着侃侃而谈的赵副主任，一时间他都不知道该如何开口。什么也想到了，却没想到问题的关键、问题的核心竟然在这里。这个意思太清楚了，绵绵的入校和当选班干部校干部都是被逼无奈的结果，本属正常的学校扩建和办学条件的改善都是被一个人以附加条件强行对此进行了交换。这个人不是别人，就是绵绵的舅舅，就是那个已经被双规了的市委书记魏宏刚！

此时，赵副主任的意思已经再明确不过了，绵绵的辞职书只是个借口，必须把这层意思写出来才是问题的实质，才是关键的关键。昨天晚上班主任来家绕来绕去的，其实也是这个意思。而武祥和妻子当时确实没有明白过来，所以赵副主任才会一开口就说，你们都理解错了。

是的，武祥和妻子，确实没有理解到这一层。

武祥正寻思着该怎么说，妻子在一旁开口了："赵副主任，听了您的话，您看我理解得明白不明白。您的意思是不是就是说绵绵的入校是他舅舅给学校施加了压力才进来的？"

"你看，我没说，你不也说出来了？唉，一针见血嘛！"赵主任把两手摊开了说道。

"这么说，绵绵的班干部，团干部，校干部，也都是她舅舅施加压力的结果？这么做学校是被迫无奈的，没有办法的？"妻子继续问道。

"是呀是呀，这还用说吗？没有她舅舅的影响，学校会这么做吗？明摆着的事情，你说谁不清楚啊，学校很弱势呀。"赵副主任依然显得很无奈地答道。

"还有学校的扩建，学校办公条件的改善，还有老师的福利分房，都是拿绵绵交换的结果？"妻子继续追问道。

"话是难听苛刻了点儿，可这也是事实啊，你们也用不着想不开，我也是实话实说。"看到妻子发青的脸色，赵副主任的语气明显缓和了许多。

"就是说，本来这些都是学校正常应该有的，早就规划好的，水到渠成的事，硬是绵绵的舅舅给压住了，如果不答应绵绵的这些附加条件，这些应得的东西学校就得不到，是不是这个意思？"妻子的脸色越来越难看。武祥感觉会发生什么，但已经知道无法制止。

赵副主任看了看手机上的时间，又扫了妻子一眼说道："时间也不早了，我该说的也说了，如果你们觉得不妥，不想按这个意思写，或者只是想轻描淡写地说几句，那你们拿主意吧。如果你们觉得这样就能把事情解决了，就能把事情糊弄过去，那你们就好好想想吧，你们要是觉得还有可能，那我也真没什么可说的了。我是为了你们好，为了学校好，这也确实是学校定下来的解决方案，要是不想这么办，不愿意按我挑明的事实来认识症结所在，今天的谈话我看就到此为止，你们就再找其他领导去吧。"

"我现在只想问你。"妻子好像非要打破砂锅问到底，"学校的意思是不是非得让我们把这些都写出来，把这些根本没有的事情都编得有根有据，有鼻子有眼儿，全都写进绵绵的辞职书里，是不是？"

赵副主任的脸色也难看了起来，完全是一副挑战的架势："你说呢。"

"赵主任，"妻子直直地盯着对方："您告诉我实话，您跟我们说的这些，不管是谁让您这样说的，您是不是以为都是真的？"

赵副主任有些发窘，半天说不出话来，他可真没想到一个倒霉的学生家长会这样逼问他。

妻子依旧不依不饶："学校二百亩的新校区，三个亿投资，真是都是以前就规划好了的项目？学校的报告是什么时候打的？打给谁的？又是谁给批的？旧校区十几亩地，学生老师五六千，放学挤得大门都出不去，十多年了，为什么新校区直到去年才批了下来？为教师们正盖着的新房，您将来也要入住的新宿舍楼，校领导们将来的新房，又是什么时间打的报告，谁打的报告，打给了谁？谁批下来的？是我们吗？是绵绵吗？是历届历任市委市政府吗？"

赵副主任突然一下子跳起来，"你这不是胡搅蛮缠吗！有你们这么说话的吗！学校是一片好心……"

"一片好心？"妻子不容他说完也突然呵斥一般怒道，"见你们的鬼！既然你们这么绝情绝义，那就别怪我六亲不认。我弟弟是我弟弟，我是我。我弟弟被双规了不假，他罪有应得，有党纪国法收拾他，可我是我，这事跟我们没有半毛钱的关系。昨晚班主任来了我就知道没好事，今天您跟我们说的这些话让我更恶心！告诉你，别把我一家子逼到绝路上！你们要是再这么逼我，看我敢不敢把你们上上下下一起发事的前后经过告到纪检委！"

"呵呵！到纪检委告我们？"赵副主任不屑一顾地戏谑道，"你以为你是什么人哪？腐败分子的亲属！你好猖狂！你好愚蠢！我也正式告诉你，这是学校的决定。今天，你们的检查如若不交上来，明天我们就宣布把武瑞绵从学校开除出去！"

"好，这可是你说的！"妻子毫无怯色，"我现在就告诉你我告你们什么！魏宏刚是被双规了，但更腐败的是你们！你们一个个都是彻头彻尾的腐败分子！是你们利用一个未成年的孩子大肆索贿，是你们把绵绵作为交换条件，把绵绵当作跳板，不择手段从中给自己谋取利益！你们真要敢把绵绵开除了，我豁出命去也要把你们的丑事告上去，市纪委，中纪委……你们一个也别想脱得了干系！兔子急了还咬人，别以为我做不出来！你说对了，我是腐败亲属，我是魏宏刚的姐姐。可我这个腐败亲属，我这个魏宏刚的姐姐揭发腐败更容易！我身在其中，别人听了更信！你就看我敢不敢，等我把你们怎么干的这些坏事丑事一件一件抖搂出来，你们一个也跑不了！让延门市的老百姓也都好好看看，天下还有你们这样腐败，还有这样不知羞耻的！平时一个个人模狗样的，是怎么为人师表的，是怎么表里不一的，要让延门市的百姓看看你们骨子里还有没有点儿人味！魏宏刚有什么腐败就是让你们这些人给拉下水的！什么新校区，什么新住房，做梦吧！让市里省里所有的人都看看你们这些东西到底是怎么弄来的！"说到这里，魏宏枝对着武祥一摆手："咱们走！这样不要脸的一种人，还跟他待在这里做什么！走！"

武祥跟着妻子往外走时，那个赵副主任好像是被什么定住了，他一脸茫然地僵在那里一动不动……竟然一句话也没说出来。

那个赵副主任好像是被什么定住了，他一脸茫然地僵在那里一动不动……

七

◆

走到楼门口时，武祥有意无意地看了一眼楼对面，昨天停在那儿的那辆车不见了。

进屋许久了，武祥和妻子都没有再说一句话。

看着妻子腰板挺直却走得有些踉踉跄跄的样子，武祥的第一个感觉就是，绵绵肯定无法再在这个学校上学了。

武祥一点儿也不埋怨妻子，他甚至觉得很解气。武祥明白，无论如何，不管你怎么做，这个学校都不可能再把绵绵留下来。连绵绵都明白，这份辞职书，就像是一份欲加之罪的判决书，不写是死，写了也是死。既然如此，还有什么写的必要。

其实即便就是学校还有意留绵绵，绵绵也肯定不会再在这个学校读书了。再退一步，即使绵绵还想留下来，武祥和妻子也决不会让绵绵再留下来，这样市侩的学校即便学到什么，也没丝毫价值了。

无论是谁，只要听了今天赵副主任说的那番话，若再让孩子留在这个学校，如果不是后娘养的，那就一定有一副不顾孩子死活的铁石心肠。

武祥和魏宏枝天然有一种默契，生气时无语。时间是舒缓情绪的一剂良药，随着时间的流逝，彼此都会积极地调整心态、情绪，让自己冷静下来。这会儿，武祥把妻子叫到绵绵屋子里，他们发现，绵绵其实早就把学校里的所有东西都带回来了，连出门卡、借书卡、停自行车卡都一并还给了学校。

吃晚饭的时候，绵绵仍然一言不发，把脸埋在碗里，甚至对爸爸妈妈看也不看。绵绵似乎清楚，爸爸妈妈从学校回来，一定会给她一个说法，她在默默等着，用不着先问。

妻子一言不发，僵直地坐在那里，几乎一口饭也没吃。也许妻子正在思考，下一步该怎么办，还能怎么办。

此时此刻，武祥最想商议又最不愿意提起的话题是，明天学校会不会真的开除绵绵。如果宣布开除了绵绵，还再找不找学校，到了学校再去找谁。还有，武祥最想知道又最不想问的是，如果绵绵真的被开除了，妻子明天会不会真的去纪检委告发。到底是口头举报，还是书面揭发。

饭都快吃完了，一家人还是一言不发。家里死沉沉的，连吃饭的声音也觉得很压抑很郁闷。

最终还是武祥憋不住了："绵绵，我跟你妈今天去学校了，那个赵主任说，有些话早就跟你说过了，都是些什么话啊，你也不说。昨天晚上班主任也说了，有些话她也跟你交代了，让你回来跟爸爸妈妈说说。不管说了些啥，你也该跟我们讲讲。你不讲，让你爸你妈很被动，稀里糊涂去了都是一头雾水。你也大了，家里又出了这么大的事，今非昔比，不能像以前那样使性子了。现在真的不比从前了，咱们得重新生活，一切都得从头来，都得自己想办法。"

"爸爸我知道。"绵绵低着头说，"我昨天就跟你们说了，可能说得不明确，我不在延中再上学了。我在十六中同班的一个同学爸爸也出事了，我们俩一起转学到别的学校去。"

"她爸是干什么的？"武祥问。

"西城区交通局长。一个月前被双规的，听说数额很大。"绵绵回答的声音很低，但武祥觉得声声如雷。

屋子里一阵死寂。

原来是这样！

妻子沉不住气了，"你咋不早说！那个同学是男孩女孩？离开了延中，还有哪个学校能去？你要是早说了，你爸你妈还能受今天这份窝囊气！"

"要是男孩我们还会一起离开吗？即便是男孩，现在还有那么重要吗？"绵绵仍然谁也不看自顾自地说道，"他们跟我说的话，我能跟你们说吗？说了你们还不给气死！自从舅舅出事，没有一张脸是不变的！他们要我揭发舅舅，检举舅舅，还要我给学校作证，让我向教育局举证是舅舅卡住了政府的经费让我进重点学校，说是舅舅逼迫校方让我当班干部校干部。还说舅舅的行为引起了全校师生的愤怒，让我一定深刻反思，划清界限……"

绵绵说到这里突然不吭声了，她一直用指甲划着桌子，再等绵绵抬起脸时，武祥并没看到泪痕。绵绵仿佛在说别人的事，她很平静，只不过越是这样，武祥越是觉得难过。

"什么他妈的重点学校！"妻子突然止不住地骂了起来，"一群狼心狗肺的东西，拍马屁时一个比一个拍得响，出了事一个比一个翻脸翻得快。都还是老师呢，还算人吗！"

多少年了，妻子很少这样骂人。今天真的被气坏了，才这样疾言厉色。

等妻子情绪消停些了，武祥又问绵绵："早上你就说了，不去延中了，也不在家吃饭了，你和你那位同学是不是商量过了，准备去哪个学校？"

"还没定下来呢。"绵绵轻轻地说道，"我同学有个表叔的孩子在武家寨中学当保安，愿意帮忙，正在跟学校领导走关系，如果说好了，马上就可以去。"

"武家寨中学？"武祥和妻子都吃了一惊。

"是。"绵绵依旧轻轻地答道。

"那不是个复读中学吗！"妻子有些着急了，"听说有上万学生，条件很差，管得很严，一间宿舍挤十几个学生，一个教室有八九十个学生。你们去这种复读学校做什么？"

绵绵一点儿也不着急的样子，"我们在网上都查过了，有复读的，也有应届的。学校大是大了点，但老师都是好老师，教学水平也不比延中差。延中都是尖子生，武家寨中学都是上不了名校上不了高中的学生。每年高考录取率也不低，算下来比延中也不差。管理上确实很严，但我同学说了，大家都是平民百姓的孩子，都在拼命学习，不管严点儿干吗还在这里上学念书？住宿条件也没你说的那么差。学校有宿舍，每个房间大的十几个人，小的八九个人。有空调也有暖气，还有盥洗室。如果不想在学校里住，学校附近的镇上也可以几个人合租一套房，就是贵点，但比较安静，互不影响学习。只是现在一切都还没定下来，听我同学说，已经八九不离十了，主要就是学费，看能不能降下来。"

听到这里，武祥突然感觉到绵绵确实已经长大了，懂事了。

那个武家寨中学远近闻名，是在郊县一个镇上，离市区有近二百公里。平时高考落选的孩子，还有初中毕业的孩子，家长不放弃，孩子还想考，但又去不了名校，去不了重点，连一般的高中也不再收留的那些孩子，只能想方设法到这里来复读，来上学。而这里也渐渐成了落榜孩子和差等生孩子们能考上大学的最后希望所在地。时光推移，名声越来越大，学生也越来越多。这里的分数要求也不高，条件也没什么限制。高考分数在四百分以上就可以免费入学，除了吃住，费用也不高。四百分以下的，才会增加收费。如果你是贫民子弟，即使分数再差点，但只要能吃苦，肯努力，有恒心，学习成绩提高很快，学校也会适当地减免你的费用。所以这样一个学校口口相传，越办越大，落榜生、差等生纷至沓来，学生自然也越来越多。

　　如果绵绵去了这样的学校，最大的好处就是换了环境，与其他学生互不相识，又都是社会最底层人家的孩子。这样谁也不轻视谁，精神上没有压力。但远离父母，身旁无人照顾，一个十七岁的女孩子，做父母的如何放得下心来？绵绵长这么大，一步也没离开过家，平时也算娇生惯养，衣食无忧。虽说这些天由于突然的变故，孩子似乎一下子成熟了很多，也变得懂事了，但毕竟平时娇宠惯了，别说做饭了，就是换洗衣服这样的事也很少自己操心自己做，如今一个人出去生活自理，还得抓紧时间学习，准备高考，孩子行吗？真的撑得下来？如果让家长去陪读，目前家里这个样子谁又能离得开？妻子肯定不行，绵绵的姥姥每天都嚷着要来，还有内弟那个家一摊子烂事，让妻子去陪读，这几大家子岂不都塌了天！自己能去吗？看妻子目前这个神思恍惚的样子，离得开吗？就是铁打的女强人，在如今这个时候，也是最需要呵护、最需要帮助的时候，就算妻子能答应，做丈夫的你自己能忍心走吗？

　　一家人沉默了一阵了，妻子好像也在考虑这个学校的情况了，轻声问道："学费大概得多少？"

　　绵绵沉默了一会儿说："听说去了先要摸底测验，成绩好了就少点儿，差了就多点儿。像我这样的，估计得五万吧。如果再差了，那就还得多点儿……"绵绵说着说着声音小了，头也埋得更低。

　　"知道了。"妻子可能也意识到了孩子的情绪，口气也缓和得更轻了些，"那租房呢？差不多点儿的，安全点儿的，一个月得多少？"

　　"这个不贵，"孩子嗓音大了一些，"一般的，两室一厅带厨房带卫生间的，我和我同学合租一室，一个月一千多就够了。这样的房子那里有很多，听说就是专门为租房的学生建起来的，都是新房，很安全，没问题。早饭午饭可以在学校里吃，晚饭我们自己随便做点就行了。"

武祥算了算，离高考还有差不多四个月，如果按五万以上的学费算，再加上租房、饭费、路费、生活用品等等，怎么也得八万左右。

这是个真实的数字，但这个数字比这几年初中高中加起来的学费还要高好多倍！更要命的是，即使你交出这笔钱，也还得走后门，拉关系。

一切都得从头做起，这就是老百姓实实在在的日子和生活。而内弟出事前的那些日子，即使你什么也没做，表面上的好处什么也没得到，但事实上你还是等于得到了大把大把的真金白银，等于得到了连你自己也觉察不到的诸多实惠。得到了一个黎民百姓压根儿得不到的优渥。

想到这里，武祥禁不住地打了个寒战。

正思谋着，突然听到绵绵一句让他们心惊肉跳的话：

"爸爸妈妈，钱的事用不着你们操心，我有钱。"绵绵说得很随意，但两个人都愣了一愣。

"你有钱？"妻子眼睛瞪得老大，直勾勾地看着绵绵问："哪来这么多的钱？这可不是一笔小钱！"

"放心吧，都是干净的钱。"绵绵瞅了一眼妈妈说道，"从小到大的压岁钱，爸爸的，妈妈的，奶奶的，爷爷的，姥姥的，前些年，姑姑给得最多……你们教育我不要乱花钱，所以我一直攒着。"

武祥看到绵绵的眼圈突然红了，但紧接着狠狠吸吸鼻子，顿了顿，然后也盯着母亲说道："当然也有舅舅的。可舅舅给的都是卡，有银行卡，也有购物卡，逢年过节过生日，舅舅都给，以前一直没查看有多少。前两天去取款机上看了一下，大概有七八万吧。加上其他的，十万多是有的。我算了算，去武家寨中学上学，肯定是够了。"

家里的空气凝固了，好久谁也没说一句话。是的，孩子十七岁了，有这么多压岁钱应该还算正常，至少没有超出他们的预想。但是，舅舅现在是被双规了的舅舅，一两个月前还是市委书记的舅舅。他给的这些钱和卡，应该怎么算？这些钱现在能花吗？

想了想，武祥说道："绵绵那都是你从小到大存起来的压岁钱，你就留着吧，现在上学用不着你自己花钱，以后确实需要时再说。还有，你舅舅给你的那些钱，我和你妈妈还没商量，是不是暂时先不要动。万一查过来，我们也有说的。"

"这我都想过了，爱怎么查就怎么查，我没什么可担心的。"绵绵很有主见地说，"他是我舅舅，逢年过节，给外甥女两千三千的，也算违纪犯法吗？现在的家长，过年过生日给孩子发红包，哪个不是给这么多。如果真给了我五万十万的，那我早还给舅舅了。爸爸妈妈平时管教那么严，我知道自己该怎么做。其实我以前私下里就跟舅舅说过，我说舅舅你给我的银行卡，都是别人的名字，那都是些什么人啊，连银行卡也敢给舅舅送。舅舅你收下他们的钱，以后还管不管他们了？舅舅说，都是三千五千的卡，也都是说送给孩子的见面礼，舅舅退回去是不是也太不近人情了。要是大数的钱，你想舅舅能让他们进了门塞给我吗？我说舅舅你一定要做个好官好领导，我们学校里的老师，在课堂上一说起贪官污吏、腐败分子来，我就吓得心里咚咚直跳。舅舅说，绵绵以后你就挺起腰杆来，舅舅堂堂正正、清清白白、顶天立地、一身正气，谁也打不倒，一辈子都是你的好舅舅……哪想到这才多少天，舅舅真的就成了老师说的那样……舅舅为什么骗绵绵，为什么要骗我？"

说到这里，绵绵趴在桌上止不住放声恸哭，直哭得武祥也满眼泪水。

当日下午两点十分，武祥接到学校打来的一个电话，说是学校主管学生工作的宁校长下午要同武祥谈谈。而且指名就让武祥一个人去学校，还说宁校长下午只有四点到五点这段时间有空，再晚了就只能再约时间了。

武祥看看表，还有一个多小时。他征求妻子的意见究竟该不该去，妻子说你只管去吧，不管他们怎么说、说什么，不能答应的绝不答应。这是咱们上午定下的那几条不能变。该让的可以让，不该让的打死也不让。听妻子说完了，武祥又忍不住给班主任吴秀清挂了个电话。班主任好像正在开会，声音压得很低。等听清楚怎么回事后，马上就从会场走出来了。班主任对武祥说，我觉得这是个好事啊，我们一会儿还要专门讨论有关绵绵的事情，也不知道学校领导会做出什么决定，对绵绵的事到底会怎么处理。你们上午与赵副主任谈话是不是谈崩了，吵起来了？而且吵得很凶？你们知道吗，学校现在都闹翻天了，说什么的都有。让我说啊，绵绵妈妈的脾气以后也真得改改了，也不看看现在是什么形势啊。知道下面有人怎么议论你们吗？说腐败分子的亲属也太猖狂了，都敢闹到学校来了，这还是不是重点学校啊。不过我觉得下午让宁校长约你见面，这应该是个和解的态度吧。宁校长是个很谨慎很实在的人，脾气也好，让我说，一会儿你就去一趟吧。估计是想把一些情况给你们解释解释，我想不会有什么其他的情况，否则也不会让宁校长同你们见面。宁校长这个人确实很好，他爱人在市教育局工作，对孩子的事肯定也能帮上忙，你一会儿去了，就多说几句好话吧。凡事哪能那么较真，该让的就得让一让，退一步海阔天空嘛。如果你觉得有困难有问题，也只管向他说，这会儿不说也是白不说，平时他们可都是很难求也很难找的人，光手机号码每年都要换好几回。现在是他们找你，这头让一步，那头你也

重新生活

别客气。

三点五十五分，武祥准时站到了宁校长的办公室门口。

宁校长也很守时，四点一过，就回到了办公室。

宁校长果然很客气，也很和蔼，说话一直带着笑，始终给人很温暖很温馨的感觉。

宁校长把武祥让进办公室，轻轻倒了一杯茶水，然后又坚持让武祥坐下来，并且非让武祥坐到主沙发上。

校长的办公室不大不小，一套沙发、一张办公桌，基本上就没有多大空间了。武祥坐在主沙发上，就好像坐在主桌上。面对着笑容可掬的校长，却如坐针毡、手足无措。

办公室很干净，没有烟灰缸一类的摆设，看来校长也没什么其他嗜好。武祥小心揣在怀里的中华烟看来也没什么用场，武祥想了想，也就没再拿出来敬烟。宁校长人很瘦，长得细细长长的，完全一个纯正知识分子的模样。"宁校长是个很谨慎很实在的人，脾气也好。"武祥突然想起了班主任说的这句话，再看看宁校长的细心和平和，心里也就不那么紧张了。

"老武啊，咱们两个岁数好像差不多，我今年虚岁五十三，你大概也过五十了吧。"宁校长的话也很柔和，一副拉家常的口气。

"啊是，是，五十了。"武祥没想到宁校长会问这个，"整五十周岁。"

"我长你两岁，也算同龄人。"宁校长很自然也很随和。"你肯定也是一个孩子，咱们那会儿政策很严，要是超生了，罚款不说，连公职也保不住，对不对？"

"可不是，我们要孩子晚，她妈怀孩子时快三十三啦，我们就绵绵一个。不过那会儿就是让生也不能生了，工资低，没住处，都是单身宿舍，父母也都去世得早，再生也负担不起啊。"

顿时，武祥说话自然了许多。

"我家孩子比你家绵绵大一岁，去年刚刚上了大学，实话实说，孩子越大越让人操心啊。"宁校长叹了口气说道。"实话给你说，我家孩子的事我都没脸跟别人说，你说我在重点学校工作，好歹还是个副校长。孩子妈在教育局，也算是个科级干部吧。按说，怎么着也应该有个争气的孩子，能上个好点儿的大学。一类上不了，上个二类也行啊，结果跑东跑西，挑来挑去，最终去了个省工业学院。工业学院也就是以前的轻工学校，学校连个硕士点也没有。家里的亲朋好友都跟我说，你就不能找找关系吗？孩子的事是天大的事，不管找什么样的人，不管花多大力气，不管付多大代价，大家都能理解。这话没错，但要让我说，这还都是过去的看法，现在的情况完全不一样了啊。我也跟我的亲朋好友多次讲过，我说你们也不看看，现在什么形势啊。我的孩子我都没法子去走后门找关系，你们也别指望我以后会给你们开后门拉关系。我不能因为我个人的事情，让人家替我违法乱纪背黑锅，反过来也一样，你们也别让我因为你们个人的事，让我去替你们违法乱纪背黑锅。这不是值不值的问题，是人品问题，是做人的基本原则啊，老武，你说是不是这个道理？"

武祥唯唯，一边点头，一边琢磨着校长这些话的意思。

宁校长继续不慌不忙地侃侃而谈："我跟我的孩子也说了，从今往后，你一定要重新认识家庭，重新认识生活。别说你爸你妈不是什么领导干部，即使真的是个什么领导干部，你以后也只能自食其力，自己靠自己，你的未来只能靠你自己的努力去争取。这可不是什么唱高调，这是针对所有黎民百姓的越来越明确的行为准则，谁越过了这个准则，谁就出局，谁就被淘汰。大家都是老百姓，老百姓的生活，就是所有人的生活。老百姓的生活提高了，你的生活也就提高了。老百姓对眼下的生活满意了，你也就跟着大家一样满意了。虽然现在还达不到这一点，但现在所有的规范和要求，包括党纪国法、八项规定不就是让大家朝这个方向走吗。你再想高人一等，再想不努力不付出就能得到一切，这样的日子今后你想也别想。我早就跟孩子说了，你考大学，别说你爸你妈帮不了你，就算能帮了你，爸爸妈妈也不会因为你一个人，让全家、全家族都提心吊胆，惶惶不可终日地替你去冒风险。与其那样，还不如直接把你爸你妈送进牢去得了。到了那会儿，如果真出了什么事，你说你上了个好大学还有什么意义？你连家也没了，你这一辈子不等于白活了？"

武祥渐渐听出了宁校长话里的意思，也就是说，现在的形势已经同过去不一样了，不管做什么事情，都要有新的观念，新的意识，新的准则，因为很多事情都同过去完全不一样了。眼下宁校长这样说，是不是觉得我们还有这样的想法？武祥想问。

"老武啊，我说这些话也没别的意思，我今天叫你来，也一样没有别的什么意思。"宁校长依然很平和地说道，"听说上午你们因为绵绵的事情和教务处的赵主任吵起来了，还说了很多难听的话。我今天叫你来，也就一个意思，就是要跟你说明一下，赵主任说的那些，并不是学校的决定。截至目前，学校还没有研究过这方面的事情，尤其是从来也没有研究过有关绵绵个人去留的事情。这个老赵，信口开河，我刚才也批评教务处和学生处了，下一步我们还要在全校通报批评。动不动就拿自己的意愿揣度校方的意愿，并对学校的决定说三道四，这是很严重的违纪行为。老武你回去也跟你爱人说一说，让她和孩子不要有什么压力。"

武祥不禁有些发愣，他根本没想到校长会这么说，于是赶忙说道："校长，我们当时也有些不冷静，如果要说责任，我们也有责任。对今天的事，我们回去想想也挺后悔的，当时确实有些过于冲动了，相同的意思，用不同的方式说出来，效果肯定不一样。"

"老武啊，绵绵我也了解过，确实是个好孩子，除了学习成绩弱点儿，其他方面都很优秀，在班里学校里口碑都很好。这一点是老师们公认的，校领导也都认可，即使到了今天，大家的看法仍然很一致。"宁校长的语速分明地慢了下来，一边说着，一边在思考着，好像每一句话都在仔细地斟酌着，"因为你们上午来过，学校现在对这件事的关注度也很高，也有很多的议论。所以一会儿放学后，几位校领导和教务处、教导处，包括绵绵的班主任老师，决定在一起研究一下绵绵的现有情况。在研究以前，学校也想听听你们的意见。今天没让你爱人来，主要考虑到她的特殊身份。不管怎么说，她毕竟是魏宏刚亲姐姐，在她弟弟的事情没有结论之前，目前，我们与她也不应该有过多的接触，有很多话也不方便直接跟她讲。我也不知道我说清楚了没有，老武你能听明白我的意思吗？"

"校长，我明白你的意思。现在校领导找她谈话，确实很有压力。对此我完全理解，我爱人她自己也清楚。"武祥回答得很得体，也很清楚。

"我现在只想了解一点，对绵绵的下一步，你们有没有其他的打算和想法？或者说，按绵绵的目前的情况，你们有过考虑吗？"宁校长问得非常小心。

"你是说绵绵担任的那些职务吗？校长这个你放心，我们都已经商量好了，绵绵什么职务都不再担任了，所有的职务都可以免掉，我们没有任何意见，这也是绵绵的想法和要求。这一点绝对没问题，本来也不是我们非要担任这些职务的。"武祥非常恳切地说道。

宁校长沉默了一下，然后看着武祥问道，"那免掉这些职务以后呢？绵绵怎么办？她还能在班里待下去吗？还能在学校里待下去吗？学生们又会怎么看待这件事情呢？这让孩子的压力有多大啊？对孩子的学习和高考又会产生多大的影响？尽管学生和老师不会像过去那样鄙视孩子，嘲笑孩子，但孩子在这种突变下，会给自己增加很多无形的巨大的压力，会让孩子备受精神上的痛苦和折磨，会让她的自尊心强烈受挫，以致会完全崩溃。这些，你们替孩子想过吗？"

武祥不禁愣了一下，他压根没想到这里，也根本没想到校长问得会这么细，想得这么多，说话的声音也明显低了下来："……也不是没想过，但遇到了这种事情，真的蒙了，眼下又有什么办法呢？我们现在又能让孩子去哪里？"

"这个你也别想多了，我这么说，只是想替孩子考虑考虑。"宁校长此时显得很沉重也分外严肃起来，"说实话，如果是其他的孩子，我也不会这么想，但绵绵是个好孩子，是个很腼腆很文静温和的孩子，也是个很好强的孩子。当时她的那些职务在选举时，都是高票当选，当然，也有下面做工作的原因，但在以往，所有的这些职务的选举，从来也没有过这样的高票，甚至全票，一方面说明大家对这个孩子的品行和表现确实都是满意的，另一方面现在突然把她所有的职务都免掉了，你说学校怎么向社会交代，又怎么向老师学生们交代？就因为孩子的舅舅出事了？就因为孩子舅舅是腐败分子？那不等于我们承认了当时确实是走了关系，走了后门？确实是在暗箱操作，把一个不称职的学生推上去当上了班长、团书记？"

"校长，你能这么说，我很感动，但当时我们也确实不想担任这些职务，连绵绵的舅舅也是坚决反对的。"武祥解释道。

"你们一直这样强调，我也不表示异议。"宁校长这时站了起来，再次给武祥倒满了水，然后接着说道，"但问题是，绵绵最终确实是当上了班干部和校干部，这是事实，也是结果。你说绵绵确实不想当，你们也确实不想让绵绵当，连魏宏刚也不想让绵绵当，但最终绵绵确实是当上了，这一点能质疑、能否定吗？如果不是因为绵绵的舅舅是市委书记，如果这个市委书记不是因为外甥女在这个学校，学校能得到这么多资金和项目吗？如果这里面存在问题，有了问题，确实成了问题，甚至成了大问题，到了那时，是不是只能是看事实、看结果，而不是看你们当时曾经拒绝过呢？"

武祥再次怔在了那里。宁校长说的话确实是事实，他没法反驳，如果妻子在这里，也一样无法反驳。尽管当时你心里真的是一万个不想当这个班干校干，但最终你还是当上了，而且一直当到现在。既然你当上了，就一样负有责任，尤其不能把所有的责任都推给学校。这就是说，如果这属于腐败问题，你武祥一家也一样脱不了干系！

宁校长好像并不等着要武祥回答什么，依然若有所思地说道："这些天我一直在想，如果下一步要在我们学校全面彻底肃清魏宏刚的腐败流毒影响，我们应该怎么做？巡视组来了我们又如何配合调查？老武啊，你也设身处地地想想，学校的压力会有多大？你们上午说了，当初都是因为学校让绵绵当了班干校干，才在魏宏刚那里得到了那么多资金和项目。如果你们真是这样认为的，那岂不就证明了学校和你们都有问题吗？绵绵确实当了班干部校干部，学校确实得到了资金和项目，魏宏刚也确实利用手中的权力促成了这件事，不正说明这其中腐败严重吗？魏宏刚被宣布严重违纪违法，是不是也包括延门中学的这些问题？是不是也包括了你们一家人？"

武祥直听得惊心动魄，他来时曾想了很多很多，却怎么也没想到宁校长会从这个角度看出了这样既凶险又尖锐的问题。

"扩建的新校区离市区很远，等新校区建好了，学校计划让高中部全部转移过去。但说实话，老师们都不愿意过去啊，离市区太远了，好多高中老师宁可留下来教初中也不愿意过去。

还有，给老师们盖的宿舍楼，按现在的政策和规定，都只能以市场价格出售，所以到现在，学校也没有几个老师报名买房。至于给校领导盖的所谓的领导公寓楼，现在就是白给，谁还敢往里面住？躲都躲不及呢。所以，你回去也给你爱人讲讲，很多事都是此一时彼一时，形势完全不一样了，以后不管说什么话、做什么事都要多想想，多了解了解实际情况。你刚才说的话，让我很踏实也很欣慰。我们以后都应该多点理性，少点冲动。俗话说动必三省，言必再思，人一冲动，就什么也不顾了，到头来，就只有后悔。"

听到这里，武祥终于明白了校长的意思，让他今天来，就是要让他能了解到学校现在的真实情况，不要像妻子上午说的那样，动不动就去告状，就去揭发。武祥赶紧说道，"宁校长你千万别在意，我们上午说的那些话，都是一些气话。像我们现在的情况，只有老老实实的，哪里还敢乱说乱动。回去我一定给我爱人说到做到，一切都按学校说的办。学校研究了让我们怎么做，我们就怎么做。"

"老武，你可千万别这么说，我也只是把学校的难处实话实说地跟你讲讲，并没有其他的意思。"宁校长也是一副十分诚恳的口气，"这么大的一个学校，每天有多少难以解决的事情。尤其是现在，我们这几个校长，有多少双眼睛在盯着。你就说像今天，你们前脚刚走，后脚就有人说我们迟迟不动手，不仅不查处问题，甚至还同情腐败分子亲属。他们说这个，我反倒一点儿也不怕。如果你们夫妇还有绵绵确实也是腐败分子，也确实同流合污，做了很多腐败的事情，那他们这样说我们，倒也有情可原。但你们夫妇和孩子大家都很了解，实实在在的都是好人，正派人，心地善良的人，现在是你们的亲属出了问题，让你们受到了牵连，让好人正派人受到了很多压力和委屈。是腐败分子让他们的亲属受到无辜伤害，这样的人难道也是人民的敌人吗？我们非要把他们也推到敌对一方吗？对这些人，我们正确对待，我们对他们的遭遇有所同情难道有错吗？如果连这些人我们也不正确对待，没有丝毫的同情，那还有没有起码的觉悟，起码的做人准则？这符合党的政策吗？还有没有起码的人性？"

宁校长的这番话，几乎让武祥掉下眼泪来。他有点哽咽地说："宁校长，谢谢你了，这是这些天我听到的最贴心的话，我也知道我们以后该怎么做了。你说吧，下一步你让我们怎么做，我们就怎么做。"

宁校长沉默了半天，轻轻地问道："以目前的情况，你们真还想让孩子留在学校，留在重点班吗？"

"到这会儿了，我也只能给你说实话了。"武祥顿了顿，把心里的想法全都给校长倒了出来，"我和妻子原来是这么考虑的，因为高考也没几个月了，就让孩子继续留在学校里算了。但那个重点班我们也觉得确实不能再待下去了，一是学习跟不上，二是孩子的精神压力也太大，三是考虑到孩子目前的情绪，也确实不适合在重点班了。不在重点班，去个一般的班级，可能对孩子的压力要小点，也是让孩子能尽快沉下心来专心应付高考。"

宁校长静静地听着，不时地点点头。

"刚才听了你的话，我现在的想法也有了变化，我和你推心置腹地讲啊，也许转学的效果对孩子会更好些。"武祥继续说道，"我还没来得及考虑，回去也还得给爱人和孩子再商量商量。转学也不是个小事，会不会有很多问题需要解决？再说，孩子转了学是不是也会遇到同样的问题？我现在真的拿不定主意，也真的不知道该怎么办。过去我们有什么事情就直接找绵绵的班主任吴老师，班主任怎么说我们就怎么做。现在家里出了事，班主任来得少了，我们和人家也不敢多联系了，所以有些情况不仅不了解，也真不知道该怎么做了。所以我一再跟你

重新生活

说，也确实是心里话，学校说怎么做我们就怎么做，我们现在就听学校的。"

"好的，我知道你的意思了，我们一会儿还要研究有关绵绵的一些事情，有什么情况我会派人与你们联系的。"说到这里，宁校长在手头的一页纸上写了一个手机号码，连名字也写在上面，然后轻轻地递给武祥，"这是我平时不多用的一个手机号码，知道的人也不多，只要我还在这个学校，这个号码就不会变。你以后有了什么事情，特别是孩子的事情，比如碰到了什么难办的事，或者是在学校里遇到什么不好解决的一些问题，就直接给我打电话。只要不是走后门托关系的事情，我都会尽力想办法解决。"

武祥听校长这么说，感动得不知如何是好，眼圈禁不住又红了起来。赶忙站起来，不住地点头，"谢谢校长，谢谢，太感谢了。"

"老武你别这么客气，不管怎么说，学校确实应该感谢你和你爱人。学校有了新校区，解决了多大的问题啊。你看这两年的房价地价涨了多少，如果放到现在，就是再有十个亿也解决不了这些问题，这对学校的下一步发展打下了多好的基础。"宁校长微笑着的面容里，展示的都是诚恳和真切，"还有，你们的班主任吴老师，也确实很能干，她对你们家的事情也一直很上心。我们去年也曾考虑过她的职务问题，但没想到程序刚刚启动，就接到了好多告状信，经核实，也确实发现了不少问题。我也不知道她在你们那里都做过什么、说过什么，我这么说，也不是说班主任确实就有什么问题，我只是个提醒，以后还是谨慎一些为好。"

"知道了，明白。"武祥再次感到吃惊，"其实我们一直觉得班主任不错啊，热心，有能力，也有魄力。她很少和我们说学校其他的事情，说了我们也不知道内情，就是听听而已。宁校长你放心，我们和班主任也绝对没有任何其他的事情……"

八

◆

武祥回到家时，已经是傍晚了。

绵绵一个人在家，又是翻抽屉，又是找东西的也不知在屋里忙碌着什么。

武祥本想过去和孩子聊聊，但想了想，觉得还是算了。一切等妻子回来再说吧。

等妻子回到家，武祥把情况给妻子原原本本讲了一遍，一直到说完，好半天了，妻子也没吭声。

"你倒是说话啊，到底该怎么办？"武祥有些着急了，忍不住地问了一句。

"有什么可说的，不就是担心我去告状吗？不就等着学校的决定吗？"妻子沉沉地说了这么一句，"我们没有招架之功，只能等学校研究了，有了结果了，咱们才能考虑下一步该怎么办。其实让我说，十有八九我们得离开这个学校了。绵绵说的是对的，这个宁校长说的也一样，从里到外真不能再在这个学校待了。"

妻子的情绪很差。武祥本来还想给妻子说说班主任吴老师的事，但看妻子一脸憔悴的样子，忍了忍也就没说。

晚饭妻子吃得很少，刚过八点，妻子就躺下了。

武祥清楚妻子这些天心力交瘁，实在太累了，就一个人静静坐在客厅里，直到快十二点了，绵绵屋子里的灯也熄了，才悄悄走进卧室。走进卧室之前，他心有所想地拿包垃圾下了楼，曾停在他们这栋楼对面暗处的那辆汽车又在老地方了，时明时暗的火光在方向盘后面一闪一灭。武祥有冲上去问个究竟的冲动，但思忖再三，横扫的北风让他冷静下来，他竭力装着不经意的样子回去了。

进到屋里，不禁吓了一跳。妻子端坐在床上，好像一直在等着他回来。

"身体不舒服吗？怎么还没睡？"武祥打开台灯，看着眼睛瞪得溜溜圆的妻子有些不知所措地问。

"睡不着，有些事得给你说说了。"妻子唇色发白，心事重重的样子。

"你不说我也想问你了，我早就觉得这两天你心里有事。"武祥一边说，一边给妻子倒了一杯热水。

良久，妻子焦虑不安地对武祥说道："今天我们去了学校，你还去见了校长，还有上午绵绵的话你也听到了，我看咱们家真的是到了坎上了，不管过得去还是过不去，咱们也得好好合计合计了。"

看着妻子灰白的脸色，武祥说："你说吧，我觉得孩子的话也不是没道理。孩子大了，也有了自己的主意。你说吧，到底怎么办，最后都听你的。"说到这里，武祥顿了一下又接着说，"我看你今天在学校里很生气，回来也没再问你。万一学校做出什么出格的事，你真的会去上面检举揭发吗？"

妻子沉默了半天说："今天也是有点忍不住了，想想也真不该发那么大的火。他也就是一个副主任，又不是他个人的决定，跟他发火又有什么用？听宁校长的意思，好像咱们也有责任，但有责任也得实事求是吧。当初绵绵本来在十六中上得好好的，是他们当时托人找关系，非要让孩子来这个重点学校，这跟魏宏刚有关系吗？严里说还真有！都怪我，当时要是咬牙坚持不来也就不来了，到现在落得哪儿都成了问题。你说宁校长的意思好像没什么事了，可我觉得今天事情肯定还没完。如果真有什么事，实在不行，我还去找他们的校长去，学校那几个正副校长我又不是不认识。宁校长我也不是没见过，我就不信这些校长都会像那个主任一样，非要把所有的问题都推在我们身上。说要去检举揭发，也是气话罢了。以咱家现在的境况，又有谁听你的？叫天天不应，叫地地不灵，咱又能告到哪里？我已经想过了，再等等看吧，孩子的事是大事，太随意太冲动了，反而没了回旋余地，对孩子更不好。"

"既然你这么想，我也就放心了。"武祥松了口气似的说，"今天宁校长也是这个意思，现在有些情况我们并不了解，形势已经不一样了。你说得对，咱们家的情况，现在非同寻常，能适应就尽量适应，能忍还是忍着吧。咱们家的事，无论什么事现在都能同宏刚连在一起，躲都躲不开啊。依我看，咱们现在最好的策略就是谁都不去找，找也没用，也犯不着。"

妻子没再吱声。

武祥还想再说点什么，只见妻子慢慢下床去，在墙角一个柜子里的底层，拿出一个梳妆盒大小的小木箱子来。打开锁，又打开几层裹得严严实实的塑料袋子，然后把里面的东西全都倒在了床上，怔怔地对武祥说：

"你看看吧，这就是咱几十年的家底了。"

一堆红红绿绿的银行卡、购物卡。

妻子说："这两天我都细细算过了，钱一共是一百二十六万多，购物卡有八万多，大数一百三十五万多。"

家里的钱都是妻子管的，过去是，现在也是。武祥不抽烟不喝酒不打牌不赌博，没有任何嗜好，过去是现金，现在是工资卡，还有加班加点出工出差的补贴补助及年终奖，每次都会一分也不少地交给妻子。武祥中师毕业，毕业后先当老师，后来被借调到了史志办，最后又被分配到了市出版局，负责市里的几家刊物出版单位的业务协调。市里的刊物出版单位这些年早已成了萧条冷落的穷部门，基本上都亏损累累。早些年还算是个人人羡慕的好单位，福利也还可以。这几年网络大发展，电脑手机人人有，出版行业越来越不景气，市一级的书籍刊物更是每况愈下，后来成立了出版集团、报刊集团，都归了企业，成了省管单位，出版局先归了文化局，不久又一起归了广电局。几个局里的领导干部聚在一起，好多年也消化不了。直到小舅子魏宏刚调到市里当了市长书记，局领导才把武祥的正科级给解决了。工资不高，平时也没什么外快。每天就是两点一线，家单位，单位家，别人都夸他是好丈夫，只有武祥自己知道自己几斤几两，顶到头也就是吃死工资的一工薪族，老实巴交的一普通职工。刚到单位分到手的房子，当时觉得好大啊，五十多平方米，两室一厅一卫，还带阳台地下室，搬进来就像进了天堂。两口子那个乐啊，做梦都能笑出来声。再后来，有了绵绵，房子一下子就变小了。那时候福利房已经越来越远，两个人开始拼命攒钱，看能不能把房子换成大的。但计划没有变化快，刚有点钱了，就出事了；钱一攒得差不多了，就又出一桩花钱的事。绵绵出生，妹妹病故，老爹老妈去世。再加上房价疯涨，过去一平方米两千都没人要的房子，如今涨到快两万了还抢不上。如今的这套房，虽然不大，但还算是个学区房，价格比新房也不低。如果绵绵上了大学，卖了旧房，找个离市中心远点的房子，再垫个一百多万，再加上两个人的公积金，大致可以买个一百四十平方米以上的房子。如果让绵绵舅舅帮帮忙，打个折，还可以挑上个好点儿的楼层。去年，魏宏刚也不知从哪儿听说了这事，一次家庭聚会见面时对武祥说，你们也真是的，我在你们眼里还算不算一家人了。好歹我也是你们的亲弟弟，买房子这样的事也不告诉我，拿我当什么人了？我这个书记每天都在给别人办事，自家的事为什么就不能办？你们不找我，让别人怎么看我？姐姐一辈子争强好胜，什么也不求人。但房子是天大的事，弟弟我又不违纪违法，只给你们找一套便宜的房子谁又能说什么？姐夫你回去跟我姐好好说说，就你们那几个钱能买下什么样的房？老妈以后来了也还要住呢，不为别的，也得为母亲着想吧，也得为绵绵着想吧。弟弟好歹也是个市委书记，你们跑断腿的事，不就是弟弟一句话的事吗。这事我知道了，告诉我姐不用再跑了，这事我记下了，有了合适的地方就告诉你们。怎么着不也得个两百平方米左右的，肯定得小区好，楼层好。这事让我姐姐放心就是了，别让她再跟我犟……

武祥回来跟妻子不经意地说了一次，妻子只是乜斜看了他一眼，没说话，好像也没当回事。但好几次，妻子都话里有话地说，我就信老人说的一句话，天上掉馅饼的事，一定不是什么好事。咱自己买房住得安全，咱要托我弟弟买房，就等于住在炸弹上！

再后来，魏宏刚一直再也没提这件事，武祥和妻子也没问过这件事。

再后来，魏宏刚就出事了。

魏宏刚出事后，武祥和妻子都顾头不顾腚了，自然没顾得上提房子的事，也顾不及提钱的事了。

而今晚，妻子却把家底全都摊在了床头上，好像要把家里的所有事情重新做个安排，并给他做个托底的交代。

武祥突然又想到了上午小老板的那番话，如果这个小区真的要搞拆迁，原来的计划又要被打乱了。一搞拆迁，这个所谓的学区房，可能就分文不值了。还有那个贾贵文，天知道会出台什么样的搬迁协议，看来换大房的计划又要泡汤了。

妻子可能早就算计好了，先是拿出十几张银行卡来，对武祥说："这是一百万整，是咱一辈子的积蓄，都是咱清清白白的血汗钱。"

剩下的二十六万银行卡里，妻子又拿出两张说："这七万是咱眼下的零花钱，绵绵上学转学就用它吧。我看出来了，绵绵像我，死脑筋，不听劝，打定的主意谁也别想改过来，除非她自己觉得错了。这次转学到武家寨中学，我想了，这个地方也许挺合适，孩子到了那里至少心里不受委屈。过两天，有时间了咱们去看看，如果孩子吃不消，实在不行，咱就在附近再找一个陪读的，给俩孩子做饭洗衣服就算当保姆吧。还有那个家里也出了事的她的同学，同病相怜，又是一个班的，人家帮了咱，咱也还人家一个情，陪读的住宿费就由咱们出，别再让人家出钱。如果绵绵不答应这么做，那就听她的，咱们都再等等看，具体怎么做都依她吧，孩子大了，也该让她自己做主了，她说咋办就咋办。"

剩下的这些钱和卡，妻子全都装在了另外一个小盒子里。然后长长地叹了口气说，孩他爸，这些钱都跟绵绵舅舅有关。都是宏刚直接给到家里的，多一半都是先给了妈，妈再转给我。以前逢年过节，也就是个一千两千的，这两年就多了，每次都是一万两万的。购物卡也是，过去一张三千就够多了，现在至少也是一万，还有一张是三万的。绵绵说得对，都不知是些什么人送的，银行卡也都不知道是谁的名字。你想想，咱不要不要，还都攒了这么多，宏刚那个家里，又会有多少！真是怕出来的狼，吓出来的鬼，越担心越出事。宏刚的媳妇，我见一回劝一回，可不要因小失大。针尖大的窟窿也能吹进斗大的风，一着不慎，满盘皆输啊。咱家也不缺钱，你姐姐姐夫这么多年，出了那么多事，也还存了百八十万块，等新房子买下了，绵绵上了大学，有了工作，我们两口子退休了，还花什么钱？再多的钱存在银行里不就是个数字吗？现在存钱又有什么用？我刚毕业那会儿，一个月三十五块钱，现在一个月四五千，你那会儿就是不吃不喝，把所有的工资都存在银行里，放到现在那点儿钱还算是钱吗？房子差不多就行了，再大的房子，睡下去不也只放一张床吗？想想早些年，宏刚上小学那会儿，一家六口人挤一个炕上，不也都过来了？你是宏刚的媳妇，你说话他听，有什么你可千万别迁就他，一定要把大门把牢，把大门锁死，将来万一真要出了什么事，毁的可是一大家子几十口人啊。说是新社会了，再不会搞什么株连九族的事了。可打断骨头连着筋，亲朋好友的，怎么能不受牵连？咱本本分分，清清白白的，不是咱的，咱千万不能拿，咱一心一意地为国家干点事，为老百姓谋点福利，脸上荣耀，心里清静，睡觉也踏实。咱里里外外上上下下老老少少的，扬眉吐气，腰杆也挺得起来。这才是光宗耀祖，这才叫出人头地啊！可我说一回，宏刚媳妇就烦我一回。我再说一回，宏刚媳妇甩个冷脸说：一见面就老生常谈，一见面就耳提面命，不如你替你弟当官好了。再再后来干脆躲着我，见也不见了。今天回头看，出事就出在这个媳妇身上，至少她有一半的责任。你说说，宏刚也算是个能干精明的人，怎么就娶了这么个媳妇？是不是他生性就喜欢这样的？真的是物以类聚，人以群分吗？

　　说到这里，妻子突然泪流满面，哽咽得几乎喘不过气来。一边哭，一边说："这些天，我好想找个没人的地方痛痛快快哭一场。可这么大的城市，连一个能放声大哭的地方都没有……"

　　看着妻子撕心裂肺的样子，武祥手足无措，一时语塞。这么多年了，第一次看到妻子的精神和情绪像轰然崩塌了一般已经被完全摧垮了。他呆呆地看着妻子，突然从心底里生发出一种令他心碎而又巨大的惊慌和恐惧。即使妹妹病故，父母双亡时，他都从来没有过这种情境。

武祥正寻思着如何安抚妻子，妻子突然像清醒了似的猛地止住了哭声。很快用手在脸上蹭了两把，怔了阵子，然后用嘶哑的嗓音告诉了武祥一个消息。

妻子说昨天公司领导已经正式与她谈了话，要她积极配合，尽快、如实、主动、彻底地交代她与弟弟魏宏刚之间的有关问题，而且特别说明，主要是经济问题。

"经济问题？！"听到这里，武祥一把拉住了妻子的手，指着床头那个小盒子里的银行卡和购物卡，惊慌失措地问道，"我们有什么问题！不就是这些东西吗？这就是他们说的经济问题？"

"我前前后后、仔仔细细想了一天一夜，我与宏刚经济上的交往，所有的都算上，就这些东西了。"妻子已经镇定了下来，完全恢复了平时的理智和沉静。"除此之外，我与宏刚再无任何其他财物上的来往。绵绵那里刚才也说清楚了，我觉得孩子没有隐瞒，也没有撒谎。绵绵手里的那些钱和卡，都是十几年积攒下来的压岁钱。当舅舅的这两年给的是多了些，但也没过分，就这么一个外甥女。妈来了，大多时候都是在咱这里住着，他一个做儿子的也应该多少给点儿。我觉得那不是问题，就算有什么经济问题也与孩子没有任何关系。"

"那这些东西就是问题吗！"武祥止不住地像头受伤的狮子一样低声咆哮起来，"这算什么问题？这他妈的是问题吗！宏刚还能算是个孝顺儿子？这辈子给老妈照顾过什么？又给过家里买过什么？就是在外面打工的农民工，十几年了，送给家里的也不会比这少！你这个当姐姐的，他又孝敬过什么？对咱这个弟弟，我从没说过什么，可今天我真的恨透他了！如果这个家没他，一家人安安分分，平平稳稳的，哪有这些七七八八的鬼事混账事！前辈子作什么孽了，养出这么个弟弟来！"

见武祥发火，妻子良久无语。一直等武祥不说话了，才又问道："武祥，你也想想，是不是还有什么别的没想到的？我想来想去，几乎想遍了，到底还有啥经济问题呢？是不是老妈那里还有些什么？如果有，以咱妈的性格，还会瞒着咱们？连宏刚媳妇都说过，上午给妈点儿什么，到不了下午一转手就到了姐姐手里了。别说三万两万了，就是三千两千的也能把老妈吓着了，我想了，妈那里不可能有什么大的事情瞒着咱们的。再有，我多问一句，你别生气，弟弟给过你钱吗？"

武祥没好气地说："给过！给过我一百亿的冥钱，他盼着咱全家人被他害死呢！"说到这里，武祥顿了顿，尽力让自己平和下来，"宏刚怎么会私下里给我钱。就算给了我能不告诉你？还有，妈的钱几乎全在咱这里，妈那里能有什么？"

"你再回忆回忆，甭说气话，现在也不是埋怨的时候。"妻子看着武祥问道，"你好好想想，是不是还有什么不记得了？"

武祥愣了一愣，皱了一下眉头，十分痛心、十分愤懑地说道："我就是想跟他有牵连能牵连得上吗？自他当了领导干部，一年半载的能见到他几回？我个人的事也从没找过他，别人都说，你这当姐夫的，提个副处正调的，不就他一句话？你不找白不找，能办为啥不找？我也不是没想过，后来想想，咱现在已经是个主任科员，就算一下子提到副处，再过几年提到正调，不就多挣几百块钱吗？这样一个处级单位有那么多处级岗位吗？咱这样的水平，中专生的底子，赶退休给个副调就烧了高香了，什么时候奢望过正处？我是那块料吗？一个市委书记每天有多少大事，干吗为这点小事麻烦他？他麻烦人家一个小事，人家还不麻烦他一个大事？这点觉悟咱还能没有？就算没觉悟没水平，还没有自知之明吗？这是何苦呢，自讨苦吃还麻烦别人！这种事我从没找过他，一次也没，他也从没问过我，我也从没给你说过。去年提了个正科，有人背后说这是走了宏刚的关系，直把我气了好多天。我工龄三十多年，在单位也十多年了，终于提了个正科，这算个什么？如果有问题，你说这又算什么问题？除此之外，还有什么？我不抽烟不喝酒，他也从没送过。不说也罢，一说起来就来气，就算我不抽不喝，你姐姐姐夫家平时就没个应酬？逢年过节你那烟啦酒啦的那些东西，何时问过姐姐姐夫家需要不需要？你以为我们真的会向你要？你以为我们真的稀罕那些呀，可你是连句话都没有啊。你一个大书记，什么都听媳妇的，那姐姐从小把你养大，给姐姐家送点礼物，你媳妇能把你吃了？再说了，他那家平时我进得去吗？门口站岗把门的都不认识我，每次去都审贼似的问来问去，我还能从他那里拿出什么来？老妈住在这里的时候，倒是常常让司机送些米呀面呀土特产什么的，那也能算吗？还有咱这个家，自从他当了领导，再进过这个门吗？这三五年他来过一次吗？你姐姐小时候怎么把你拉扯大的，没有你姐姐，还有你今天的魏宏刚？这个家都不来，你说他跟咱还能有什么？"

武祥说来说去，牢骚越发越多，但妻子并不计较。看他不说了，又像自言自语地问道："那到底还有什么呢？是诈唬咱呢，还是真的有什么确实没发现？是不是回去一趟问问妈？明天一早再问问绵绵？"

"你到底怎么了？"武祥不解地说道，"别的我不清楚，但你要说绵绵和咱妈那里有什么问题，打死我也不相信！绵绵刚才已经把话说到这份上了，魏宏刚他就是想给绵绵大数的东西，绵绵也决不会要他的。绵绵说了，她在学校里一听到老师同学说到腐败分子贪官污吏，就吓得心里咚咚直跳，她怎么会要舅舅大数的东西，舅舅又怎么会给她大数的东西！咱妈你也不用去问，她老人家本来就闹着要来呢，你一问那还不把老妈急死了？"

"可是听我们领导的口气，并不像是在诈唬，也不像是随便问问。"妻子两眼有些发呆地说道，"其实，领导平时对我挺好也挺关心，从不会哄我说假话。领导的态度也很严肃很认真，感觉这确实是上边交代下来的。我头一次见我们领导这样态度。"

"理他呢！"武祥安慰道，"咱干干净净，清清白白，对得起父母孩子，对得起良心，他们愿意怎么说由他们说去！"

"可是我们领导说了，如果拒不配合，不如实交代，那可能就要采取措施。"妻子怔怔地说。

"采取措施？！"武祥一愣，"对你？采取什么措施？"

"说是要协助调查。"妻子的声音很低，甚至都听不太清楚。

但武祥却听得目瞪口呆，心胆俱裂。

协助调查几乎与双规一样，就是被带到指定地点，与社会家庭完全隔离，在某个地方老实坦白，交代问题！

就像被带走的魏宏刚的媳妇一样，像魏宏刚的秘书一样，像魏宏刚的司机一样，像刚被带走的魏宏刚的保姆一样！

真是晴天霹雳！

九

◆

一晚上几乎没合一眼的武祥夫妇，一大早就被一阵急促的门铃声惊醒了。

急匆匆打开门，武祥长出了一口气，按了按猛跳的心脏，感觉几乎能瘫倒。

敲门的是绵绵的班主任吴老师，一副匆匆忙忙、心急火燎的样子。

进了门，班主任一边径自往客厅里走，一边急促地张顾四下地问道："绵绵她妈呢？在家吗？刚六点，还没上班吧。"

妻子已经走到客厅了，微笑着点头算是打了招呼。

班主任一屁股坐在沙发上，一边关掉自己的手机，一边对武祥夫妇低声示意，要么关机，要么让他们两个把手机也放远点，最好放到里屋。

武祥照办了。

"不好意思，这么早，你们也别见怪。"这时候班主任才放开嗓门说道，"都说手机开着就能被窃听，咱真不能不防。咱都清楚，你们这地方现在谁也不大敢来，谁知道有多少人在盯着。可我是没办法，校领导让来能不来吗。谁屁股上的屎谁来擦，自己的责任自己负，你们也别嫌我说话难听。我这段时间，天天两头受气，众矢之的里外不是人啊。好了好了，不扯别的了，咱言归正传。"

武祥给班主任倒了杯温开水，班主任也不客气，端起杯子一口气喝了个底朝天。然后接着说道：

"昨天你们一走，学校下午就开了个会，整整开到晚上八点。昨天下午宁校长还专门找老武谈了差不多一个小时。后来校领导把我也叫去了，差不多全是研究有关绵绵的事。我首先给你们传达学校的态度，校长亲自跟我说的，昨天的事，首先是赵主任不对，应该批评。现在不是'文化大革命'那个时代了，父母有罪，与儿子没关系，与亲朋好友也没有关系，与绵绵更没什么关系。搞株连，还让孩子搞什么检举揭发，都是错误的，必须予以检讨。这件事，我也有责任，我也该检讨。咱一码归一码，牵连孩子干什么？所以这个你们就放心吧，什么撤职啊，开除啊，勒令退学啊，都是不允许的，都必须坚决禁止。不管是谁家的孩子，都不能发生这样的事情。所以啊，昨天赵主任也挨批了，他也让我向你表示歉意。如果以后你们见了他，他也会当面向你们道歉。"

看班主任说得真诚实在，武祥一时竟不知该说些什么了。他看了看妻子，好像也一样有些吃惊。做梦也没想到，班主任这么早赶来，一见面能说出这样一番温暖如春、出人意料的话。

"吴老师，你的意思是不是说，绵绵还可以继续留在学校里？"武祥止不住激动地问道。

"下面咱们再说绵绵的事。"班主任又喝了一大口水继续说道，"学校的意思很明白，昨天宁校长不是也跟你说了，绵绵当然可以留在学校里。"

"如果还能留在学校里，有可能去哪个班？"武祥有些不相信似的问。

"哪个班都可以，包括我这个重点班。"班主任毫不含糊，"但问题是，咱们实话实说，按目前绵绵的成绩，你们觉得再留在我这个班里是不是还合适？对绵绵到底是利大于弊，还是弊大于利？不瞒你们说，现在给孩子辅导的老师，特别是辅导高考的老师，一个小时收费都五六百了，好点儿的都上千了。以前我们找姜老师给绵绵辅导，那就不说了，都是学校里指派的任务，老师们也明白，从来不讲费用的。但现在不同了，老师们也要吃饭，也要养家，也要买房，孩子也要上学，靠什么啊？不就是这点辛苦费？上面倒是三令五申，不准这不准那的，粥少僧多，可这两厢情愿的事情，谁管得了谁？你们算算，这笔费用，每个月得有多少？"

听到这里，武祥夫妇顿时都愣在了那里。以前不是没想到，只是没想到会这么贵！难怪姜老师托辞说身体不适不来了。

"这就不说了，如今谁家没几个钱，放在孩子身上，谁也舍得。人活在世上，不都是为了孩子？"班主任继续说道，"但问题是，以你们家现在的情况，以孩子的情况，绵绵的班长和校干部咱是真不能当了啊。就算班里的同学不说，谁保得住这么大的学校就没有人说？万一有什么人说出来，上面查下来，几个学校领导还干不干了？包括我这班主任还能不能干了？学校为咱着想，咱也得为学校想想吧。再说了，也得为孩子想想吧，万一查处下来，灰头土脸的，揪出萝卜带出泥，那还有孩子的好？"

"这个我们明白，班干部、校干部什么的，我们肯定都不干了。"武祥忙不迭地说道，"昨天我给宁校长就是这么说的，前几天和绵绵也说好了，我们全家意见一致。这个您放心，班干部校干部，一并辞掉。"

"问题是你辞掉得有个程序吧，得走个过程吧。"班主任好像把这一切都想好了，继续不紧不慢，有条不紊地说道，"一个大班长，一个校干部，不能说不干就不干了，这刚刚选举刚刚任命了的，能马上再换个新人吗？怎么着也得有个说法吧？不当我这个重点班的班长好说，调个班就是了。可这个校干部，给全体师生总得有个交代吧。"

武祥顿时又愣在了那里，班主任这葫芦里到底卖的什么药？

这时候，妻子说话了："吴老师，我明白你的意思，你今天这么早来，无非也就这么一个意思。就是说，这个学校绵绵也不能待了，是不是？"

"哎，这样的话我真的开不了口啊，可你说我该怎么办？"班主任一副悲天悯人的表情，"说实话，咱们现在就是让绵绵继续留在延中，还有什么对孩子好的地方？重点班肯定对孩子没什么好处，你们也知道的，那些前几名的孩子，现在学习的都是什么？一个方程式，人家两步就解了，咱绵绵解到十步八步的还是弄不懂啊。数理化老师讲课，老师点一下，大家都清清楚楚，只有咱家绵绵还在云里雾里。别怪我说得难听，孩子到了这重点班里，纯粹是活受罪啊。若是调个一般点儿的班级，绵绵谁也不熟悉，可大家都熟悉绵绵，都知道绵绵是谁。你想绵绵在这样的班级里会怎么样，少不了被指指戳戳，这样的环境还不如不调。到了这会儿了，我也不遮遮掩掩的了，要让我说，最好的去处就是让绵绵转学。"

尽管班主任的意思再明显不过了，就是要把绵绵从学校里赶出去，但你又不能不觉得班主任说的话没道理。也许你内心深处真的无法接受，尤其是与以前班主任的各种说法有着天差地别，但时过境迁，已是沧海桑田，物是人非，细细想来，看来也只能这样了。就算你不想这样，你还能有什么别的办法和主意？他见妻子不开口，就问了一句：

"学校的意见呢？不是说昨天研究过了？"

"这不就是让我来征求你们的意见吗？"班主任两手一摊，"学校能怎么说？也是要先听听你们的想法，然后再做下一步的安排。"

武祥觉得问题兜兜转转又转回来了，学校的意见就是征求他们的意见，就好像现在并不是他们要按学校的意见办，而是

重新生活

学校要按他们说的办。他想了想，实诚地说道："转学我们也想过了，绵绵也同意，可现在离高考没几个月了，绵绵还能去哪儿？哪个学校能适合绵绵？十六中还能回去吗？当初校长老师也是极力挽留的，现在出事了再想回去，那不是自己打自己的脸吗，回得去吗。"

"如果你们信得过我，我就给你们介绍一个学校，肯定适合绵绵去。对绵绵好，对学校也好，你们也能放心。"班主任嗓门一下子大了起来，"咱们处了这么久，也算是自己人了。我也认准了，你们两口子都是好人，我也愿意帮忙。在延中这么多年了，在社会上咱好歹也有几个关系，给绵绵找个合适的学校应该没问题。"

武祥没想到班主任会这么说，脱口而出："哪个学校？我们听你的。"

班主任一字一板地蹦出几个字来，"武家寨中学"。

也是武家寨！

不谋而合，竟然碰到一起了！

"千万别小看这个学校，师资力量很强，管理比延中一点也不差。都是普通人家的孩子，没有咱们延中这些乱七八糟那么复杂错综的关系户。"班主任言之凿凿、推心置腹地说道，"尤其是这个学校安全，孩子们只要进了校门，那些偷鸡摸狗、欺男霸女的事情就决不会发生。那个镇子上的老百姓也好，他们知道来这里上学的学生都是他们发展经济、发家致富的财源和动力。学校好，他们才有好日子；学生越多，他们的生活才越有保证。所以整个镇上的老百姓，都把在那里读书的学生当宝贝。谁敢在那里欺负学生、糟害学生，等于是断了大伙的财路。要是被发现了，打不死他也要让他断只胳膊缺条腿。还有，去到那儿的都是一般人家的孩子，村里的孩子占了一大半，到了那里，谁小看谁啊。不像城里有权有势即相识，无财无势陌路人，说实话，我要不是干的这份职业，我的孩子我也送到那里去。到了那里，他才会知道什么叫社会，什么叫公道，什么是黎民百姓。"

趁班主任喝水的当儿，武祥看了一眼妻子，然后慎而又慎地说："吴老师要是说这个学校好，那肯定不错。可你也知道，那个学校听说规模很大，学生有一两万，班级有上百个。我们也不知道好赖，也没有您这样的知根知底的好老师。再说了，这样的学校，要转过去也不是那么容易。"

"这就是我的事了，我都替你们想好了，放心就是。"班主任扬扬手说道，"那学校的副校长我认识，平时也没少给我介绍过学生。绵绵转校的事，不瞒你们说，之前，我都给他打过电话了，转校没问题。明天报到，后天就能分班。班也肯定是好班，至少适合绵绵。你们要是决定了去，绵绵也同意，我马上再给学校打电话，就算定下来了，百分之百没问题。宁校长也让我给你们带话，如果孩子上学有什么问题，随时可以找他。再说，孩子的功课也不能再拖了，再不安下心努力补习，真的就把孩子给耽误了。"

"谢谢吴老师，我们一会儿就商量一下。如果能定下来，最后也顺顺利利地去了，大家就都安心了，日后决不再给你们延中添麻烦了。"武祥十分恳切地说道。

"说实话，我也是这么想的。"班主任继续说道，"只要绵绵一转校，什么班干团干校干的，自然而然都不存在了，满天的乌云立刻就全散了。绵绵没压力了，学校也没压力了，大家都没压力了，我也能消停消停了。说实话，这对你们一家也好啊，至少不用整天为这些闹心了。好了，别的我也就不说什么了，咱们也算有缘，我早就看出来了，你们都是实在人，绵绵也真是个好孩子，但出了这种事，偏偏赶上了，又有什么办法。想想也怪难过的，绵绵走了，还真有点舍不得。"

看着班主任眼睛红红的样子，妻子终于说道："吴老师，您对我们的好，我们这辈子都记着。绵绵一辈子都是您的学生，我们一辈子都是您的学生家长，啥时候都忘不了您。"

"唉，我也帮不了什么大忙，谁让咱们都是平头老百姓呢。我只是觉得，绵绵这孩子，真是可惜了。"班主任一边慢慢站起来一边惋惜地说道，武祥甚至看到了班主任眼里的泪花。

快到门口了，班主任突然转过身来："噢，有件事都忘了说了，到了武家寨中学那里，学费可是得交的。"

武祥赶忙说道："这个没问题，都按人家学校的规矩办，该交多少就交多少。"

"我说的这个班学费贵了点，不过为了孩子，多花几个钱也值得。"班主任继续说道，"那是个民办学校，不比咱们延中。所有的费用都是按赞助费收，越好点儿的班就越多点儿。"

"估计得多少？"武祥止不住问了一声。

"十万。"班主任轻轻说道，"已经不错了，一般的人家，要是没关系，再翻一倍也进不了这样的班。这里面还包括办理转学手续和学籍的费用，你们可以去打听打听，真的不算多……"

班主任走出去很久了，武祥和妻子还站在那里发呆。

十万！

还走了关系！

十

◆

昨夜有小儿夜哭。

今晨又有小儿晨哭。

心情一直躁躁的武祥看看时间，已经七点多了。

怎么不见绵绵出门来呢？

武祥敲了敲绵绵的门，许久不见动静。

再敲时，才发现绵绵房间的门是虚掩着的，房间无人，床也是空的！

绵绵不在家！

他们被班主任叫起来的时候刚刚六点，那时候绵绵就已经不在家了！

两口子一下子被吓呆了。

孩子不辞而别，从小到大，这还是第一次！

一阵手机狂拨，总算联系上了绵绵。

"你在什么地方？"妻子的声音不大，但武祥听得出来，几乎是在怒吼了，"这么早跑出去了，也不打个招呼，你到哪儿去了，干什么去了？"

绵绵支吾了半天，才说了一句："我在丁丁这里。"

丁丁！武祥大吃一惊。丁丁是魏宏刚的孩子，妻子找了多少天了，一直没找到。绵绵居然找到了！

"你在丁丁那里！"妻子几乎喊了起来，"那里是哪里？丁丁在哪里？他怎么样啊，是在他租住的那个小区里吗？"

"早换了，原来的地方早把他赶出来了。"绵绵也好像在哭。"他现在在郊区的一个村里。妈妈，丁丁受伤了，疼得厉害，没法子躺，前两天他刚去医院拍过片子，医生说是脾出血，胸部软组织挫伤，外伤严重，肋骨也有裂缝。"

"啊！"妻子一下子哭出声来，"快，快，你快告诉我地方，我和你爸马上过去！"

两人在等出租车的时候，武祥对妻子说："要不你别去了，我一个人去就行。万一领导要找你，你不在市区，不怕说你什么吗？"武祥想到了楼门口斜对面一直停在那里的黑色汽车。

"不会，我们领导知道我的为人。我一会儿就跟他们请个假，他们肯定知道我不会畏罪潜逃。我是丁丁的亲姑姑，宏刚就这么一个儿子，万一丁丁出了什么事，我将来怎么跟宏刚交代。这回我无论如何也要把丁丁带回来。"妻子虽然不以为然，但竟然用了"畏罪潜逃"四个字。

"丁丁的脾气你也不是不知道，万一他不想跟咱回来呢？"

"这会儿了，可不能由他，这次他怎么也得听我的。他爸他妈在的时候，不听我的可以，这会儿他爸妈都不在跟前了，我有责任把他带回家来。"

武祥说："我刚才想了，是不是让丁丁也跟绵绵一起到武家寨中学念书去，两个人也是个伴儿，还能互相照应。"

妻子抹了一把眼泪，"那得看丁丁，他要想去，那就一起去。总不能让丁丁荒废了，连学也不上了，首先丁丁就得重新生活，这辈子他还能靠谁呢，只能靠他自己，靠我们了。"

坐上车了，武祥突然产生了一个念头，悄悄问妻子："要不，把丁丁带回宏刚家里吧。咱家真住不下，他回他自己的家不好吗？他那家这些日子也没人照看。这么久了，不能老空着。"

妻子也好像悟到了什么，"我去过一次，想瞅瞅，警卫不让进去。但儿子回来了，应该可以了吧。总不能连儿子也不让回去吧，至少通过丁丁回家这事，也可以再看看他们的态度，到底让不让进去。家里空置时间长了，确实也得收拾收拾了，否则那些杂七杂八，米啦面啦花花草草的东西坏了烂了，还有水啦电啦煤气啦什么的，万一出了问题怎么办？那么大一个家，也不能不让收拾收拾吧？"

武祥说："是啊，如此这般，也可以借此看看市委的态度，宏刚究竟有多大的事。"

妻子怔了好半天，终于说道："好，就这么办。先看看丁丁的伤势到底多严重，如果没有大问题，那就直接把丁丁带回他家去。"

丁丁的伤势确实很重，比想象的更严重。

丁丁半坐半躺在那里，无法转身，无法躺下，也根本站不起来。

见了姑姑，丁丁有泪无声，倔强地便把脸扭了过去，面对着墙，任凭姑姑在那里失声恸哭。

丁丁十五岁，今年上初三。年岁不大，但长得人高马大，差不多一米七八的个子。丁丁学习一般，爸爸妈妈平时也顾不上管教，在家里任性惯了，平时除了宏刚回来骂几句，吼几声，他不敢吭声以外，谁也不敢对他说个不字。魏宏刚的媳妇对儿子更是毫无办法，平时不管她说什么，丁丁都能把她呛得气歪了鼻子。在学校里也是个小霸王，屁股后面总是跟着一帮学生，想收拾谁就收拾谁。为了这事，魏宏刚当书记时，没少对校长和教育局长发脾气，说你们是学校啊，教书育人的地方，就是皇帝的孩子，该怎么管也照样得怎么管，怎么能对一个学生这样放任自流呢！还负不负起码应有的责任了？你们严厉教育他，我会不高兴，不乐意吗？恰恰相反，我会终生感谢你们！你们放任他，才是害了他，害了我，害了我们一家！这之后，魏宏刚还亲自送了校长一条黄牛皮带，叮嘱让专门抽他的儿子时用！

但说归说，管归管，做归做，市委书记的孩子，他自小在那么一个环境下长大，他一天的生活有二十四小时被惬意包围，他不听话，软硬不吃，老师校长又有什么好办法。

后来，学校终于发现丁丁这孩子有个优点，就是爱好体育。足球、篮球，以及摔跤、拳击、武术这些搏击项目，几乎没有丁丁不喜欢的。

既然丁丁有喜欢的项目，有爱好，就不愁管教不了，就不愁没有办法。学校和教育局联手，因材施教，专门找体育局联系了几个摔跤、拳击和武术方面的高手，让他们来做丁丁的教练。还有篮球、足球，也让学校专门组织了校队，区里也专门组织了区中学篮球队、足球队。其实真正要练好这些项目，既需要天分，更需要努力，还要比一般人能下更大的功夫，能吃更多的苦。特别是摔跤、拳击和武术，更是要冬练三九、夏练三伏，这对娇生惯养，集万千宠爱于一身的丁丁来说，几乎就是深灾大难、刑繁罚酷。

也许正是看到了这一点，才让丁丁的老师和领导们看到了如何教育如何疏导丁丁的办法。尤其是那些摔跤、拳击、武术高手，简直就是制服这个孩子的最佳对手。丁丁在无数次的摔打和重击之后，也终于体验到了挨打的滋味和被强行管教的严厉。丁丁的性格中天然有其父心如磐石、气若风云的遗传，经常身上紫一块儿青一块儿的丁丁，越发变得寡言少语，但脾气也越发暴烈。特别是到了十四五岁这个青春叛逆期，连魏宏刚有时候也对儿子的狂躁、暴怒束手无策，一筹莫展。

令人惊奇的是，这样一个人见人怕的丁丁，唯有见了姑姑时，才能看到他脸上的笑容，才能听到他无忧无虑的笑声。也许是小时候在姑姑身边长大的缘故，他对姑姑才真正怀有一种儿时最缺少的恋母情结。他对姑姑的依赖是那种天地氤氲，万物化醇的没有发生却发生着的依赖，是如月之升、如日之升的自然需求。丁丁几乎就是奶奶一手带大的，而姑姑则是他小时候唯一可以倾诉的亲人。甚至到了七八岁的时候，丁丁还会常常赖在姑姑的床上不下来，吵着闹着要跟姑姑睡。丁丁最需要母爱父爱的时候，宏刚刚刚当了团市委的副书记，宏刚的媳妇也一样在市里科协任职。那时候他们在城里既没房子，也没其他可住的地方，两个人分别在办公室里一直住了好几年。那时候都是福利分房，这种现象很普遍，孩子交给母亲管理也同样合乎情理，十分正常。但正是这种长期的疏离和陪伴缺失，才让丁丁有了这种畸变的品行和难以驯服的个性。平日里，丁丁在家的时候，每逢姑姑来了，姑姑就会一头扎进丁丁房间，一边忙忙碌碌收拾这、收拾那，一边絮絮叨叨数说这个、数说那个，丁丁笑眯眯地做鬼脸、伸舌头，从来也不见丁丁还嘴，乖得就像一只小猫，完完全全像是换了一个人。看得家里的保姆司机也目瞪口呆、直吐舌头。姑姑在丁丁心中的分量，似乎比他的爸爸妈妈要重好多倍。这也是这么多年来，魏宏刚爱姐姐、又怕姐姐的原因之一，也同样是宏刚媳妇烦姐姐、恼姐姐，又离不开姐姐的缘故。

父爱母慈也许是人生中最基础最牢固的慈悲之源与爱心之源。一个孩子拥有了它，会成为人生中永久的能量和动力；反之失去了它，则会成为人生中最脆弱最容易破碎的痛区。幸运的孩子，缺失父爱母爱，如果有其他的爱心补充进来，就像久旱的甘霖，仍然会在哪怕是极为短暂的滋润下发育成材；而不幸的孩子，一切都只能靠自己的机缘和造化，若吸食花粉便酿

重新生活

成甘蜜，若弱肉强食便只认丛林法则。

丁丁是不幸的，又是幸运的。奶奶的仁慈，姑姑的疼爱，姐姐绵绵的疼爱，让他人性的深处依然贮存着一份人间的温暖和光亮。也许这就是一个看着有明显缺陷的孩子，在遭受到人生重大打击之时，还能独自一人默默承受并最终挺过来的原因。丁丁知道这个社会上还有这么多值得他爱和爱他的人，因此他不像别的孩子，在如此重大的生活变故中，对自己的前程和希望完全放弃，或者彻底倒下。

看到丁丁见到姑姑竟然哭得稀里哗啦，泣不成声，武祥也不禁红了眼圈儿，绵绵也再次跟着哭了起来。

姑姑把丁丁揽入在怀，问了好半天，才闹清楚了丁丁受伤的原因。

丁丁所在的学校是一所不设高中的私立初中，也是市里管理最优秀的寄宿制学校。丁丁自从上了初中后便很少回家，后来即使是星期六、星期天也回来得越来越少。直到上了初二时，魏宏刚夫妻才知道，丁丁不仅在校内享受着最好的住宿条件，而且在校外还租了住房。刚开始学校也不知情，以为丁丁家庭条件好，不经常住校离校也属正常。发展到后来，丁丁几乎一个星期接一个星期都不住校，学校联系魏宏刚夫妻时才发现了问题，原来这个市委书记的儿子平时根本就不在家住。

魏宏刚初始真不知情，与学校的错觉完全一样，以为孩子一直住在学校里。等到后来知道了真实情况，才发现儿子这一年多几乎是离群的雁，放飞的鹰。他逮住丁丁后发了几次脾气，有两次差点动手，但这种管教收效甚微，丁丁还是根本不听他爸的。后来没办法，魏宏刚便让他的司机察看了丁丁住的地方，也派人了解了丁丁平时的表现。出乎魏宏刚的意料，那个房主对丁丁平时的表现赞不绝口，说孩子很用功，爱干净，喜清静，晚上常常睡得很晚，早上从来不睡懒觉。即使星期天也很少休息，不是去练武，就是去打球，没有其他任何不良嗜好。听房主这么说，当爸爸的也放心不少。房主是个小小的经理，常常专门到家里给书记汇报丁丁的情况，于是，很受魏宏刚的信任。由于丁丁的原因，平时也很关照这个经理的生意。因此这个经理更加用心，不断给书记汇报情况，对孩子的吃住也照顾得一直很好。耳听为虚，眼见为实，看着白白胖胖、健壮勇武、日益强壮、不断长高的丁丁，魏宏刚也就不再过问孩子住不住学校的事情。孩子平时不在家，耳边也清静了不少，再加上每天忙得脚不沾地，也就放松了对丁丁的督促和查问。魏宏刚夫妻俩一直以为丁丁在外面很好，很老实，很用功，也很努力。

直到今天，等到丁丁的爸爸出了天大的事，魏宏枝一家人才渐渐搞清楚，那个经理完全欺骗和蒙蔽了当时失察的市委书记魏宏刚。

那个经理叫刘恒甫，是个房地产商，多年来一直在想办法琢磨着如何能接触到市领导。当偶然得知市委书记的儿子想在外面租房时，简直是喜出望外、如获至宝。之所以能得知这个信息，没有别的，经理的儿子与书记魏宏刚的儿子竟然是同班同学！当然，这也是经理多年用心撒网的结果，只要有领导的孩子在哪个学校、哪个班上学，那就千方百计，不计代价地把儿子也送到那个学校、那个班里去上学。不管是哪个领导，什么位置的领导，碰到哪个，算哪个。没想到的是，功夫不负有心人，这一次居然碰到了市委书记的儿子丁丁！

给丁丁在外面租房的事情，其实根本用不着他亲自出面，也没特别的精心谋划，真正是得来全不费功夫。他只让儿子稍稍说了一下，毫无防范的丁丁就一口答应了下来。

丁丁根本没想到在外面租到的房子会这么好，这么宽敞。两室一厅，厨房卫生间一应俱全，小区的环境也十分优美清静，绿树成荫，花红柳绿。关键是这么好的小区，这么大的房子价格居然便宜得让他喜不自禁，高兴得直跳！

房租三百块丁丁一口就答应了下来，没问题，租了！

租下后居然还有漂亮的服务员，每天过来给做饭洗衣，那服服帖帖、眉来眼去的样子根本就不像个保姆。丁丁不傻，想想觉得不对头，立刻叫来同学臭骂一通，你他妈的这是想做啥？你家是不是谋上我爸了，在我这儿下功夫？那傻×女孩是从哪儿弄来的，一看就是个骚货，明天就让她给我滚，否则我一天也不在这里住了！吓得刘经理的儿子不住地点头，屁也不敢放一个。

于是刘经理出场了。经理刘恒甫久经沙场，人也气派，在商场混了这些年，什么样的局面没见过，随口一番话就摆平了丁丁。

刘经理说那女孩子是他老家的侄女，见了领导干部的孩子，吓都吓死了，哪敢有什么非分之想。你要不满意，明天让她走就是了，用不着生那么大气啊。这房子不瞒你说，其实就是我的房子，将来留给儿子的。闲着也闲着，儿子是你的同班同学，一个人住这里也没个伴，有你这样的同学与他一起住，像兄弟一样，那还不是他天大的福气。他说你是书记的儿子，讲义气，好交朋友，没架子，人也正派，将来早晚也是场面上的人。我儿子什么时候都把你挂在嘴上，对你敬重得不得了。说实话，他从来也没这么敬重过我啊。可我一点儿都不生气，儿子认准的人，肯定有他的道理。孩子已经这么大了，凡事我也得听听孩子怎么说。我们可不像别的家长，什么都替孩子做主，只要孩子说得有道理，我们就照孩子的意见办。这么着吧，既然说到这里了，我们就打开窗子说亮话。我家孩子想认你做大哥，我想来想去，怎么也觉得不合适，说不准真会给书记惹麻烦。我和孩子商量了商量，你们就做个像兄弟一样的好同学好朋友

重新生活

吧，生死相依，一辈子不分离。丁丁你不管日后做了什么，他都跟定了你，都是你的马前卒。指哪打哪，绝不含糊。至于这房租吗，现在你就先欠着。什么时候有了什么时候还，是多是少你俩商量。我也并不是什么富翁土豪，但至少也比你家强点。你虽然有一个市委书记的爸，权力再大，工资撑死了也就那么万把块，那够什么用啊。你爸你妈老老少少一大家子不也要生活吗？不也要应酬吗？你的学费书费饭费住宿费不也得缴吗？书记也是人啊，工作那么辛苦，工资就那么几个，做儿子的不也得想着替父母减点负担不是？我看有什么事你也先别跟父母说，别让你爸整天为你操心。这地方你就先住着，什么时候不想住了你什么时候走，来去自由，我肯定不拦你。还有，你和我家儿子也都大了，平时少不了有些什么说不来的开销。我这里替你俩办了张卡，卡里也没有几个钱。我和儿子也商量过了，我也觉得儿子说的是实话，他说这卡你拿着他放心。他花钱手太冲，你比他强，我想也对，毕竟你长得比我儿子威武，没人敢欺负，你拿着我们也放心。你也别推辞，我今天见你一面，说不定咱们日后仨月俩月的也不一定再见得着。至于这个卡，里面真没几个钱，不信你明天到取款机上查查看。

说到这里，刘恒甫把卡往茶几上轻轻一拍，然后头也不回地走了。

第二天，丁丁确实和经理的儿子一起在取款机上看了看，与经理说的一样，不多不少，就五千块钱。

丁丁没跟家里说，经理也确实没跟丁丁的父母说。直到有一天，魏宏刚找到了这个经理……再一直到那一天，魏宏刚被突然带走时，这张卡还一直在丁丁手里，丁丁也一直住在这所房子里。当然，丁丁可能也想过，也可能没去想，五千块钱的卡，用了快两年了，记不清自己在外面吃了多少次饭，买了多少次东西，甚至还买过电脑手机，但卡里从来也没有缺过钱。

魏宏刚被带走半个月后，刘恒甫再次露面了。

刘经理的模样早已判若两人，表情很严肃，说话也很严厉。第一句话就说，丁丁，这个地方你不能再住了。丁丁低着头一声不吭，他也知道这个地方确实不能住了，只是他还没想好他究竟该去哪里住。学校他决不会再去住的，他不想再看到老师和同学们异样的眼光。家里他更不想回去，他不想看到妈妈和保姆惊慌失措、整天哭哭啼啼的样子。几天来，他一直在找，想找个便宜的去处。尽管他找了很多地方，但房价之高，每次都让他瞠目结舌。直到这个时候，他才明白这一年多的房价对他来说几乎就是个天文数字！

刘经理说，我也知道你正在找房。你不想回家，也不想回学校。不过我这会儿也和你实话实说，这辈子你就别想再指望你爸你妈了，从今往后，你那个家也不再是你能待的地方了。一切都只能靠你自己了，丁丁你明白吗？至于读书，上大学，我看也没什么希望。你的成绩太差，平时不用功，也不好好学，每天混一帮狐朋狗友，吃吃喝喝，打打闹闹，其实那都是看你爸的面子。如今树倒猢狲散，你看看现在还有几个尿你的？老话讲：偷得利而后有害，偷得乐而后有忧，就算你浪子回头，发奋努力，头悬梁，锥刺股，怕是今年能考上高中也是难上加难。上不了高中，职业学校你上吗？职业学校早晚出来也就是个打工的，拼死拼活挣的那几个钱，只怕养活自己都难，更别说买房买车娶媳妇了。你也别嫌我说话难听，以你现在的条件，以你现在的处境，还想在城里很便宜地租个好点大点的房子住，岂不是还在梦里？岂不是自己给自己开玩笑？

见丁丁还是低着头一言不发，经理没好气地说道，丁丁你也别再瞎想了，这个房子无论如何你也不能再住了，否则你会坑了我，还会害了我儿子，让我一家子受牵连。我只给你三天时间，你必须从我这里搬走，多待一天也不行，你听明白了没有？至于你现在能去哪里，我帮你想了三个去处，你自己也好好掂量掂量。一个就是回家。我看这个就不用说了，你也明白，你那家已经没了，回去没有任何希望。第二个就是回学校。我刚才已经跟你说了，回学校更没前途。还有几个月初三毕业，再有去上三年职业学校。就算你能上了高中，也一定是最差的高中，将来顶多也就是上个大专三本什么的，出来了，照样还是打工的。你记着，从现在起，什么大学呀文凭啊，对你啥用也没有了。你就是硕士博士毕业，也一样没地方用你，也没人敢用你，即使用你也决不会让你进什么重要部门，核心部门。第三个，那就是沉下心来，什么也别想了，现在就找个地方打工去。我可不是逼你，害你，你长得有个子，有块头，也有劲儿，还学过拳击武术，什么都能来那么几下子，这样的小伙子到了哪儿也有人要你。一个月几千块，足够养活自己。现在出去打工，不外就是避避风头。等这阵风过去了，你爸你妈的事有结果了，家里也有个安顿了，一家人也都安下心来了，那时候你再回去也不迟。到了那时候，你再和家里人从长计议，商量你的下一步究竟该怎么走。话说眼下，离你爸你妈有结果的时候还早得没影儿呢，你得先想想眼下这一步该怎么走。我今天说了这么多，也不是要你马上回答，你今晚先好好想想，想好了后明天再答复我。

丁丁想也没想，立刻说道，我想好了，就按你说的办，你给我找个地方，我去打工。

刘恒甫说了声好，第二天就把丁丁带到了现在这个地方。

这个地方官话讲是城乡接合部，土话讲也就是城郊的一个村，是刘经理新楼盘的开发地仪家庄。

十一

◆

仪家庄本来并不大，初始也就几百户人家。但因为地处城乡接合部，地势平坦，交通方便，距离市中心只有半小时的车程，于是这两年渐渐聚集了大量的流动人口，扩充得越来越大，人口越来越杂，各种各样的建筑也越来越多，看上去几乎成了一个杂乱而又兴旺的繁华小镇。原来的村民大都获益颇丰，个个摇身一变，不是成了老总，就是成了董事，最不济的盖上几间房子，也变成个旅馆老板。村里各种各样的门脸招牌也是五花八门，卖菜卖瓜果的，拉货送货的，裁剪衣服的，机械加工的，修补家具的，修伞修鞋的，美甲美容的。这两年还有家装公司，服装公司，快递公司，甚至什么人才市场，托儿所，幼儿园，民办小学也都出来了，几乎与市区连成了一片，自发地、快速地、自然而然地就变成了一个不是市区的市区。

这是中国所有城市都正在面对也必须面对着的一个突出的难题，也是一个通病。这种状况大都出现在城郊，自发快速、蓬勃发展，但尾大不掉，表面光鲜、内里一团糟，隐患多多、事故频发。这样的地方常常是先成形，后治理；先出现问题，后集中解决。于是矛盾爆发、群体事件愈演愈烈，渐渐成为城市建设中最大的顽症，成了市领导和市监管部门最为头疼的地方。

当然会有解决的办法。方式虽不尽相同，各有特色，但大同小异，相差无几。无非就是旧城改造，棚户区改造，城中村改造，等等等等。至于如何改造，不外是政府监管，市场化运作。但说归说，实施起来却有了千差万别。

更多的时候，都是领导研究部署，即刻下发通知，或竞标招标，或招商引资，继而论证评估，签署协议，然后领导拍板，大笔一挥，甲块地或乙块地很快就交给了这个开发商或那个房地产集团，于是乎政府基本上就完成了监管服务，只等着日后验收征税了。

仪家庄就是这样的一个地方。

这样的地方自然也是开发商们密切关注，倾力争夺的地方。

因为这样的地方一旦改造成功，其平坦的地势，理想的区位，必然会成为炙手可热的商业住宅小区，成为对所有有钱人极具诱惑力的投资场所，房价自然会被炒到最理想的高位，最终到手的将是大把的真金白银。

让武祥夫妇做梦也没想到的是，把这块风水宝地运作到手的就是这两年突然发迹的房产开发商，丁丁曾经的房主、丁丁同班同学的父亲刘恒甫。

而大笔一挥，亲自批示，最终拍板决定了这块城区改造归属权的就是丁丁的爸爸，市委书记魏宏刚。

当然，这一切丁丁一无所知。丁丁也不知道正是因为自己的缘故，刘经理才走近了一般商人轻易接触不到的市委书记。丁丁更不知道，他不到两年的房租和那张供他吃喝消费的普普通通的银行卡，让房主换来了数以亿计的金钱和利益。

刘经理开发第一个小区时，顺畅得完全出乎他的预料，几乎没下什么功夫，也没费什么力气，尤其是投入之小、收益之大让他喜出望外，欣喜若狂。有人说了，他的第一个小区，除去所有的投资，至少纯赚十个亿以上，甚至更多！

刘经理的成功，让他立刻成为延门市蜚声遐迩的知名企业家。也让他从一个小小不起眼的房产老板，一跃而成为一个房地产公司的总经理兼董事长。

刘恒甫踌躇满志，雄视八方，第二期工程他同时开发了三个小区，如果顺利，他将会在最短的时间内跻身全市乃至全省最成功也是最有实力的房地产公司。他甚至想到了有朝一日如何进入省城，进入上海，进入北京！

但人算不如天算，正在进入小区开发最艰难，最复杂，最需要支持，最需要帮助，当然也最需要有市委市政府撑腰发力的时候，他最大最硬的后台，市委书记魏宏刚突然被纪检委带走，紧接着又正式宣布涉嫌严重违纪违法，被双规了！

刘恒甫听到这个消息，犹如五雷轰顶，直吓得魂飞魄散，几天几夜无法合眼。那时候他的二期工程连银行贷款已经投入了二十多个亿，项目推进尽管耗尽精力，仍然收效甚微，毫无进展。

过去他还可以以政府的名义，对那些钉子户，势力户，拒不搬迁，同样也有后台，也有背景的住户采取更加强硬的立场，实施更加严厉的手段。断电断水断气断路，恐吓蒙骗威胁利诱。多管齐下，多策并用，软硬兼施，恩威并举，不同的人用不同的办法。但过去有用的策略，现在却完全失效。原因只有两个：一个是闹者得利，一个是老实人吃亏。再加上房价猛涨，一天一个样，涨得大家个个眼红脸黑。今天一平方米一万，等拿到钱，转眼一平方米就成了一万五！还有，你当老板的一平方米一万把我们赶到别处，一倒腾你十倍百倍地就赚得盆满钵溢，凭什么？你家财万贯，堆金积玉，一点一滴不都是我们的血汗钱？不都是把我们祖祖辈辈的土地资产，随意用个障眼法就置换成了你们大把赚钱的金穴豪宅？其实你们都投资了些什么？一平方米房产不就是半袋子水泥几根钢筋吗？二十几层三十几层的高楼大厦，一平方米的土地不就等于翻了二十几番三十几番？

凭什么你一平方米一万、五千地买走我们的，再眼巴巴地看着你每平方米无数倍个两万、三万地卖出去？真以为我们是傻子吗？

于是，过去一平方米一万两万的就搬走了，现在一平方米涨到快三万了还是不同意拆迁。三个小区数十万平方米土地，一平方米涨一千就是几个亿，涨五千就是十几个亿，涨一万就是几十个亿！再涨，他所有的投资就全白瞎了，就等于扔进了深坑连个回声都没有！如果真栽在这里，他三辈子都翻不过身来！

也许到了这会儿，刘恒甫才真正明白了一个市委书记真正的价值有多高！

只要市委市政府支持了你，文件一发，告示一贴，三天内停电停水，五天以内所有住户必须全部搬出，十天内全部强行驱散。价格条件全都一样，凡是闹事的，越闹付出的代价越大，得到的补助越少。政府是公正公平的，不能因为少数人，损害大多数人的利益。到了最后，外来的那些所谓的钉子户，强硬户，统统都被说成了小地痞小流氓捣乱分子黑社会团伙，不抓你逮你就算是从轻处理了，哪个还敢继续猖獗放肆？即使是本市本地的，拆了就拆了，拆完了明补变暗补，私下里多给几个钱也就都摆平了。就算不满意又能怎样？对抗国家，对抗政府还有你什么好果子吃？

可是现在他才突然发现，身后强大的政府，就因为一个人，一瞬间便消失得干干净净。再拉关系找靠山？谈何容易！看看现在的局面，谈何容易！各级部门，各个单位见了你这种人，躲还躲不及呢，谁在这当口还真的敢与你拉拉扯扯，勾肩搭背，顶风作案，不收手，不收敛？更何况事态紧急，时间不等人，工程已经到了紧急关头，远水不解近渴，说不准哪一天自己也突然被抓了进去，这几十个亿岂不真的打了水漂了？自己受点罪扛几年就过去了，可老婆孩子老爹老娘背着几十亿的亏空，岂不要妻离子散，家败人亡！

事已至此，只能自己想办法了。软的不行只能来硬的，明的不行那就来暗的，白道走不通就走黑道！穷的怕横的，横的怕愣的，愣的怕不要命的，不要命的也不惹逼得无路可走乱碰的。

刘经理觉得自己已经被逼上梁山了，只能横下心来，孤注一掷，成败在此一举。

恰在这个时候，刘经理把丁丁诱逼到了他的工地上。他看中了丁丁的强壮和蛮力，还有不谙世事的傻气和简单。丁丁高大凶猛，气壮如牛，还会那么几下子拳击武功。这样的孩子好用好使，正好父母双双出事，家中无人，离校多日，无人看管也无人惦记，此刻离乡背井，身无分文，能靠上的就只有这一个有恩于他的刘经理，让他干什么他就干什么。

丁丁一来就被刘恒甫委以重任，当了一个工地保安队副队长，月薪三千，管吃管住。

丁丁也恪尽职守，兢兢业业，工作毫不含糊。没有批条，工地上的任何东西也别想拿走一分一毫。没人知道他的身份，看丁丁长得威容显耀，孔武有力，谁也有几分怕他敬他。丁丁的感觉也一如云开见日，绝处逢生。好比英雄终于有了用武之地，让他这些天浑身的晦气一扫而光。

这样的好日子并没有过了多少天，等到有一天刘恒甫半夜里突然叫醒他，命令他带一帮人去干什么事时，他才知道了这个保安副队长的真正工作是什么。

刘经理让丁丁了带了十几个所谓的保安员，要求他们每人手持钢筋铁棍，深更半夜把那些不肯搬迁人家的门窗玻璃挨家挨户全部砸烂敲碎！

刘恒甫告诉丁丁，那些住户都是些地痞流氓，你们什么也不用怕。如果有人敢出来跟你们对着干，你就给我往死里打！打折了骨头打折了腿，跟你们也没有任何关系，一切由我来处理。就是真打死了人，也不用怕，你们是正当防卫，谁也不能拿你们怎么样。再说了，还有我呢，他们都是一些黑社会团伙的坏人，赶走他们，老百姓拍手称快，我们也会向公安局为你们报功请功，说不定你们还能成为这里人人称道、人人夸奖、见义勇为的英雄人物。

刘恒甫还许愿说：等把这些心黑手辣的外来户钉子户一个个都赶走了，把咱们的小区建成了，你就算给咱们公司立了大功。到时候合适的房子丁丁你可以任选一套！如果再干得好，等咱们几个小区全建成了，我就让你做我的经理助理！让我的儿子也回来跟你一起干，这可比你考高中上大学强百倍。就算你爸还是市委书记，能干到这份上不也就到顶了？不过话也说回来了，不管你爸是好是坏，就算判个十年八年，我把你安排妥当了，也算对你爸你妈一个交代。

丁丁虽然一脸茫然，但还是被对方这番话感动得两眼发红。

第一次去砸门砸窗，居然顺顺当当，大概屋子里的人全被吓蒙了，没有一个人叫喊，也没有一个人出来阻挡，当他们把这一片住户全都砸遍了，也没见到一个人影。

直到天亮了，快到中午了，工地上才围来了一大群人。喊的叫的，哭的闹的。后来还有几个人打出了几条横幅，像示威一样举拳头喊口号。其中那条标语一下子把丁丁看呆了：

"刘恒甫是腐败分子魏宏刚的一条狗！欺压百姓，残害百姓绝没有好下场！"

其中还有人破口大骂：

"刘恒甫，你给我们滚出来，这个小区就是腐败分子魏宏刚一手批给你的，如果不赔偿我们的损失，我们就把你一告到底，市里不行省里，省里不行就中央！告不下你我们决不罢休！"

……

直到这个时候，丁丁才开始察觉到这其中的真相与奥秘，才渐渐开始质疑一年多来这个刘恒甫同他之间如此亲密的真正目的和实质关系。

第二次打砸行动丁丁还是去了，但第二次他没有那么卖命，也没有那么凶狠。因为丁丁看到了那么多被砸的住户根本不像刘恒甫说的都是什么坏人恶人黑社会，显然大都是安分守己的平民百姓，其中还有很多他想都没想到、见都没见过的家里穷得叮当响的临时工、农民工，甚至还有好多考不上大学的中学生，找不到工作的大学生。

让丁丁彻底发生变化的是丁丁碰到了她！她是丁丁初中的一个同班同学，一个聪明漂亮的女孩子，一名市三好生，被特招到这所寄宿制学校的，她叫陈玉红。

陈玉红是丁丁特别有好感的一个同学，他们一直是同桌。丁丁学习差，玉红学习好；丁丁脾气暴烈，玉红的性情出奇的温和。平时考试测验，有了什么解不了的难题偏题怪题，丁丁使个眼色，陈玉红即使自己的考题还没解答完，都会立刻把完整的解法答案用纸条悄悄给他递过来。从初一到初二，特别是上了初三以后，调换了几次座位，老师征求丁丁的意见，他都坚决要求与陈玉红坐在一起。于是每次班里调整座位，不是左右，就是前后，陈玉红从来不离丁丁的周围。丁丁的爸爸出事之前，陈玉红突然请假回老家了，那时候丁丁的爸爸已经被议论纷纷，说长话短。尽管如此，丁丁还是不断地会和玉红联系，不是微信、短信，就是语音视频。紧接着丁丁的爸爸出事了，他们的联系才戛然而止。

其实，丁丁始终不知道玉红为什么离校，而玉红也从来没告诉过丁丁她家的真实情况。也许玉红明白，她与丁丁根本就没有交往的基础，按现在时髦的说法，她根本就不是丁丁的菜。世事风尘，素衣化缁，她与丁丁的联系越少越好，与丁丁离开得越早越好，否则受到伤害的只能是她自己。

直到在一帮打砸的行列里发现了丁丁的身影，陈玉红才突然明白，她这个同班同桌的大块头同学，原来真是一个地地道道的傻大个！过去帮他算题解题，帮他温书补习那都是些许小事，而今天如果不帮他，那就是见死不救，助纣为虐！

在寒冰一般的夜色中，玉红突然打开房门，忍不住可着嗓子地喊了一声：丁丁！

当丁丁听到那一声熟悉的呼唤时，完全是下意识地停止了手中的一切行动，不由自主地扭头，转向那个声音的出处。

皎洁而又清冷的月光下，丁丁几乎第一眼就认出了陈玉红，这个声音太熟悉了，往昔的回忆也太亲近太美好了。少年时纯真无邪初恋般的男女亲情，是人世间足以消除一切隔阂与差别的溶解剂，也是根本不必设防，根本无须猜疑的衷肠和厚谊。特别是在丁丁无依无靠，无可倾诉，凄苦无助的心灵亟须抚慰的时刻，陈玉红的突然出现对一个孤苦伶仃的孩子来说实在是太重要太及时了。

丁丁，真的是你吗？玉红不相信似的问他。

玉红，你怎么会在这里？丁丁也吃惊地问她。

陈玉红惊恐万状地站在一个低矮的房间门口，那扇破败不堪的窗户，刚刚被丁丁亲手砸碎。

丁丁也同样惊恐地看着站在门口的陈玉红，越发吃惊地问，这房子是你家的？你家在这儿？

丁丁一边问，一边向玉红走来。

陈玉红并没有回答他的问题，只是更加惊恐地向他摆摆手，丁丁，千万别过来，快跑，快点儿离开这里，否则就来不及了，快跑，快跑呀！

陈玉红的声音压抑而又不顾一切，几乎是在嘶喊。

丁丁一下子愣住了，一时不知所措。

陈玉红继续发疯似的朝他挥舞着双手，听话，快点儿离开呀，这里有埋伏，有埋伏！快走啊！我的手机没变，明天你给我打电话，我等你！快跑啊，快！

丁丁突然意识到眼前这一片黑乎乎的房屋，一定隐藏着巨大的危机和凶险。他对他的手下喊了一声，撒腿就跑。

惨白的月光下，星星挡住了星星，无法推测，像天空挡住了天空，却没有挡住大风，起风了。

丁丁那一晚虽然没有遇到什么危险，但他相信陈玉红没有欺骗他，也决不会欺骗他。

他几乎一夜没睡，第一次开始思考自己的处境和所作所为。他需要把一些情况弄清楚，至少也得闹明白自己究竟在干什么，究竟是为什么而干。就算是死，也得死得明明白白。

丁丁第一次开始思考自己的人生。过去他的一切都由自己的爸爸妈妈安排好了，他根本用不着操心。读完初中读高中，读完高中上大学，然后找一份工作，当然是合适的工作，这一切很正常，也很容易。至于将来能做到什么地步，是地位显赫，还是荣华富贵，那都是十年二十年以后的事情，现在根本不用去考虑。该考虑这些的是父母，丁丁明白，父母一定会替自己把这一切都安排得妥妥帖帖，顺顺当当。

爸妈出事后，丁丁难过了好多天。累累若丧家之犬，这条丧家之犬辗转反侧，思前想后，终于明白，此时此刻，想什么都是白想。他渐渐麻木起来，一切都只能听天由命，走到哪步算哪步。不是还有刘经理的房子和银行卡吗？不是还有这两年各种各样的微信红包，包括支付宝余额宝上的几万块钱吗？再等等看看，说不准爸爸哪天啥事也没有突然又回来了呢？每逢想到这些的时候，丁丁才会真正体验到爸爸的分量和意义。这时候才会莫名其妙地哇哇大哭，思念着有爸爸妈妈的日子。但

重新生活

哭过了，又觉得万分无奈。身边一根肉骨头都没有，他不知道怎么办，下一步等着他的会是什么。他知道姑姑在四处找他，但他不想见姑姑，不想在这个时候给姑姑添麻烦，说不定姑姑比自己的日子还难过。

直到刘经理那一天找上门来，给他安排了这一切。这一切其实是丁丁一瞬间的决定，对这一切他几乎没有做过任何思考，来不及思考，顾不上思考，也容不得他思考。丁丁憨直简单，鲁莽倔强，但丁丁并不傻，也不蠢。他之所以选择了刘经理的安排，更多的是事出无奈，他没有资格也没有条件进行任何其他的选择。

所以当见到同学陈玉红以后，尤其是晚上玉红那种拼力护卫他的行为，再次触动并唤醒了他内心深处的本性和天良。他得考虑自己的下一步，还有下一步的下一步。不管这辈子是好是坏，但决不能没有底线，不能干坏事，做恶人。特别是刘经理让他干的这些勾当，如果真是一场骗局，非但一套房子得不到手，说不定教管所会成了自己的下一个去处。丁丁知道教管所是个什么地方，一个老师最多也就管十个学生，管得个个饥不思食、寒不思冷，上厕所都得打报告。他的拳击教练早就臭骂过他，像你这样无法无天的傻小子，要不是你爸是个市委书记，你他妈早进教管所了！

十二

◆

陈玉红的家在刘经理新城区改造的第三个小区。

丁丁进了她家，才发现这个家居然这么小，这么破。里屋外屋加厨房，也就二十平方米左右。进了家，没有客厅，没有沙发，没有椅子，直接就坐在了床上。没有卫生间，门口不远处有个公共厕所，一股浓烈刺鼻的屎尿味道笼罩弥漫在屋里屋外的角角落落。昨晚砸碎的窗户已经用报纸糊上了，但屋子里仍然冷得像冰窟雪窖。玉红给丁丁倒了一杯热水，顿时整个家里都浮动着久久不散的水蒸气。屋子里很暗，好半天了，丁丁才看清里屋的床上居然还躺着一个人。

都快上午十点了，躺着的那个人还在昏睡着。既没有同他打招呼，也没有睁眼看他一眼。

陈玉红见丁丁踮着脚尖，探头不住地往里屋看，便轻轻地对他说，那是我爸，差不多就是个植物人，听不见也看不着，你不用和他打招呼。

丁丁看着玉红面无表情的样子，再看看屋子里的简陋至极的陈设，不禁愧疚难捺，久久说不出话来。

陈玉红的爸爸原来是市里建筑工地上的一个小包工头。两个月前突然天降横祸，从二十六层高楼的工地上滑落下一根钢钎，直穿三道防护网，横擦过玉红爸爸的头部，一下子把他砸得再没醒过来。玉红的爸爸当时站在一个阳台下面，还戴着安全帽，但这根钢钎斜刺里穿了过来，不偏不倚就从他头上擦了过去。幸亏还只是擦了过去，如果照直插在头上，当时就没命了。

玉红给丁丁说，要是当场砸死了就好了，爸爸也不这么受罪了。

丁丁看不到玉红眼里的悲伤，那张眼圈儿发黑、面颊有些许皲裂的脸上看不到任何表情。

丁丁问，没去医院吗？

玉红说，去了，脑子出血了，需要手术。

丁丁又问，手术了吗？结果怎么样？

玉红淡淡地说，没有做手术，没钱。

丁丁吃了一惊，没钱！需要很多钱吗？

玉红叹了口气说，得三万多，押金得交五万，否则不给做手术。

丁丁还是想不通，不就五万吗，公司不管吗？

玉红说，公司也不是不管，社保医保的钱人家都发给我们了，是我们没交。

丁丁越发不明白了，社保医保！什么是社保医保？就算没有社保医保也不能见死不救呀！

玉红看了丁丁半天，似乎才悟明白，什么社保医保新农合之类的词，这些整天挂在农民工嘴里的要命的政策和规定，丁丁们可能听也没听说过，因为这些跟他们几乎毫无关系，他们不懂也不需要懂，不明白也没必要明白。

陈玉红大致给丁丁讲了讲，进城打工，先得办理社保，社保里有养老保险，也有医疗保险，办了医保去医院才可以少花钱，甚至少花一大半钱，像大的工伤事故，有时候可以报销百分之七八十。社保一般都是公司和个人共同交纳，公司占大头，个人占小头。但农民进城打工，一些公司都会和他们协商，是你自己领走钱自己办，还是公司替你办？公司有自己的盘算，

重新生活

一般都愿意让民工自己去办，既省事也省钱。农民工也有农民工的盘算，民工也大都愿意自己办。一个月多一笔钱，自己先得了，干吗不要。那是实实在在的收入，都是见得到的钱。只是钱一到手，大多数农民工并没有几个真正去办社保医保。在这高房价高消费的城里，早晚也不是他们待的地方，最终还是得回到村里去。回到村里再在村里办合作医疗保险，又便宜又实惠，干吗非要办在城里浪费可惜了的？

这样的短视，这样的盘算也就产生了无数的悲剧，玉红的爸爸就是其中的一个。没办社保，自然也没办医保和工伤保险，突遇大病大难，飞灾横祸，公司没义务给你付钱，医院也无法给你相应的待遇，你自己也无处申诉，无处乞援，只能自作自受，自食其果。纵然创剧痛深，生死关口，也一样叫天不应，叫地不灵。

这突如其来的灾难，自然波及到了玉红。玉红的母亲在家无法脱身，上有父母公婆需要照顾，下有玉红大哥的两个孩子无人照看。玉红大哥大嫂在外地打工，成了一家人唯一的经济来源。他俩不打工了，这个家就等于塌了天。于是，照看父亲的责任就天经地义地落在了陈玉红的头上。这个年年都是市三好生，每学期都是前三名的尖子生，学校里最有希望的优等生，突然辍学了，消失了。

玉红说了半天，丁丁还是听得似懂非懂。末了，他问道，玉红你不是还有个二哥吗？他应该大学毕业了吧，可以让他来照顾你爸，怎么着也不应该让你辍学，你学习那么好，太可惜了。

陈玉红突然眼圈发红，低下头来，说，二哥出事了。他听说爸出事了，无法考研了，对象也吹了，连家也没回，就寻短见了。大哥找去了，学校只退还了四千块学费，已经就地火化了。

陈玉红说得简简单单，却让丁丁再次心惊肉跳，好半天不知道说什么才好。他突然觉得，比起眼前这个同学的家庭遭遇，他的情况还不算那么糟，至少还健健康康地活着。

丁丁望着玉红，却说不出安慰的话语，倒是玉红对丁丁说，我家的事就这样了，谁也管不了。医生说，我爸颅腔的出血可能已经止住了，如果不做手术，脑组织受损的程度不大，自我修复，自我吸收的能力如果能比较好，说不定还有好起来的希望。现在就是暂时平躺，不要乱动，不要再受到撞击和伤害。所以我们也没办法回老家，几百里路程，还有几十里山路，回去爸爸肯定就完了。好在公司还算帮忙，公司有救助金，一般的医药费用还给报销，我们的吃住也不用自己花钱。现在最大的问题就是，你们的那个开发商，天天要赶我们走。什么也不给，什么也不管。三番五次地威胁我们，说如果再不走，就断电断水，强行拆迁。这几天又开始在半夜里强拆强砸，非要把我们赶走不可。丁丁，我头一天晚上就看到了你，但半夜看不清楚，不敢断定那是你。昨天晚上一眼就认出你来了，果然是你。丁丁，你怎么会在这里，怎么会给这个缺德无良的老板干这种事情？

丁丁认真地和玉红讲了来龙去脉，然后说，我来这里是没有办法，其实，对这个刘经理一点儿也不了解，对他的这个工程更是一无所知。我今天来这里，就是想听到实际情况，这到底是怎么回事。你昨天让我赶快离开这里，是不是有什么问题，要出什么事？

陈玉红花了不短的时间给丁丁讲了这里的情况后，丁丁终于知道了这项工程的重大危险和有可能出现的严重后果。

确实是丁丁的爸爸魏宏刚亲自批示，亲自主导，把这一工程批给了房地产开发商刘恒甫董事长。第一期工程开工时，魏宏刚还亲自参加了开工仪式，其间曾多次视察，并把它树成全市旧城改造、棚户区改造的标准工程，示范工程，优质工程。

那时候，这个小区的人谁也不敢说话，谁也不敢闹事。谁反对就抓谁，谁闹事就拘留谁，到后来，竟然把这里的一个就是不服的村主任强行逮捕，判刑三年。

但让谁也没想到的是，刘恒甫最大的后台和最强硬的支持者市委书记魏宏刚就在两个月前突然出事了，被双规了。

刘恒甫新近开发的三个小区改造工程立马同时陷入僵局，甚至一些早已签了协议的住户又重新搬回来住了。

更让刘恒甫没想到的是，就在半月前，被判刑三年的那个村主任竟然被无罪释放，也回来了！

刘恒甫的恐慌可想而知，他要一意孤行，实施极端手段，强砸硬拆。

丁丁就是这一行动的执行者。

陈玉红确凿无疑地告诉丁丁，这个村主任已经集结了上百号壮年青年人，也个个手持铁棍，已经在小区四周布下岗哨和罗网，一旦丁丁他们再过来，就会把他们一网打尽，全部扭送给派出所。

陈玉红说了，其实这个村主任也不是什么好东西，过去在村里欺男霸女，强拿恶要，什么坏事也没少干。去年把他抓捕判了刑，几乎整个村里都在放鞭炮。要不是市委书记出了事，有人再次暗地里腐败，也决不会不到一年就给放了出来。但让人没想到的是，这个村主任被抓后，整个村里竟然没有人愿意接替他，村主任的位置一直空着！如今村主任又出来了，这个位置就更没人敢去干了。村里人都知道这个人心毒手辣，什么狠事都干得出来，因此他说什么，大伙也只能听他的。假如他这次真的得了手，抓住了丁丁，并知道了丁丁就是原市委书记的儿子，那丁丁的结局将不堪设想，极度凶险。

这些情况，对丁丁来说无疑是晴空霹雳，每一句都让他感到胆战心惊，目瞪口呆。

丁丁做梦也没想到他会卷到这样龌龊的一场纷争之中，他开始感到这个刘经理实在恶毒之至。刘恒甫有今天，最支持他给他最大帮助，最有恩于他的应该就是自己那个曾是市委书记的爸爸，但这个刘恒甫今天居然要拿他恩人的儿子当枪使，当猴耍，做挡箭牌、防弹衣！真是衣冠禽兽，禽畜不如！

直到现在，丁丁终于证实了他的猜测和疑惑，假如哪一天他真的干出什么事，打伤了人，甚至出了人命，这个刘恒甫很可能会把所有的责任都推在他丁丁头上！他知道丁丁还不到十六岁，丁丁手下的这帮人也都不满十八岁，即使出了天大的事，他刘恒甫也可以以此推卸掉一切责任！

怎么办？没时间了，这样的一个处境，坚决不能再待下去了。越等越被动，越等越危险，必须立刻行动，迅速做出抉择。

玉红说，丁丁你千万记着，你爸是你爸，你是你，就算你爸出了天大的事，也跟你没有半毛钱的关系。过去你是市委书记的孩子，我们都不想说你。今天你跟我们一样了，我才这样对你说。将来不管你做什么，一定要做好人，即使做不了好人，也决不做坏人。这是我爸爸的话，说这样一辈子才能安安顺顺，平平稳稳。现在你一定要坚持住，千万不要破罐子破摔，尤其不能跟了坏人同流合污，不能再让坏人利用了你。

丁丁一个劲儿地点头应允。

最后玉红用情地说，丁丁你知道不知道，自从你爸出了事，我一直想给你打电话。其实以前我们同桌时，每次考试测验，给你递条子送答案，都是老师授意让我做的。如果你每次能考个好分数，他们就给我颁发奖学金，还给我增加助学金。想想从前我的所作所为我也是一直在利用你，我也不是什么好人。平时一想到这些，我就特别羞愧和不安，我为了助学金、奖学金一味地谄媚讨好你，实际上是害了你了，这会儿就算是给你正式道歉了。丁丁你一定记着我的电话，我们现在都一样了，你要开始重新生活了，千万别悲观，说不定以后我们还有见面的机会……

丁丁走出门口时，才发现玉红两眼含泪，满脸悲凄。

丁丁突然一个冲动，想回去抱抱她。可是玉红她一个转身，飞快地跑远了，看不见了。

陈玉红给他的建议只有两个字，快逃！

十三

◆

这个地方太凶险了，逃得越远越好！

但一切都来不及了，事情的发展超出了所有人的预料。

谁也没有想到刘恒甫和村主任竟然在一夜之间鬼魅地达成了和解，两个人的立场霎时完全一致，要求小区的所有住户包括所有村民必须在十天之内签订协议，搬出小区，否则责任自负，后果自负。并宣布在五天内停电停水停燃气。声称这是区委区政府的决定，棚户区改造是硬任务，是攻坚战，决不能拖延，也绝不会有任何变更。

村主任立场转变的原因，当然是重大利益暗箱操作，蛋糕均分，相互妥协的结果。对此，这个小区的住户们心知肚明，人人皆知。所谓的区委区政府的决定，不外就是镇里来了几个人，来小区看了看，然后吃了顿饭就走了，至于是什么重大决定，谁也不清楚，谁也没处问。

搬迁户大都是外来人员，大家敢怒不敢言，村里的青壮年都在外地打工，有权有势的，暗地里差不多都摆平了，也没几个人敢跳出来反对。但问题是，这些住户里面，有好多住户在这天寒地冻的时刻无法搬迁，因为他们的确是无处可去。

陈玉红家就是其中的一户：一个植物人般的重伤民工，一个柔弱瘦小的十五岁女孩。他们根本动不了，既无处可去，也无人来帮。

丁丁本想第二天一早就离开此地，得知这个消息后，他想也没想，立刻改变主意。他不能走，至少眼下不能走，他自己现在暂时是脱离了凶险，但他不能让玉红和她爸爸留在这个凶险的地方。

内心的冲动支配着丁丁，他觉得他必须变成一把锄头，冬天里的锄头，把北风打碎，他发誓要保护玉红。如果不是那晚玉红的拼力呼叫，说不定自己已经遭遇不幸，或许现在已经被拘留在派出所了。

一个堂堂的男子汉，他不能临阵逃脱，成了懦夫。

说什么也不能。丁丁的嘴唇吐出了平淡的话语：我去找他！

丁丁找到了刘恒甫。

刘恒甫听了他的一番话，问道，她是你的同学？

丁丁说，是，同桌，平时关系很好。

刘恒甫又问，就是同学吗？还有没有其他关系？

丁丁想了想，没有，就是同学。她家我去过，她爸爸那样了，真的不能再折腾了，稍一动就会出大事。这是医院说的，一定要保持安静、平躺。她家是穷人，你对穷人不能那么干。

刘恒甫关心的好像不是这个，继续问道，是她让你来说的吗？

丁丁摇摇头，不是。她没说。

刘恒甫笑了笑，然后黑下脸来，说道，你这不是瞎操心吗！不就是个同学吗，又不是什么兄妹亲戚，又没有主动求过你，皇帝不急太监急，人家不急你急什么？

丁丁大概没听出来刘经理话中调侃的味道，依旧着急地说，刘总，我说的都是真的，一点儿也没骗你。不信你自己过去看看，无论如何这两天暂时先别动她家，你允我几天，我看最近能不能帮她找个合适的地方。如果马上断电断水的，她家那日子可真没法子过了。

刘恒甫说，丁丁，我跟你说实话，她家搬不搬，这跟咱们没关系。她家住的地方，是建筑公司当时给他们找的地方。我们早就跟建筑公司说好了，协议也早都签了，钱和补助也早都给了公司了，公司肯定也给这些住户发了补贴款了。让他们限期腾房，天经地义、合理合法，也理所应当。这些人你别看着他们可怜，其实个个贪得无厌，一边拿着大把的补助补贴，一边找各种理由能拖就拖，能不搬就不搬。这里面的猫儿腻多了，你只知其一不知其二，只看表面那不知内情。你以为我们容易吗？如果可怜这个，可怜那个，那咱们还干不干了？再说了，他们可怜，我们就不可怜？每天求这个求那个，谁又来可怜我们？我儿子也是你同班同学，你怎么就不替我们想想？我几十个亿都压在这里了，如果全亏在这里，将来我这一家子还活不活了，说不定比叫花子还惨！

丁丁听了，好半天才说，别人怎么样我不知道，她家肯定不是你说的那样。我一会儿先去看看她家，我们想想辙，如果能找到其他解决的办法，那就不说了。如果找不到，那我还来找你。别的住户我可以不管，但这个住户说什么我也得管。她真的是我的同桌，真的对我好，她一直对我好。

刘恒甫不禁有些发愣，他盯着眼前这个高高大大的傻小子，第一次感觉到他有可能错看了他。这小子讲义气，认死理，这种人其实很可怕。用对了，会为你卖命；用不对，也会跟你拼命。他想了想，有些不客气，但依旧显得诚心诚意十分耐心地说道，丁丁，从小到大，每个人都有数不清的同学朋友。不过有句老话你得记着，富在深山有远亲，穷死街头无人问。像你这样有情有义的人也不是没有，但现在是金钱社会，有钱走遍天下，无钱寸步难行。一个人一没钱，二没权，三没本事，就算有情有义又有什么用？你回头想想，你爸是市委书记的时候，是不是遍地都是好朋友，处处都是亲兄弟？现在呢？除了我，有几个人找过你、帮过你、问候过你？说句难听的话，即使哪天你出了什么大事，残了、没了也没有几个人会想着你、惦记你。你看着别人可怜，谁又可怜过你？连你的亲戚算上，除了你那个姑姑找过你，还有谁，还有哪个打听过你？人活世上，咱不做坏人，但也不能太善良，不能心太软。人善被人欺，马善被人骑。做人心太软，到头来既保护不了自己，也保护不了别人。这些话，我也就是给你说说，要换了别人，我早把他开了。好了，你自己再想想吧。你同学那个地方，我劝你还是不用再去了。你说你想帮帮她，丁丁，你也不想想，你现在还帮得了谁？你连自己都是泥菩萨了，还怎么帮别人？还有，你现在可是在我手下干事，我不让你干的事，你就不要去干。这是规矩，你懂不懂？

让刘恒甫没想到的是，丁丁并没有回避他的目光，声音不大，但字字钻心地对他说了几个字：

那也要看干什么事了。

刘恒甫看着丁丁昂着脑袋转身离去的样子，突然觉得这小子如果制服不了，说服不听，说不定真会出来搅局，很可能会坏了他的大事。

他得马上想辙。

他想的办法其实很简单也很实用：他要赶在丁丁前面，最好在今夜以前就办了，要尽快把那间屋子拆掉，把那一溜屋子全部拆掉，尽快把这些人赶走，赶得越彻底越好、越远越好。

事不宜迟，必须马上就干。当然，像丁丁说的那些确实有困难的住户，也要尽可能安置得好点。尽管这都是他们所在公司应该办的事情，这些遗留问题也都应该由他们所在公司去解决，但关键是一定要把这些话给这些公司说到前头，给这些住户说到前头，出了事那可是你们这些住户所在公司的责任，跟我们没有任何关系。丁丁今天的举动，也是个提醒，决不能让这些住户把账都算在自己公司的头上。还有，对那些确实困难的住户，该补助的也一定补助，但也只能在事后了，一切只能等到强行拆迁完了再说，那时候给他们补助，也许还会有事半功倍的效果。最重要的是，可以避免日后更多的麻烦。有一点丁丁说得对，对穷人不能这么干。动不动就整治穷人的人，一定是恶人，这个影响太大，无论如何也决不能落下这个名声。

刘恒甫决定下午四点采取行动。

这个时段，街上的人最少，住户也大都在班上还没回来。这个时候动手，阻力最小，找麻烦的人也最少。

刘恒甫动用了十几台铲车、挖掘机，在三个小区同时出动。这样可以最大限度分散住户们的注意力和集聚力，让他们自顾不暇，无法聚众闹事，阻碍拆迁。

刘恒甫逐一对这些住户的所在公司也都打了招呼，希望他们细致、耐心地做好这些住户的工作。言之凿凿说这是区委区政府的决定，公司领导首先要积极配合，尽快把工作做到每一家每一户。

打招呼的同时，行动已开始实施。其实也是个缓兵之计，刘恒甫打了一个时间差，就在公司正在给每个住户打电话做工作的时候，住户的房屋已然在被拆迁，甚至已经被拆掉了！

一切似乎都非常顺利。今天强拆的几个地方，提前都摸清了底细，大都是老弱病残，没背景，没势力的外地住户。估计不会有什么违抗，也不会有什么麻烦。

唯一没有估计到的就是丁丁的反抗。

丁丁也没有估计到刘恒甫下手会这么快，手段会这么狠。

事先他一无所知，没有人给他透露任何消息。事实上也确实没有几个人提前知道，对刘恒甫他们这帮黑心的家伙来说，此事事关重大，是绝密中的绝密。丁丁又不是什么骨干成员，根本没有必要事先让他知道。

但丁丁不这么认为，他认准了是刘恒甫欺瞒自己，而且就是针对自己，居然提前动手了。

丁丁原准备下午去陈玉红家里看看，跟她说说情况，看她是否得到了要求立刻搬迁的消息，她爸所在的公司是否能给她家提供切实可行的帮助。还有，他最想知道的一点，她家是不是领过搬迁的赔偿和补助。刘恒甫上午所有的话里面，唯有这一句让他无法辨别真假。

这之前丁丁曾同玉红联系过一次，丁丁只是告诉玉红他还没有走，大致说了说情况，具体的情况他会当面告诉她。玉红在手机里也没有说什么，只是说，你别大意，要注意安全，还是小心点儿为好。

下午四点多点，丁丁准备动身去一趟玉红家。临出发时，先拨通了玉红的手机。

丁丁在陈玉红的手机中，得到了她家马上要被强拆的消息。

他从手机中听到了铲车、挖掘机的轰鸣声，轰鸣声完全把玉红包围了。

玉红的声音几乎是在哭号，是在嘶喊！

丁丁的行为完全是下意识的，他愣了一下，抓起他平时搞打砸的那根钢筋棍拔腿就跑。

丁丁跑得很快。丁丁是体育课代表，中长跑是他的长项，学校长跑比赛年年都是冠军。

两千米的路程，丁丁用了没到十分钟。

丁丁来得很及时，如果再晚来一步，玉红家的窗户就没了，那层薄薄的墙面也一定会整个倾塌，今天晚上玉红和她爸爸就得露宿街头。

此时此刻的丁丁怒不可遏，勇不可挡。

就在挖掘机轰鸣着把玉红家门口的台阶一铲刮下来的时候，冲过来的丁丁飞身一跃，一手伸进去，驾驶室里的驾驶员就像小鸡一般被揪了出来！

所有的人都看呆了。

那个巨大而疯狂的铲斗突然耷拉在那里一动不动，四周的哭喊声也戛然而止，只有挖掘机的声音仍发出突突突的哀鸣。

丁丁甩开众人紧忙冲上去，关闭了挖掘机并把车钥匙用铁棍捣成了两截！

四周顿时一片死寂。

也不知道过了多久，与陈玉红家毗连的住户陆续走了出来，一探究竟。强拆方其中有个人气冲冲地走过来要与丁丁理论，两人说了没几句，只见丁丁拳头一挥，那个人踉跄了几下，一下子趴在那里再没有起来。

叫好声、嘘声、口哨声、骂声，响成一片。

人越聚越多。既有被强拆的住户，也有闻讯而来的开发公司的管理人员，更多的还有路人、好事者。

被强拆的住户大都围在丁丁的身旁，有的破口大骂，有的大喊大哭。

强拆的一方人也越来越多，最后连那个村主任，连刘恒甫都相继露面了。

住户的骂声越来越高，围观的群众也越来越多。几乎所有的围观者都在纷纷指责强拆，欺压百姓，贪婪无耻，没有人性，惨无人道，一群土匪恶霸，你们能代表政府吗？我们已经给政府打电话了，我们报警110了，我们倒要看看政府会不会站在群众的对立面！

而强拆一方的人则拿着高音喇叭呼吁大家服从政府的决定，

不要无理取闹，不要被一些别有用心的人利用。

再后来，冲突再次发生。强拆一方要把几个带头闹事的住户驱离现场，但所有的努力都徒劳无功，丁丁一个人站在最前列，几乎是一夫当关，万夫莫开！

丁丁的功夫很一般，但在这里所向披靡，勇猛异常！

手持钢棍，怒发冲冠的丁丁从住户的嘴中已经知道了刘恒甫的贪婪和虚伪，他给丁丁所讲的一切都是骗人的谎话、鬼话。即使是一个被迫辍学、悲惨无助的十五岁的女孩子和她濒死的爸爸，他都不肯放过。什么给了补助，发了补贴，竟然都是子虚乌有，真正是口是心非，灭绝人性！也正是这个人，利用了自己的爸爸，攫取了无数的财富，却还要骗自己在这里继续替他为非歹，充当打手！他对这个骗取了他的信任，又利用他再度骗取了爸爸信任的恶棍、奸商深恶痛绝，怒目切齿！对自己的再度上当，受骗受蒙蔽更是怒火中烧，愤恨交加！

就像在拳击场上一样，丁丁几乎打红了眼。

没有人敢上前拦他，也没人拦得住他！

真正把爸爸拉下水的就是眼前的这个卑鄙无耻的恶魔！还要把自己拉下水的正是眼前这个无恶不作的禽兽！

就在他左突右抵，拼力阻挡的时候，丁丁突然听到了高音喇叭里一声犹如炸雷一般的喊声。

大家注意了，大家注意了！你们的行为已经被混进人群中的坏人所利用！在你们中间大打出手的那个高个子青年，就是腐败分子原市委书记魏宏刚的儿子！他正在利用你们的情绪反对政府，反对棚户区改造！大家注意了！在你们中间那个穷凶极恶的高个子青年，就是腐败分子原市委书记魏宏刚的儿子……

丁丁像挨了一记闷棍，一下子僵在了那里。

所有的人一时间都愣在了那里。

魏宏刚的儿子！刚刚被双规了的腐败分子市委书记的儿子！

所有的人都张大了嘴巴，吃惊地看着他。

突然他听到了刘恒甫熟悉的声音，他在大声喊叫：你们上当受骗了！这个家伙确实就是魏宏刚的儿子！

丁丁看到了刘恒甫的影子！他本想说句什么，但什么也说不出来。

一伙人向他逼了过来，他认出了在晚上一起跟他出来打砸住户的几个手下。这些人平时对他的强横不羁早有不满，此时此刻则好像被愤恨挟持着，步步紧逼，手持钢筋凶狠地向他围了过来……

丁丁本能地想逃出那个圈子，但一切都已经来不及了。

他看到有几根钢筋同时向他挥来，他没有回避，只听到了一声凄厉的惨叫，当他意识到那是玉红的声音时，眼前一黑，就什么也不知道了……

丁丁本能地想逃出那个圈子，但一切都已经来不及了。

十四

◆

　　武祥和妻子看到丁丁时，丁丁已经在玉红家里整整躺了一个星期了。

　　那一天，由于强拆引发大规模恶性械斗造成多人受伤，如果不是警察及时赶到，很可能演变为更为严重的重大社会安全群体事件。

　　这一突发事件迅速发酵，各类媒体以及网络和手机视频迅速将械斗场面传遍了千家万户。市委市政府、区委区政府包括镇党委镇政府都表示高度重视，全面介入，一定要严肃处理，严加追责。

　　强拆被迅速制止，刘恒甫所在的房地产开发公司被责令立即停业，接受调查。那个刚被释放出来的村主任重新被公安拘捕，司法机关也开始对其进行深入调查。

　　三天以后，由于涉及重大腐败案件，刘恒甫被检察院反贪局立案审查。

　　五天以后，村主任被重新收监。

　　七天以后，镇长、区长均被撤销职务，等候进一步处理。与此同时，市委市政府做出决定，将对市区所有的棚户区改造工程和旧城改造工程进行全面清理整顿。

　　等丁丁醒来的时候，似乎已经风平浪静，一切都过去了。

丁丁并没有受到查处和处理。一个可能是因为伤势较重，二是可能年龄太小，三是可能对一个被双规了的原市委书记的儿子，不知应该如何处理。另外，可能还有一个最为重要的原因，丁丁在制止强拆，制止犯罪，制止大规模械斗方面功大于过。人们在视频中都看到了他阻拦强拆，制止械斗，最终被多人打倒在地的壮烈场面。

这个画面让好多人看得惊心动魄，热血沸腾，热泪盈眶……

玉红给丁丁说，她和好多人一样，每一次看到这段视频，都止不住地泪流满面。

……

丁丁的伤势确实很重。头上重重挨了一钢筋棍，这一棍几乎是致命的。所幸这一棍打偏了，吃重的是脖子和肩膀，否则肯定当场毙命。但也许正是这一棍解救了他，让他的头部躲开了致命的第二棍，第三棍……

丁丁倒下去的那一刻，他的胸脯接着挨了一棍，他完全倒地的那一刻，他的腰背又受到多次重击。

丁丁在医院急诊室里只躺了两天，第三天就被玉红拉回了家里。原因很简单，没有钱，没有医保卡，当时甚至没有找到丁丁的身份证，连他的手机也没了下落。这是附近的一家社区医院，医院进行了紧急的救治护理以后，进行登记时，才发现这个受伤者几乎就是个三无人员。陈玉红将丁丁所在的学校告知医院，医院打电话联系，得到的答复是，这个学生无故旷课失学两三个月了，属于自动退学，与学校已经没有关系了。学校还说，这个学生并没有办理学生医保，我们查过了，学校没有他的医保卡。学校还说，就算有医保卡，他也不是在校内出的事，在校外出事的一律由学生本人和家长自己负责，与学校没有任何关系，学校也不承担任何责任。

社区医院的急救设备非常简陋，像丁丁这样的伤势，应马上转院到正规的医院去救治。但丁丁的情况无法办理转院手续，医院也无法接收。

陈玉红也确实没钱，而转院的费用对她来说几乎是个天文数字。陈玉红也无法到更远的医院陪护丁丁，况且家里还有一个重伤不醒的爸爸。一个不到十五岁的农民工的女儿，在这个城里她找不到任何可以帮助丁丁的关系。

社区医院最终同意了陈玉红的意见，带了一些药品，并做了进一步的伤口处理后，让丁丁回到她家疗伤。

丁丁的生命力极其顽强，在缺医少药的情况下，他所有的伤口都没有恶化，而且奇迹般地好转。他回来第二天就完全清醒，第三天后就能进食，甚至可以下床走动，大小便已可以完全自理。脾脏肾脏也奇迹般地康复，血尿的情况基本没有了。

醒来后，丁丁难以忍受的伤痛就是伤口撕裂与烧灼般的锥心之疼。丁丁根本没有办法躺下休息和睡觉，他只能斜躺在玉红家那张极其简陋的木床上。陈玉红把家里所有的衣物都垫在了丁丁的身后，但每当躺下时，仍然让他痛不欲生，无法正常呼吸。幸运的是，丁丁身上除了几处肋骨裂缝和锁骨骨折外，没有颅脑受伤和肌腱断裂。虽然没有住院治疗，但不会造成终生性伤害。

丁丁非常固执，他自信自己一定能尽快好起来。

手机混战时丢了，他让玉红给他补办了手续，又去买了一个，他的手机里有钱，买个新手机绰绰有余。此外，他还有两张银行卡，一张是自己的，一张是刘恒甫给他办的，虽然钱不多，医院里也花费了一些，但维持他和玉红家几个月的生活费应该没问题。等他好了，他还可以想别的办法。

丁丁觉得暂时还不用为生计发愁，所以他坚持不让玉红给姑姑姑夫打电话。

他不想让姑姑看到他现在这个样子，也不想让姑姑为自己的事再操心。他倒是时不时地与绵绵在手机里聊一聊，他知道绵绵的情况，也知道姑姑家目前的处境。只是他从来没有告诉绵绵他自己的情况，包括现在他住在什么地方，正在干什么，还有下一步准备怎么办，绵绵一概不知。绵绵有时候很着急，但丁丁从来说话都大大咧咧，满不在乎的口气，好像自己一切都很正常。每一次追问，丁丁都顾左右而言他，用别的话搪塞过去，他问绵绵看没看过坂本真一写的《孤高之人》，一共十七卷，他都看完了。他问绵绵最近喜欢看哪一部网红小说，听谁的歌？因此绵绵也就相信了丁丁的话，从来没对爸爸妈妈透露过丁丁的任何讯息。

丁丁之所以最终还是让玉红给绵绵打了电话，原因只有一个，丁丁突然没钱了。

这一天玉红去给丁丁拿药，玉红回来说，卡里没钱了，医院没给开。丁丁有点不相信，这张卡是自己的，刨去这些天的费用，至少还有两三万，怎么会没钱了？

玉红很细心，先去银行里给他拉了个清单，丁丁看了以后不禁大吃一惊，就在半个月前，有人从他的银行卡里提走了三万！

丁丁愣了好半天，突然想起来了，那正是他到刘恒甫这里第一次执行任务的时候！

所有执行任务的人员，在行动之前，一律把自己的银行卡、身份证和手机一并交给刘恒甫，目的是一旦出现意外，这些东西不会遗落在别人手里，避免暴露自己的身份，也避免不必要的经济损失。

那时候丁丁对刘恒甫惟命是从，从未有过任何顾虑和担心。甚至对这样的要求心存感激，深信不疑。

但恰恰就是在那样的情况下，这个他像信任父亲一样信任的刘恒甫，居然不声不响地从他的银行卡里提走了三万块！

丁丁突然记起前不久刘经理曾搂着他脖子对他讲，咱们好朋友就该勤算账，将来谁也不给谁惹麻烦。你爸爸咋说也是个市委书记，我如果让你在这里白吃白住，将来再出了什么问题，那还不把你爸再给连累了？你的费用我都记着，将来一并再算，要真有什么事，咱们都清清白白，不管到了哪儿谁也没说的。如今看来，这个刘恒甫早已安了这心，要给自己预留后路。丁丁的爸爸已经双规，一旦查下来，丁丁这里如果不明不白，他刘恒甫无论如何也脱不了干系。

一定是在那个时候，刘恒甫下了手。既解决了以后的麻烦和担心，又断了丁丁的经济来源，让他死心塌地跟定刘恒甫，如果丁丁还有什么想法，没钱的寸步难行会让他束手就擒。

以天下为笼，雀无可逃，以天下为网，雀难挣脱。的确，这个刘恒甫歹毒到家了。

丁丁现在就是一只奄奄一息的雀儿。

丁丁的最大经济依靠在一刹那间突然崩塌了。他看了看手机，里面总共只剩了三百块钱。他原先并没有想到这一层，支付宝连着自己的银行卡，早知有歹人惦记，就应该把卡里的钱都转出来，哪怕转出几千块也不会出现今天这样的情况。至少不会在一夜之间走投无路，山穷水尽！

他原本想着自己完全可以把玉红一家的负担扛起来，至少等到天气变暖了，春天来了，自己也好起来的时候，能让这样的一家人暂时平平安安，不愁吃住。

真是大意失荆州。

怎么办？

还有一张银行卡，就是刘恒甫给他的那张了。丁丁突然感到惶恐万状，自己的卡里都没有钱了，这张卡里还会有钱？

果然不出所料，卡里不仅没有钱，而且这张卡早就成了废卡！

估计父亲刚出事不久，刘经理就这么干了，但自己竟然一直蒙在鼓里。

如果在过去，丁丁对这种行为会不屑一顾，嗤之以鼻。而在今天，却让他痛定思痛、痛上加痛……看着这间破败不堪，走风漏气的住宅，看着昏睡不醒躺在床上的玉红爸爸，看着体形单薄，脸色灰白，皮肤粗糙，两手皲裂的陈玉红，他终于知道了本该早就知道的生活常识。平日里视金钱富贵为粪土的人，一定是从不为金钱富贵发愁的人。丁丁锦衣玉食，逍遥自在地活到这么大，第一次真正感觉到了金钱对一个人和家庭的意义和重要。就在出事之前，他之所以还能那么堂堂正正，果敢刚强，面对着刘恒甫那样的人还能挺直腰杆，毫无惧色，一个重要的原因就是他还有钱！钱就是他的胆，就是他的底气！就是他道义的底线，就是他能做好人的本钱！尽管也就那么几万块钱，已足以让他在大是大非面前，根本用不着对任何人低声下气，委曲求全！

然而，此时此刻，当今天的他第一次明白自己已经成了一个身无分文的穷光蛋时，一种巨大无比，让他无以挣脱的恐惧感如此强劲地控制了他，他不敢也无法想象他的下一步，他的下一步怎么生活，越想越让他感到窒息般的惊惶和绝望！

如果早知道这一切会到来，丁丁说不定都不会有今天这样的行为和处理问题的方式。如果丁丁早发现他已经一文不名，囊空如洗，他的言行举止一定会思考得更周全，更理性。甚至他不会那么鲁莽，那么冒失，那么奋不顾身。他会想到如何更好地保护自己，如何更周全地保护玉红。

对刘恒甫这样的人，他看穿得太晚了。事到如今，他不仅没有救了玉红，反倒是这样没明没黑、无休无止地拖累了玉红。

丁丁想了整整一晚上，剧烈的伤痛仍压抑不住这种孤立无助的恐惧，自他出生以来，还从来没有现在这样憋屈烦躁，锐锉望绝，整整一晚上都没能合眼。

翌日，晨晖未见，还不到五点，他眼睛红红地对一直陪伴着他身边的陈玉红说，你给绵绵打个电话吧，先让她过来一下。

武祥夫妇找到这里时，绵绵已经在这里待了快四个小时了。

丁丁见了姑姑后的痛哭，是对姑姑的思念，是对亲情的宣泄，更是对自己的悔恨。

姑姑的痛哭更是情不自禁。她看着遍体鳞伤的丁丁，看着瘦弱单薄的陈玉红，看着这个家徒四壁的屋子，无论如何也没想到这就是孩子的住处。也许此时此刻她又想到了不知身在何处的弟弟，想到了一直没法相见的母亲。本来一个平平静静，安安稳稳的家，怎么会一下子成了这样。

武祥看着妻子魏宏枝哭得昏天黑地，一时手足无措。只好不停地扯着妻子的衣襟，让她克制点儿。直到妻子平静了一些，才赶忙说道："宏枝啊，咱们得赶紧合计个办法，先商量商量丁丁现在该怎么办。是马上去医院，还是先回家里。我看孩子的伤挺重的，还是先去趟医院吧，好好检查一下里里外外五脏六腑，看看有没有什么大问题。"

武祥的话一下子点醒了妻子，魏宏枝猛然止住了哭泣，突然问陈玉红，"丁丁这几天都是你一个人在这里照顾吗？"

陈玉红点点头。

"昏迷的那几天也是？"魏宏枝继续问道，"吃喝拉撒都是你一个人？"

陈玉红的脸一下子红到了耳根："是，只能是我，他迷迷糊糊的时候就喊姑姑，喊绵绵，然后就喊我。他这几天吃得不多，前几天还尿血，这两天好些了。"

"谢谢你，太谢谢你了，丁丁亏了有你这样的好同学。"魏宏枝的眼泪又止不住地涌出来，"丁丁这几天都吃的什么药？"

"都是消炎的，还有止疼的。"玉红一边说，一边把正喝着的药都摆了出来，"都很贵，抓一次几百块，昨天只这一盒药就花了三百多块。"

"身上的这些伤，换过药吗？"魏宏枝轻轻掀开丁丁身上的被子问。

"还没有，医生叫不来，出租车叫来一看就开走了，都不愿意拉，120也叫过，一问，太贵了，叫不起。"玉红如实回答。

"医生叫不来？120也叫不来？"武祥也有些纳闷，不禁问道。

"医生要出诊费，但一说地址就不来了。医生知道这是个杂乱贫困地方，都不想来。来了也挣不到几个钱，不像去那些有钱人住的地方，有车接送，有吃有喝，钱给得多，还有礼品。爸爸好的时候常说这些，说他们的老总请医生，医生每次来，都能给千儿八百的，"玉红说得很详细，"120也一样，打电话说得好听，其实还是看钱，起步价多少，服务费多少，等候费多少，护理费多少，抬送伤员费多少，还有什么超时费，急救费，算来算去，一趟至少也得好几百。其实送到医院就什么也不管了，再回来还得自己想办法。我们叫不来，就是真叫来了也掏不起这么多钱。"

魏宏枝也吃了一惊，她原本想叫120的，看来还是叫出租合适。但看丁丁的样子，如何把他抬到出租车上还真是个问题。怎么办？还是叫120吧。

也只有叫120了。

120的态度还算好，来的人也利索，没费什么力气就把丁丁抬进了车里。

可能是焦虑紧绷的心突然放松了，也可能是见到亲人了，几天几夜没睡好的丁丁此时酣睡如泥，几个人把他抬上车时，竟然都没醒过来。

都要上车了，武祥和妻子好像才想到车下还留下了一个孤单单的陈玉红。

妻子喊了一声和已上车的武祥一起急忙跳下车，走到玉红跟前，紧紧地抱住玉红，久久不肯放开。看得出来玉红也很难过，但强忍着没哭出声来。

妻子末了只说了一句话，"好孩子我记住你了，熬过了这两天我就来看你。"

武祥本来想问问她下一步的打算，还上不上学了，还有她爸爸的病是否需要帮忙，想了想，一句话也没能说出口。

这么好的孩子，武祥不是不想帮，而是他帮不了。也不是不知道该怎么帮，而是根本无法帮，此时此刻的他已经没有任何能力帮了。

假如魏宏刚现在还是市委书记，也许他和妻子说一句话，就能让玉红重新入学，就能让玉红的爸爸入院治疗。但现在，好比五行逆转，天地倾覆，一切都只是谵妄了。内弟在位时，自己的确就像生活在幻象之中，那时候的他们根本看不到眼前的这一切，看不到玉红这样的孩子，看不到玉红爸爸这样昏迷不醒、生命垂危而又孤立无援的农民工。包括发生在丁丁身上的这一切，那时的他和妻子看不到，他的那个市委书记的内弟魏宏刚更不可能看得到！

当你能看到真相的时候，恰恰正是你最无助的时候。

十五

◆

武祥夫妇选择去了第三人民医院。这是个老医院，口碑也比不了市一院二院，医疗设施相对破旧，医院新区还在施工建设之中，整个医院都显得乱哄哄的。之所以选择这里，是因为这里离城区虽然远点，但看病住院的肯定要少些，不至于来了挂不上号，住不上院。

恰如玉红所说，120确实好贵。算了算，不到二十公里的路程，中间只是看了看伤口，用听诊器听了听心音和呼吸，量了量血压，居然花了将近一千块。而且是在上午十点多，并不是上下班高峰期，救护车的笛声响彻大街，行人车辆纷纷避让，道路顺畅无阻，一点儿也没堵车。

拉到医院，接诊的医生居然只管就诊，并不管住院。

能不能住院，需要你自己联系，如若联系不上住院，你就得把人再拉回去。武祥了解到若再把丁丁拉回去，就不在120的服务范围内了。就变成了特殊服务，价格按市场价计算。

所谓的市场价，就是互相协商而定。但基本上就是120一方说了算，说多少就是多少，不同意你就别用。

武祥气得脸色发白，却也无可奈何。他让妻子和绵绵等在一旁，自己一人去外科挂号。医院虽然很破旧，没想到来看病的仍然很多。专家号早就挂完了，武祥只好挂了个普通号。一看外面等了那么多人，打听了一下，怎么也得十一点半以后了。

看看时间，突然觉得有些饿，这才想到一家人一上午都还没吃东西。

绵绵到街上买了几个包子，一家人找了个角落刚蹲下来准备吃，一个保安就气汹汹地跑过来大声呵斥起来："嗨！干什么哪！这是吃饭的地方吗！真他妈的没素质没教养！走走走走走走走！"

一家人吓了一跳，绵绵不知所措，本能地躲在了妈妈身后，武祥本想理论几句，被魏宏枝拽了一把立刻走开了。

武祥气不过，回过头来，还是顶了一句："你凭什么骂人！"

"就骂你了怎么样，你他妈的以为你是谁呀！"

武祥一下子蔫了，是啊，我他妈的现在就是个糟蛋臭蛋倒霉蛋！你还真以为你是谁啊！武祥闭眼、握拳，久久无言。

快十二点的时候终于轮上了，医生大致看了看，刷刷开了个单子，说："下午吧，得做个 CT，再做个脑电图，脑脊液检查。"医生看了一眼武祥，"如果条件允许的话，最好再做个彩超，还可以做个腹腔动脉造影，还有肾血管造影和肾超声波也最好都做了。"

武祥赶紧说："听您的，你说需要，我们就按你的做。"

医生刷刷又开了个单子："公费自费？"

武祥愣了一下："没听明白，不好意思，大夫您再说一遍。"

"能报销吗？"大夫也不管跟前有人没人，放大声音说道，"需要不需要开报销单？"

武祥想了想："不需要吧。"

医生不再说什么，又在单子写了几个字，然后推给了武祥："先去诊室给伤口换药，然后把针打了，如果没什么问题，下午就按这个单子上的顺序去做。做完了再来这里找我。我下午还在这里，一天的班。"

"是不是需要住院？"武祥又问。

"当然需要，早该住院了。"医生看了看时间，开始招呼下一位患者。

武祥赶紧说道："大夫，那你看能不能开个单子，我们马上连住院手续一起办了。"

"我开？开了也是白开，估计没有床位。怎么也得三五天以后了。"医生有些不耐烦地摆了摆手，"你要认识人，就到主任那里找找，看主任手里有没有床位。"

给丁丁换完药，打了针，武祥问护士，"你看问题大吗？"

护士说："还行。具体的你去问大夫吧。"

武祥看看单子，赶忙又问："这么多检查项目，我们上午能不能做两项？"

"上午？下午能做两项就不错了。"护士看了武祥一眼说。

"是吗？这些检查今天做不完了？"武祥一听，不禁冒了一头汗。

"明天能全做了就不错了。"护士毫无表情地说道。

"那怎么办？能不能想办法快点？"武祥卜意识地问。

"可以啊，每项检查再交一笔特诊费，就能快点。"护士一边说，一边往诊室里走。

"特诊费得多少钱？"武祥紧跟在后面问。

"一项三百，也有五百的，你到交费处问问去，那里会告诉你多少钱，怎么交。"

"谢谢，谢谢。"武祥本想再问点什么，抬头一看，护士已经不见踪影了。

看看时间，快十二点了，武祥赶紧跑到三楼划价。划完价，武祥一边看一边走，走了没几步一下子呆住了。他看到了一个让他吃惊的数字，然后像不相信似的又看了几遍，确实是这个数字。

一万六千七百九十八元四角六分！

还没算上特诊费！

"怎么会这么多？"妻子也吃了一惊。

武祥说："还说这是不能报销的，估计还少了一些。"

妻子有些发愣："怎么办，还得先去趟银行，手头也没这么多现金啊。"

武祥说："听刚才那个医生的意思，如果能住了院，就不必要这么集中做检查了，可以根据情况一项一项地来。要能住院，那些特诊费也就省下了。"

"不是说没有床位，住不了院吗？"妻子也有些着急了。

"可你没听他说吗，如果认识人，可以去找找关系。"武祥耐心地给妻子说道，"他的意思是说，主任手里保不准会有床位。"

妻子好像意识到了武祥想说什么，看了一眼武祥不说话。武祥心里翻腾着，近乎自言自语："这里的那个副院长王宇魁，去年不是找过咱们多少次吗？现在我们有事了，能不能去找找他？"武祥努力地开导着妻子，"我们那时帮了他多大忙，他给家里送了一整箱子钱，咱一分钱都没要他的。今天不就是一个住院的事情吗，孩子伤成这样，他会不帮忙，不搭理？其实那件事与魏宏刚出事也牵不上什么关系，我们现在去找他，他真的会那么绝情绝义，翻脸不认人？"

那件事确实是发生在半年多前的事情。

王宇魁是三院主管基建的副院长，直接负责医院新区建设。

八个月前医院新区建设招标之际，有一个建筑商来办公室找他。这个建筑商与王宇魁以前认识，所以王宇魁对他的到来也就没什么戒心。何况又是在办公室，对他手里拿的那些东西也没当回事。

七七八八聊了十几分钟，好像也没扯正经事的，就是说没事顺便过来看看。说了说他们目前的情况，反正是越干越好，工程很多，赢利可观，设备也是最先进的。还说他们也参与了这次医院新区的工程投标，希望能顺利进入规定的候选前五名，还请王院长多多关心，多多提携。

都是一般的客套话。平时大家见了都这样说，并没什么特别的地方。

那个建筑商临走的时候，快出门了，才指着地上的一个不大的纸箱子说，没给你拿什么东西，就几条烟，知道你抽烟，都是别人送的，反正我也不抽，放着也是放着，就留给你抽吧。

当时，突然来了一个电话，王宇魁一边接电话，一边给建筑商示意让他赶紧拿走。接电话前，王宇魁还说了一声，快拿走吧，我不要，我都戒烟了，千万别给我留，一定拿走。

这是一个非常重要的电话。市城建局的电话，涉及到医院新区建设的电路问题和地下管道问题。

这个电话足足有二十分钟，事关重大，新区建设很多地方需要重新规划。如果规划不到位的话，整个医院新区很可能要被减去一大块面积。

一直到快吃中饭的时候，王宇魁才看到了那个纸箱子。

他顺手把纸箱子挪了一下，感觉很沉。

他愣了一愣，打开一看，不禁吃了一惊。

整整五十万人民币！

王宇魁十分震惊，他们的医院新区一期工程，总共投资还不到两千万。

两千万的工程，仅仅招标阶段，一次就给他送来五十万！

如果他真收下这五十万，这个新区工程的建筑质量还能有什么保证？万一出了什么问题，酿成重大事故，他就是逃到天涯海角，也在劫难逃。

这可是医院啊，人最多的地方，大家最关注的地方，就算你有天大的胆子，你要是真敢收下来，这辈子就算完了。即使不出事，没犯事，也会让你整日提心吊胆，终生寝食难安。

王宇魁对这一点很清楚，这种事他决不能干，打死也不能干。而现在这个时候，你还真敢不收手，不收敛？岂不是真的成了顶风作案，贪得无厌？还敢对自己和一家老小的命运无动于衷，毫不在意？

他当即给那个建筑商打电话，居然关机！

他让自己办公室的人想方设法联系对方的司机，无人接听！

一直到了晚上七点多，对方的手机才打开了。

对方说是出国了，一个星期后回来。从手机号码上看，好像确实是在国外。王宇魁在手机上声色俱厉，毫不客气，你别害我，我们原本是朋友，别让我们日后成了仇敌。

对方在电话里依旧很客气，就一点小意思嘛，不必那么大惊小怪。我们干这一行的，都习惯了，这真的不算什么，那点东西算个啥呀。

王宇魁在电话里没有给对方留任何余地，如果不马上拿走，我明天就上缴了，我说到做到，你看着办！

对方终于同意了，那好那好，我就让司机拿回去。不过我的司机正好回老家了，最快也得等到明天下午了。

让王宇魁做梦也没想到的是，就在那一天晚上，他的办公室竟然被盗了！

所有值钱的东西都被洗劫一空，当然也包括那五十万人民币。

是个小蟊贼，第二天就被捉拿归案。这在公安局是个平常事，几乎天天都有。

但在第三人民医院，却地动山摇，成了重大新闻。在主管基建的副院长办公室里，不算其他，竟然还藏着五十万一整箱人民币！

医院的纪检组立刻介入，对此进行了详细调查。市纪检也随即介入，紧接着开始着手起草立案审查呈批报告，报告很快送到了市纪委，如果经纪委书记审批，再报市委书记审批后，就将正式立案，然后采取必要措施。如果到了这一步，王宇魁的仕途生涯基本上也就到此为止了。

此时的王宇魁简直百口莫辩，几天的时间里，他写了无数的说明，找了无数的证据材料，但一个基本的事实让他理亏词穷，无法自保。

五十万人民币确确实实、真真切切地就是藏在你的办公室里。如果你真正是铁面无私，廉洁奉公，什么人敢这样胆大妄为，无所顾忌，竟把这五十万放在了你的办公室里？

就算事实与你说的有出入，就算你所有的证据都可以证明你确实拒绝了，那个人确实也承认你拒绝了，但你为什么会把这五十万留在自己的办公室？你不知道那是赃款吗？不知道那是行贿吗？

明知是巨额行贿，作为一个副院长，一个院党委委员，你为什么不上报，不上缴？不交给组织保存保管？哪怕是交给院办公室也行，但为什么没有这么做？为什么不这么做！

看着调查人员严肃的面孔和严厉的追问，那时刻的王宇魁欲哭无泪，欲诉无门，想死的心都有。可就是死也死得不甘心，这会儿死了，真是跳进黄河也洗不清了！

王宇魁想了无数办法也不知道如何才能洗清自己，才能让自己跳出火海，跃出深渊。

茫然之中，他突然想到了自己的堂妹在延中当物理老师。在他堂妹教的学生里头，有一个女孩子是市委书记魏宏刚的亲外甥女，这个亲外甥女的妈妈就是市委书记的亲姐姐。他堂妹

重新生活

说了，人家是市委书记的姐姐，可一点儿架子也没有，实在随和得很，又朴实，又正派，可不像有些领导的亲朋好友，稍微沾个边就把尾巴翘到天上去了。

他当即给堂妹打了个电话，看她能不能尽快找找那个书记的姐姐。找书记说情之类的事情什么也不要人家做，只让人家办一件事即可，就是看能不能把他的申述材料直接交给市委书记魏宏刚，哪怕交给书记的秘书也行。

王宇魁知道事情紧急，立案的呈报报告一旦到了市委书记手里，书记随手一批，他就是有天大的冤屈，也得先把他双规撤职，而后就是等待最终调查结案后的处理结果了，这个时间很可能遥遥无期，并将十分漫长。到了那时，就算你没事了，回来了，但再想官复原职，再在这么个医院当个副院长，几乎就是做梦了。

关键是你今天还是一个堂堂正正的医院院长，明天你就成了一个人人痛骂的腐败分子。别的还好说，唯有这腐败两个字，比石头还沉，比粪坑还臭，让你祖祖辈辈都翻不过身来。

王宇魁的堂妹不仅熟悉绵绵，也一样熟悉武祥夫妇，这个个子不高，身材小巧的物理老师，可是全市知名的物理解题猜题专家。她带领的奥理小组，在全省全国曾多次拿过名次。她不仅是绵绵的物理老师，还是绵绵的物理辅导老师。绵绵那时物理分数的快速提高，全靠这个老师的辛勤指导。那时候的武祥夫妇，对这位物理老师可谓尊敬有加，奉若神明。

所以当王宇魁的堂妹找来时，一向谨慎的武祥夫妇想也没想就答应了。不就是一个材料吗？交给宏刚就是了。即使宏刚见不着，他忙，他的秘书那还会有什么问题，一个电话就过去了。武祥夫妇让秘书转告书记，说这是绵绵物理老师的哥哥。不是托关系说情，只要求秉公处理就行。

这件事情的来龙去脉绵绵都知道得一清二楚。

武祥夫妇很认真也很负责，第二天一早，就把这份申诉材料亲自交到了魏宏刚的秘书手里。

直到今天，武祥夫妇也不清楚究竟是不是这封信起了作用，最终的处理结果让王宇魁大难不死，绝处逢生。

处理结果如下：

责成王宇魁在全院党委会上做出深刻检查，并给予党内严重警告处分。由于能够如实交代问题，并确实具有抵制贿赂的行为，仍保留副院长职务，继续主管医院新区建设。但要汲取沉痛教训，积极接受党委和群众监督，强化制度建设，严格遵守党的纪律，认真履责，以观后效。

究竟是什么原因能够让王宇魁转危为安，后来传出来各种各样的说法。一个普遍的说法是，市委书记魏宏刚曾在常委会上专门讲到了这件事。说这个院长虽然有错，但确实经受住了考验，有那么多证据证明他当时的表现确实是个经得起挑战，经得起诱惑的共产党员，应该说，还是个好同志嘛！这也说明我们当前的反腐败斗争的态势很好，党风确实有了明显好转。而对这些经得起考验的同志，我们也要予以爱护和保护。这对当前的反腐败斗争，也具有正面的促进作用……

当时王宇魁的感觉真是否极泰来，犹如重获新生。

十天后的一个晚上，堂妹和王宇魁一起来到了武祥夫妇家。王宇魁说了没几句，就已经是满脸泪水。他说此生此世武祥一家就是他最大的恩人，这辈子忘不了，下辈子也忘不了，对王家的祖祖辈辈都有再造之恩。

然后他拿出一个皮包来，说，今天我堂妹也在这里，这是我们一家人商量的结果。我们也不知道家里需要些什么东西，也不知道该给孩子买些什么，你们就自己看着买吧。千万别说不要，你们就给我一次报答的机会吧。

一个不大不小的普通皮包里，整整齐齐地码着五十万元人民币！

武祥夫妇几乎用尽了全部力气，连胳膊上都拧出淤青了，才算把两个人和那包钱一起推出门外。

包括绵绵，是用脑袋把王宇魁顶出门的。

那一晚武祥夫妻久久不能入睡。他们这辈子第一次看到，为了感谢，一次能送来那么多钱！

五十万啊，那可是他们夫妇俩好多年不吃不喝、没病没灾才能攒下的钱！

不就是递了那么一份材料吗？还只是交给了秘书，都还没有交给书记本人。

只有到了这个时候，武祥和妻子才真正领略了一个书记的权力是如此的巨大和吓人！

也就是从那个时候起，魏宏枝对弟弟深深地担心起来，只要电视里播放到反腐倡廉的新闻和画面时，武祥都能感觉到妻子像被吓着了一样陷入恐惧之中。以至后来发展到凡有人敲门时，妻子都会不由自主地浑身哆嗦。

……

一眨眼间几个月过去了，没想到今天真是阴差阳错，竟然来到了这家医院！

武祥看着妻子一脸悲伤无奈的样子，安慰似的说道："这事你也不用出面，我试试问问他还在不在这家医院。如果还在，就问问他能不能管了住院这样的事。如果人家还在，还是副院长，也还能管了住院这样的事，咱再给他说丁丁住院的事。如果他愿意管，咱也只是让他给咱帮着办个住院手续，其他也不用他管。如果人家推辞了，那咱也理解，认栽就是了，咱再想别的办法，你说呢？"

魏宏枝想了想，也只好同意了，除此之外，现在还真找不到别的办法。

只响了两声王宇魁就接了电话。然后没过两分钟，王宇魁就气喘吁吁地跑了过来。

"老武啊，你到医院了怎么不提前告诉我一声？"王宇魁这时发现魏宏枝也在，"啊呀，大姐也来了啊！怎么回事啊，怎么事先都不告诉我一声！"

看着王宇魁热情洋溢的样子，武祥顿时眼睛有些湿润。他大致把情况向王宇魁讲了讲，只说了医院的事，并没有说别的。说到丁丁，就说是在学校外面打架了，"我们也是刚刚才知道的，本来不想麻烦你，眼看着没办法了，才跟你联系，也不要你太麻烦，只要能找个床位就行。"

王宇魁这时才意识到躺在手推车上的患者，居然就是魏宏刚的儿子。他紧忙走过去看了看说："这伤得不轻啊，是谁呀，下手这么狠？"

武祥妻子赶紧说道："王院长，这孩子太淘气，好多天了，我们也是今天才见面。"

"这也太不像话了，"王宇魁这时也不管有人没人，全然不顾地说道，"他爸爸出事了，跟孩子有什么关系？我就看不惯那些势利小人，有用的时候是一副脸，没用了立刻就换成另一副脸。再说了，书记出事了，有什么问题就说什么问题，但现在是现在，过去归过去。当初不是有能力，有成绩，还能提拔得上来？给老百姓干了好事，大伙也都记着，总不能一出了事，就脚底流脓，头上长疮，坏到底，坏到头上去了，一个人好与坏还能一刀切！好了，不说这些了，你们等着，我马上安排一下，现在就给孩子做检查。"

说到这里，王宇魁朝不远处一个人喊了一声："喂，你过来一下！"

那个人见是院长，立刻点头哈腰地跑了过来："院长好，什么事？"

"马上找个安静点的诊室，就说是我说的，让这几个人先安排休息一下。"说到这里王宇魁又看了看时间，用命令似的口吻说，"马上去食堂，打几份好点的菜过来，记着，点最好的，都记到我账上，之后给这几个人送过来。明白吗？"

"明白！"那个人回答得响亮又利落。

等那个人把饭菜都送过来的时候，武祥才猛然发现，这个人就是刚才臭骂他们的那个人！

也许妻子也认出来了，但妻子一声不吭，装着根本不认识。

绵绵悉数看在眼里，下意识地背转过身去。

那个人呢，好像也不记得刚才蛮横嚣张的事了，不停地殷勤地端菜倒水，招呼得又仔细，又亲热。武祥看了一眼这个人的相貌，倒也慈眉善目的，不像个恶人。看他那样子，也许真的是不认识，不记得了。偌大的医院，每时每刻在眼前晃来晃去的人有多少，怎么可能都记得清清楚楚。

武祥不禁又想起之前妻子不厌其烦地数落魏宏刚的往事。每次妻子给弟弟讲一些需要知道防范，需要远离，需要记住的人和事，特别是到家里看望过母亲的那些人和事，谁拿来了什么，立即退还了什么，谁留下了什么，又给还回去了什么，做姐姐的，每次都揪着弟弟说个不停，弟弟总是应付来应付去。每次详详细细地给他说过了，下一次再问起来，其实他根本不知道说的是谁，他压根儿没上心记！

后来武祥和妻子也明白了，他们侥幸地安慰自己：一个市委书记每天要遇到多少人和事啊，他哪记得过来！

丁丁这时睡醒了，也吃了一些东西，整个精神面貌都感觉好多了。他叽叽咕咕不时地和绵绵说着话，最后说到陈玉红的时候，丁丁突然不再吭声了。

丁丁的表情既像受了刺激又像是受了启示，连脸上的笑容也是苦涩的。

尴尬的时间很短，还不到一点，就开始给丁丁逐项检查了起来。王宇魁亲自把关，每一项都仔细地问了又问，看了又看。武祥这时才明白，王宇魁其实也是一个好大夫。主管基建，其实他是个外行。

检查到一半，武祥才想起交费的事，就跟王宇魁说："院长，你看我都忘了，还没交费呢，我现在就去……"

"交什么费。"王宇魁头也不抬地说，"等检查完了一并再说。"

武祥不禁有些惶惑，不是每项检查都必须医师签字吗？不交费怎么在检查单上签字？这个程序怎么就越过去了？武祥本想再说什么，但看着院长四周转来转去地围着那么多人，有打招呼、有寒喧的，也就没机会再开口，他心想那就检查完了一并再算吧。

一路绿灯，所有的检查室丁丁都是第一个进去，第一个检查。护士们早都在那里等候了，丁丁的手推车一过来，两个护士立刻就走上前去，抬的抬，扶的扶，细心而又周到，武祥夫妇在一旁反倒插不上手，只好在一旁站着。到后来连手推车也轮不上武祥夫妇推了，来了一个小伙子专门负责推送。

九项检查，不到两个小时全部结束。

武祥如释重负，真是省了大事了，正像刚才那个护士说的，如果让他们自己来，这九项检查，今天一下午能完成一半就不错了。

每项检查结束后，王宇魁都要同主任大夫一起观察，一起议论，小声地说上几句。说完了，院长一摆手，扭头就离开了，对身后跟着的主任大夫头也不回，也不再打一个招呼。倒是武祥夫妇不住地转身道谢，但那些主任大夫们顶多点点头，也不回应什么。

检查完了，王宇魁院长拿着手里的一把单子对武祥夫妇扬扬手说："没事，挺好的，除了肋骨骨折外，其他都是些软组织挫伤，内脏也没什么问题，目前看也不会有什么并发症。"

武祥夫妇忙不迭地连声说谢谢："今天真亏了院长了，没你我们不知道排队排到什么时候呢。"

"谢啥呀，这是咱的医院，这些处室的医疗设备，哪个不是我想尽一切办法给他们弄来的？我平时很少求他们办事，他们可是动不动都要来找我。现在的医院，拼的就是好设备好器械，没有好设备好器械，谁来你这里看病，谁还愿意在你这里大把大把地花钱？医院挣不了钱，靠什么发工资发奖金？他们那些主任专家的，又有什么用？"王宇魁轻松地说道。突然，话题一转，"我看是不是再找几个专家给孩子会诊一下？这样咱们心里也能踏实一点儿，如果专家都说没问题了，咱们也就彻底放心了。将来给孩子的爸爸妈妈，我们也有个交代。"

一句话又说得让武祥眼圈发湿，忙不迭地又说了几声谢谢。

这时候王宇魁突然俯下身来，轻轻对武祥夫妇说："你们看，需要不需要给丁丁弄个轻伤证明？"

武祥夫妇面面相觑，好半天也没弄明白什么意思。武祥急忙问："我们不懂，您说需要吗？"

"我觉得需要。"王宇魁再次俯下身来，"孩子伤得这么重，肋骨骨折三处，还有锁骨骨折，如果你们要起诉对方，轻伤就可以判他们的刑，至少也能让他们在监狱蹲个一年半载的。即便不起诉，有了这张证明，也能让他们在各方面有所收敛。"

武祥夫妇再次面面相觑，良久，妻子叹了口气说："算了吧，如果孩子身体没有什么大问题，咱就不追究了。现在我们连只苍蝇也惹不起。"

"那也得给你们备一份。"王宇魁说道，"我知道你们是好人。你们不起诉人家，但万一对方倒咬一口，滋事寻衅咱们不是也得有个提防？"

武祥顿时如醍醐灌顶，一下子明白了，"那好那好，这可太谢谢院长了，我们真没想到这一层。"

四十分钟后，一下子来了四个专家。其中还有一个老大夫，足有七十多岁了，王宇魁对老大夫特别恭敬。后来才知道，这个老大夫是王宇魁在医大读书时的老师。

大家一起看了看，又大致检查了一遍，内科大夫还又听了听内脏的情况。然后就是一遍一遍地看片子，仔细认真地看了刚才的九项检查结果。

那个老大夫，一边看一边不停地说这说那："这些单子都是谁开的？瞎折腾，需要这么多项检查吗？病人再有条件也不能这么搞啊！我们为患者负责，首先就是要合情合理，不能这么过度治疗。都这么干，还要我们医生干什么？太不像话了，我给你们院领导反映过多次了，现在的医疗改革，就看钱了，越改离老百姓越远，再这么下去，在老百姓眼里，医院里还有好人吗？"

大家都唯唯诺诺，谁也不说什么。

会诊完了，还是那个老大夫说道，"没什么问题，我看再换一次药，用不了多长时间就都恢复了，年轻人身体再生能力强，骨头愈合能力也好，好了也不会有什么后遗症。我看可以放心回家了。"

"不用住院吗？"王宇魁小心翼翼地问道。

"住什么院！"老大夫突然生气起来，"住进来还不得把人

重新生活

家再折腾一遍，要是个一般人家，岂不把人家给榨干了？老百姓挣几个钱容易吗？一家子几年挣的钱，来医院一次就让你们弄得干干净净，不觉得亏心吗！我的意见，肋骨骨折、锁骨骨折问题都不大，年轻人，回家躺躺，卧床静养，多喝点儿骨头汤，营养好点儿，不用住院。不住院说不定好得更快。"

王宇魁笑了笑："就听您的。"

听老大夫这么一说，武祥顿时也长出一口气，刚才他也算了算，要是住了院，谁知道两三万能不能打住。

几个大夫的意见也基本一致，不用住院，回去再开点药。过几天再来复查一下伤口，顶多再换几次药就没什么大问题了，过上一个月或一个半月拍个片子，看看肋骨锁骨愈合的情况就可以了。

等到会诊结束了，王宇魁并没有按老专家和几个大夫说的那样办，还是给武祥夫妇开了一个住院单，说："别听他们的，住院怎么着还是要好多了，你们也能省省心。在医院毕竟恢复得快，营养也能跟得上。"

看着院长一片诚心诚意的样子，武祥对妻子说道："你看吧，孩子的事，你定。"

"王院长，我们不住院了，这已经十分感谢了。"妻子想了想说道，"也不是怕花钱，我觉得刚才的大夫说得有道理，还是回家养息吧，在家里守着这孩子，我们更安心一些。情况不好，如果有什么事了，我们再来麻烦院长。"

"一点儿不麻烦，在这里住院，你们也不用来，我会找个专门陪护的，吃的喝的，吃药换药，洗衣洗澡，什么都会安排得妥妥帖帖，你们尽管放心就是。"王院长仍是一脸的诚意和真切，"还有，一分钱也不要你们花，包括刚才所有的费用，我都给你们处理了，什么问题也没有。"

武祥吓了一跳："那可不行，麻烦您这一天，我们已经过意不去了，无论如何也不能再给您惹麻烦了。现在可不比过去了，我们绝不能让您替我们花钱。"

"你看你们，我说你们实在，你们也不能太实在了。这算个什么事啊，现在那些大大小小的领导干部，不都是这么办的吗？一家医保，全家看病。"王宇魁很耐心地解释道，"说实话，不让你们花钱，并不是我花钱。现在都社保医保了，我让他们按规定变通地去处理一下，所有的费用就都免了。既不是我个人花钱，也不是医院花钱，走了医保就都办妥了。明白了吗？这一点儿也不算犯错误。大不了就算在你们的医保里面，不就更没问题了吗？"

武祥一时还是转不过弯来，个人不花钱，医院也不花钱，那钱花在谁头上了？想了想仍然坚持说："不管怎样，这个钱还是我们出合适。万一真有什么事，我们真没办法交代。现在我们一家人天天祈求上帝保佑，阿弥陀佛，真的不敢有事，真的没法交代。"

"给谁交代啊？给我，还是给家里？"王宇魁好像感觉非常奇怪，"我们不需要给什么人交代啊，不就是走个手续吗？你们单位没办社保，没办五险一金吗？你们平时看病不走医保吗？看病买药全部都是自费吗？"

武祥赶紧说道："那倒不是，我们也都是医保，都有卡的。"

"这不结了！"王宇魁继续解释道，"我们现在这么做，不一样吗？有区别吗？"

武祥看了一眼妻子，还是坚决表示拒绝："那还是不一样啊，千万不能这么做，也千万不要这么做，现在和过去确实也不一样了。这也不是个小数目，你的心我们领了，但这钱还是必须交的。交了我们就安心了，也不担心再弄出什么事来。"

"你看，我说了半天你们怎么就是听不明白呢？你现在给我说说，这违规了还是犯错了？"王宇魁继续耐心地解释道，"我们走的是社保医保，就是按国家的规定办事，既不违规，也不犯错，大家不都这样吗？就说社保医保吧，孩子没有，你们总有吧。再说了，孩子他爸不是还没有结论吗？没有结论以前，孩子还算是干部子弟吧，你们也还是干部亲属吧。现在孩子无端地被打了，受伤了，生病了，在医院里进行治疗，做个检查，住几天医院，又是按国家规定，走的是社保医保，这能有什么事？谁会不同意，谁会有意见？合法合规，合情合理，我们搞特殊了吗？还是我们违法乱纪了？现在就可以摆在桌面上，让他们说说到底哪里有问题？人心都是肉长的，谁家里没有孩子没有父母？刚才那位老大夫发牢骚，其实他的亲属来了不也一样吗？再深一步说，像这样的事，别说是医院的领导干部了，就是现在医院的专家大夫，包括那些一般员工，他们的家属来了不也都这样？病有所医，让群众享受更多的免费医疗，这不是国家和政府制定的政策吗？现在市里区里，政府机构，人大政协，大大小小的单位部门的领导和家属，不都这样？包括市里绝大部分的干部职工，不也都是这样吗？他们违纪了，还是违规了？不都是按现在的政策规定办的？如果你们坚持要交钱，我这里让下面按程序走，一算出来肯定无法合账，下面的人肯定会说怎么会多出这么多钱来？多出来的钱还要再打回你们单位的账上去。到了那时，岂不更麻烦，岂不更让人疑神疑鬼，说三道四？说实话，我现在在医院，跟过去完全不一样了，自从出了那事，我什么也想明白了。第一，我绝不贪。第二，谁也别想让我贪，医院的好处我一分钱也不沾。第三，不管是谁找，也不管是做什么，咱都公开透明，全都摆在桌面上说话，私下里我谁也不见，我绝不会再为了别人的事让自己背黑锅，犯错误。第四，埋头苦干，老实做人，兢兢业业，勤勤恳恳。这倒好，他们现在谁都怕我，谁都说我好……"

听了院长这番话，武祥也不知道该怎么说了，只是不住地说道："我们就是怕牵连你，怕给你惹麻烦。这些钱真不是个小数目，实在不知道该怎么感谢你才好，太过意不去了。"

"根本不需要感谢我，要感谢就感谢现在的社保医保，说实话，确实是国家的政策好啊。"王宇魁依然一脸真诚地说道，"咱实话实说，现在这个社保医保，老百姓还真受益。不过你要说没问题，那也不实事求是。你出发点再好，确实是为了老百姓，但上有政策，下有对策，有些好政策，就像现在的各种各样的医疗改革，到下面一执行，就让一些歪嘴和尚给念歪了。里面的文章，里面的猫儿腻，多得很。驴粪蛋外面光，看上亮亮堂堂，里面却弊端多多。现在怕是中央还腾不出手来，一旦腾出手，问题大了……"

武祥夫妇最终还是没出了钱，一分钱也没出。但坚持不住院，丁丁也坚决不住院。

临走，开了一箱子药，各种各样的药。武祥看了看，什么药都有，连感冒药、健胃药、安眠药，甚至丹参滴丸、硝酸甘油、眼药水、创可贴都应有尽有。武祥明白，这里面好多药都不是给丁丁开的，都是给他和妻子开的。想得真周到，连安眠药和救心药都有了。大致算了算，不算这些药，不算会诊费，来这一趟医院至少省了两万块。但不知为什么，武祥的感觉一直很差，揩了国家的油的感觉让武祥挥之不去，怎么也轻松不起来。

拉丁丁回家的时候，王宇魁居然叫了一辆专门服务领导的救护车。外表看上去与其他的救护车没什么两样，但里面却宽敞舒适，豪华明亮，各种叫不上名来的急救器械一应俱全，服务器材也完全不同。因为武祥和妻子刚刚坐过120，才能明显感觉到这里面的差别。

这样的救护车，武祥和妻子曾坐过一次，当时并没有感觉到什么。那是去年妻子老母亲来城里时突然生病的那一次，都是魏宏刚的秘书给安排的，账也是秘书结的，武祥和妻子只是跟着来陪护。那时候老母亲也做了好多项检查，在医院里还住了好几天，而且还是一人一间的干部病房。今天想来，这里面省的钱也多了去了。老话讲：种瓜得瓜，种豆得豆，此前你魏姓一家人得到了你本不该得到的，如今你就得乖乖地吐出来，天理就是这样公平，你享受时享受得那么决绝，你遭殃时遭殃得也是那么决绝！武祥开始回想，整个人陷入沉思。

跟王宇魁院长告别的时候，王院长嘱咐了一遍又一遍："你们千万别见外啊，下次来一定提前告诉我！"

车开了，武祥和妻子双目平视，不住地给院长招手挥别，院长也一直等车拐弯看不见了才离开。

看着院长远去的身影，武祥久久沉默着。

他和妻子下次还会找人家吗？武祥忍不住问妻子：咱下次还会麻烦人家吗？

妻子长叹一口气：肯定不会了，不会再有下一次了。

十六

◆

　　救护车直接把丁丁送回丁丁的家，也就是原市委书记魏宏刚的家。

　　事先已经商量好的，妻子坚持，丁丁也没有反对。

　　对这一点，妻子十分执著。一是自从弟弟出事以后，这个家她再没有来过。二是家里好久都没人了，魏宏刚的妻子、家里的保姆，还有魏宏刚司机和秘书，都被带走了，直到现在都还没有出来。家里成什么样子了，她做姐姐的，有责任来看看。三是老母亲一直吵着要来，万一来了，不也得住这里吗？她是魏宏刚的母亲，每一次都吵着闹着要和儿子、孙子住在一起，可眼下这情形……也不知现在这个家还能不能让他母亲住。四是丁丁，魏宏刚的儿子回来了，而且是受伤了，就算这个家以后要腾出来，交出去，但一个孩子，不至于现在就让他无家可归吧，怎么着也只能安排他住回这里。五是她也真想通过回家，看看上边的态度，感觉感觉这个魏宏刚到底有多大的问题……

　　魏宏刚的家在市委后院。市委大楼外表看上去并不很显眼，不高大也不奢华，但这个市委所在地则是在延门市中心唯一的一个不大不小的湖泊近旁，因此这个地方必然是寸土寸金，自然风景更是桃红柳绿、燕舞莺歌，处处呈现着东风不用媒，春光四面来的旖旎风光。

　　市委领导的住宅，就在市委的后院。也一样是在湖边，即

重新生活

189

使是在冬天，这里也是一片园林景象，寒梅吐蕊，腊梅娇黄，草木丰茂，郁郁葱葱。凡住在这里的人，非富即贵，绝非等闲。

这样的设计安排，最大的一个好处，就是领导的工作和休息不会受到任何干扰。平时市委领导回家，可以直接从办公大楼回家。坐车不到五分钟，步行也用不了一刻钟。如果市委领导从外面回来或从家里外出，既可以从市委大门进出，也可以绕过市委直接从住宅区动身出发。领导们住在这样的地方，一是离办公地点很近，二是在安全保卫方面，也可以省人省力，省去好多环节。如果有上访的，告状的，集体闹事的或者其他什么群体事件在市委门口发生，至少领导们可以从容进退，应付裕如，不至于被堵在门口，耽误了其他的大事要事。

市委书记的家是在住宅区中心处最佳的位置。独门独院，一栋二层小楼。看上去不大，其实面积可观，二百八十多平方米的使用面积，加上地下室和车库，最少也有三百多平方米。

救护车进入市委住宅区大门口时，武祥陪妻子一起走下车去，先给门口站岗的警卫做了个简单的说明，然后妻子把出入证包括丁丁的轻伤证明也递给了警卫。警卫看了半天，又走过来看了看躺在车里的丁丁，丁丁把自己的门卡也交给了警卫，警卫仔细看了半天，便走进警卫室去打电话。其实也没用多长时间，也就是五六分钟，警卫出来了，给他们做了个允许进入的手势，并对武祥和妻子说，我们主任说了，一会儿市纪委有人会找你们说明情况，你们回家后，在家等待即可。

可以进家！

随着大门口的升降杆缓缓升起，武祥悬着的心一下子放了下来。

进了大院，救护车的司机突然说话了："嗨，我说呢，怪不得王院长这么重视，原来你们是领导啊！真没看出来，真没看出来，现在的领导确实变了，都这么朴实低调。不好意思，服务得不好你们可别见怪。我这也是有眼不识荆山玉，领导干部如果都像你们这样就好了，抱歉抱歉。这地方我可是第一次进来，没想到里面会是这个样子。好宽大啊，你看这路，还有这树，这设施，还有两边的草坪，要是到了春天夏天，那还不是人间天堂！住着这么好的地方，钱也够花，吃的穿的也不缺，你说有些领导咋就想不开呢？不是我多嘴，也不是对个别领导干部有什么意见，没多久的事，你们也一定比我清楚，老百姓也都传遍了，有一两个月了吧，这里头的一个书记被双规了，家也被抄了，听说光钱就拉了一卡车……"

武祥嗓子发痒似的嗯嗯了几声，神情凝重。

魏宏枝指着窗外闪过的松柏说：你瞧这天寒地冻的，就松柏有本性，绿生生的！

……

魏宏刚的家从外面看，没有任何变化，依旧被打扫得干干净净，一尘不染。

院门是开着的，其实也用不着上锁，因为所谓的院墙都是一人多高的四季青剪裁有致围成的栅栏，独门独院只是名义上的院墙，这样的院墙，反倒显得院落更加开阔平坦。

进了院，武祥和妻子都明显地感觉到有些异样。两个人相互看了一眼，立刻心领意会，便让陪护人员把丁丁放在院里，然后千恩万谢地把他们和司机一起打发走了。

武祥知道这个家是被搜查过的，魏宏枝也一样知道。夫妇俩不约而同地没让陪护人员把丁丁直接送进屋里去，倒不是怕他们看到屋里的真实情况，而是担心他们出去后会说三道四，反而给王宇魁副院长带来什么不必要的麻烦。

一打开门，一股浓烈的发霉的气味扑面而来！

因为母亲曾在这里住过多次的原因，魏宏刚给姐姐也配了把钥匙。丁丁就更不用说了，家里所有钥匙他几乎都有。

武祥原本想着家里一定会乱七八糟，但打开门时，还是被眼前的景象惊呆了。

大厅里一片狼藉，几乎看不到成形的东西。沙发被卸开了，茶几也没了支架，椅子的靠背和钢管都被拧开了，连客厅大书架上的精装书也全都散落了一地……

几个卧室也一样，每张床架子都被拆开了，卧室家具里的东西也都被清理出来了，一摊一摊摆得扔得哪里都是。连梳妆台、写字台、梳妆盒、卧室沙发也全都卸开了，一些化妆品盒子和各种物件四处可见。特别是置放保险柜的那个房间，连保险柜的后墙上也凿开了一个大洞。除了主卧室，其他几个卧室里的家具摆设，连那些简易桌子椅子也都被拆开了。

二楼上的书房里更乱。所有的书几乎都从书架上被取了下来，这些书好像都被打开过，横七竖八地散放在书房的角角落落。

二楼专门存放礼品字画的那个房间，几乎插不进脚去。所有卷轴的字画都被打开了，礼品盒里的字画也都被抽出来了，甚至有几张油画从框架上拆了下来。那些大大小小，各色各样的礼品，全都从盒子里取了出来，看样子一件一件都仔细地查看过。那些没有盒子已经摆放出来的礼品，也都从红木制作的礼品架上取了下来，东倒西歪地堆放了一地。很多置放贵重礼品的盒子都是空的，可能都被什么人给带走了。

地下室看上去更乱，各种各样的白酒、葡萄酒箱子，各种各样的礼品盒子，各种各样的香烟和茶叶，摆放得杂乱无章，一片狼藉。仔细看去，所剩下的都不是什么名烟名酒，名烟名酒极有可能已经被什么人搬走了。

厕所的盥洗器具，盥洗台，抽水马桶，甚至连墙上的镜子和一些下水管道居然也被拆卸拧开了。

特别是客厅和走廊的那些各色各样的花盆也被七零八落地摆放在窗前和过道的尽头，那些花盆里的名贵花草也都一个一个被拔了出来，连土一起倒得干干净净……枯萎的名花名草孤瘦发黑散在地上。

……

武祥和妻子对搜查过的这个家，曾有过无数次的想象和各种心理准备，但无论如何也没想到搜查后的样子竟会是这般惊心动魄！

丁丁一个人拄着拐棍不知什么时候进来的，看着家里的样子，完全是一副惊恐万状的表情——他根本没有任何心理准备，做梦也不会想到自己的家会变成这般模样！

绵绵吓得缩作一团，止不住地偎着丁丁哭了起来。

武祥突然明白，如果再把这个家重新收拾起来，那将是一个浩大工程。两个客厅，两个书房，四个卫生间，六间卧室，外加地下的四间储藏室，两个车库，还不算拆散的那些家具、桌椅、洗浴器皿和管道，就算丁丁没有受伤，可以帮忙干活，就凭他们四个人，想把这个家再复原成当初的样子，十天半月也没有可能收拾利索。

而且就目前这种状况，只能自家人收拾，不可能找任何人帮忙！

武祥紧接着意识到，他和妻子的想法完全错了。这次非要让丁丁回到自己的家里来住，看来是个极其荒谬，极其不负责任的主意。这对丁丁的心理打击将会是残酷的，终生的！对绵绵的伤害，也一样是无法想象的！

是大人太自私了，居然想用丁丁的回家方式来试试市委的态度！不但自私，而且蠢透了，糊涂！

看来这个家目前绝对不能让丁丁住，事实上也根本无法居住。

这个家目前也绝对不能收拾，至少也得等魏宏刚的妻子回来才能收拾。这么多东西，哪些重要，哪些不重要，哪些还在，哪些不在，哪些有，哪些没有了，也许只有魏宏刚的妻子心里有数。不过看眼前这一幅幅的场景，即使魏宏刚回来了，究竟少了哪些东西，他能记得清吗？

武祥突然想到刚才司机说的那句话："……前些日子这里头的一个书记被双规了，家也被抄了，听说光钱就拉了一卡车……"

会不会是真的？武祥不禁吓了一跳。

此前，街头巷议，坊间传闻某某腐败分子贪污受贿几亿、几十亿的，武祥觉得那些腐败分子是疯子、是白痴，要那么多钱怎么花，不是累赘吗？不是精神有病吗？武祥当时还觉得现在的人就爱瞎吵吵，整天拿着个手机，你发我，我发你，狗屁都没有的事，传来传去，就传成真的了。但今天看来，就内弟这个家现在的这下场，只现在摆放出来的这些东西、物件折合成人民币，也决不会是个小数目！

想到这里，武祥再次打了个寒战，无尽的黑暗笼罩全身，他久久地僵在那里，面对着眼前这一片令人惶恐的废墟。

……

突然一阵急促的门铃声，把武祥夫妇和两个孩子都吓得脸色苍白，不知所措。

武祥打开门，一共有五个人站在门口。

其中一人告知：

市纪委的一名，市委办的两名，还有两名是检察院的。

武祥立刻明白，这几个人就是刚才门口警卫说的，他们是专门来说明情况的。

武祥赶紧把他们请让进家里来，实际上门里门外都一样，既没地方可坐，也没茶水可倒。

进来的几个人也并不在意。其中一个人把几个人简单介绍了一下，并说明了来意，给武祥和妻子看了看他们的证件。

武祥这时才明白，这几个人都是当时参与搜查的工作人员。

难怪他们进来后，对屋子里的状况看也没看。

大家都站在那里说话，因为也确实没地方可坐。

为首的是市纪检委的一个处室的副主任。表情很威严，但说出来的话又不乏温和，声音也不那么严厉。"没想到你们今天会回来，本来这几天就准备找你们的。之所以找你们来主要是要跟你们说明一下搜查魏宏刚住宅的原因和搜查结果。当然这是市纪委的决定，也是省委市委批准的。根据规定，对犯罪嫌疑人住宅进行搜查时，应该通知被搜查人的家属，并应当有被搜查人的家属在场。经我们事先核实，由于魏宏刚的妻子也存在重大犯罪嫌疑并对其实施协助调查，因此她的情况不适用这个规定。而魏宏刚的儿子由于还未成年，也同样不适用这个规定。你们作为魏宏刚的姐姐姐夫，由于与魏宏刚各自独立生活，平时经济上没有来往，因此不属于直系家属，也不适用于这个规定。同时，还因为魏宏刚的问题也有涉及到你们的方面，目前这些问题尚未调查清楚，因此这一点你们也同样不适用这个规定。"

武祥和妻子都默默地听着，什么也不说，也不知道该说什么。

"但根据其他相关规定，你们作为魏宏刚儿子的事实监护人，而且当事人的儿子现在也同你们在一起，所以我们有必要通知你们，并让你们知道搜查结果。当然，这也是你们应有的权利。"副主任的话非常严谨缜密，就像念稿子一样。"当时参与搜查的一共有九位同志。检察院的三位同志，纪检委的两位同志，两位记录员，一位监督员，还有一位是字画文物专家。

首先要跟你们说明的是，魏宏刚家中的所有物品，经搜查后，凡是认为属于赃物和非法所得的，我们都做了详细记录并都有现场录像。这个请你们一定放心，这些物品都有我们的签字，不会有任何出入。如果经调查核实后，认为其中的物品不属于赃物，也不是非法所得，我们都会如数退还。"

武祥和妻子确实是第一次听到这些情况，而且如此事关重大，两个人都像在法庭上一样，一边静静地听着，一边紧张地忖思着副主任说出的每一个字。

副主任的话语声始终不紧不慢："实在抱歉，同时也需要说明的是，家里经过搜查后，我们之所以一直把当时的现场原状保留下来，这也是我们工作中一个不成文的规定。如果你们将来还住在这里，这样做就是为了你们日后在修复和整理这些时，能够更精确容易一些。同时我们还要特别和你们说明的是，你们日后对家里的修复费用和整理费用，经我们调查核实后，将给予相应的补偿。涉及到搜查的一些具体情况，请检察院的同志给你们做进一步的解释说明。"

代表检察院说话的是一位比较年轻的检察官，语速明显比那位副主任快多了："所有搜查的情况我们都有现场记录和录像，也都有现场记录和监督的签名和盖章，也就是说，我们所有的搜查和检查活动，都是严格按照法律规定进行的行动，同时也负有法律的责任。我们所搜查的住处、场所、物品，包括家具和相关器皿，都是根据当事人交代出来的藏匿地点进行搜查和检查的。当事人魏宏刚和他的妻子，他们不仅承认在地下室、车库、工具箱、备用轮胎里藏有黄金、宝石、存折、银行卡和各类现金，而且还承认在保险柜、衣柜和鞋柜甚至沙发座下、梳妆盒里也藏有外币、银行卡和购物卡。家里的保险柜的后墙是加厚的，里面还有一个夹层，也存放了不少现金。当事人还承认了在茶几和椅子管状的腿脚里，也藏匿了一些票证和存折。

　　副主任的话语声始终不紧不慢："实在抱歉，同时也需要说明的是，家里经过搜查后，我们之所以一直把当时的现场原状保留下来，这也是我们工作中一个不成文的规定。"

根据保姆的交代，在她卧室里的棕垫里，还有几个大的花盆里，她都藏匿了一些银行卡和购物卡。"

听到这里，武祥简直有些不相信自己的耳朵，他只觉得呼吸都有些困难起来，在这个魏宏刚家里，连保姆居然都有这么多的银行卡和购物卡，以至于都要藏在床垫和花盆里！

真是骇人听闻！

他看到妻子此时脸色煞白，几乎都站不住了。

检察官可能对这种情况已经司空见惯，依旧不动声色地说道："我们之所以把住宅内很多家具、器皿和管道都拆卸打开，都是根据当事人的供词和他们提供的具体藏匿地点进行搜查检查的。由于很多物品他们自己也记不清具体位置了，所以他们所供述出来的位置很多都有偏差，他们提供的不少位置都只是个大致的区域，都是一些并不准确的记忆，很多根本不是具体的藏匿地点，因此我们的搜查范围也就相应扩大了，造成的拆解和强卸也就多了一些。这种较大面积的搜查，也是迫不得已的结果。所以刚才主任也说了，我们经过慎重研究和出于人道的考虑，对家里家具和其他生活用品所造成的破坏，我们将会酌情予以补助和赔偿。对此，我们今天也特别要跟你们予以解释和说明。"

而此时盘旋在武祥脑子里的都是刚才检察官讲出来的那些词汇：地下室、车库、工具箱、备用轮胎……黄金、宝石、存折、银行卡和各类现金……保险柜，衣柜和鞋柜，沙发座下、梳妆盒里……外币、银行卡、购物卡……保姆的卧室里，棕垫里、花盆里……

那还有被带走的秘书呢？被带走的司机呢？还有地下室的名烟名酒呢？

……光钱就拉了一卡车！

几个人说完后，把一份厚厚的各种证据、证件的副本交给

重新生活

他们以后就离开了。

至于几个人是怎么走的，什么时候走的，武祥已经没有意识了。他看着手里的厚厚的一沓复印件，愣了半天，突然像发疯一般地翻看起来。

首先映入眼帘的是搜查结果中的现金一栏。

共计：

人民币 1828 万元。

美元 47 万元。

欧元 63 万元。

港币 420 万元。

……

银行卡：

工商银行 148.5 万元。

建设银行 69 万元。

农业银行 178.8 万元。

广发银行 65 万元。

华夏银行 132.3 万元。

……

存折：

工商银行 150 万元。

广发银行 30 万元。

建设银行 25 万元。

邮储银行 25 万元。

……

外币卡：

美元 34 万元。

欧元 25 万元。

港币 159 万元。

……

各类购物卡：

中欣 57 万元。

银盈通 75 万元。

商通 102 万元。

银通 48 万元。

……

白酒：

茅台 79 箱。

五粮液 28 箱。

汾酒 30 箱。

剑南春 37 箱。

古井贡 38 箱。

酒鬼酒 40 箱。

……

葡萄酒：

拉菲 109 瓶。

魔爵 75 瓶。

贝尔富特 40 瓶。

嘉露 54 瓶。

张裕 124 瓶。

长城 140 瓶。

……

洋酒：

路易十三 68 瓶。

马爹利 45 瓶。

人头马 39 瓶。

轩尼诗 40 瓶。

伏特加 35 瓶。

白兰地 103 瓶。

威士忌 69 瓶。

芝华士 32 瓶。

香槟 225 瓶。

……

字画：

名画 68 幅（其中 49 幅经鉴定为赝品）。

名家书法 243 幅（其中 209 幅经鉴定为仿品）。

……

文物：

青铜器：11 件（经鉴定全部为仿冒）。

玉器：76 件（其中 68 件为赝品）。

古陶瓷：86 件（其中 80 件为仿品）。

……

红木家具：

黄花梨家具 5 件。

小叶紫檀家具 6 件（经鉴定全部为仿品）。

……

房产：

北京 1 套（145 平方米）。

省城 3 套（共计 480 平方米）。

本市 3 套（共计 408 平方米）。

……

武祥匆匆看了一遍，默默地递给了妻子。

武祥觉得眼前阵阵发黑，心神恍惚，满脑子都是刚才的那些跳动的数字。

他不想看到妻子张惶失措的脸，也不想让妻子看到自己变形扭曲的脸。他竭力让自己表现出镇定的样子，然后找了个无人能看到的地方，一屁股坐在地上，呻吟了半天，终于止不住地呼哧呼哧地痛哭起来。

眼泪滚滚而出，汹涌不止。

畜生啊，你这个魏宏刚，真他妈的是个畜生！

你就不想想你姐，不想想你爹，你妈，那些年为供你一人上学，一家人吃糠咽菜，啃窝头，煮红苕，全年的白面都给你一人留着。你爹得了肝癌，一口白面也舍不得吃，非给你留着，高粱面蒸糕吃了吐，吐了吃，吐出来的东西像血一样啊！你姐十七岁上技校，十九岁当工人，每月三十块钱的工资，二十块钱都寄给了你！自己一个月的伙食费才三块钱！你姐结婚的时候，前前后后总共才花了一百二十块钱，床上的被褥都还打着补丁！千辛万苦把你拉扯大，又供你上中学、上大学。为了你，连孩子也不生，三十多岁了才有了绵绵。生绵绵的时候你姐难产，九死一生，产床上的血流得满地都是，深更半夜，跑遍了市里所有医院的血库，都找不着那么多可输的血。你妈慌得跪在地上把头都磕破了，说这个家宁可没她也不能没你姐，老人可着嗓子地号哭，说老天爷非要魏家的人命，就把我的拿去吧。那时候你这个当弟弟的在哪里？魏宏刚，你他妈的算是个人吗，良心都让狗吃了吗！你他妈当的是个什么狗官！你不为老百姓着想，也不为你快八十岁的妈、五十岁的姐想想！你要那么多钱能吃还是能花！几千瓶酒放家里，就不怕喝死你，喝死你儿子！你住在这金銮殿一样的房子里，外面居然还留着七套房！你就一个儿子，你要那么多房子当棺材当坟地啊！你这个王八蛋！

武祥越哭越止不住，几个月的眼泪好像大坝开闸一般往外奔泻。此时此刻，他真是恨透了这个魏宏刚！太贪了！货真价实的一个大贪官！延门市的人要骂你，天下的老百姓都会骂你！我和你姐也一样饶不了你，绵绵和丁丁也一样饶不了你！你爹在阴曹地府也饶不了你！这辈子饶不了你，下辈子也饶不了你，祖祖辈辈都饶不了你！

魏宏刚，你他妈太混蛋了！一个没心没肺天下最不讲良心的贪官，狗官！一个八辈子也翻不过身来的腐败分子！谁让你当书记真是瞎了眼！你爹妈你姐养你还不如养条狗！

……

也不知过了多久，仿佛梦中一样，武祥觉得有一个人在轻轻地摇他。

武祥睁开眼，渐渐看清了眼前两眼发红的妻子魏宏枝。

"你怎么了，老武？"妻子的嗓音有些沙哑，"我和绵绵找了你好半天才找到你，你怎么会躺在这里？老武，你是怎么了，是不是病了？"

武祥这会儿才想到自己可能是睡着了，熬了几天几夜了，真困了。

妻子轻轻地摸着他的额头："你怎么会躺在地下室里，也不开灯，又冷又潮的，老武，这会儿你可千万别再出事，你让我好担心。"

"没事。"武祥一下子清醒了，他竭力打起精神说道，"刚才犯困了，迷糊了一会儿。"

"绵绵找不见你，都快急疯了。"妻子的话温柔而体贴，"老武，你可得保重身子。"

武祥一下子站了起来，没站稳，踉跄了一下，妻子一把扶住他，然后面对面地，一字一板地对武祥说道，"老武，我知道你心里在想什么。你千万别太伤心了，我想过了，不值得。恨他，骂他，再生气，再后悔也没有任何用。咱们家就权当没有过他，从今天起，咱们重新生活，一切从头做起，就像过去一样过日子。我们一定要好好活，为了这个家，为了绵绵，还有丁丁……"

说到这里，妻子哽咽了一下，但依然是一脸的刚毅和坚强："老武，今天来到这儿，我终于想通了，也想明白了，抓他没错。到此为止，对他，我们就再不用念想了。从今往后，他是他，咱是咱。咱们什么日子没经过，再难还难得过那些年吗？如今咱不缺吃不缺穿，你我都挣着一份工资，养一个老妈，养一个绵绵，有那么难吗？天下的老百姓不都是这么生活吗？咱啥也不想了，咱们现在就回家，回咱自己的家。"

武祥看着妻子苍白而消瘦的脸颊，心里一阵揪心似的疼，自己的压力还能比妻子更大？还需要妻子来安抚来宽慰吗？堂堂一个男子汉，自己是不是太软弱了。

"好的，宏枝，听你的。"武祥完全振作了起来，"我刚才也想了，这个地方不能住，也没法住，等丁丁好了，或者等他们将来回来再处置吧！咱们现在就回家，和丁丁一起，回咱们家。"

十七

◆

天好像一下子就黑了。

正是下班高峰，一家人搀扶着丁丁，在大街旁等了半小时才打了一辆出租车。四个人，又有一个伤号，出租司机一路牢骚满腹："你说你们这几个人，没事在人家这地方瞎晃悠什么？我要不是换班吃饭绕路经过这里，你们等两个小时也别想等到车。也不看看，这地方会有人打的吗？"

回到家，已经晚上七点多了。

门缝里塞进来一张纸条，一看是班主任来过了。就简单两句话：一切都已说妥，你们尽快报到。学校名额有限，晚了会出问题。切切！

武祥看了看，思谋着怎么办为好。

他看了看绵绵，正在尽心尽力地照顾着丁丁喝水吃药。

与丁丁的家相比，这个家实在太小了。但比起陈玉红那个家，又觉得宽大多了。

两个卧室，一个客厅。武祥觉得让妻子和绵绵住一个房间，他和丁丁住一个房间比较合适。妻子同意这样的安排，绵绵也没意见。但丁丁坚决不肯，非要自己在客厅里睡沙发。丁丁说他也不能老是睡觉，只能躺着，躺在沙发上睡更舒服些。

武祥本来不同意，但想到绵绵可能马上就要离开家，到时把绵绵的房子让给丁丁也就同意了。心想也就将就一两个晚上，

重新生活

绵绵走了就好安排了。

吃饭的时候，一家人做了决定。

明天做学前准备，后天一早武祥送绵绵去武家寨，先租房，然后星期一去学校报到。

妻子留在家里照顾丁丁。星期一再向单位请几天假说明情况。等丁丁好些了，绵绵的上学的事办妥了，武祥回来了，妻子就可以照常上班了。到那时丁丁可能也就恢复得差不多了，生活肯定也能自理了。

安排妥当，家里一下子安静了下来。

等到大家都睡了，武祥一个人走进盥洗室，一边沉思，一边默默看着镜子里的自己。胡子拉碴，眼泡肿胀，满面皱纹，一脸憔悴。突然想到自己一整天都没洗脸了。于是，胡乱在脸上擦抹了两把，越发惶恐不安，心乱如麻。

他想着丁丁此时的心情一定比谁都难过，但此时此刻又不知道如何安慰这个孩子。丁丁还那么小，看到家里的那种场面，一定会创痛深巨而又无处诉说。还有绵绵，从回来到现在一句话没说，她把全部精力都投入到照顾丁丁上了，那场面对她的打击同样残酷无情，孩子刚才胆战心惊的样子，让武祥现在想起来依然心疼不已。

最痛苦的应该还是妻子。她刚才和自己说的那一番话，才真正是椎心泣血，悲愤至极。

武祥突然想到了此前那个副主任说的话："……魏宏刚的问题也有涉及到你们的方面，目前这些问题尚未调查清楚……"

武祥的心一下子又绷紧了。他走到窗口，发现那辆黑色的汽车依然停泊在那里。只是隔得稍远，他看不见车内是否还有一闪一闪的光亮。

这正是最让武祥惊慌失措，一想起就心惊肉跳的事情。妻子的单位已经两次同妻子正式谈话，还有那个谈话中提到的协助调查！那辆一直蹲守在家门口的汽车一定是冲着他们家来的。

武祥在见到魏宏刚家里的样子和那份搜查清单后，第一个想到的就是这件事。

感到恐惧万分的也正是这件事！

他知道妻子是清白的，干净的，与弟弟决不会有什么经济上的问题。但妻子单位的几次谈话，也绝不是无缘无故，空穴来风，一定事出有因！

究竟会是什么问题？

又是一夜无眠。

绵绵起得很早。

她很早就起来，拖地、擦灰，还上街买回了早餐，有油条、豆腐脑儿，还有茶鸡蛋。绵绵单独为丁丁准备了一份，其他三份合放在一起。武祥起来的时候，只见绵绵一边帮丁丁吃饭，一边不停地在打着手机。

绵绵是在给她的同学打手机，那个约好和她一起转学去武家寨中学的同学。

电话打着打着，绵绵的脸色越来越难看，一副又伤心又难过的样子。

武祥问她出什么事了，绵绵憋了好半天，说她的那个同学可能去不了武家寨了。

"为什么呢？"妻子循声过来问道，"不是说好了一起去吗？她不是有个亲戚在那里吗？本来你去学校的事还指望她呢，怎么她却去不了？"

绵绵说她的同学电话里说，是别人把她俩的名额给占了。绵绵同学还说，现在学校的名额很紧张，凡是介绍来的学生，介绍人给出的价格越高，学校给的回扣也越多。现在私下里介绍费的回扣，五万的回扣一万，八万的回扣两万，十万的回扣三万，二十万的回扣八万。绵绵的同学说，她的亲戚原来说好的五万，但现在又来了两个十万的，就把她俩的名额顶了。绵绵的同学她妈说了，超过十万她们坚决不去，真没那么多钱可交，现在就只能赖在学校不走了，听天由命吧，学校愿咋的就咋的。

绵绵的几句话，直说得武祥和妻子瞠目结舌。

居然还有回扣！

介绍费十万，回扣三万！

这就是说，绵绵的班主任不仅有可能让绵绵同学亲戚的介绍落了空，甚至连绵绵同学她自己的名额说不定也给顶掉了。

因为绵绵同学亲戚介绍的是五万，而绵绵班主任介绍的是十万！

再深一步说，很可能它们两个学校之间也有类似的交易，如果有什么学生想进绵绵所在的重点班，说不定这里面的数额更大！

绵绵的班主任说得那么冠冕堂皇，光明磊落，结果是狗苟蝇营，暗箱操作，不费吹灰之力，就轻轻松松得了三万！

而且这样的回扣很难查得出来，只要当事人双方同意，缄默，根本就无处可查。除非是某一天，这其中的一方出了问题，他本人交代出了这些问题。否则你知我知，天知地知，不会再有其他人知道，甚至连家长和学生本人也毫不知情。

武祥突然想到了昨天在魏宏刚家里看到的那些场景，大把大把的现金，无数的财物，聚沙成塔，积土成山，一点一滴，日积月累，就成了一个个天文数字！武祥发现在他的惊骇中还有可怕的入迷的成分，那就是他终于撩开了内弟一家的面纱，看到了他们贪得无厌、奢华无度的疯狂，和深陷泥淖而不知忧惧的麻木。他甚至感到了一种踏实，对自己一家的草根生活庆幸和知足。

武祥和妻子一边吃饭一边问绵绵："你的同学确定不去了？"

绵绵点点头。

"一点儿希望也没有了？"武祥问，他还是想让两个孩子一起去，是个伴，也能互相帮衬。

"目前没有，以后也不可能有了。她妈身体不好，老早就不上班了。她爸爸出事后，家里所有银行的存款都给查封了，她们没有那么多钱。"

武祥止不住看了丁丁一眼，这几乎与丁丁现在的情况一样。

"那你呢？"武祥问绵绵，"你想去，还是不去？"

"不去又能去哪里？"绵绵反问了武祥一句。

武祥不吭声了。是的，孩子问得对，不去武家寨还能去哪里？

"就去武家寨中学。"魏宏枝这时果决地说，"不就十万吗？十万就十万，咱这会儿还付得起。回扣不回扣的，咱也管不着，咱就装着不知道。"

"十万！"绵绵吃惊地睁大了眼睛，"谁说的十万？啥时候说的？我怎么不知道？是班主任吴老师说的吗？"

武祥给绵绵大致说了说昨天早上的情况，然后说："吴老师说了，名额确实很紧张，去得晚了，说不定又有人把名额占了。现在这社会，有钱人多的是。就算有回扣，咱也认了。人家吴老师说，让你去的那个班是个好班，老师也好。如果咱不认识人，再有钱也没用。咱这一次性到位，省了好多麻烦，也不耽搁你学习。你妈说得对，多点就多点吧，多点也值了。"

"那我也不去了！"绵绵突然愤怒地说道，"我说呢，谁这么大本事！拔人家地里的萝卜！这不是害人吗？这不明摆着就是我把人家的名额给占了吗？人家好心帮忙给我介绍，结果我去了，人家反倒去不了，我还算是个人吗！人家这辈子还不把我恨死了！不去了，说什么我也不去了！"

武祥神色张皇地看着绵绵，没想到孩子想到的竟是这一层。

"那你想去哪儿？"妻子盯着绵绵看了好一会儿，又问道，"再回延中？你愿意吗？还回得去吗？如果不回延中，还有哪个中学你觉得合适，你愿意去？比方说，十六中，人家还要你吗？二中？你能去吗？那里和留在延中又有什么区别？你要是去了，学校的学生不就马上什么都知道了？三中，那还不一样？去附近区县的中学？跟二中、三中有区别吗？除非去省城的中学，但省城的中学容易去吗？爸爸妈妈又没法去照顾你，你一个女孩子在省城，第一没有什么可靠的亲戚朋友，第二那么陌生的一个环境，你住哪里，怎么生活？"

"你们看着办吧，反正延中我不回去，十六中也坚决不去，武家寨也不能去了。"绵绵显得非常固执，但语气明显弱了下来，"爸爸妈妈，你们让我再想想。我的事我还是想自己解决，一会儿我和我的同学再商量一下，看她那里有没有变化。"

看着绵绵温和又坚定的样子，武祥一时语塞，也不知道该说什么才好。他看了看妻子，妻子只顾低头吃饭，也没有再说什么。

一上午绵绵都没再说别的。一个人躲在房间里，先是打手机，后来就不停地发短信，发微信。然后就把丁丁叫到屋里，和丁丁说说话。丁丁的情绪也算好，不像在他家时那么畏缩，那么挫败了，丁丁自己说，除了躺下时胸口及两肋还有些疼痛外，其他方面基本上都有明显的好转。

武祥和魏宏枝一直在房间里商量，想来想去还是觉得去武家寨中学更好一些。那个地方毕竟大都是外地和农村来的孩子，谁也不认识谁，谁也不歧视谁。枝枝和权权，根根和叶叶都够不着，用不着让别人议论来议论去，可以静下心来安心学习。

武祥说："万一绵绵坚决不同意去怎么办？"

重新生活

"那不能由她，说什么也要让她去武家寨，这是上华山唯一的一条路了。"妻子的表情坚决得很，"老武，我最担心的其实就是绵绵的情绪。昨天我看她在她舅舅家的样子，基本都垮了。咱们下一步不管做什么，第一条就是说什么也不能让孩子精神上再受刺激了。"

武祥点点头，也确实如此。自己几乎都垮了，何况一个孩子。

妻子接着说道："咱们还是赶紧准备吧，要是去晚了，真的没名额了，我们再求谁去？再说，看她班主任的意思，转学证明和手续肯定都已经办好了，不管绵绵愿意不愿意，延中也绝对回不去了。如果武家寨中学没了着落，学校转学手续也都办理了，将来我们还能找谁去？到了那时候，绵绵的班主任还会再搭理咱们吗？就算人家帮忙，说不定费用更高。绵绵的学习咱也不是不清楚，成绩基本上就是中等偏下，其实这些天家里的事对孩子影响也太大了，成绩肯定会落得更多。像她这样的成绩，除了武家寨中学还能进去，现在哪个高中不收费她能进得去？班主任说了，高中不是义务教育，收费多少都是学校定的，听说现在转一个学籍都得花三万五万的，要不高考时连你的名也报不上。想想十万也不算贵。咱什么也不用说了，就准备吧。不管绵绵怎么想，就去武家寨。不管她愿意不愿意，就这么定了。"

武祥也不再说什么，就和妻子一起准备起来。孩子第一次离家，才发现要准备的东西很多。这个需要，那个也不能少，两个大箱子装得满满当当。

绵绵看着爸爸妈妈收拾行李，起先并不说话，到后来终于忍不住了，突然直截了当地撂了一句话："谁让你们给我收拾东西的，要去你们自己去吧，反正我不去！"

"不由你了！不去也得去！"武祥妻子也猛地发作了，尽管

重新生活

声音不高，但口气严厉，毫无余地，"什么事都能由你，就这件事由不得你！我和你爸已经商量好了，明天就去武家寨，哪个中学也不去！"

绵绵的脸色红一阵白一阵，憋到后来，就像石头似的拿一句话砸了过来："说不去就不去！除非我死了，你们把我的尸体拉过去！"

绵绵的话着实把武祥吓了一跳。妻子也被气得半死。

起风了。风越刮越大，树枝摇曳。盥洗间的百叶窗一直半开着，这会儿嘎吱嘎吱大声作响，前后拍打着，好像在为绵绵助威。

武祥甚至诧异这风打哪儿来的，怎么天气变化得这么快，他赶紧来到被吹开的窗户边，他充满自信地将窗户拉开，抓住紧贴在外墙上的百叶窗，开始与自然力量展开搏斗，他拼尽全力把窗户拉拢。风将枯叶衰草刮了进来，魏宏枝也伸手帮忙。在寒风的抽打下，绵绵也不由得过来一探究竟。武祥扶着窗户，魏宏枝则探身出去，将百叶窗往里拉。终于，砰的一声关上了。

魏宏枝松了口气，用手轻轻掸了掸丈夫头上的碎屑，然后以一种心酸的眼神看了看武祥，满屋子残留的寒气让她冷得发抖。武祥捧着妻子的手搓了搓，风是从西边刮来的，是西北风。

宏枝转身拉住了绵绵的手，搓过来搓过去地说："平地起风的日子来了，咱顶不过风，咱得躲开风，咱家得一条心，谁也不能做傻子，你还要给丁丁做榜样呢，你是姐姐。"

绵绵一声不吭，眼眶里全是泪，她猛转身，回自己屋去了。

武祥看着绵绵刚烈的样子，悄悄对妻子说："武家寨你看还能去吗？"

妻子憋了好半天，说："去，当然要去，不去后悔死她！也会懊恼死我们！一会儿你走了我再去和她说。我早看出来了，

重新生活

她就是在你跟前厉害。"

武祥到银行取了一些现金，然后又买了一些日用品，回到家的时候，已经快十二点了。

家里很静，武祥问丁丁："她们都去哪儿了？"

丁丁："绵绵刚才接了个电话就急匆匆地跑出去了。姑姑问她什么事，她什么也没说，好像是打了个的就离开了。去了哪儿，谁也不清楚。姑姑给她打手机也不接，后来姑姑让我给她打手机，她也不接，发短信微信也不回。不过她手机是开着的，估计有什么急事，或者是不方便接电话。再后来，姑姑的单位来了个电话，要姑姑马上过去一趟，姑姑接了电话，也急匆匆地打个的走了。"

武祥赶紧给妻子打了个手机，竟然也没接。

武祥一下子蒙了，突然觉得像天塌了一样！

重新生活

十八

◆

就在武祥心如死灰的时候，丁丁突然接到一个电话，是刘本和的电话！他作为魏宏刚的司机结束了调查，被纪检委放回来了！

司机其实已经回来两天了，等到把家里和单位的事情安顿好了，就给丁丁挂了个电话。他没想到丁丁会在姑姑家里，一刻钟以后，直接就来到了丁丁的姑姑家。

魏宏刚的司机刘本和，四十来岁，人瘦瘦的，很实在，也很精干。

刘本和一见到丁丁伤情严重的样子，忍不住地掉下泪来。刘本和声音适中，态度温和，他说他谁也不牵挂，就想看看丁丁，看看绵绵，看看武祥哥，宏枝姐。因为怕他们担心，有些情况他得赶过来先和他们说说。

魏宏枝不在，司机有些话也就没了忌讳，随意了很多。

刘本和说，书记出事就是马艾华给搞的，这个家整个让她给毁了！

马艾华就是魏宏刚的妻子。提起魏宏刚来，刘本和还是一口一个书记。

刘本和说纪检委找他谈话，他从话里话外得知所有的事都是马艾华一个人说出来的。其实她说的好多事，书记根本不知道。过去马艾华让我拉东西送东西，到底拉的什么，送的什么，其实，我也不知道。让我拉的东西都包得严严实实的，有的沉，有的轻，有的大，有的小。事后给书记说，书记也是啥也不知道，啥也不清楚。平时书记不在家，什么人来，来干什么，都是马艾华一个人接待招呼。来的无非都是找书记办事的人，这些人都什么身份，什么目的，书记根本不知道，时间长了，连马艾华她自己也记不清楚。刚开始她还记个单子，书记发现了单子，对她进行了严厉的训斥，书记怒骂一通后，她干脆连单子也不记了。至于哪些人来过，都送了些啥，送了多少，谁也不知道她跟书记说过没有。有几次书记跟她拍桌子、砸东西，她反倒大哭大闹。说他们要来，我挡得住吗？这市委大院，一般人进得来吗？他们能进来，就不是一般的人。他们送什么，我能拦得住吗？每次闹来闹去，最后都是不了了之。

马艾华本来有份工作，魏宏刚当了市长书记后，基本就不上班了。工资照发，奖金照拿，补贴福利一分不少。平时家里雇一个保姆，逢年过节还再雇一两个钟点工。所以马艾华虽然年过四十，但由于保养得好，看上去就像三十岁出头。马艾华比魏宏刚小一级，照马艾华的说法，魏宏刚整整追了她四年。直到马艾华都要毕业了，才算把她追到手。对马艾华的说法，魏宏刚不承认也不否认。前几年，魏宏刚常常对人说，人家小马是南方人，家庭条件好，长得也小巧玲珑，能嫁给他这样一个普普通通农民的孩子，得感谢人家一辈子。

司机刘本和说了，书记就是心太软。动不动就说人家当初能嫁给他受了那么多委屈，吃了那么多苦。其实她家条件并没有多好，也就是一家国营企业的一般员工。充其量只是个一般家庭，无非就是那时候有城市户口，有工资，有退休金。马艾华家里当初确实不同意这门婚事，但老两口并不是嫌魏宏刚是农民的孩子，而是觉得离家太远。一个在南方，一个在北方。

年轻的时候父母照顾不上他们，年老的时候他们照顾不了父母。结婚后，岳父岳母其实对女婿一直很满意，从来没有做过让魏宏刚下不了台阶的事情。老两口通情达理，书记又对她家十分关心，马艾华啥时候受过委屈？

马艾华有个哥哥，一直在部队工作，四十多岁转业到地方，在市统计局工作，是个做事严谨，为人正派的普通干部。这些年，由于与妹妹远隔南北，路途遥远，平时也不大来往。三年前，马艾华的母亲病故，父亲又找了个老伴，因此父女关系一直也不太好。这两年，甚至逢年过节都很少来往了。也许正是因为这样，才让魏宏刚觉得妻子远离他乡，无依无靠。感觉这么多年来，四处奔波，一直跟着他，吃了苦受了罪。过去没有什么职务时，连个能住的地方也没有。结婚后，两个人在办公室就住了四年多。结婚几年了，连孩子也没个地方生，再后来年龄大了，非生不可了，可生下孩子也没地方养。平时只能把丁丁放在姑姑家，让姑姑和奶奶把孩子带大。这些年条件好了，有了职务当了领导了，又整天忙得脚不沾地，平时开会下乡、出差调研，常常好多天也回不了家。作为一个男人，忙忙碌碌的时间越长，越觉得对妻子亏欠得太多。好不容易回到家来，最大的期望就是想清静清静，透口气，歇一歇，因此对妻子的事情也总是听之任之，得过且过。有时候忍不住了，和妻子摆摆利害关系，说说什么可为，什么不可为。问题是马艾华是南方的阿庆嫂，不是北方的虎妞，她衣着得体，举止优雅，巧笑倩兮，美目盼兮，既可以俏得如三春之桃，又可以清素若九秋之菊，魏宏刚整日被她迤逗得心旌神摇，即便是黑下脸来训斥几句，过问几句，也是雷声大雨点小。

武祥和妻子也曾分析过魏宏刚和马艾华之间的对对错错，恩恩怨怨。有时候他们两口子闹得下不来台了，也常去劝解劝解，疏导疏导。自从魏宏刚当了市委书记，吵吵闹闹的事更是家常便饭。刚开始魏宏枝还常常过去数落几句，时间长了，两口子闹得再凶，她也很少再过去了。因为武祥夫妇渐渐发现，每次吵闹的结果，最后认错的都是弟弟，都是以魏宏刚的赔礼道歉和唉声叹气结束。即使这样，马艾华还是不依不饶、没完没了。看两口子那样，反倒常常让武祥和妻子觉得很没意思，很没面子，觉得弟弟太惧内了。

魏宏刚出事后这两个多月来，武祥也常常对魏宏刚的家庭条分缕析。魏宏刚的出事，一定有各种各样的原因，但对妻子约束监管不严，一定是一个重要的因素。也许在心底里，魏宏刚一直深爱着这个初恋情人的妻子。魏宏刚步入人生的初始，他成功地撷取到了他的爱情果实，不仅给了他倍增的豪情和万丈的雄心，还对他驾驭日后的生活有了积极向上的信心，以及为达到目的锲而不舍的坚持与定力。当妻子与他洞房花烛的那一刻，当他的爱子呱呱坠地的那一刻，他幸福而恣意地对她俯首称臣了。因此，魏宏刚既可以宽容她的不足，也可以容忍她的缺点。魏宏刚每天在外做领导工作，党纪国法，责深任重，会有无数的来自上面的告诫，也会有无数来自下面的警醒。而在自己的家里，妻子和家人所有的约束力和监控力往往只会来自魏宏刚一个人，正是这个深爱着家人的人，不可能也做不到永远紧绷着那根弦，天天敲打自己的妻子。几乎是在疲惫不堪的情形下回到家中的魏宏刚，是在不知不觉中纵容和容忍着妻子的所作所为。而这一切，恰恰成为了一个市委书记家庭失去约束监管的空白点。结果必然是这个深爱着他们的人，权力越大，他们面临的诱惑也就越多。在私爱与公权，亲情与法纪面前，后者往往不堪一击，一触即溃。后果很残酷，代价也太惨烈，太沉重。发展到最后，也就无力挽回、无力回天了。

刘本和直到现在一提起这个马艾华来，仍然掩饰不住自己的悲愤和怨恨。"你说说，一个人咋就能这么不替自己的老公着想呢？今天丁丁在跟前我也要说，这几年给书记开车，真的看明白了古人的一句话，家有贤妻，夫无横祸。你丈夫是市委书记啊，你不替书记拦着挡着，你就不明白妻贤夫祸少吗，你可倒好，反倒整天把祸害往家里带。那些不三不四的人，啥东西也往家里送，你怎么就啥也敢收，啥也敢留？收了留了有时候还不告诉书记，你这胆子是不是也太大了？每次书记说她，说轻了她不当回事，说重了她还没完没了地闹。逢年过节的，家里乌泱乌泱就像赶庙会一样，咋就一点儿也不怕不担心呢？那些乱七八糟的东西，连保姆也给带坏了。这卡那卡的，时间长了，保姆还能看不出来，这些东西家里的主人根本就数不清，记不住，不拿白不拿。带坏了保姆，其实也害了保姆，你说说这保姆以后还怎么做人？刚过二十，还没结婚呢，对象也给吹了。钱财是身外之物，你要那么多干什么？好几次半夜让我往外转东西，大包小包的都不知是些啥东西，我都吓得一身一身出冷汗，她却有说有笑地还跟我拉家常。有一回我有意地告诉她说，有好多人给纪检委写信告书记呢，以后咱们也注意点。结果你听她咋说？让他们告呗，有本事把书记告下去算他们有能耐。你说她说的这是人话吗，都不问问我是哪些人在告，都告的是什么？好像跟她一点儿关系也没有。"

说到这里，刘本和几乎要哭出声来："到头来，这书记夫人把书记害了，把我也给害了，把我一家人也都给害了。现在到了车队，所有的人好像都以为我这几年发大了，要不，纪检委怎么让你协助调查，半个月了也不让你回来？不瞒你说，我去了纪检委，人家问来问去，都是马艾华交代出来的那些事。你既然敢收人家的东西，书记每次说你，你每次跟书记闹，闹得昏天黑地，厉害的那副样子谁见了也害怕，可这回纪检委把你带走了，你吓得站也站不起来，沙发上尿了一大片，你的厉害劲儿哪去了？问你啥你就交代啥，连逢年过节老家送来的红薯山药蛋也都说了一大堆。人家问你的你说，没问你的也瞎说。书记知道的事你说，书记不知道的事你也乱说。连我帮她转东西的事情也一次不落地全都说了出来，好多我都记不清了，她都记得清清楚楚。你是书记的夫人，让我拉东西，我能不去吗？我是帮你转东西了，可你转的是啥，我什么也不知道，你完全可以给人家纪检委这么说啊。就说司机确实不知情，只是同她一起拉过东西，如果这样，也不至于让人家把我也带进去啊。问来问去，我回想了一下，结果都是她说下的那些事。这些事她都是最清楚的，我是真不知道啊。那女人平时就是个窝里横，现在比谁都狗熊！大哥，你不知道，这些天我真的是憋屈啊，一想起来就想哭。书记也是命不好，马艾华要是有我宏枝姐百分之一的好，家里也不至于成了这个样子！"

说到这里，刘本和哼哧了几声，两行眼泪忍不住地流了下来。

武祥等刘本和平静些了，压低了声音说："知道吗？你宏枝姐这几天单位也找她谈话了，说宏刚与她也好像有什么事，要她如实说出来，否则的话，好像也要采取措施。"

"真的吗？"刘本和的眼睛一下子瞪得老大，"宏枝姐会有什么事？"

"是啊，这些天我们一直在回忆，什么事情也没有过啊。"武祥说道，"就是这几年老太太在这里住，宏刚让秘书拿过来一些购物卡什么的，这些年加起来总共也就是十几万块钱。这些卡我们也没用过，都是精品店才能用的卡。带老妈去了一回，看中了一件衣服，一问一万多，老太太转脸就走，说打死也不要。你宏枝姐你也知道，衣服都是在服装城买的，一件衣服几十块，一穿就是好多年。那天晚上，我们把这些卡都如数数了好多遍，如果领导再问，就把这些全交了。只是想想这能有那么严重？至于要采取措施？"

"是不是也是这个害人精说出什么了？"刘本和也陷入沉

思，"她让人往你家里放过东西吗？"

"没有啊，要有不早就知道了？"武祥说道。"除了老太太住这里时，她来看过一两次，最近这一年多了，都一直没再来过。"

"那会是什么呢？"刘本和想了想又问，"没让绵绵保存过什么吗？"

"也问过绵绵了，什么也没有啊。"武祥说道，"其实马艾华对绵绵并不是很喜欢，平时总是不冷不热的。绵绵心里也不大喜欢这个妗子，舅舅在的时候才过去转转，舅舅不在，她很少过去。即使舅舅给的东西，绵绵也总是问来问去的，问舅舅这些东西都是谁给舅舅的。尤其是这两年，领导因为腐败落马的事情，网上、报纸上、手机上哪里都是，吓得绵绵老是提心吊胆的，数目大点的卡啊，值钱的东西啊，绵绵绝对不会要，宏刚也不可能给。我和宏枝都分析过了，绵绵这里肯定不会有什么藏着掖着的事情。"

"这就怪了，到底哪里出问题了？"刘本和说，"一般来说，若找上门来，纪检委肯定是知道实情的，肯定是掌握了证据的，否则不会平白无故地找你谈话。"

"是啊，我也是这么想。"武祥沉默了一会儿，突然问道，"出事前，宏刚和你宏枝姐见过面吗？"

"你让我想想。"刘本和想了一阵子说，"好像见过一次，还是在车里车外，书记都没下车，就说了那么几句话，还是些不愉快的话。后来宏枝姐追问书记什么，书记觉得烦，也不回答，就让我开车离开了。就这么一次，后来没几天书记就出事了。"

"那出事前宏刚还跟谁接触过呢？"武祥好像是自言自语地问道，"就是我们这些亲戚里面，你记得他都见过谁？"

"市里的我真的想不起来了。整个延门市除了咱们一家，书记也再没什么别的亲戚啊。"刘本和也努力地回忆着，想着想着，突然说道，"就是出事前大概一个月吧，书记回了一趟老家。"

"出事一个月前？"武祥愣了一下，"你和宏刚一起回去的？"

"是啊。"刘本和看见武祥吃惊的样子，连忙问道，"你们不知道？"

"根本不知道啊！"武祥摇摇头，"宏刚从来没跟我们说过，宏枝也肯定不知道。"

"我还以为你们知道呢。"刘本和回忆地说道，"那一天动身挺晚的了，上午开完会，书记在会上吃的自助餐。吃完饭书记突然告诉我，马上回老家一趟，回到老家都下午四点多了。"

"宏刚都带什么了？"武祥问。

"什么也没有啊。"刘本和回忆道，"就平时带的一个公文包，其他什么也没有。连给老太太的礼品也没有带。快到家了，才让我在一个镇上的小卖部给老太太买了一些东西。"

"这就怪了，回家看老太太为什么不告诉我们呢？"武祥怎么也想不明白，"回去看老太太，又不是什么见不得人的事。"

"那天书记很累，一上车就告诉我把手机关了，他想在车上好好睡一觉。"刘本和渐渐都回忆起来了，"书记确实也睡了一路，快到老家的镇上了，才醒过来让我买东西。对了，那次书记连手机也没带，说是落在办公室里了。我的手机也一直没开，他说大家找不到我，秘书也不知道我去了哪里，说不定都会给司机打电话，让我干脆也一直关了算了。"

"到了老家还去哪里了？"武祥问。

"哪里也没去，就跟老太太坐了个把小时。"刘本和很肯定地说道，"老太太那天兴致很高，可能是见书记回来了，亲自给书记做了一大碗蛋炒面，说是书记小时候最爱吃的。家里的那个堂姐要插手帮忙，老太太都死活不让，非要自个儿和面自个儿炒，说是别人没她和面和得筋道。等到吃完饭，再赶回市里，都已经半夜了。直到快到市区了，才让我打开手机给家里打了个电话。"

"你们一直在一起？"武祥继续问道，"宏刚确实哪里也没去？"

"确实哪里也没有去。"刘本和再次肯定地说，"就在院里几个屋里转了转，然后一直坐在老太太的炕上跟老太太聊天，后来就吃饭，一直都没离开过。"

"再没做过别的？"武祥仍然不放心地追问，他真的疑惑之极，不明白。

"对了，临走的时候，书记在老爸的遗像前烧了一炷香，磕了几个头。"刘本和回忆道，"书记那一回是真哭了，看得我眼睛也酸酸的。以前书记从来也没有这样过，路上我也在寻思，觉得书记尽着回来这一趟，是不是已经感觉到有什么苗头了……"

两个大人长聊的时候，丁丁在沙发上已经静静地睡着了。

刘本和走的时候，忍不住回头又看了看丁丁少年光泽的脸庞，眼圈又红了起来。临走前，一再嘱咐，他已经回到市委车队了，平时也没多少事，家里以后有什么需要他办的尽管来找他。

武祥点点头，一直把刘本和送了老远老远。

说实话，武祥十分感激这个司机。至少他明白是是非非，算是个正派人。在一家人四顾茫然，最需要了解情况的时候，他给他们带来了这么多有用的信息。

最让武祥感到震动的是，司机在无意之中给他提供一个极为重要的信息，那就是宏刚家里的被搜查，司机的被带走，所有的问题目前看来似乎都来自魏宏刚的妻子马艾华，而不是魏宏刚！

那么与魏宏枝有关的问题会是什么呢？

看看都中午十二点了，他给妻子立刻又拨了一个电话。这次妻子很快接了。妻子在路上，很快到家。并且打断他的询问说：有什么事回去再说。

武祥略略放下心来。想了想，旋即又给绵绵挂了个电话。

孰料，绵绵在手机里放声大哭：

"……爸爸，我的那个同学跳楼了！在医院里没有抢救过来……"

听到绵绵的哭喊声，武祥的手机差点没从手里掉下来！

那个孩子居然跳楼了！

那个孩子本来说好的是要和绵绵去武家寨的，因为去不了了，她的选择居然是跳楼！

我的天！

武祥腿一软，一个趔趄，差点没倒在地上。

十九

◆

武祥完全是下意识地打开了电视。

……有一头大恐龙把爪子放在了一头小恐龙的头上，仿佛要压扁它，随后却慈祥地悠然远去……武祥得到了某种启示，他忙抓了件外套冲出门去。

……

武祥把绵绵接回到家里时，已经下午四点多了。天黑得好早，家里的灯都亮了。

妻子把早就做好的饭又热了一遍，但绵绵一口也没吃，一个人待在房间里一直在哭。

魏宏枝问"怎么这么晚才回来"。武祥说："从城东跑到了城西走了个对角，幸好车不堵，要不还回不来呢。"

武祥关切地问妻子："单位又找你谈话了？"

妻子说："是，这回连党委书记也参加了。还是让我交代与宏刚之间的经济问题。"妻子给武祥说了说谈话的有关情况和内容，这次单位还给了她一份表格，让她按表格上的有关问题和内容，如实进行填写。有什么问题就填写什么问题，具体数目和时间地点都要准确无误，如果填写的情况有出入，或者不属实，一切后果自负。

妻子跟武祥说，就家里那些银行卡和购物卡，她都如实核实再三，都给填上了。时间和地点有些想得起来，有些确实想不起来了。想不起来的就说想不起来，反正该说的都说了。最后也向组织保证了，如再有隐瞒，任凭组织处理，任凭法律制裁。

武祥看妻子的样子，好像如释重负，甚至他从妻子的脸上看到一缕解脱了一般的放松，是啊，浮生若梦，转瞬即逝的朱门酒肉让他头一次品味到了变化无常的心绪，无尽的犹豫和踌躇，以及含混的难以名状的哀伤。这个老实巴交为他撑起一个家的妻子，同时，又给这个家带来了难以言尽的困境。看着妻子憔悴的面容，武祥的心怎么也放松不下来。他想起了中午司机刘本和同他念叨的那些事情，直觉告诉他事情不会那么简单。但至于下一步到底该怎么办，到这会儿也只能听天由命了。

晚上七点多了，绵绵还一直躺在房间里不出来。

武祥夫妇谁说也没用。其实到了这会儿了，两口子也不敢说硬话了，只能默默地坐着等着。丁丁从姑姑、姑父的眼中看到了不安和焦灼。

丁丁拄着拐杖，推门到绵绵屋里去了。

两人在屋子里叽叽咕咕地说了差不多有一个多小时。武祥侧耳在门口听了好半天，也只听了个大概。丁丁一句一个姐姐，好像先是说了一通那个跳楼的同学，懦弱，留下可怜的母亲一人；再后来好像就是上学的事情。丁丁说，咱们现在无非就是两条路，一条就是继续上学，一条就是辍学打工。丁丁说我现在就去打工应该还勉强凑合，绵绵姐你现在行吗？你心甘情愿吗？爸爸妈妈能同意吗？我也一样不同意。你现在要是去打工了，那还不如先把你爸你妈杀了算了。你忍心吗？再说你学习毕竟要比我好得多，复习复习，随便上个什么大学都行。现在好大学上不了，差点的大学哪里都是。将来再想办法读个研究生，在哪儿也不愁找个合适你的工作。而你现在就去打工，将来就只剩了一条路，再找个打工的，把自己嫁了，给人家养家生孩子，说好点儿就是书本上说的相夫教子，说难听点就是像奶奶那样一辈子围着锅台转。这你愿意吗？想好了吗？到这会儿了，你别学我，我与你不一样。我爸我妈出事，跟我有关系，跟你没有任何关系。将来你去了哪儿，没人问你舅舅是干什么的，谁又知道你有个舅舅？现在你跟爸妈犟，非要把自己垫进去，搭进去，自暴自弃值吗？换个说法，我早已不是什么干部子女，官二代了，说白了也就是个什么也没有了的穷光蛋。有人说我成了老百姓了，实际上我连老百姓也不如。你看我这两天睡得那么香，姑姑说我这么多天没睡好，得补补觉。其实受伤前我天天睡得都很死，也就难过了那么几天。如果我不吃不喝，不睡觉，整天哭天哭地，能把我爸我妈哭回来吗？伤心难过有用吗？跳楼有用吗？谁会可怜你？你还有爸妈可怜你，我有吗？我早死心了，但我肯定不会去跳楼。你死了有屁的用，不就是供人取个乐子吗？你看看网上，你全家就是死光了也是一片欢呼声。反过来，你以为你还是过去的绵绵姐吗？出来混，总是要还的！这句话你听过吧？我都想明白了，你怎么还想不明白？到现在了，你还在父母面前耍什么公主脾气？你以为你爸你妈还真是什么皇亲国戚……

可能是丁丁的劝说起了作用，晚上八点多的时候，绵绵出来了，一面吃着饭，一面对爸爸妈妈说，爸爸妈妈，我想通了，我明天就去武家寨中学报到。武祥注意到此前绵绵吃饭时总是把胳膊肘架在桌子上，每次说她都不听，每次都故态复萌。而这会儿，她主动自觉地把胳膊肘放下来了，身子紧束，很规矩的样子。

魏宏枝和武祥同时都注意到了绵绵的变化，魏宏枝和武祥交换了一个眼神，慢慢地说："绵绵，出了那么大事，你也别那么着急，明天再休息休息，迟去两天也没关系。再说，你那同学那里，你明天不再去看看？哎，她叫什么名字？"

"她叫孟小瓦。她真的就像一片瓦，整个人都给摔得碎碎的了！"绵绵接着说，"我不去了，她妈说，已经雇人了，明天一早就火化，谁也不通知。"

"为啥？至少也让亲朋好友来看看送送啊？"武祥不禁问道，"活这么大了，谁还能没有几个好朋友？再说，还有她爸呢，也得让看看吧。"

"她妈不让看。"绵绵眼圈突然发红，忍了半天没忍住，还是掉下两行泪来，"她的整个脸都摔烂了，头皮也没了。拉到医院就花了几千块，再拉到太平间又花了几千块，太平间拉到殡仪馆又花了几千块。殡仪馆说这孩子属于非正常死亡，所有的费用都得加倍。如果遗体告别，只是整容一项至少还得花一两万，还不算给整容师的红包费，还不算场租费和其他费用。孟小瓦她妈算了算家里实在拿不出那么多钱来，她妈就决定不整容，不告别，也不通知亲朋好友了。"

"那学校呢？"武祥妻子有些生气地说道，"孩子死在学校里，学校就没有责任吗？"

"学校说了，这两天学校里没有任何学生与孟小瓦发生过冲突，也没有任何老师批评过孟小瓦，所以，与学校没有任何责任。"绵绵渐渐平静下来，"学校说，如果有责任，主要还是家庭的责任。父亲被纪检委双规，整个延门市沸反盈天，这给孩子造成那么大压力，做家长的怎么就不注意孩子的心理健康呢？怎么就不做做心理疏导呢？孩子出事了，学校也觉得很难过，但这与学校有什么关系？"

"学校怎么能这么说！"武祥有些吃惊地说道，"一个学生到了学校，你学校就有维护孩子安全的责任，如果什么问题也没有，好好的孩子怎么就跳楼了？"

"其实学校也不是没责任。"绵绵说道，"昨天孟小瓦回学校上课，到了教室里，发现没有她的座位了，老师也没有解释，只是说，你不是要转学吗？怎么又回来了？就让孟小瓦整整站了几节课。下课的时候，孟小瓦去找班主任，班主任说，你回去吧，明天给你解决。可今天去了，还是没有她的座位，又让她站了两节课，全班上下没一个人理她，第三节课她就一个人上了楼顶，背着书包就跳下去了……"

……

武祥沉默了好久，把绵绵和丁丁揽入怀中一字一句地说："光明也罢，黑暗也罢，是人就得挺着、担着，大不了我们重新来过，好也罢，坏也罢，日子还得过，我们一起往好里过，好吗？"

……

吃完饭，武祥夫妇和绵绵就把去武家寨中学的时间定了下来，明天一早就去学校报到。

原来说好的是武祥和妻子一起去送绵绵，先到学校报到，然后一起给孩子找房租房。按计划最快也得两三天，要办的事情并不少。以前是两个人，绵绵还有一个伴儿。现在绵绵一个人了，如何租房倒成了一个大问题，再想两家合租，看来已经不现实了。最好的办法就是让绵绵住校，但住校肯定也不那么容易，会挤得打破头的，到底怎么办好，也只能走一步看一步，去了再说了。

现在家里有了个丁丁，丁丁的病情的确又离不开人，也不放心让他一个人在家，显然武祥和妻子就只能一个人去送绵绵了。

谁去送绵绵呢，武祥说还是我去吧，出门在外，两个女的总是觉得不放心。再说家里还在养伤的丁丁，汤汤水水需要补养，让姑姑照顾更妥帖。

魏宏枝最终同意了，绵绵也没意见。

要走了，才发现该办的事情还有这多。买衣架、脸盆、肥皂盒、便携式台灯、手纸、文具，林林总总，几个人准备到晚上十点了，才算齐备了。

快凌晨两点了，武祥和妻子都准备睡了，绵绵敲敲门推门走了进来。

绵绵恭顺得像一只小绵羊，她一脸泪痕，在灯光下闪闪发亮。

"你怎么了，绵绵！"武祥和妻子不禁都吓了一跳，妻子有些慌乱地问，"孩子你要是真的不想去武家寨，咱就不去了，好吗？爸爸妈妈听你的。你别哭，别哭，有话好好说。"

"妈妈，我不是这个意思。"绵绵泪流如注。

看着灯光下羸弱的绵绵，几天来对孩子的愧疚一时涌上心来，武祥顿时也流下泪来。绵绵这些天的压力太大了，完全超过了一个女孩子的承受能力。

"我的好孩子，你有什么就说出来吧，妈妈什么都听你的。"武祥妻子走过去一把抱住绵绵，也止不住地哽咽起来。

"妈妈，我想好了，武家寨我一定去。我就是想过来跟你和爸爸说一声，"绵绵泣不成声，"爸爸妈妈对不起，这些天，我太任性，让你们操心了。以后我一定听话，刻苦学习，好好学习……"

妻子愣了一下，突然放声号啕。

丁丁也冲了进来，抱紧了姑姑，泪如雨下。

一家人不禁哭作一团。

二十

◆

武家寨镇地处广峪山东麓的一个大山深处。

高速公路在距武家寨镇七十公里处转了个弯就离开了。剩下的七十公里，基本上都是弯弯曲曲的山路。沥青混凝土路面尽管还算平整，但却十分狭窄，迎面对开得十分小心，公共汽车晃晃悠悠的，时速迅速降到了四十迈左右。

一路上都是大山环绕，尽管已过立春时节，但山上的白雪依然清晰可见，尤其是山腰之上，朔风劲扫，仍然一片苍凉，山林发出沙沙的响声。

路上的行人车辆不多，行人都穿着灰灰的厚厚的棉衣棉袄，那些手扶拖拉机和大大小小的车辆一看就来自农村。武祥此时悄悄看了看绵绵，也不知绵绵是否明白，来到这里，就是到了农村了。

让武祥没想到的是，武家寨镇居然很小，整个镇也就是五六千人。镇不大，但镇上的一条主街却又长又宽，几乎繁荣得像一个小县城。正午时分，又是星期天，街上走来走去的都是学生模样的孩子，叽叽喳喳，打打闹闹的，成群结伙的，让武祥的担忧顿时减弱了不少。

武家寨中学确实很大。

到了学校大门口，才发现这里居然还有好多保安把守。出

公共汽车晃晃悠悠的，时速迅速降到了四十迈左右。

示了身份证，然后按绵绵班主任给的电话号码联系那个主任，那个主任发话后，才让武祥和绵绵进了校门。

一进校门，才发现整个学校都是松柏环绕，一片深绿。看着粗大成排的青松翠柏，让人心里顿生仰慕尊崇之情。似乎浮躁的心绪也平稳宁静了许多，你会觉得这个学校已经有很长很长的校龄了，不由得让你一方面深怀肃穆威严之感，另一方面对被荫蔽和遮挡的阳光产生昂头寻觅的诉求。

校园好大，三面环山，中间一条大道两旁，两排教学楼和宿舍楼一直延续到山坡上。看样子，如果还想扩张再建，后面还有的是地方。因为后面的整个一座大山，一看都应该属于学校的地盘。

即使是星期天，学校的孩子还是满满当当。食堂正在开饭，学生们进进出出，像是一片欢快的海洋。

走近学校办公楼时，一块巨型坐碑上的四行大幅语录映入了武祥的眼帘：

不比父母比自己
不比吃穿比学习
不比阔气比大气
不比基础比努力

武祥看了一眼绵绵，绵绵也正在若有所思地注视着这块坐碑。

主任办公室门口有好几个学生家长模样的人在排队等候，武祥看看表，都十二点多了，主任居然还在接待这么多来客。一刻钟后，轮到了武祥和绵绵。

主任姓桂，年龄四十岁左右。文质彬彬，很儒雅的样子。

武祥进来不住地点头说："桂主任好！您太忙了，星期天都

一进校门，才发现整个学校都是松柏环绕，一片深绿。

在工作，是不是打搅您休息了。"

桂主任笑笑说："没关系。"然后指着旁边的一个凳子说，"坐吧。"

武祥轻轻坐下来，说："您还没吃饭吧？真的不好意思。我们可以下午再来。"

"这就是你的孩子？"桂主任不再客套，直奔主题。

"是，姓武，叫瑞绵。小名绵绵。"武祥语速也像桂主任一样快。

桂主任低头看了看手里的一摞表格，翻了好几下好像才翻到了绵绵那一张。然后抽出来问："延门中学的？"

"对，延门中学。"武祥赶紧回答。

"高三的，不是复读？"桂主任一边看一边问。

"不是复读，应届的。"武祥还想再解释，还没说出来，又被桂主任问道：

"上学期的期末成绩是多少？怎么上面没有填写？"

武祥一愣，没想到桂主任会问这个。急忙说："上学期绵绵没有参加期末考试，所以没填。延门中学她所在的班主任吴老师当时也没说要填成绩。"

"吴老师是谁？"桂主任低着头问。

"绵绵在延中的班主任。"武祥说出口后，才突然意识到或许这个桂主任说不定与班主任吴老师根本没有任何关系。

"那你这可是个问题哪，没有参考成绩，应届生里面没法安排班级啊。"桂主任抬起头来看了看武祥和绵绵说道。

"不是说好了吗？来了，交了钱就可以了。"武祥有些着急了。

"你看你们就是相信那些人的话。"桂主任笑笑说，"武家寨中学可不是光看钱的中学，首要一条就是看成绩，就是看今年高考有没有被一本二本院校录取的可能。如果光看钱，不论成绩，高考录取率越来越低，将来谁还再来这里上学？我们首先要为学校着想，当然也是为了学生负责。否则收了人家的钱，却考不上个好大学，那武家寨中学岂不成了骗子学校了？还有重要的一点，高中和小学初中不一样，我们学校高中班的学籍名额也是有限的，教育局规定得很死，特别是应届班，参加高考必须得有学籍。所以增加一个，就得保证一个，必须学习好，成绩好，其他什么也没用。没办法，我们只能从严录取。否则来了那么多，一个也考不上，这高中还办不办了？好赖不分，弄得好学生也都没了学籍参加不了高考，岂不把大家将来考大学的路都堵死了？"

听了这些话，看着桂主任笑容满面的样子，紧张得武祥面色苍白，背后直冒凉气。等桂主任说完了，武祥赶忙问："桂主任您说该怎么办？我们听您的，钱再多点也可以。"

"赞助费的事情我们下一步再谈吧。"桂主任一边把手里的表格放在桌子上，一边说道，"我看这样吧，你让孩子先跟班学习，半个月后，与这次新来的学生一起参加学校的摸底考试，如果成绩合格，我们就留下，如果成绩不合格，那谁说也没办法，只好让孩了调班或者再回延中了。"

武祥本来还想再说些什么，但桂主任这时已经把表格放进了抽屉。连办公室门的钥匙也拿了出来，分明是要赶他们走了。桂主任一边锁门一边说："你们下午去二十四班报到，二十四班班主任会告诉你们下一步怎么办。"

……

桂主任已经走了，武祥领着绵绵没敢再出校门，万一进不来了岂不坏了大事。他和绵绵把带来的水果和烧饼吃了些，一直等到下午四点，才见到了二十四班班主任。

班主任叫张伟，三十出头，是个教语文的男老师。

张伟显得一副疲累不堪的样子，穿的衣服也皱巴巴的，头发也有些凌乱。一副厚厚的近视眼镜让他看上去至少比实际年龄大十岁。

武祥一见到班主任马上自我介绍了一番："张老师好，我叫武祥，我的孩子叫武瑞绵。刚才见到桂主任了，桂主任让我来找您。"

张伟看了看武祥，又看了看绵绵，说："知道了。这几天新报到的学生很多，教室里也没地方了，你是愿意在前面坐，还是在后面坐？"

武祥赶忙说："前面坐吧，听得清楚些。"

"前面只能坐在黑板下面靠门口的位置了，估计看不到黑板上的书写内容，主要得靠自己的记忆力和理解能力来完成课时知识和作业。"班主任不动声色地说道。

武祥好像没明白过来班主任的意思，急忙说，"孩子眼睛不近视，能看到的。"

"你一会儿可以带孩子一块儿去教室看看，主要是学生太多，教室里坐不下那么多人。看看你就知道了，看完了，你再和孩子商量想坐哪儿。想坐后面就得准备个高点的凳子，想坐前面就得准备个低点的凳子。班长叫杨丽娟，坐哪里你告诉她就行了。"

班主任的办公室不大，桌子上堆满了学生作业本和各种各样的试卷。

武祥看到班主任准备批改作业的样子，赶紧问道："张老师，孩子是一个人，你看这几天能不能先让孩子住在学校的学生宿舍里？"

"学生宿舍？"班主任看了一眼武祥，"那怎么可能。还没摸底测验呢，如果成绩好了还可以考虑，要是成绩一般，就是收下来也肯定住不了，学生宿舍是为好学生备着的。"

武祥着急了，有些语无伦次地说："张老师，不好意思，我们家最近情况特殊，孩子她妈来不了，我也不能长时间守在这里，你看……"

"自己想办法吧。"班主任声音不高，但没有任何商量的余地，"眼下学校就这样的条件，我这个班已经一百多个学生了，哪管得过来。你们先在外面找个地方吧，摸底结束了再说，要我说能进来就不错了。"

……

武祥一出来就急忙给绵绵延中的班主任打电话，没想到手机铃声响了好一阵子，竟然没人接听。

过了十几分钟，武祥又打了一次，这次打通了。

武祥十分感谢又十分客气地把这里的情况向吴老师说了一遍，意思是看能不能再跟学校说说，看能不能让绵绵先留下来，最好别让绵绵参加摸底测验了。"吴老师，你也知道的，孩子学习成绩本来就不好，这一段也压力很大，没有好好上课，好多课程都落下了，摸底成绩恐怕好不了，肯定要出问题。"

吴老师在那边还是平时那副大包大揽的口气："嗨，老武啊，你别听他们下面的人瞎诈唬，这都是说好了的事，什么问题也没有，就是做个样子，走个程序，你放心就是。"

"可看桂主任和张老师的意思，与咱想的根本就不一样。人家确实是要来真格的，不像是做做样子。两个人的意思一样，摸底成绩不好，其他说什么也不行。那个桂主任说得更清楚，成绩不好的，谁跟领导说也不行。"武祥几乎是在恳求了，"吴老师，绵绵上学，这可是家里的头等大事啊，这里我们谁也不认识，就拜托您了，您一定要给他们再好好说说啊。"

"这你就不懂了，这些话平时我也常这么说啊。来我们班里上学，能让你觉得是容易的？就是要吓唬吓唬你，先给你来个下马威。意思就是告诉你，别以为领导说了，你就什么事情也没有了。现在哪儿不都这样，你以为那个地方是世外桃源啊！"

吴老师口气显得很耐心地说道，"你就让绵绵好好复习，让孩子有点压力也不是什么坏事，等摸底测验结束了，再看他们怎么定。如果有问题，你再给我打电话，我一定会跟他们领导说的。放心放心。我要上课啦，老武你让孩子好好学，肯定没问题。就这就这，挂了啊，再见！"

武祥本来还要说孩子住宿的事，但还没说出来，手机里已经是一片忙音。

武祥明白，这很可能是同吴老师最后的一次通话了。以后即使人家还接你的电话，你也没脸再给人家打电话了。

把绵绵从延门中学彻彻底底平平安安地推出来，人家吴老师的任务已经完成了。

……

星期天的下午，教室里居然还是黑压压的一片学生。原来是数学老师让班干部抄了一黑板数学辅导题和测试题，班里所有的学生必须在下午六点前做完。六点半以后，政治课老师还要来做辅导。

教室门口一个简易黑板板报上，用粉笔醒目地写着今天所有学习的内容。

武祥探头往教室里看了一眼，立刻惊呆了。

他突然明白了刚才班主任张伟给他说的那句话："你一会儿可以带孩子一块儿去教室看看，看看你就清楚了，看完了你再和孩子商量想坐哪儿……"

即便是星期天，教室里也差不多有近百名学生。学生们挤在一起，根本没有挪动的可能，几乎就是你贴着我，我贴着你。如果里边的学生想出去，都没有可以落脚的地方。教室前面，讲台上下全都挤满了学生，连黑板下面也都坐满了，老师板书时，估计粉笔末都会落在学生头上。

武祥曾经听绵绵以前的班主任讲过，按照规定，中学每个班的容量应在四十至五十名学生之间。一般来说，是不可以超过五十个学生的。这是教育部硬性的统一的规定，但由于各种各样的原因，差的学校没有学生，班里的人数越来越少。而好的学校则人满为患，每个班的学生人数都大大超过了这个规定。延门中学尽管是市里最好的中学，离教育监管部门很近，但重点班的人数仍然会严重违反规定，一个班也常常会有六七十个的学生。而且是越临近高考，学生会越多。

但武家寨中学算是好的学校吗？为什么这样一个山沟沟里的学校，怎么会挤满了来自各地的这么多学生？而且还是贫困地区的学生，几乎百分之八十以上来自农村的学生？而且学费价格还如此之高！

教育部门不知道吗？党委政府不知道吗？

武祥记得魏宏刚曾在一个大会上信誓旦旦地说过，决不能让一个初中生从学校毕业后直接进入社会！这句话当时成为各大媒体的头条新闻，市里的报纸上都是通栏标题，格外醒目。

其实，魏宏刚这句话背后的意思就是，一定不能让那些上不了高中的孩子直接进入社会。这里面的含义，今天武祥才真正体会到了。九年义务教育就是小学初中，所以我们的高中是不可能让所有的初中毕业生都进来的，大学也不是人人都可以上的。只能把初中毕业生拦腰砍掉一半，才能让高中生人数减少，才能让大学不再拥挤。

不让那些初中毕业生上高中，让未成年的他们去哪里呢？职业高中，职业学校，中专，技校……

但事实是什么呢？眼前是不是就是他们所期盼的，抑或是他们没有料到的结果？

是谁确实没有看到，还是谁不愿意看到，抑或是谁谁谁谁谁假装没有看到？

大批没有资格上高中的孩子，竟然都被挤进了这样的学校里，这样的教室里！在这里度过他们最应珍惜最可宝贵的豆蔻年华。

都是独生子女，都在望子成龙，不管是农村的孩子，还是城市的孩子，不管是成绩好的孩子，还是成绩差的孩子，很少有人愿意上职业高中、职业学校，更不用说那些越来越少的中专、技校。事实上也是这样，重点高中重点大学里农村的孩子比例是越来越少，职业院校中城市的孩子则越来越少。特别是这些年，在职业院校里，有钱有权的孩子几乎绝迹……

刚才班主任张老师说，如果你想坐前面，就只能坐在靠门口的位置。

武祥看了看门口是有空的地方，但几乎就在教室门口了。如果你想坐前面，就只能坐在教室门外！而你要是想坐在后面，与前面的境况几乎一样，就像城里人上班高峰挤公共汽车，后面没人推你，车根本就关不上门！

即使这样的教学条件，居然不走关系还进不来。即使最终能来这样的学校，居然还得交纳十万赞助费！

武祥突然想起去年市委让他们出版集团扩大出版发行的一本书，题目是《延门教育五年绿色发展心路历程》，要求市教育系统所有的教职员工人手一册，并要求在省城扩大影响，争取能得到教育厅的支持，分发赠送给分管教育的副省长、省长，最好让省委常委也都能看到这本书，并且力争发送到教育部，发送给国务院、党中央的有关领导。

之所以要求这么做，因为这部书的作者是延门市委书记魏宏刚！

作为新闻出版局的工作人员，武祥认真细致地把那本书看过好多遍。当时武祥确实很感动，这部书不仅文笔优美，而且内容充实，言之有物，其中列举了很多感人的事例。让人看了，真为延门教育翻天覆地的变化而激动自豪。

然而今天看来，前后几个月的时间，就让武祥深深领悟和体味到这部书的荒谬和虚伪！这样的地方，魏宏刚一定没有来过！即使他来过，他也看不到这里真实的情况，更看不到背后的真相！

那时候，前呼后拥的市委书记，看到听到的只能是一片姹紫嫣红、莺歌燕舞！

那时候，如果武祥也像今天这样的处境，那他看到的这个市委书记，感受一定会完全不同：什么狗屁书记，牛头马面，整个一个大骗子！

班长杨丽娟长得高高大大，一脸朴实，一看就是农村来的那种能吃苦耐劳，任劳任怨的女孩子。

班长看了看绵绵的样子，问了问情况，建议绵绵还是坐在后面好点。"你不近视，在后面能看得见，干吗坐前面？后面再挤也还有墙挡着呢，你要是坐前面，还是门口，要是刮风下雪的，你这身体哪受得了。你个子矮点，坐在后面可以拿个高点儿的凳子。不过凳子一定不能宽了，镇上大街上有卖的，就是专门给学生做的，也不太贵，你一定要挑一挑，一定要结实的。"

班长很热心，不禁让武祥感激万分。

一直沉默不语的绵绵，这时紧张的脸上也舒缓了一些，她走过去轻轻和杨丽娟说："班长，我们初来乍到，什么也不懂。听说宿舍里也住满了，我们都不知道该怎么办，你能给我们想想办法吗？"

"到镇上租房啊，现在估计还能租到。"杨丽娟确实很帮忙，"你们来得有些晚了，现在租房可能要贵点。我倒是不建议你住宿舍，宿舍人太多，你们城里来的一进来肯定适应不了。如果家庭条件好点，还是在镇上租房好。有一个人的，也有两个人的。我觉得你这样的还是两个人合租一个房间好，互相有个照应，有什么事也能及时提醒，不至于忘了。今天新来的有好几个呢，我一会儿帮你问问，看谁愿意与你合租。没问题，有事你就跟我说。不过有些话我得跟你说在前面，咱这学校与外面的学校不一样，要求太严，万一忘了什么没做到，不及时，老师能让你罚站一个星期。你看教室门口站的那位大妈，就是在替她儿子罚站呢……"

武祥看了一眼，果然有个头发半白的老大妈站在教室外面，在凌厉的寒风里，老大妈的头发被风翻卷着，把半个脸都挡住了……

绵绵的脸色一下子变得煞白，好半天也说不出话来。

杨丽娟看看绵绵的样子，"你不用怕，我看你一定是胆子小的那种，不会惹老师生气的。关键是要学习好，只要成绩好，老师就高兴。你成绩提高得越快，老师就会让你坐得越靠前。如果你的成绩名列前茅，那你的座位就更没问题了，又有课桌，又在中间。其实，老师的奖金就靠咱们的学习成绩了，咱们的成绩越高，学校排名越靠前，老师的奖金就越多。咱们班主任老师刚生了孩子，爱人是农村的，又没工作，一家人全靠他的工资呢。这次摸底你一定要重视，千万别考砸了，如果成绩太差，老师肯定不会要你，说不定会把你塞到哪个更差的班里去。实话跟你说，咱们这个班成绩还是不错的，你可千万别给班里拖了后腿。"

……

武祥趁班长和绵绵说话的当儿，又往教室里看了看。

坐在中间有课桌的，大概就是班长说的，都是好学生。坐在课桌前后两旁的，应该也是不错的学生。而在后面前面挤着

重新生活

上课的，应该就是刚来的，或者就是差等生了。

教室黑板的上方，一幅红色标语刺眼夺目：

"提高一分，干掉千人！"

教室后面的墙上，则是一幅血色的通栏标语，更加让人血脉贲张，亢奋激昂：

"考过高富帅，战胜官二代！"

落款居然是"白岩松"！

教室对着门口的一侧，每个窗户上都有一句醒目的标语，同样显眼刺激：

"累了想想父母，困了看看未来！"

"不苦不累，高三无味；不拼不搏，高三白活！"

"要高考，先发疯！"

"宁吃百日苦，不留终生憾！"

"只要学不死，就往死里学！"

……

只看得武祥心中越发凄楚悲凉，心中也不禁感慨万分。自己在新闻出版行业工作多年，那些励志鞭策，让人奋发向上的内容都去了哪里？为什么在这些即将进入成年的孩子周围，竟只剩了了这样的一些语句？这还有青春年华的豪迈和自信吗？还有人生的美好与憧憬吗？都只是十七八岁的年纪，却卷入如此血腥的拼杀之路，为什么会成了这样？悲壮得近乎惨厉，酷烈得犹如自残！

武祥不禁又想起了当初在延中时，绵绵班主任曾给他们设计的那个美好的未来。今天看来，真是天悬地隔，云泥殊路！

武祥突然开始强烈地谴责起自己，让绵绵到这里来，你这个做父亲的是不是太残酷，太没人性，太不人道，太不负责任了？

以绵绵的身体和性格，孩子能经得起这样拼吗？拼得起、拼得过吗？

重新生活

都只是十七八岁的年纪，却卷入如此血腥的拼杀之路，为什么会成了这样？

但是，你现在还能让绵绵去哪里？

不拼还有路吗？

这不就是老百姓都在走着的那一条路？

……

重新生活

二十一

◆

　　班长介绍的愿意合租的那个新来的女学生叫任颖，与绵绵同岁，是从县城里来的。

　　任颖来武家寨中学的原因很简单，就是父母离婚了。父母各自又有了各自的爱人，任颖感觉到无处可去了，就选择来了武家寨中学。陪她来的也是她的父亲，也是一个老老实实，普普通通的公司职员。

　　班长很负责也很细心，选择的这个合租的同学，可以说是门当户对，各方面都很合适。

　　武祥和任颖的父亲两个人一见如故，说来说去，就说到了这个学校。任颖的父亲对武祥悄悄说，他就这一个孩子，就这三年高中，几乎把他一辈子积蓄的私房钱都花得差不多了。直到现在也不敢把花了这么多钱的事和任颖的继母说出来，任颖的继母现在还带着一个正上初二的男孩子，想想真能把他愁死了。将来要是只凭工资让这两个孩子都上了大学，恐怕真的是没有可能了。不过现在也没有别的办法，总不能去偷去抢吧，只能走一步算一步了。

　　任颖的父亲悄悄对武祥说，他真没想到转学费会这么贵。如果不是家里实在住不开，他说什么也不会让任颖转学到这里来。"原以为花个三万五万就差不多了，哪想到光赞助费就得八万。"

武祥不禁暗中叫苦，绵绵十万，任颖却是八万，两万块就这么稀里糊涂地没了。不过再想想那个跳楼的女孩子孟小瓦，看看学校这个样子，武祥也就不再那么郁闷了。花钱消灾，只要能平平安安的，孩子能有书读就算谢天谢地了。

后来任颖的父亲又说道："老武啊，真是当家方知柴米贵，事非经过不知难。你说说，现在上个学咋就这么贵呢？我问过一个贵族学校，人家是明的，吃住全包，一个月三万八，还不算书费学杂费。这他妈的不是公开抢钱吗？说是因为有外籍老师，所以就贵。什么鬼话，那不就是故意放纵外国人来抢中国人的钱？后来，我又去了一家公办高中，也是吃住全包，其实是个很一般的中学，但介绍人说了，面上得交三万，关系费得交五万。花了这么多，还只是借读！将来还得把学籍转过来，要是转不过来，将来考大学都没有资格，都报不上名。问了问，说将来转学籍，至少还得五万！你说说，对这些事国家咋就不好好管管？上面总是说老虎苍蝇一起打，打了吗？像下面这些地方，苍蝇都变成蝎子了，都腐败成这样子了，也该收拾收拾吧，这还让老百姓活不活了？反过来，你说这些人胆子怎么这么大，顶风作案不收手，为啥就不怕出事？就不怕我们告他们？是不是法不责众，大环境都成这样了，就没法子下手了？"

……

武家寨镇上的房租真不便宜，一人一大床带卫生间可以做饭的，一个月四千元左右，两人两床一卫可做饭的，一个月五千左右。其他水电空调热水器费用另外计算。

武祥和他们一起看了几个地方，才明白这里所说的单人间双人间究竟是怎么回事。第一真没想到面积竟会这么小，小得不可思议。一人间的，大约十平方米左右，两人间的大约十五平方米左右。单间的一进门就是一张床，旁边是一个小柜子，卫生间大约两平方米不到，抽水马桶上方墙上安了个喷头，就算是淋浴房了。卫生间门口旁边有个小平台，上边有个抽风机，平台上面放着一个电磁炉，就是所说的可以做饭的地方。地方虽小，但锅碗瓢盆倒是齐全，该有的都有。两人间的也一样，就是多了一张床，其他的没有什么差别。

唯一人性化的设计，就是房间里的设置都有陪读父母可以睡觉的地方，一张床其实很大，可分成两半，孩子住的稍高点，父母住的稍低点，这样不会影响孩子休息。另外就是还有一张桌子，一盏台灯，专供孩子晚上学习、复习、写作业。

转了几家，大同小异，最后找了一家离学校近点的，算是定了下来。

然而最终结算时，才发现仍然有好多费用没有算进来。

水费押金两千元。

电费押金三千元。

家用物品押金两千元。

租金最少一次性交纳三个月。

武祥一下子傻了，乱七八糟的差不多又得一万多！

任颖的父亲跟东家几乎吵了起来，但东家一直很和气地给他们解释来解释去，说我们这里哪儿都一样，这也是镇政府和上面定下的规章制度。因为这些年出的事情多了，房东才不得不防。我们也是防小人不防君子，只能这样收费。但看到任颖父亲嘟嘟囔囔、吵吵闹闹的样子，最后房东也止不住生了气："就你们还是城里来的，你们是真不清楚还是假不清楚？你们也不想想，现在城里的房价是多少？房租是多少？如果你们住宾馆，一晚上怎么不也得二百、三百的？我们这小地方，盖这么个房子，你知道一年得交多少税费？除了物业费，还有卫生费，消防费，人身安全保险费，我们能挣几个钱！不愿意住就走吧，又不是没人来住。想好了，过了这个村，就没这个店了，你们看着办吧。"

武祥看看天色已晚，把任颖父亲拉到一边说："老任，算了，别争了，就定这里吧。你看老板都把话说透了，这个地方肯定都一样的口径，一样的规矩。多说无益，到哪儿都一样。不说啦，就住这儿。"

"真是到了贼店了，这不是明抢吗？"任颖父亲面露难色，"不是我争，我也是真没办法了，我算了算，身上的钱真的怕是不够了，现在把这些都付了，那八万估计就凑不齐了。"

武祥叹了口气，想了想说："这样吧，咱们先住下来，如果半个月后，两个孩子摸底测试都过不了关，以至连差班也留不下来，那咱就自认倒霉，全都卷铺盖回家。到时候这里的房租能退还的就要，要是硬不退还的权当让小偷给偷了。如果你家任颖过关了，我家绵绵没过关，哪个班都拒，都没人要，那我卷铺盖回家，这里的房租我就都不要了，全都归你。如果两个孩子都过了关，到时候你的钱确实凑不齐，那我就先给你垫上。你看这样行吗？"

任颖父亲看看武祥，说："你是好人，我一眼就看出来了，就按你说的办，咱就住这里。至于你说的垫钱的事，我也不是死皮赖脸的人，到时候再说吧。老武，认识你这个人，看两个孩子相处得也不错，来这一趟也值了……"

收拾桌子和房间时，发现墙上桌子上床头上到处都刻着贴着各色各样醒目的字句，一定都是在这间屋子里住过的学生留下来的：

——高否？富否？帅否？是，滚回家去。否，滚去学习。

——扛得住给我扛，扛不住，给我死扛。

——进清华，与主席总理称兄道弟；入北大，同大师巨匠论道谈经。

——不成鲲鹏，便成鸡。你的青春，你做主。

——睡吧，玩吧，毕业一起收破烂吧！

……

武祥默默地看着这些无法清除的高考语句，心情顿时复杂起来，不知道绵绵看到这些会有什么样的感触，这样的环境对孩子的影响一定会很深刻很残酷。同时，他又觉得让绵绵接受大雨的滂沱，对她的人生未必是件坏事，绵绵是该历练历练了。

等把房间收拾利索，已经傍晚五点多了。

真饿了，武祥本想到外面吃点东西下个小馆子，但看看任颖父亲的样子，也就决定凡事不先说话，先观察观察，看看人家做事的习惯，人家怎么说就怎么做，免得日后绵绵与人家合不来。

果然，任颖父亲先说话了："老武，咱两家今晚就试试在这个地方做饭到底行不行，你说呢？"

"两家一起吃喽？"武祥笑笑问。

"那当然，第一次嘛。"任颖父亲很肯定地说，"好朋友，勤算账。但今天晚上第一次例外。我们也是千里有缘来相会，命中注定地该遇在一起。你看，我去买菜还是你来做饭？"

武祥想了想："我去买菜吧，我做饭一般。"

"好，我先看看他这里的锅灶怎么样，好使不好使。如果不行，明天咱们再想办法。"

武祥是不想让任颖父亲花钱，另外也想看看这个地方的物价到底怎么样。

物价倒是比预想的便宜，跟城里一样的蔬菜水果什么的，比城里便宜近一半，有些像山药蛋之类的家常菜，城里卖到了两三块，这里只有八毛一块，胡萝卜更是便宜得让你想不到，五毛钱。

　　看到有卖酒的，大都是十块二十块一瓶的地方酒，武祥想了想，就买了一瓶。还买了一些花生猪头肉之类的下酒菜。

　　第一次吃饭，两家又是在一起吃，有酒至少可以热闹点。还有绵绵和任颖两个孩子，也能让她们俩孩子放松放松。

　　东西买全了，大包小包地正准备往回走，兜里的手机响了。本来武祥也想给家里说说情况呢，正好电话来了。

　　丁丁的号码。

　　武祥心头一震。

　　"丁丁，是你吗？"武祥突然有些紧张。

　　"姑父，你说话方便吗？"丁丁的嗓音有些发哑。

　　"怎么了，丁丁。我说话方便。"武祥立刻意识到一定是出了大事。

　　"绵绵在跟前吗？我本想明天再给你打，可想想不对，晚上我不给打你，你也会给我打，那样反倒说话更不方便。是不是绵绵已经安顿好了？"丁丁说话的口气，越发让武祥感到紧张。

　　"我在外面，丁丁你说吧，这里没人。"

　　"……姑父，上午八点多的时候，纪检委的人把姑姑带走了。"丁丁在手机里突然放声大哭起来。

　　……

　　武祥接了丁丁的电话后，连着给妻子拨了三次手机，都是关机。

　　后来他又给丁丁拨了一个，丁丁的手机居然也关了！

　　一定是丁丁担心绵绵给他打电话，所以关掉了手机。

　　武祥斜靠在路边一侧的砖墙上，好半天也直不起腰来。

　　上午八点多，已经快一天了！

　　难怪妻子一直没来电话。

武祥觉得心跳异常，捂着胸口，摇摇晃晃的，不知道自己是怎么走回来的。

绵绵看到武祥的样子，细心敏锐地先给父亲倒了一杯水，之后几次过来悄悄问："爸爸，你怎么了？脸色那么白，嘴唇也是紫的。"绵绵的关心，让父亲武祥心头一热："没事，这里是大山深处，没想到外面这么冷，一会儿就没事了。"武祥尽量掩饰着自己的失态。

绵绵看着爸爸的样子，依然放心不下来："爸爸你的衣服是不是太薄了，这会儿可别感冒了。妈妈昨天临走的时候还说我呢，你也大了，爸爸也不年轻了。这些天爸爸很累，告诉我让你多休息。让你量力而行。"

绵绵这么一说，差点没让武祥掉下泪来。他强忍着笑了一下："别听你妈瞎叨叨，你爸身体好着哪，等你上了大学，后面的事情还多着哪，你爸老不了，也不能老。"

"爸爸，我今天给妈妈打两次电话了，妈妈的手机一直关着。怎么回事？她说了让我给她多打电话的，还说我来到武家寨后一天至少要联系两次。可干吗她今天一直关着手机，是不是出什么事了？爸爸你跟妈妈联系了吗？我刚才给丁丁打手机，一直占线。后来再打，就关机了。"绵绵很纳闷很费解地给武祥说道，"不信爸爸你听，妈妈的手机现在还关着。"

"今天我们通话了啊，什么事都跟她说了。你妈让我告诉你，关键是一定要安下心来好好学习，过了这一关，后面就全顺了，什么问题都迎刃而解了。你妈说了，过眼前这一关，咱们绵绵没问题。"武祥一边说着，一边想着怎么把谎编圆了，"是不是你打电话那会儿，正好你妈手机没电了？要不就是今天单位忙，讨论开会什么的，就把手机关了。没事，先吃饭，好好休息，一会儿吃了饭再说。今天太晚了，明天联系也可以。"

有一点武祥非常清楚，这会儿说什么也不能告诉绵绵实情。

否则，天知道绵绵会做出什么事情来！

任颖父亲做饭的手艺不错，做饭的地方虽然很小，就那么一个电磁炉，但做起饭来居然挺实用，炒菜煮面都没有问题。

两家四个人，六个菜，一瓶酒，一锅面，吃得很热闹。

武祥喝酒从来没超过二两，但这一次喝了足有大半瓶。

这辈子武祥第一次醉倒在了异地他乡。

武祥醉得很彻底，就像猛然摔倒了一样，倒在床上再没起来。

第二天武祥睁开眼时，已经是早上八点多了。

两个孩子都不在，任颖的父亲也不知去了哪里。

锅里热着两个馒头，还有一个鸡蛋，估计是任颖的父亲留给他的。

身旁有绵绵的一个纸条：

　　爸爸你醒来了就给我发个短信！爸爸以后一定不要再这样喝酒了，你把我吓死了！！！昨晚要不是有任颖爸爸在旁边，我就叫120把你拉到医院里去了。妈妈的手机一直不开，丁丁也没有开机。一会儿他们开机了你告诉我一下。班长说了，我们新来的几个参加摸底考试的，这两天还允许带手机。但必须静音，振动也不行，因为坐得太挤，振动也会影响到别人。过了这两天，凡带手机的，一律没收。学校要求我们六点半前必须赶到学校，办理出入证，还要买学校食堂的饭票。小凳子我带上了。今天一天四门课，语文数学外语政治，课本我都带齐了。听说老师很厉害，我会小心的。绵绵

这辈子武祥第一次醉倒在了异地他乡。

武祥看完了，眼睛不禁又有些湿漉漉的。他赶忙先给绵绵发了个短信："绵绵，爸爸已经醒来了，爸爸没事，就是昨晚喝多了。和任颖爸爸第一次吃饭，觉得人家与咱们合得来，任颖这孩子人也挺和善，爸爸就喝得多了些。就这一次，爸爸保证下次一定不喝了。绵绵，爸爸相信你，你的成绩一定会赶上来的，一定会做出个榜样给他们看。不过你也不要有太大压力，只要努力学习就没有问题。我会跟妈妈联系的，放心就是。有什么事晚上回来再说。"

"好的爸爸！"绵绵居然很快回复了。

武祥然后给妻子两次拨了手机，仍然关机。

丁丁的也一样，仍然关机。

武祥还没洗完脸，任颖的父亲就回来了。

任颖父亲显得非常放松，一进门就说："老武啊，这地方的环境还真不赖，你一会儿也出去看看，空气好得很，一点儿雾霾也没有。将来退休了，不行了，就来这里养老都不错。"

武祥说："也就新鲜几天，只怕住不了一个月你就得逃了。"

"哈哈，那倒是！"任颖父亲乐得像个小孩，"哎？怎么锅里的东西还没吃？酒喝多了，第二天一定要多吃东西，否则对身体不好。我给俩孩子买了十斤鸡蛋，都是新鲜的，正儿八经的土鸡蛋。我算了算，这鸡蛋和昨天晚上的那顿饭，我们就扯平了，谁也不欠谁的。"

"好好，听你的。"武祥说道。

"你先吃饭，一边吃，咱一边商量个事。"任颖父亲一边说着，一边已经把锅里的馒头鸡蛋和昨晚的剩菜端在了那个小桌子上。

"好的，你说。"武祥坐下来，拿了个馒头啃了起来。其实一点儿胃口也没有，只是做做样子。

"老武啊，你看这样行不行。"任颖的父亲十分认真的样子，"我看两个孩子的性格都不错，一定合得来。今天一早我陪她俩去了学校，该办的事情都办了。主要是学校也能吃饭，她们回来煮个鸡蛋什么的补补身子就行了。其他也就再没有什么要紧的事了，我看咱俩差不多就可以离开了。其实咱两个大老爷们，孩子也都老大不小的了，咱们住在这里，孩子们有些事也不方便。咱们离开了，两个孩子反倒更自在些，你说好不好？老武，我的意思你能明白吧？"

"明白。"武祥琢磨着任颖父亲是不是还有什么话。

"明白就好。"任颖父亲继续说道，"我问问你，你觉得咱们明天就离开行不行？"

武祥没想到他才来就待不住了，就说："等孩子回来咱们问问她们？"

"我问过了，她俩都说可以。"任颖父亲好像在等着他这一句。

武祥吃了一惊："明天上午？"

"是啊，明天上午。"任颖父亲这时叹了口气说，"老武啊，如果咱俩都是当妈的，留下来一个照顾两个女孩子也行，咱们两家轮班，你一个月我一个月。可我一个大老爷们，又没有别人可替代的，亲妈后妈的都不好来。你说咋办？你老婆倒是可以来，可你老婆来了，我还能来吗？更不方便。让我说，不是半个月后摸底吗？我问了班主任时间了，他说再过两个星期，也就是十四天后的这个星期一摸底。我看我们俩提前约好，到了第十三天咱们一起来，你也别让你老婆来，还是咱俩大老爷们。俩孩子不管考得好不好，能不能留下来，咱们到时候再商量下一步。你看这样行不行？"

武祥这时才真正明白了，任颖的父亲原来是这个意思。孩子的继母不能来，亲生母亲也不方便来，只能他来，他一个男的，所以就希望武祥与他一起再来。

说到底，还是为了省两个钱，还是为了孩子。

真是可怜天下父母心。

"老武，你是不是觉得我好可怜？"这时任颖的父亲突然一脸悲怆，眼圈也红了起来，"我是没办法啊，自己的孩子，又不能不管。昨天晚上你喝多了，你家那个孩子，看得我只想哭。你大概现在也不知道，绵绵守了你一晚上，陪着你看了一晚上书，整整一夜都没合眼……"

这次轮到武祥难受了，怔了一阵子，两颗老大老大的泪珠子止不住掉了下来。

重新生活

二十二

◆

翌日。

武祥坐的是第一班长途汽车，但回到延门市里的时候，已经是上午十一点多了。

下了车，武祥本想直奔市纪检委，但看看时间，赶到那里最少得半个小时，就算你进得去，肯定也都下班了。想了想，就直接回到了家里。

一早动身时，就给丁丁发了短信。丁丁的手机一直关着，也不知道丁丁会不会打开看，能不能看到。

家里的门是锁着的。

丁丁不在！

武祥看了看屋子里所有的地方，没有看到任何丁丁留下的纸条或者联系方式。

丁丁呢？武祥越想越感到害怕担忧。妻子不在家，毕竟还知道她在什么地方。丁丁不在了，天知道他会去了哪里！

武祥又连着拨了几次丁丁的手机，仍是关机。

丁丁会去哪里呢？

武祥想了好半天也想不到丁丁可能去的地方。

武祥突然感到，自己其实也一样，这么大的延门市，眼下居然也找不到一个能托付，能问话的人。

想来想去，只有三个人可能会同丁丁联系，或者丁丁会找这三个人联系。

第一个是丁丁的同学陈玉红，就是那个父亲成了植物人的女孩子。

第二个是刚来过家里的魏宏刚的司机刘本和。

第三个就是前几天给丁丁治伤的医院副院长王宇魁。

只有这三个可能，最后一个可能性最小。

武祥考虑了好久，终于给三个人都发了短信。

"你好，我是武祥，丁丁在你那里吗？"

第一个回信的是陈玉红，几乎一发出去就回信了："伯伯你好，丁丁不在我这里。前天我们通过微信，丁丁说他恢复得很好。他现在不在家了吗？我现在马上同他联系，如果联系上了立刻告诉伯伯。玉红"

第二个回复的是刘本和："丁丁不在这里，这些天从来没联系过。我一会儿也问问，打听一下看丁丁去哪里了。"

半小时以后王宇魁回短信了："刚看到，丁丁是谁？"

三个人都不知道丁丁的下落！

丁丁有可能去了哪里？

他再次拨了丁丁的手机，关机！

丁丁会去市委小区原来的那个"家"吗？

以丁丁的性格，他肯定不会去，绝不会去。

去了学校？

更不会！丁丁好像下决心了，他不想继续读书了。他认为读书没用，对他一点儿用处也没有了！

丁丁还会去哪里？

武祥再也想不出丁丁可能去的地方了。

丁丁的突然消失，让武祥气得发疯：这当家长的官爸官妈造的什么孽啊，这是要毁了孩子一生啊！

……

胡乱吃了几口干馍，喝了一大碗开水，看看时间，已经下午一点多了。

下午无论如何他也得先去纪检委走一趟。

马上动身，丁丁的事回来再说。要出门了，才想到如何才能进了市委大院，如何才能找见市纪检委的办事人员和有关领导。之前去市委，给宏刚的秘书打个电话报个车号，一切就办妥了，市委大门畅通无阻。现在肯定进不去了，就算进去了，找具体经办人更不容易。工作证有用吗？以前也去过市委市政府，里面没有具体的部门和联系人，什么证件也没用。看了工作证，门口工作室的人第一句就会问，你找谁？哪个部门的？约好了没有？回答完了，人家还要亲自联系一遍，核实无误后，才会进一步查看你的身份证和工作证，然后给你一张表格让你填写。填完了才会给你一个进出证件和卡片，并告诉你出来时如何让接待你的人填写回执。

进入大院大门时，门警要查看你的进出证件。

进入大院里头，市委门口还有一道岗，仍然要检查你的进出证件。

那时候武祥还取笑过魏宏刚，咱们不是天天讲与人民群众血肉相连，是鱼水之情吗？为什么连我这样的一名干部进个市委大院都这么难？

魏宏刚说，你是只知其一不知其二，你知道我们愿意那么做吗？这些年上访告状的太多了，实在是防不胜防。市委也得办公啊，否则不真成过去的衙门了，敲敲鸣冤鼓就能走进来？

魏宏刚当时的回答出乎预料，但今天想来好像并没说错。

魏宏刚说，过去是反革命坏分子多，今天是上访告状的多。

是反革命坏分子都没了，只剩下上访告状的了？还是反革命坏分子学精了，把自己都化装成上访告状的了？武祥当时还反诘。

魏宏刚没好气地说道：现在的反革命坏分子理都没人理了，上访告状的倒成了政府的头号大敌。

此时此刻的自己现在算不算是个上访告状的？

武祥愁眉不展地想了半天，忽然想到了司机刘本和。

刘本和说他已经回到了市委车队，他的车不就可以进市委大院吗？

但进去又怎么办？又如何能进入市委办公大楼，再找到市纪检委的有关部门？

想了好半天，也找不到一个可以找到和见到纪检委的关系。记得有个纪检委的杂志，但里面的主编和编辑一个也想不起来，因为从来不打交道。

武祥拍拍脑袋：算了，不想那么多了，先进去了再说。

他给刘本和打了个电话，刘本和很痛快，立刻就答应了。

四十分钟后，刘本和拉着武祥开进了市委大院。

到了市委办公大楼的门口，刘本和说：“怎么让你进去我就没办法了，你看怎么办？”

武祥一咬牙，说：“我下车，你走吧。怎么进去，我想办法。”

刘本和无奈地说：“要是在过去，我领着你跟门口的警卫说一声就行了，可现在不行。我要说了，你更进不去了。”

“我想办法，你走吧。”武祥毅然决然地下了车，跟刘本和招招手，一转身向市委办公大楼门口走了过去。

今天，武祥特地穿着一身笔挺的西装，专门打了一个花色领带，皮鞋擦得锃亮，外套是一个长款宝蓝色呢子大衣。这是他五十岁生日时，魏宏刚特意让秘书给他送过来的一盒子衣服，他从来都没穿过，一辈子也没想过会穿它。武祥觉得这样的衣服根本不适合他，太时尚了，太扎眼了，太贵重了，穿上这样的衣服，一定招人取笑。但今天他特意穿上了它，有人给他说过，若要想蒙混过关，进入市委办公大楼，只有两个办法，一个是让人领进去，一个是自己装 × 闯进去。尤其后一个办法，首先你必须穿得像个市委大院的办公职员，衣服要有范儿，看上去并不惹眼，但一看又很有质地。不能太丢分，又不能太过分，更不能皱皱巴巴。不能带大包，鼓鼓囊囊的小包也不行，最好是个透明的公文袋，里面薄薄地塞入几页红头文件，倒夹在怀里。一定要挺胸抬头，趾高气扬，对门口的警卫视而不见，直接进入大门，一般来说，成功率可达百分之五十！

武祥离大门越近，胸口越跳得咚咚直响。他的脸丝毫没有向门口的警卫转动，其实他真的看也不敢看。大概是运气太好了，市委办公大楼门口突然停下了一辆面包车，下来十几个说说笑笑的男男女女，他正好与这些人合在一起，居然顺利地混进了市委办公大楼！

胸口仍然在怦怦乱跳，他知道一进大楼大门，往左就是一个厕所，他径直走了进去，找了一个有隔离门的卫生间，一下子锁紧门，大口大口地喘了好一阵子，才让自己慢慢放松下来。

他真的进来了，不是在做梦！

就在半小时以前，他无论如何也不敢相信，这么严密把守的地方，居然能大摇大摆地闯进来！

……

十分钟后，他进入了纪检委的那一层。

从厕所出来时，他仔细看了大楼门口的单位部门示意图，知道纪检委就在这一层。

武祥没有去纪检办公室，直接去了纪检监察室。

昨天晚上他在网上查了一整夜，大致清楚了纪检委的几个部门。目前可以了解到妻子被调查情况的处室，只可能是其中的两个处室，纪检监察室和案件审理室。

武祥觉得应该先去纪检监察室。

让武祥没想到的是纪检监察室的处室竟有这么多，第一室，第二室，一直到第十二室。每个处室都还有主任室、副主任室。

他有些发愣，实在不清楚该往哪个处室走！

但他此时此刻必须一直走动，不能站在哪里发呆发愣，否则碰到任何一个人都可能会问你是哪儿的，来找谁？你若难以回答，立刻会陷入极其尴尬之地。

快走到顶头了，他必须迅速决断。

在一个主任室门口，他停了下来。

武祥知道，不论任何地方，主要负责人的态度往往都要好一些。

武祥轻轻地敲了敲门，一声清脆的声音："请进。"

武祥进去有些吃惊，没想到在主任位置上坐着的是一个很年轻的女主任。面貌清秀，表情温和，完全不是他想象中纪检监察人员应有的神态和模样。

武祥很客气地打了个招呼："主任您好。"

"你找我吗？"主任正在埋头看着一份厚厚的材料，看了武祥一眼，随口说道，"请坐。"

武祥想了想，还是坐了下来，"谢谢主任。"

"什么事？说吧。"主任放下手中的材料，看着武祥，微笑着说道。

武祥简短地说明了情况，并说明了自己的身份，然后直奔主题:"主任,我可以以我的人格保证,我妻子肯定是清白的,决不会有任何问题。如果有问题,可以立即对我进行查处法办,即使开除我的党籍公职我也心甘情愿。"

"是谁让你来找我的?"主任显然没想到武祥的来意和身份,顿时严肃起来,"你说的这些问题,并不归我管,你也不应该来找我。"

"主任说得对,可我确实不知道该找谁。"武祥实话实说,"主任你看我的这些情况应该找谁合适。"

"与魏宏刚有关的案件,属于大案要案,由专案组负责处理。"主任平心静气地给他解释道,"关于你爱人涉及到的问题,应该属于专案核查组负责处理。至于专案组和核查组在什么地方,这是纪检委的重要机密,一般不会公开。即使我知道,像你这样与当事人有关的人,我也不会告诉你,包括纪检委任何部门任何工作人员也不会告诉你。所以我劝你不要再找了,找任何人也没用,也没有找的必要。"

"这个我明白,我就是想向组织想向纪检委领导说明一下我所知道的情况,我以一个有二十多年党龄的党员身份担保,我爱人绝对没有任何问题。"武祥再次向主任保证道。

"既然没有任何问题,你还有什么可担心的呢?"主任依然很认真很耐心地和武祥说道,"像你爱人的问题,在被协助调查之前,有关部门一定与她有过多次接触了。难道她没有和你说过?电话提醒,函询,约谈,当面谈话等等这些调查方式,在此之前一定有过多次。包括你,至少也有过函询或电话一类的调查方式。那时候,你们如果能够积极主动交代问题,澄清自己,就不会有后面的一系列的进一步的更加严厉的处理方式。这个你会一点儿预感也没有?包括你的爱人,她从来也没有跟你说过这方面的情况?"

主任恳切清晰、字字入耳的话语,让武祥听得张口结舌,无以回答。原来妻子当初说过的那些情况，都是纪检委的调查监察的手段和方式！而且是一步一步在升级，而他和妻子却一直没太当回事，对有可能造成的恶果竟浑然不知！

包括停泊在他家门口的那辆汽车吗？武祥痛恨自己太迟钝了。

那时候只觉得自己家不会有任何问题，但今天看来，一定是有问题。如果没有问题，绝不会这样一步一步，最终酿成了这样的一个后果。

他突然想到了自己，主任说了，也应该有电话或函询一类的调查方式。自己的办公电话，自己的办公室，说实话，至少快有两个星期都没去过单位了，桌子上的文件来信堆得有一尺多高，平时无非都是业务上的一些来往信函，去了也是大致翻翻。今天想来，很可能说不定真有过电话，真有过这种信函。

主任说得再明确不过了，如果没有问题，根本不用找，只要说清了，什么问题也没有。如果有问题，再找也没有用。

那就是说，一定是有问题的，纪检委绝不会无缘无故地把你带走协助调查。

至于什么问题，一定与妻子有关！

一定与魏宏刚有关！

一定是重大问题！

……

武祥不知道是怎样从主任的房间里走出来的。

主任一直很和气，还一直把他送出门口。

武祥不记得最后给主任说了些什么话，但主任说的这些话，让武祥彻底清楚了一件事，妻子的问题根本不用找，找也根本无用。

现在的问题，是必须帮妻子把问题查清楚。

只有把问题查清楚了，妻子才有可能出来。

武祥相信妻子确实没有问题，问题是你必须尽快找出妻子没有问题的确凿证据！

重新生活

二十三

◆

武祥打了个的，直奔单位。

办公室依然如旧，办公桌上的刊物、文件、资料以及来自各地的信件像山一样高。

好久没来上班了，科室也没几个人，大家各忙各的，也都知道武祥家里目前的情况，寒暄过了，也没什么人过来与他闲聊瞎扯。

武祥的正科级也是个虚职，并不具体分管负责什么。这两年，单位也没什么事，工资不高，奖金没有，大家私下都揽着干点私活儿，平时工作上的事谁也不过问谁。

武祥坐下来先在电话栏里查看了一遍未接电话显示，共有四十多个不认识的号码，而来自市委总机的居然有二十多个！

武祥又把办公桌上的东西全部清理了一遍，居然找出三封来自纪检委的信函！

信函内容完全一样，都来自市纪委纪检监察室。

武祥看了一眼，一下子火大了！奶奶个熊，自己就是块木头！

000003　　　　　延门纪检（六）函 167 号

机　密

武祥同志：

你的女儿武瑞绵，尚未成年并与你们夫妇共同生活。根据有关资料证实，武瑞绵于三个月前曾在市工商银行存入人民币三百万元，请你和你妻子书面说明有关情况和存款来源。

根据有关数据证实，于三个月前，你妻子魏宏枝以本人名义，在本市仪家庄开发小区购得价值二百八十万元、建筑面积二百〇五平方米住房一套。请你和你妻子书面说明情况和购房资金来源。

中共延门市纪委第六纪检监察室

延门市监委

武祥像触电一样浑身战栗不止，久久镇定不下来。

怎么回事？

三百万存款，二百〇五平方米住房一套！

而且竟然是仪家庄开发小区！

确确实实就是那个骗了丁丁，又骗了魏宏刚的房地产老板刘恒甫开发的小区！

真是活见鬼！

这怎么可能！

如果这是真的，妻子难道会不知道？

难道妻子的公司领导就一直没跟她说过这些问题？

如果说过，妻子为什么只字未提？

如果妻子知道，那就是说，这么多年了，至少近几个月来，妻子一直在骗他，瞒着他！

当武祥回到家时，强烈起伏的情绪渐渐平缓了下来。

他开始慢慢地回忆，理性地忖思，他知道他现在尤为需要镇静、需要理智。

会是妻子的钱吗？

绝不可能。

首先，是妻子哪来的这笔钱？妻子就那么一个普通职工，月薪四千多，一年奖金总共也就六七千，那还是去年奖金最高的时候。三百万，靠她的工资，不算二十年前一个月几十块钱工资的时候，全部按现在的工资，不吃不喝，她最少也得工作六十年！

还不算那套房产。

那绵绵呢？

四个月前，绵绵在银行存入了三百万。三百万啊，那是很大很大一笔钱，如果是现款，差不多有七八十斤重，绵绵提都提不动，背也背不起来，放在家里会占偌大一块地方，绵绵怎么可能自己去存这笔钱？如果是卡，那也一定不是绵绵本人的卡，还得另外一个人用自己的银行卡和绵绵一起去存。这有可能吗？绵绵有可能瞒着家人，和别人一起，在银行里给自己存了三百万人民币？

自己的孩子自己清楚，他不相信，打死不相信！

绵绵绝不会干出这种事情！

绝对不会！

如果连自己的孩子你都这么一点儿不了解，不相信，那你这当父母的还能算是个父母！

那会是谁给绵绵存进的这笔钱呢？

能有这笔钱的人，只能有一个，就是妻子的弟弟魏宏刚！

会不会是妻子与魏宏刚一起瞒着他干了这些事？

不会。

应该不会。

肯定不会。

绝不会！

一起与自己生活了二十多年的妻子，如果自己还不了解，那岂不等于白做了一回夫妻，白活了这二十多年！

妻子绝不会！

他绝对相信妻子的为人。

那就只能是他了，就是妻子的弟弟魏宏刚，是他瞒着他们干了这些事！

之前如果有人说当官的如何如何贪婪，如何如何腐败，武祥很难相信，至少半信半疑。自从看到魏宏刚家的搜查清单后，武祥的认识已经完全转变，这些人的钱确实太多，也确实来得太容易！

三百万在这些人眼里根本不算什么。

那就是说，一定是有个人用绵绵的身份证，给绵绵存进了三百万！

一定是绵绵的舅舅魏宏刚！

包括以妻子名义买下的那套房，也一定是用妻子的身份证，给妻子买下了一套房！

一定是绵绵的舅舅魏宏刚！

武祥联想到几个月前魏宏刚曾经跟他说过的那番话，句句犹在耳旁："……你们也真是的，我在你们眼里还算不算一家人了。好歹我也是你们的亲弟弟，买房子这样的事也不告诉我，拿我当什么人了？我这个书记每天都在给别人办事，自家的事为什么就不能办？你们不找我，让别人怎么看我？姐姐一辈子争强好胜，什么也不求人。但房子是天大的事，弟弟又不违纪违法，给你们找一套便宜的房子谁又能说什么？姐夫你回去和我姐好好说说，就你们那几个钱能买下什么样的房？老妈以后来了也还要住呢，不为别的，也得为咱母亲着想吧，也得为绵绵着想吧。弟弟好歹也是个市委书记，你们跑断腿的事，不就是弟弟一句话的事。这事我知道了，你回去告诉我姐不用再跑

重新生活

了，这事我记下了，选好了合适的地方就告诉你们。怎么着不也得个两百平方米的，放心，肯定得小区好，楼层好。这个让姐姐放心就是了，别让她再跟我犟，她这个人啥都好，就是太轴！太轴了……"

这些天为什么就没往这里想？

百密一疏！

一定是这样，也只能是这样。

唯有如此，才能解释清楚这一切。

武祥突然猛砸了自己一拳，你反应太迟钝了，早该想到这一层。

当推理推到这一步时，武祥突然意识到了一个晦涩又复杂的问题，为什么自己都已经想清楚了的事情，纪检委却一而再、再而三地追问此事，以至还要把妻子带走，要她协助调查，交代问题？

这就是说，魏宏刚直到现在都没有交代这些问题！

魏宏刚还在死扛，拒不承认！

也许他什么都愿意交代，唯有这些东西他还没有交代，也不想不愿意交代！

武祥心中突然一阵剧痛，痛得他几乎直不起腰来。

魏宏刚，你真是个蠢货！蠢透了，蠢得还不如一只猪！

蠢得把你姐姐都牵连进去了，居然还执迷不悟！

你想想，这样的事情你如何瞒得住！

你这样做是要了我们一家人的命啊！

你真把你姐姐害惨了！

……

从下午开始，武祥的手机一直是静音。

武祥清静下来，才看了一眼手机。

有三个是绵绵的手机号码。该给孩子怎么说呢？武祥思忖着。

还有老家来的一个陌生手机号码，连着打来十几遍。谁的呢？不像是家里的。

武祥拨通了绵绵的手机。

绵绵一开口就几乎哭了起来："爸爸，你们怎么了，不是关机就是不接电话！妈妈怎么回事，都两天了一直关机！还有丁丁，怎么回事嘛！急死我了，再不接电话我就回去了……"

"绵绵，你听爸爸说，真的什么事情也没有。"武祥一边说，一边想着该怎么说，"你妈妈这两天单位技术培训，不让开手机。妈妈啥事也没有，过了这两天，她一回来就和你联系，放心就是。你妈妈一再嘱咐我，千万别让绵绵分心，这次说什么也要考好了。摸底过了关，我和你妈所有的心事就都放下了。绵绵，任颖爸爸也说了，你是好孩子，又懂事又听话，从来不使性子。还说让你多多照看任颖呢，今天怎么样了，学得还好吗？有什么问题吗？"

武祥有意岔开话题，问起了绵绵学校的情况。

绵绵说班里的情况还可以，就是太挤了，上课都无法转身。就这样班里今天又新来了两个学生，也说要跟他们一起参加摸底考试。今天绵绵还特地问了问班长摸底考试的情况，班长对绵绵说，你们几个能留一半就不错了，关键还是看成绩。成绩差了确实谁说也不行，因为班主任这里就坚决不干。一来教室太满了，确实挤不下，二来作业也批不过来，也会影响到大家的成绩。三是担心这样的情况如果让教育局知道了，学校里肯定会被罚款，说不定还要把老师和有关领导也给处分了。所以现在学校压力很大，也不敢再增加名额了。如何淘汰学生，只有一个办法，就是摸底考试。当然了，如果你家有钱也没关系，不过现在有钱的太多了，十万八万的肯定不行了，二十万以上应该没有问题。

说完了，绵绵又关切地问到丁丁。武祥说，丁丁一会儿就回来了，伤口愈合得挺好的，昨天去医院检查了，有一些项目没检查完，医院留医，没让回来，丁丁忘带充电器，手机没电了，等他一会儿回来早了就让他给你去电话。

哄了半天，总算把绵绵的疑问全应付过去了。

该说的都说完了，武祥像是无意之中想起了什么，轻轻问道："绵绵，有件事我有些记不大清楚了。好像两三个月前，是不是你舅舅把你的身份证要走了？说是要给你办什么事，我怎么也想不起来了。你还记得吗？"

绵绵回答得很坦白："是呀，舅舅要了我的身份证，还有妈妈的身份证。说是要给我办正式学籍，顺便给妈妈把驾校的手续也办了，要让妈妈学开车，争取早点办上驾照。"

"那是什么时候，你还记得吗？"武祥继续问道。

"都有三四个月了吧，时间不长。"绵绵想了想答道，"好像没多久，舅舅就出事了，妈妈的驾校也没去成。爸爸，又发生什么事了？"

"没事，没事，这两天爸爸准备去学校办理你的学籍，想把一些事理一理。"武祥故作轻松地说道。

"爸爸，你不用担心，你也告诉妈妈，我与舅舅的那些事没有任何关系。"绵绵好像是在安慰爸爸，也好像是在谴责舅舅。最后一句话说得斩钉截铁，非常坦荡，"你和妈妈说，她的女儿干干净净，别让她整天疑神疑鬼的。还有，我不给她打电话，她就不能给我打一个吗？白天关了手机，吃饭的时候，晚上睡觉的时候也不能给我打一个？妈妈她不知道女儿和她心连着心吗？"

"知道了，爸爸明白。妈妈该挨你的批评。不过，绵绵你第一次离家出远门，一定把自己招呼好，妈妈不在跟前，身体是第一。别再闹出什么毛病来，让爸爸妈妈担惊受怕。"

武祥再次绕开话题。让孩子安心学习要紧，能瞒几天算几天吧。

放下手机，武祥一屁股坐下来，一切都明白了。没错，所有的问题都出在这里。

没必要再猜测了，完全没错，所有的这一切，均为魏宏刚一手炮制。

……

与绵绵刚打完电话，手机铃声便响了起来。

还是那个来自老家的手机，手机显示，已经是第十六遍了。

这些天来，凡是不认识的手机号码，武祥一律都不接。没什么好电话，也不会有好事找你。他了解村里人平时不关心城里的事，好多天了的消息甚至个把月前的报道，会当新闻问来问去，然后再说一些不着边际的虚话套话。要不就什么情况也不知道，还是让你替他办这事，办那事。让你防不胜防，烦不胜烦。次数多了，干脆就不接了。

但这个号码没完没了地打，妻子也没电话，不在家，想了想，就接了。

老家堂姐的电话。

"哎哟，武祥你可算接电话了。宏枝咋就不开机呢，从昨天打到今天了，就是不通。今天才算托人找到了你的手机号码，打了一下午了，总算打通了。"

"大姐好，这几天家里事情多，宏枝也忙，绵绵又要转学，一直没顾上跟你联系，真是让你费心了，老太太最近怎么样了？"武祥心里也确实感到内疚，堂姐一直在家负责照顾母亲。每月照顾费是两千块钱，这在村里是最高的价格。钱在其次，主要是老太太让堂姐照顾得放心，堂姐与母亲有血缘关系，跟找保姆不是一个概念，感觉完全不同。母亲在城里住不惯，住几天就要回老家，回了老家就是由堂姐照顾，时间长了，就像亲母女一般。宏枝在的时候，差不多每天都要给堂姐和老母亲打个电话，前几天堂姐说老太太闹着非要来城里，宏枝吓得也打得少了，再加上这几天家里事情多，压力也大，竟然好几天了都没有联系。

"就是要给你们说说老太太的事啊，哎呀武祥啊，老太太这几天身体真是不太好啊，前天感冒了，输液打针的，都不怎么管用，昨天到今天，说话也不利索了。不瞒你说，镇上的大夫我们也请了，我们问人家情况，人家也直摇头，说老人家情况不大好，能安排后事就准备安排后事吧。武祥，到这会儿了，也不敢瞒你们了，我觉得老人情况真的不好，今天一直在说胡话，饭也吃不进去了，都认不得人了。武祥，你们得赶快拿个主意，到底该怎么办啊！"

武祥越听心里越沉重，一时间竟不知怎么回答。

堂姐的话说得虽然不重，但武祥分明感到老太太的情况一定很不好，病情一定很凶险。听话听音，情况堪忧！武祥也能感受到堂姐打电话的另外一层意思，要么你们回来一趟，要么你们把老太太尽快接到城里去。反正老家这个地方条件有限，医院看病也不方便，我该说的都说了，再出了什么问题那就是你们的事情了。

"大姐，我一会儿和宏枝商量一下，看怎么办好。"说到这里，武祥想了想，接着又说，"大姐你也替我们拿个主意，你看我们是回去一趟好，还是把老太太接来好。"

"让我说啊，还接什么接啊。"堂姐回答得很干脆，"这么大年纪了，拉到城里又能好到哪里去，闹不好在半路上折了，还不是个瞎折腾？老太太这两年跟着儿子也享了福了，见过世面了。现在儿子出事了，利利索索地走了也好，省着活着也是个活受罪。你让我说啊，你们在城里都忙，也不要一起回来，先回来一个人就行。我看老太太这样子，咋的还不挺个十天八天的。只是这些天天气忽冷忽热的，也保不准突然出了什么事。你让我说，真还得提前防备着点，我一个人兜不住，要不就先回来一个人看看吧。"

堂姐说得很爽快，说完了，却在手机里哇哇地哭出声来："这些天，我这心里也替老太太难受啊，你说这么一把年纪了，这么一把岁数了，怎么受得了这份罪，怎么就出了这事啊……"

刚与堂姐通完电话，手机铃声立刻响了。

来电显示是司机刘本和。

武祥看了一眼，马上接了。

"武祥哥，丁丁出事了！"刘本和在手机里压低声音说道。

"出什么事了？"武祥又被吓了一跳。

丁丁昨天下午一个人闯市委大门，与门口的警卫发生了冲突，被警卫带走了！

武祥一下子被惊呆了。

丁丁闯了市委大门！

丁丁一身是伤，拄着拐杖，头上缠满绷带，脖子上戴着护颈套，居然闯了市委大门！

这孩子一定是疯了！

这孩子到底怎么了？

丁丁他究竟要去干什么！

二十四

◆

　　武祥着急忙慌地赶紧骑了辆共享单车，斜穿过嘈杂的菜市场和脏乱不堪的建设一条街，他骑得满头是汗。

　　等武祥见到刘本和的时候，已经是下午六点多了。

　　刘本和说家里没人，咱俩就在外面凑合凑合。说罢两个人在街口找了个面馆，一人要了一大碗刀削面，找了一个角落坐了下来。武祥一边吃，一边听刘本和讲述了昨天下午发生的情况。

　　丁丁确实是一个人去了市委，谁也不知道他要去找谁。丁丁其实也不傻，他知道市委大门一般人进不去，所以他计划好了准备从市委住宅小区的后门进去。过去魏宏刚当书记时，可能丁丁经常这样去找他的爸爸，或者走过去玩儿或者去找什么人，所以他觉得从后门进去应该没有什么问题。于是丁丁先是用手机叫了一个滴滴豪华车，他知道一般的出租车都进不了市委住宅小区。丁丁的这一招还算管用，进市委住宅小区时，那个门卫看了看他的出入证，就连车带人放他进去了。

　　但丁丁忘记了一件事，市委住宅小区确实可以进去，但要从小区进入市委大院，进了市委大院才能进市委办公大楼，这其中还有两道岗。这两道岗同样很严，不是市委领导或市委公职人员，同样很难进去。

　　丁丁上来就被挡在了第一道岗那里。然后好像就跟门口的警卫厮打起来，于是就被叫来的几个警卫迅速地制服后给带走了。

武祥听到这里，有些吃惊地问道："这些都是谁跟你说的？"

刘本和说："市委车队的几个司机说的啊，他们比我说得花哨多了，说前市委书记的儿子提了个棍子要进市委找新任书记市长算账，大吵大闹，说凭什么把他一家子都抓了进去。"

武祥顿时大惊失色，他觉得以丁丁的性格，说不定真会做出这样的事来。听到这里，饭也吃不进去了，急忙问道："后来呢？"

"我听说了以后，一直在打听，看这些人说的是不是真的。我问了车队队长，队长又问了市委秘书长的司机，秘书长的司机又问了秘书长的秘书，还问了市委办公室，最后终于打听清楚了，确实有这回事。但丁丁当时去市委到底是去找谁，到底要干什么，谁也不知道。反正市委大院都传遍了，众说纷纭，各种说法都有，到底哪个是真的，谁也讲不出个道道来。"

"那丁丁现在会在哪里？"武祥问道。

"估计会是在派出所吧，说不定已经被拘留起来了。"刘本和有些难过地说道，"丁丁和警卫要是真的撕扯起来，肯定要被拘留的。"

"那现在该怎么办？丁丁身上那么多伤，要是真的被拘留了，肋骨还断着，吃不好，睡不好，肯定会出问题的。"武祥越想越担忧起来，"这小子，到底想干什么，还嫌家里不乱吗？"

"我也挺担心的，按公安局的条规，如果认为问题严重，至少也要拘留个十天半月的。"刘本和说道。

"丁丁能被拘留在哪个派出所呢？"武祥自言自语道，"至少也该去看看，给孩子个安慰，也能知道到底发生了什么事情，问题严重不严重。"

"这可不好找。"刘本和很无奈地说道，"整个市里大大小小有多少个派出所啊，怎么找得到？咱们又不认识人，就是找到了，也不可能进得去。"

武祥想了好半天，看了看刘本和，终于说道："本和啊，丁丁太小，根本控制不了自己的情绪，冲动起来连他自己也不知道自己在干什么。父母如今都倒在金钱树下，生不如死，可他还是个无辜的孩子呀，我想了个办法，你先听听。如果你觉得不行，就等于我没说。如果觉得可以试试，那咱再往下说。"

"武祥哥，这会儿了还有什么不可说的。"刘本和也看着武祥说道，"你说吧，如果行，肯定没问题。如果不行，咱再商量。"

"咱们现在的市委书记是不是原来的市长郑永清？"武祥问。

"是，就是郑永清。"

"那郑书记的司机你原来一定认识，是吧。"

"是，很熟。"刘本和回答得很实在。

"本和，我刚才想了，你看这样行不行。"武祥沉思片刻，然后说道，"你和现任书记的司机很熟，你能不能现在打个电话问问他，看他知道不知道这件事。你是原来书记的司机，说丁丁的事也在情理之中。你也不用多说别的，就说说丁丁家里现在的情况。丁丁能依靠的人，现在一个也都没有了，连姑姑也给带走了，丁丁不管有什么错，他毕竟还是个孩子，总不能就这样把一个有伤的孩子关在派出所里吧……"

说到这里，武祥禁不住眼圈又湿了。

良久，刘本和也眼睛红红地说："好吧。"

郑书记的司机很快接了电话，听刘本和说完了，也没说什么，只说了句知道了，就挂了电话。

一个小时过去了，一直到刘本和用车把武祥送到家门口时，郑书记的司机也没有回电话。

武祥习惯地看了一眼楼前斜对面原来泊车的位置，空了。车不见了。

武祥对处于青春期的丁丁有一种揪心的担忧，他知道冲动之下的丁丁随时都有可能把自己置身于危险的处境中。

武祥不禁打了个寒战。

……

两个人坐在家里，都沉默不语，一言不发。

刘本和的手机响了几次，都是别人的电话。

武祥的手机响过一次，一看居然是任颖的电话。任颖在手机里悄悄地给武祥说道："伯伯你好，我是任颖，我就和你说一个事，你知道就行了，千万别跟绵绵说，这两天绵绵几乎就没睡过觉，两只眼睛都熬红了，我担心她会累垮了，所以告诉你一下，你看你怎么跟她说吧，别说我告诉你的就行……"

武祥本想再问问情况，任颖已经把手机挂断了。

听着任颖偷偷摸摸说话的语气，估计绵绵也在房间里，那就一会儿再说吧，武祥想。绵绵身体确实太弱了，越是要强的孩子，心理压力越大，这么干，真的怕熬出什么问题来。

又等了半天，眼看已经快晚上十点了。武祥几次催促刘本和回家，刘本和总是说再等等吧。

刘本和甚至和武祥讲起了丁丁最痛恨钓鱼的人，丁丁老是说用一点点诱饵就把一条鱼的一条命给剥夺了，真的坏到家了……刘本和说，丁丁真的挺善良的。

……

刘本和都准备走了，突然听见有人在敲门。

两个人都愣了一下，会是谁呢？这么晚了。

武祥急忙打开门，像看不清似的愣了半天说不出话来。

丁丁！

丁丁在家门口站着！

丁丁的身后还站着两个警察，正扶着丁丁一拐一拐地走进屋来。

武祥和刘本和一阵手忙脚乱，把丁丁和两个警察迎进家。

武祥赶紧给两个警察倒水递烟，一个警察摆摆手说："不用了。"

另一个警察则显得很严肃又很平和地说道："魏宸丁是你的侄子吗？"

魏宸丁是丁丁的名字，武祥愣了一愣，赶忙回答："是。"

"这几天魏宸丁一直住在你们家，是吧？"

武祥再次回答："是。"

"你是叫武祥吧。"

"是。"

"你的爱人叫魏宏枝？"

"是。"武祥连续说了几个是，一直不知道该说点什么。但对方似乎也并不想听他说什么，只是在核实核对情况，一直像在走程序似的问话。

警察问到这里，口气终于缓和了下来，但语气依然很严肃地说道："魏宸丁昨天下午在市委后院门口，与守卫大门的武警发生争执，大喊大叫，并发生肢体冲突，在劝说无效的情况下，武警对魏宸丁进行了即时强制，而后被派出所带走。经讯问，事实清楚，确切无误，魏宸丁对自己的行为也供认不讳。经过教育，现在对自己的言行也十分后悔。按照治安管理处罚法，本应对其实施行政拘留，但鉴于魏宸丁不满十六周岁，经教育，态度也有了明显的转变，因此派出所经过慎重研究，决定免去对魏宸丁的行政处罚。送其回家，以观后效。也希望你们能对魏宸丁的行为认真负责，严加管教。"

武祥一直在听，一直不住地在点头，他一句话也说不出来，直到两个警察走了，也不知道该说什么。

一旁的刘本和也听得一头雾水。到底是那个电话起作用了，还是确如这两个警察所说的那样，是派出所把丁丁给放回来了？

丁丁看上去一切尚好，身上既没有新的伤痕，也没有感到不适的地方，情绪如常。

武祥见状终于放下心来，忙准备给丁丁弄点吃的。

"我吃过了，不吃饭了。姑父你别忙了。"丁丁说。

"在哪里吃的？"武祥问。

"所长请我吃的饭，在他们的食堂里。"丁丁说得很随意。

武祥和刘本和面面相觑，所长请丁丁吃的饭！

"所长都和你说什么了？"武祥又问道。

"跟刚才那两个公安说的差不多，都是他们千篇一律的说法。"丁丁好像还是老样子，仿佛什么也没发生过一样，对什么都还是那么大大咧咧的，"以前也让他们这么抓过几次，后来也像这样就给放了。"

"你这孩子，以前你爸是书记，你爸现在还是吗？"武祥不禁数落了一句，"你知道我和你刘叔为你这事操着多大的心？快把人吓死了，你倒不当回事。丁丁，你该长大了，你要重新面对社会，你不能再像过去一样任性了。"

丁丁不吭声了，但似乎对姑父说话的口气有些诧异，仍故意做出满不在乎的样子。

这时候刘本和的手机响了。

刘本和一看，市委书记郑永清司机的手机！

刘本和立刻接通了，并且按了免提。

手机里的声音在晚上的屋子里听得清清楚楚："是本和吗？"

"是，我是本和。"

"孩子回去了吗？"

"回来了回来了，刚刚两个警察送回来的。"刘本和急忙回答。

"那就好了。吃饭的时候我跟书记说你给我打电话了，并把丁丁的事情给书记说了。书记听了很重视，立刻给市委警卫处打电话问了情况，后来又给市公安局长打了电话。郑书记批评了他们，说这些孩子不管父母亲有多大问题，即便是犯了重罪，都跟这些孩子没有关系。对这些孩子我们要一视同仁，不应歧视他们，疏远他们。他们也同样是我们国家的未来，是我们国家的合法公民，也一样需要他们为国奉献，积极进取。书记还说明天的常委会上他也要讲讲这个问题，这些孩子也同样需要社会的关心爱护，不能把他们都推到我们的对立面去。郑书记还专门问了问丁丁目前的情况，还特意让我转告你，这些天及今后的一段日子就让你具体负责照看丁丁，丁丁去医院，去学校有什么问题，就及时转告，只要依法合规，一并予以解决。郑书记还特别问到丁丁上学的事情，说一定不能让孩子荒废学业，不能也不许辍学，免得将来到了社会上连个生存的本领都没有……"

电话打完了，好久好久，几个人都默不作声。

谁也没想到竟然是这样的结果。

完全出乎意料。

连丁丁也久久地怔在那里。

虽然在意料之外，但想想也尽在情理之中。书记并没有给丁丁更多的"待遇"，只是希望像丁丁这样的孩子，最重要的还是应该自立自强，踏踏实实努力，实实在在做人。社会不会放弃你，但更重要的是你不能放弃社会，放弃生活。

武祥心头一热，对丁丁说："丁丁，我们知道你现在心里憋屈，可你看还有很多人都在关心你呀！你一定要振作起来，千万别把前头的路看得那么灰。"

丁丁低头不语。

末了，武祥才好像想到了什么，问丁丁："我和刘叔一直没搞清楚，你一大早就去了市委，到底干什么去了？"

丁丁呆了一阵子，蹦出几个字来："就是去找书记。"

"找书记？"武祥睁大了眼睛，吃惊地问，"你找书记干吗？"

"我要给书记反映情况。"丁丁倔强地说道。

"反映什么情况？"武祥愈发感到吃惊。

"给他说说家里的事。"丁丁好像不情愿再提起已经发生过的这些事情。

"家里的事？"武祥真的很想知道丁丁究竟要去干什么，"什么事？"

"我就是要告诉他，魏宏刚是腐败分子，马艾华是腐败分子，但我姑姑不是。"丁丁愤然地说道，"他们不让我进去，我就跟他们打了起来，他们把我摁在地上，我就大喊大叫，就是想让他们听到，我爸是腐败分子，我妈是，可我姑姑是好人，你们凭什么抓她……"

武祥听到这里，差点没哭出声来。他摸了摸丁丁头上的伤口，有点哽咽地说道："你这个傻小子，真是傻到顶了，你这么瞎闯瞎闹的，有什么用啊！……傻孩子呀，也算姑姑没白疼你……"

二十五

◆

武祥又是一夜无眠。联想到这几天发生的事，他真的想不明白为什么有些人一当了官就与最擅哄骗他利用他的人为伍，包括他想不通天上真要掉馅饼，那是要砸死人的，怎么他们就不知道躲！

第二天一早，他昏昏沉沉地搭上了回老家的高铁，一个半小时后，在县城车站下车。然后转公共汽车，又走了一个多小时后，终于回到了村里。

临走时，武祥把丁丁托付给了刘本和，并不是因为书记来了指示，让他才请刘本和照顾丁丁，事实上他到眼下也只有刘本和一个人可以托付了。人大概只有在这个时候，才真正看得出来你有没有朋友，有没有亲人。平时的车水马龙，门庭若市，其实都是幻象，都是一种假象和错觉。

刘本和答应得非常痛快，武祥给刘本和留下了两千块钱，刘本和也没有推辞就收下了。

一路上武祥给绵绵打了两个电话，都是关机。武祥突然想到，武家寨中学的规定，进校一律不准带手机。

那就晚上吧。

武祥脑子里一路上都是绵绵的影子，自从打了绵绵那一巴掌后，他觉得贯穿至今的伤痛说来就来，妈妈不在，这孩子太让人担忧了。

重新生活

村子里一切如旧。

老家院子不大，采光也不好。院子两边的房子都盖得很高，于是院子里一到下午两点多就见不到太阳了，屋子里也显得更加阴暗。房子本来是想翻修的，但刚一提议，就都让魏宏刚给否了。就一个理由，以后谁还在这种地方住？如今都在城市化，在这个潮流裹挟下，村里的人只会越来越少，离城里这么远的地方，又落后又荒芜，翻修它干什么？

今天看来，这话说得太满，太早，太绝了，谁也保证不了自己最终会定居在哪里。

堂姐和堂姐夫都在院门口等着，两个人都是不多说话的人，见了面，寒暄了一句，就把武祥领进了家。

武祥没想到岳母居然病得这么重，竟然一副完全垮了的样子。

叫了几声妈，岳母眼睛才慢慢睁开了。看到武祥，竟然说不出话来，无语泪先流，继而呜呜哭了两声，就又把眼睛闭上了。堂姐在一旁说，老太太现在还能认出来的人，见了就哭几声。认不出的人，什么反应也没有了。堂姐说，老太太肯定认出你来了，只是不会说了。

武祥十分痛楚和震惊，好端端的一个老人，几个月前离开他们时，还有说有笑的，走起路来还噔噔噔噔的，怎么几个月不见，那么健康爽朗的岳母，一下子就变成这个样子了？其实就在半个月前，老太太还特别有底气地给宏枝和武祥打电话，不顾死活地吵着嚷着非要到城里来，怎么突然之间就变成植物人一样了？

堂姐一边给武祥张罗着吃的，一边给武祥说了老太太的病因。

大概就是魏宏刚出事的那些日子，老太太被送回来后，突然发现在电视上再也看不到儿子的身影了，于是便先是疑惑，后是打听，最后就闹腾了起来，哭着喊着非要回城里见儿子魏

　　堂姐和堂姐夫都在院门口等着，两个人都是不多说话的人，见了面，寒暄了一句，就把武祥领进了家。

宏刚不可。

老家和延门市辖属地并不是一个市，但却紧挨着延门市的一个县城，平时两个市的电视也都能互相看到。于是每天晚上的延门市新闻，就成了老太太的必看节目。而延门市的新闻，当时的新闻头条和主角必然是时任市委书记的魏宏刚。

尽管每天只有几分钟的新闻，却给了老太太极大的心理安慰和精神满足。但这次回来后，电视上却再也看不到了，刚开始哄骗她，她信，还以为儿子真的出国了，但看到后来，连过春节时，电视里都看不到儿子的身影了，这时候老人才终于意识到魏宏刚一定是出了什么事了。

二十多天前，老人决定去一趟城里。可能是这一段时间急火攻心，血压升高，也可能是老太太心急火燎，一直休息不好，在堂姐不在的时候，突然摔了一跤，把额头都摔青了一块儿。当时，堂姐也没怎么在意，也没发现老太太有什么异常反应。当堂姐看到老太太头上有一块瘀青，追问老太太时，老太太才说是在炕头上碰了一下。几天后，老太太突然感冒了，浑身发烧，连炕也上不去了。堂姐赶忙叫人拉到了镇医院，镇医院输了几天液，不见好转，就转到了附近的一家国有医院，医生做了个 CT，才知道老太太脑子出了问题了。

看片子，才看明白，那一跤摔得太重了，把老太太摔成了脑出血！

堂姐对医生说，老太太刚摔了的那几天，还能吃能喝的，脑子也很清楚，人好好的，啥事也没有啊，怎么就脑出血了？

医生解释说，人老了，脑子就萎缩了，就像干透了的核桃，核桃仁里面的缝隙很多很大，虽然脑子里出血了，但那些血都渗到脑子里的那些缝隙里去了，好在出血量也不大，所以当时老人也感觉不到。等到后来慢慢越出越多，老人就会慢慢出现问题。医生说，这样的脑出血幸亏是老人，要是发生在年轻人身上，脑子是饱满的，稍一出血，很快就会压迫大脑神经，人立刻就瘫痪了。

堂姐问医生该怎么办，医生说，老太太要是家里经济条件还可以，最好做个开颅手术，争取把脑子里已经凝固了的血块融化后慢慢引流出来，但这种手术有风险，疗效也不能保证，尤其是这样一位高龄患者，预后也不会太好。主要还要看老人的脑子里是否仍在出血，如果仍在出血，反而不如现在这样进行保守治疗，效果相对稳定，危险性也更小一些。

堂姐一想，老人家这么大年纪了，要是做开颅手术，又要花一大笔钱，别说武祥夫妇了，就是连她也不会同意。想了想，在医院里住了两天，开了一些药，就又把老人拉回来了。

即便这样，前前后后也花了五六千块钱。

堂姐说："当时，本来想打电话告诉你俩的，与你姐夫商量了商量，就没给你们说。让你们晓得了又能咋样？还能让老太太再好起来？村里像老太太这样的，早不看了，连药也不用了。在床上躺上几天，就安安静静地走了。村里的老人还不都这样？何况眼下家里又出了这么多事，老人家一闭眼，死了就了了，活着每天遭罪，死了也解脱了，像我们这样的人，能这么利利索索，不疼不痒地走了，那还不是天大的福分。你看咱东头的谢老太太，得了个子宫癌，大冬天的，儿女也不在，疼得叫唤一晚上，那个喊叫声好瘆人哪，半夜里整个村里都听得清清楚楚。人死了，身子下面的血，连土炕也渗透了大半边，褥子被子都被血冻在了炕上，拽都拽不开。恓惶啊，来也恓惶，去也恓惶，老人下葬的那天，满村的人都跟着哭……"

堂姐轻声轻气地说着，却把武祥说得心寒鼻酸，悲伤不已。

要是过去，武祥和妻子回来时，一旦走漏了消息，家门口的一条路上，大车小车几乎都能停满了。县里的，镇上的，临近村里的，远地而来的，都是上学的事，找工作的事，打官司的事，办企业的事，这事那事的，都来求，都来找。武祥和魏宏枝甚至纳闷，真没听堂姐说过这些事，总以为村里的情况越来越好，种地不交税，看病不掏钱，老了还有养老金……殊不知其实都是一些地方领导有意宣传出来的，实际情况哪里想到会是这样。

前两年，武祥曾给魏宏刚说过自己了解到的一些情况，譬如贫富差距，譬如城乡差距，可每一次他的话都会被宏刚厉声打断：我们确实问题很多，有些地方的问题也确实很严重，但我们的成绩是主要的，看得见的，社会正在进步，比比过去，我们的变化可以说是今非昔比，天翻地覆，难道这都是假的，都是宣传出来的……

只有到了今天，你什么身份，什么职务也没有了的时候，也许才能听得到像堂姐说的这些，才能看得到眼前发生的一切。

武祥带回来两万块钱，与堂姐结算了药费医疗费，加上这些天的开销，差不多有一万的样子。

看着岳母大限将至的样子，想到一双儿女都不在跟前，不禁悲从中来。

眼前的这个老人是目前一家人唯一的根基，如果她也撒手人寰，这个家也就彻底散了。除了丁丁，绵绵其实也是这个老人带大的。岳父去世得早，此后一直都是岳母带着宏枝宏刚两个孩子，含辛茹苦，省吃俭用。这辈子她好像除了吃苦受累，不知道什么才是真正的人生，什么才是人生的价值和意义。她这一辈子，如果不是因为有了魏宏枝，有了魏宏刚，她很可能连县城也没有机会去看看，去走走。什么北京，上海，在她眼里都是人间天堂。她甚至不知道什么是宾馆，什么是酒楼，什么是化妆品，什么是麦当劳。她更不知道这个地球上还有那么多国家，还有那么多不同的多元的生活方式。她没有什么文化，不知道什么是林黛玉，什么是杨贵妃，更不知道什么是玛丽莲·梦露、奥黛丽·赫本。对人间的认知全凭祖辈的口口相传，爹妈的言传身教就是她生活的全部内容。她与生俱来的本能就是任劳任怨，吃苦耐劳，哪怕是在最贫瘠最困苦的地方，也能顽强地生活下去，并永远会是一副黢黑乐观的笑脸。

　　武祥记得刚生下绵绵时，老太太一个人两手浸泡在冰冷的水里，把那些带血的衣物整整洗了一天。那时候家里还没有自来水，用水都得到离宿舍很远的工厂里的一个水房里拎。深冬时节，水房里除了两个满是冰凌的水龙头，地板上也结着厚厚的一层冰。岳母就是蹲在这样的水房旁，用冰冷的水直接洗完衣服洗尿布。每洗完一盆水，她都要端起来走很远的路，再把脏水倒进大街上的下水道里。最多的时候，一天下来，至少要来来回回上百趟。每天洗完衣物回到宿舍时，岳母的鞋和裤腿都湿漉漉的，鞋面上腿面上全是冰碴子。不管宏枝怎么劝说，她永远也不会在炉子上把水烧热了，再兑到凉水里去洗。再到丁丁出生的时候，那时候条件好多了，也有了自己的房子，岳母还是那样，仍然不会把水烧热了，再用温水洗衣服洗尿布。岳母不到六十岁的时候，就患有严重的手指腱鞘炎。宏枝带着母亲去了市里最好的医院，也找了最好的大夫，但每个医生看到岳母的手指时，都会吃惊地摇头，觉得不可思议。因为这样的腱鞘炎，在当代人身上几乎不可能发生，因为这种几乎半残的手指坏死，其剧烈的疼痛如同拷刑，会让人彻夜难眠，痛不欲生！

　　每当看到岳母的"扳机指"时，武祥和妻子都有着一种深深的负罪感。

　　眼前，岳母仍然昏睡着。武祥轻轻地托起岳母的手掌，这双本来骨节粗大，从来都无法伸直展开的大手，已经变得很轻很轻，手指上发硬的骨节也变得有些柔软了。

"……活着每天遭罪，死了就算解脱了。"他回想着堂姐的这句话，心如刀绞，眼泪止不住地流下来。岳母一生像母亲一样待他，在她即将离开这个世界，尚有意识的时刻，她的至亲女儿宏枝，还有那个魏宏刚，以及她一手带大的绵绵，丁丁，居然没有一个在她身旁。

重
新
生
活

二十六

◆

　　几株干枯的蒲公英，在墙垣，瓦缝中顽强站立，此前，那曾经一把把打开的小伞，庇护过这一家老小，告诉人们生活中什么叫轻盈。眼下，能不能再变成一顶顶飞翔的帐篷，再次庇护这家流离失所的老小，并唤醒老人。

　　武祥心里打定了主意。

　　下午两点多的时候，武祥给他的同班同学，县人民医院的副院长李翔龙打了个电话，希望他能带两个医生给岳母会诊一下，看老人的情况到底如何，还有没有恢复的可能。哪怕有百分之十的功能恢复，即使能认得出人，能听懂人说话就行。

　　李翔龙副院长前年评职称时，武祥曾帮他在省里的刊物上发表过两篇文章。平时武祥与他关系不错，凡岳母有恙，有个什么病症时，也经常找他帮忙。

　　李翔龙很够意思，一点儿也不含糊，不到下午四点便带来三个大夫，一个是神经科专家，一个是心血管专家，还有一个是中医大夫。几个医生都很认真、全面地给老人做了检查，看了片子。中医大夫还号了脉，仔细地看了岳母的舌相。

　　几个人最后的结论一致：老人已经没有恢复的可能，已经到了弥留之日，若再能撑个十天半月的，就算奇迹了。

　　"不行。"武祥坚持说道，"李院长，你们一定得想办法，不管花多少钱，怎么也得让老人活到春暖花开了，哪怕是再活上两个月也行。"

武祥心里只有一个愿望，就是期盼妻子魏宏枝能赶紧出来，能亲眼看到母亲活着时的样子，能亲自为母亲送终。

他的心在哭泣，他知道自己对岳母和妻子所能尽到的最大努力和职责，大概也只有这一点了。

李翔龙沉思片刻，答应了武祥的要求。但有一个条件，要在县医院住院治疗。目前老人由于脑神经压迫，已经丧失吞咽功能，每天只能喝水，再发展下去，估计喝水都会是问题。只有尽快地给老人采用鼻饲，才能争取让老人活得更久一些。

武祥同意。

至于住院费用，李翔龙说："这个我已经给你算过了，按医保规定，大概每个月得一万左右，这还不包括日后鼻饲的营养剂的费用。同时还得有两个陪护人员，如果堂姐和堂姐夫可去，陪护费你们自己处理，估计每人每个月两千左右就够了。当然这不算两人吃饭的费用，我可以安排让他们在医院食堂吃饭，估计两人每个月至少也要五百元左右。晚上他们可以轮流在病房里休息，我会给他们安排一张宽点的折叠床。这样算下来，估计每个月得花费两万左右。这已经是最好最省钱的方案了，你如果同意，我们今天就可以给老人办理住院手续，你明天就可以让老人入院。然后你看情况，如果稳定了，你就可以回市里去了，如若这里再有什么情况，我们随时再联系你。"

武祥明白，每个月两万，这已经是李翔龙所能做到的最好的照顾和安排了。

那一幕仿佛就在眼前。去年春节时，他和妻子魏宏枝，跟随魏宏刚和妻子马艾华一起去看望延门市的老领导，这位老领导曾经提拔过魏宏刚，也认识武祥夫妇。其实去不去的就是做个样子，那个老领导早在两年前突发脑梗住院，已经完全没有

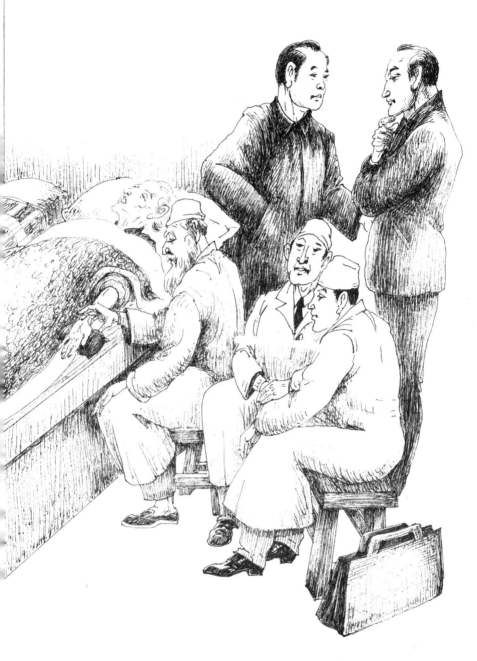

　　"这已经是最好最省钱的方案了，你如果同意，我们今天就可以
给老人办理住院手续，你明天就可以让老人入院。"

辨识意识。那时候魏宏刚刚刚当了书记不久，前呼后拥地跟了一大群人，连市电视台的也跟着来了。老领导斜躺在病床上，两眼呆滞，面无表情，对魏宏刚的问候浑然不知。旁边陪护的老领导妻子和儿女不断地说，书记您看，他认出你来了，眼睛在动，手也动了。武祥在一旁看得清清楚楚，老领导其实什么地方都没动，什么也没看见。偶尔抽搐一下，无非就是一些机械的生理反应，其实任何人来了都会那样。但魏宏刚仍然显得很激动，很动情的样子，捧着老领导的手摸了又摸。魏宏刚除了即兴表演，还会控制住即兴表演，他认真地对医院的院长说，一定要全力救治，精心护理，一定要确保病情稳定，力争早日康复……

武祥后来才知道，这个老领导早已没有任何希望康复，已经在医院高干病房住了两年多。医院多次告诉家属，没有继续治疗的意义，但家属坚决不同意。因为老领导只要躺在病房里，每天老领导的工资，家属的全额工资和补助，还有陪护费、交通费、食宿费等等几乎是平时收入的两倍还多！医院的开销也同样巨大，在这样的重症监护室，不算治疗费用，光每天的收费就得几千元甚至上万元。

今天想来，对老领导的病情和他所有的这一切，魏宏刚并不是不清楚不知情。但魏宏刚坚持要那么做，无非就是两层意思，对上面来说，我是一个知恩图报的人，谁对我好，我自然会对他更好。对下面，则是要告诉每一个人，你看我是怎样对待领导的，所以你们一定要鞠躬尽瘁，忠于职守……

至于医院的费用，对一个偌大的延门市来说，真的是微不足道，根本不用魏书记来操心。据说那个老领导至今还活着，还在高干病房里日复一日地口里流涎斜躺着。

想到这里，武祥长长地叹了口气。

第二天，武祥按照李翔龙的安排，办好了一切入院手续。堂姐堂姐夫也愿意到县医院为老人做陪护，眼下还不到春耕时节，地里也没有什么农活儿，吃住在医院，还省得每天做饭。

连着三天输液等项治疗，老人渐渐清醒了不少，脸色也红润了起来。

李翔龙悄悄给武祥说，现在农村的假药劣质药太多，好多老人不是病死的，都是假药给治死的，我们反映过很多次了，都是治标不治本，雷声大雨点小，下面照样还是假药泛滥，让老百姓防不胜防。你看一样的药，在你们村里用就什么效果也没有，一到了县医院或者大点的医院，马上就能见效。老人我们再慢慢观察看看吧，奇迹肯定不可能出现，但疗效好了，对老人病情的稳定、生命的延长一定有益。

武祥看到岳母这里一切就绪，心里渐渐也安稳了一些。而绵绵那里的情况却一直是令人焦虑不安的问题，武祥每天都要给绵绵打好多遍手机，要么绵绵不接电话，要么就是关机。武祥给任颖也打过几次电话，也是一样，任颖要么不接，要么也是关机。

今天早上不到六点，任颖突然给武祥发了这样一条微信：

"武祥伯伯，绵绵肯定出问题了，这几天不知道你们联系过没有，太刻苦了，整宿整宿地学习，几乎不跟任何人说话，有时候还会独自一个人在屋子里哭，是不是绵绵的妈妈出什么事了？再过几天就要摸底考试了，我觉得绵绵现在很需要你的帮助。我和我爸爸也说了，希望你们能早点来。"

任颖说得对，也提醒得非常及时。

绵绵现在最需要的就是父母的帮助和关爱！

还有，孩子压力这么大，情绪这么令人堪忧，一定是知道了妈妈的情况。其实，只凭感觉也能感觉出来了，什么是家人啊，家人就是心心相印，无需语言，也能感同身受！哪有一个母亲快十天了，还不给离家在外，第一次独自生活的女儿来个电话！

绵绵不接自己的电话，就是要郑重地告诉你，我知道妈妈出事了，我不想再听你给我说的任何谎话！

武祥一个人抱头蹲在医院的长廊一侧。

武祥再次想到了妻子。想到了绵绵名下的三百万，想到了那一套价值近三百万的房产。

他本来想回来问问岳母，希望能从岳母这里发现一些线索，但没想到岳母竟然行为不能自主，完全失忆，早已神志不清，没有意识了。

他再次想到了刘本和前些天跟他讲到的情况，就在魏宏刚出事一个月前，魏宏刚一人连秘书也没带，连手机也没开，悄悄潜回村的那一趟诡藏私密的行踪真相。

武祥太想知道了，他问过堂姐，堂姐也明明确确地说，是，确实回来过，那时候只觉得宏刚有点心神不定的样子。说话也东一句西一句的，动不动就走神。老太太给他做的臊子面，吃了没几口就吃不下去了，全都拨到司机碗里，让司机一个人吃了。

武祥问堂姐："那次回来，宏刚都干了些啥？"

"他就是说回来看看妈。"堂姐努力回忆道，"其实，那会儿也觉得挺怪的，宏刚刚走了没两天，就又把老太太接到城里去了，他没必要专门回来跑一趟啊。老太太去了一直到他快出事了，你们才又把老太太送了回来，这中间没隔多少天。宏刚那次回来得又晚，也没在家住，吃了饭，村里什么人都没惊动，好像车子停在了村口外。待了不大会儿，连夜就赶回市里去了。你今天问我，我也觉得纳闷，真有点奇怪。"

"就在家里坐了坐，哪里也没去过？"武祥提醒似的问道。

"哪里也没去，村里没人看见，上门找他的人一个也没有。"

堂姐很肯定地说，"对了，临走的时候宏刚给老太太留了两千块钱，老太太嫌多，死活不要。后来被宏刚硬塞进老太太的衣兜里，老太太才留下了。"

"给老太太留了两千块钱？"武祥有些不解地问。

"可不是嘛！"堂姐一说起钱来，话就明显多了起来，"你可不知道，以往，宏刚每次回来都给老太太留些钱，过去都是三百二百的，后来不是五百，就是一千。就这回多了点，给老太太留了两千。这把老太太愁得啊，每天都把钱拿出来数一数，生怕把钱给弄丢了。前些天，脑子已经不好使了，糊里糊涂地，一会儿把钱放在这个兜里，一会儿又把钱塞进那个兜里。唠唠叨叨地说个不停，宏枝咋还不回来呢，回来了也好把这些钱存到银行里去。你说这个宏刚，给我留这么多钱干什么，有吃有喝的，花也花不了，放也没地方放……"

堂姐突然不说话了，良久，才又接着说道："老太太根本不知道你和宏枝每个月还给我两千块钱，要是知道了，那还不闹翻了天。老太太说了，这年月吃得好，穿得好，每天白面馍馍管够吃，就像做梦一样。公社大队那会儿，整天吃的返销粮，吃的是糠合面，一天起早摸黑，累死累活的，能挣八个工分，十个工分八分钱，一年算下来，全家能分三十多块钱。三十块钱省着点花，再养上一头猪，两窝鸡，连过年的肉钱衣服钱才能凑齐了。想想那会儿，现在还有啥不知足的。老太太的脑子里多会儿想的都是过去的年月，一次两千块钱还真是把老人家给吓着了。"

……

时间像鞭子一样抽打着武祥，他一刻也待不住了，沙尘天来了，天空灰黄，武祥准备回市里了。

武祥算了算，离市居然已经一个多星期了。他先给刘本和打了个电话。刘本和说这两天他带丁丁去医院换了一次药，丁丁的伤基本都恢复了，现在拐杖也不用了。刘本和还给家里买了米面蔬菜，丁丁每天自己在家做饭，坚决不要刘本和照护自己。刘本和两天都没到家里去了，每天就通通电话，丁丁一切都好，开始了读书复习，别的什么事情也没有。

武祥又给绵绵打了个电话，仍然也是关机。

武祥也再次给妻子打了个电话，仍然也是关机。

对妻子的强烈思念，突然让武祥生发了一个念头，他决定先和堂姐一起再回岳母家一趟。

从堂姐的话里，武祥觉得老太太那里一定不会有什么问题。魏宏刚绝不会把几百万存款偷偷交付给老太太保管，他也绝不敢！老太太也绝不会这么做，更不会让儿子这么做！

那么魏宏刚突然回到老家，究竟干什么去了？

刘本和说了，书记连手机也没带，连刘本和的手机也没让开。

武祥此时也确实回忆清楚了。就在魏宏刚突然回来几天以后，老太太就被接到了城里。魏宏刚如果只是看望老妈，完全没有必要。一个日理万机的市委书记，如果没有重大事情，一般不会突然消失几乎一整天不露面。而老妈当时身体很好，健康硬朗，什么病也没有。

太蹊跷了！

是不是魏宏刚当时在老家瞒着老妈，做了什么手脚？

武祥叫上堂姐，再次返回老家。

县医院离家不远。公共汽车一天四趟，十公里左右。

家里无人，院子里更加寂静。

一共五间正北房。老房子，每间屋子都很小。靠东两间是岳母平时住的，外间是个简易客厅，里间就是一个大土炕。靠西三间是孩子们回来时住的，外两间做了客厅，放着沙发，茶儿，可以临时招待客人。里间则是一张大床，一张小床。

岳母的屋子黑乎乎的。祖祖辈辈的习惯，冬季都是在屋子里做饭。一口大锅直通着土炕，饭熟了，炕也烧热了，暖和，实用，节俭。

一个柜子，也一定是祖上流传下来的。两扇大门，上下通透，外面从不上锁，里面除了衣服被褥，一览无余。这种柜子里不会藏有什么东西。

土炕下有个放鞋放便盆的小方窖，不大，也很浅，放不下什么东西。

再就是土炕墙上的墙洞了，一个两尺见方，一尺深浅，凹进去的土台。过去没有电时，一般用来放油灯。现在大都堆放一些针线杂物，其余什么也放不了。

堂姐刚才的话，好像再次在耳旁响起来。"老太太每天都把钱拿出来数一数，生怕把钱给弄丢了……一会儿把钱放在这个兜里，一会儿又把钱塞进那个兜里……留这么多钱干什么，……花也花不了，放也没地方放……"

会在土炕里吗？

更不可能。每天烧炕，再结实的东西也会给你烧得干干净净。

武祥止不住又把忙来忙去的堂姐叫过来，问："大姐，那天宏刚回来的时候，没在家里休息吗？"

"没有，哪有时间哩，吃了饭，在沙发上就坐了那么一会儿。"堂姐有些疑惑地看着武祥，她似乎也察觉到了武祥想要干什么。

"我听宏刚的司机说，他走的时候还给老爷子烧了香，磕了头。有这回事吗？"武祥一边打量着院子的角角落落，一边好像随意地问道。

"你看我这脑子，把这事给忘了。"堂姐恍然大悟地说道，

"对对对，司机说得没错。那天临走了，他非要给老爸磕个头，我们跟着去了，他又要让我去拿香，又要让司机到车上去拿打火机。我给他拿来几根，他嫌少，非要一大炷，来来回回折腾了好半天。你说怪不怪，过去他总嫌家里烧纸上香是搞迷信，那回他倒反过来了，什么路数也要走到。那么一大把香他全点着了，一股脑儿地都插在了香炉里。"

"就在西三间屋里吗？"武祥问。

"对，就在一进门的门后面。"堂姐领着武祥打开了西房。

西房里冷飕飕的。但有一线阳光照进来，屋子里还算亮堂。

门后一个一米多高的方桌上，摆着几个牌位。中间最大的一个，贴着岳父的一张四十岁左右的照片。岳父敦厚、质朴的面容，微微地笑着。

牌位前一个偌大的香炉，香炉里黄沙堆积，上面厚厚的一层香灰和一些没有燃尽的残烛香根。

武祥看了许久，慢慢地端起了香炉。

香炉沉沉的，四周灰尘密布。

他用一只手托住香炉，一只手拨开香灰，再把那些残根轻轻豁开。他的心脏突然抖动了一下。

他触到了立刻也看到一个小小的塑料袋子。

武祥的手剧烈地颤抖起来，香炉没拿稳，一下子摔在脚旁，发出一声沉闷的巨响。

塑料袋子还在手里。黑色的塑料袋子，不大不小。

塑料袋口扎得很紧，武祥颤抖的双手好半天才把塑料袋子打开。

等到堂姐闻声走过来时，武祥已经看到了里面的东西。

三个存折，一个房本。

堂姐三十万！

妻子的一套房产证，二百〇五平方米！

绵绵三百万!

最后一张居然是岳母的!

二百万!

武祥慢慢地瘫坐在地上,好半天也站不起来。

这个混账透顶的不孝之子,居然给拿着两千块都发愁的老妈也存了二百万!

二十七

◆

武祥回到市里，已经是半夜了。

武祥没有回家，直接回到了自己单位的办公室。

他找到了纪检委给他的信件，立刻给纪检委写了一封回函。

武祥把事情的经过向纪检委作了较为详细的文字表述，并对纪检委的函询内容一一作了认真交代。并且特别指出，除函询中要求回答的问题外，同时还发现了魏宏刚堂姐的三十万，魏宏刚母亲的二百万。总共人民币五百三十万，二百〇五平方米房产一套。

武祥还特意讲了这件事的见证人，是魏宏刚的堂姐。

武祥要求能尽快见到纪检委的有关人员，当面把这些问题交代清楚，并把这些"赃物"据实交给组织。

武祥在回信中一再说明的是，魏宏枝完全是无辜的，她对这些事情毫不知情。因此请求组织尽快澄清事实，还她本人一个清白。

武祥在手机上记下了来函下面的联系方式，准备明天一上班就把这封回信连同三个存折和一个房本一并直接交给纪检委。

写完了，武祥突然感到好累。

累得整个人好像完全垮了。

从单位回到家里，本来想好好睡一觉的武祥顿时睡意全无。

丁丁不在家！

他昨天下午曾给丁丁打了个电话，但丁丁的手机关机。

丁丁的手机打不通，他才给刘本和打了电话，刘本和当时告诉他丁丁一切都好，什么事情也没有。

丁丁应该知道武祥今天回家，当时没打通丁丁的电话，他还给丁丁发了短信。

他给刘本和也说了，并让他转告丁丁，他今天会回来。

但丁丁居然不在。

武祥看看时间，已经凌晨一点多了。

走进自己的房间时，才发现床头柜上放着丁丁的一封信。

姑父：

我走了。

我的伤已经好了，你和姑姑放心。你们别问我去了哪里，也别问玉红，她也不会告诉你们我去了哪里。

你们也不要再去找玉红，她爸爸不在了，她已经不在那里住了。

我不会跳楼自杀，也不会做坏人干坏事，这个你和姑姑都尽管放心。

我已经大了，不能在姑姑家里住一辈子。姑姑奶奶养大了我，我会报答姑姑奶奶的。不知道奶奶现在身体怎么样，有时间我会回去看望奶奶的。

我也不太恨爸爸妈妈，他们从来也没为我真正地着想过。我小的时候他们忙，长大了他们更忙。他们也顾不上为我着想，我在家里从来就是一个多余的人。现在他们出事了，我却要为他们背黑锅，想到这些时，我才会有些伤心。我这所谓官二代的孩子，就是朝不保夕过日子的孩子。

我现在唯一不能往下想的是，当爸爸妈妈他们出来时，说不定都快老了，我不知道该如何面对他们。不想了，也许我以后会想明白的。不过我知道，姑姑是好人，她一定是冤枉的。

等姑姑回来请告诉姑姑，我是信任她的。否则我不会在市委门口大骂他们好坏不分，都瞎了眼。

我能自食其力，自己养活自己。那天我骂绵绵了，骂得我现在想起来都心疼，也很后悔。

我说她真没出息，其实我比绵绵差远了。我今天才明白了，在这个世界上要想活得有出息，太难了，但你们一定放心，我一定会好好活下去。

说不定哪一天，我会去看望你们。

我爱你和姑姑，还有奶奶和绵绵。我会想你们的！

丁丁

短短的一封信，让武祥看了好久好久。

他躺在床上时，才发觉自己早已泪流满面。

武祥睡了不到一个小时天就亮了。

昨天一整天的沙尘天结束了。

天气阴沉沉的，像要下雪的样子。

不到八点的时候，武祥已经等在市委门口了。

八点整，他拨通了电话，一刻钟后，他到了市纪检委纪检监察室，就是他前几天进来的那层楼里。

接待他的一共有三个工作人员，其中有一名是记录员。

武祥把信函先交给了他们，等他们看过以后，其中一个年纪大点地问：

"东西拿来了？"

"拿来了。"武祥一边说，一边把塑料袋子和里面的东西一并递了过去。

"就这些吗？"两个人详细地看了塑料袋里的东西后，再次问道。

"就这些。"

"你可以保证你说的全部都是事实？"

"我保证。"

"可以确定你没有任何遗漏的问题了？"

"可以。"

"确定？"

"确定。"武祥发现今天自己回答得很有底气，毫不含糊。

"好的，你现在这里等候，我们马上向领导汇报一下。"其中的一位一边说，一边给他拿过一杯水来。那人说：请。口气也变得温和了许多。

大约四十分钟后，武祥被带到了一个比较大的办公室里。

一个是省纪委副书记，龚利辛。武祥后来才知道，这个龚利辛副书记就是魏宏刚专案核查组组长，这些日子经常在延门市听取有关魏宏刚一案的调查情况。另外还有市纪委的两个领导，其中一个武祥看着很眼熟，紧接着一下子就想起来了，正是那天他见到的那个女主任。经介绍才知道，女主任姓郭。

听说是省纪委的领导，还是专案组组长，武祥顿时紧张起来。

龚书记则很客气地让武祥坐下来，然后满脸笑容地对武祥说："武祥同志，首先向你表示感谢，你送来的信函和那些物证我们都看过了，你为我们案件的进一步突破做出了重要贡献。当然，我们还要马上进行调查核实，如果你说的确实都是事实，可以说你为我们的反腐败斗争立了大功，应当予以表彰。"

武祥没想到事情的进展会这么快，急忙问道："谢谢龚书记，

重新生活

那我妻子是不是也可以很快回家了？"

"我刚才已经说了，我们还要进行调查核实，如果你说的确实是事实，她当然会很快结束调查问询。我们也会给她的单位领导讲清楚，说明你妻子是清白的，没有问题。"

"龚书记，我说的都是事实，没有任何问题，我可以向你们保证！"武祥不禁激动起来。

……

"其实在对你的妻子实施协助调查以前，我们就已经给了你们澄清事实的机会了。"龚书记渐渐严肃起来。"由于你的妻子魏宏枝是魏宏刚的亲姐姐，属于直接当事人。她名下持有不明来源且数额巨大的可疑资产，有涉嫌重大问题的嫌疑，所以纪检委曾委托基层组织先后多次找她谈话。对这些涉嫌重大问题的具体内容，根据规定，一般是不会直接向当事人提出来。如果当事人拒不交代，谈话时也会有相关的提醒，比如会问到当事人的房产和存款，包括当事人尚未独立生活子女的财产等等。当事人如果对这些提醒和询问不能如实回应和交代，自然就会被认定为避重就轻，狡辩抵赖，心存侥幸，拒不坦白，甚至对抗审查，企图蒙混过关，直到对她进一步采取措施。在此之前，对你的妻子，我们也曾进行了多方面的了解，你妻子单位的干部职工对她的品行也一直反映很好，因此我们也就迟迟没有采取进一步的措施。为了让当事人能认清问题，如实交代问题，我们也对当事人多次予以提醒。与此同时，我们也以书面形式对你进行了函询。由于你不是直接当事人，我们可以对你直截了当地针对性地提出具体问题，其实也就是希望你能及时把这些重大情况反映给你的妻子。但由于你的疏忽，没能及时看到函询内容，也没能及时回函说明问题，因此也没能让你的妻子把她所涉嫌的重大问题真正搞清楚。在这种情况下，才有了后来的这么多事情的出现。不过现在看来，还是那一句话，只要你是清白的，最终

重新生活

都会还你一个清白。"

龚书记轻轻的话语，让武祥听得振聋发聩，如五雷轰顶。他还真没有这样想过。假如在妻子协助调查之前知道了她被多次约谈的真正原因，妻子又会有什么样的反应？十有八九会拼个鱼死网破，你死我活。气不死也会疯一场！真是不幸中的万幸，也许没让妻子及时知道内情，恰恰对妻子是一种冥冥之中的爱怜和保护。

这时那个郭主任说话了，"从你拿到的这些证物来看，可以初步认定你说的是事实，因为这其中还有你堂姐的三十万，还有你岳母的二百万。如果你想隐瞒，这些可以不说的。当然，你的选择是明智的，因为我们认为魏宏刚最终也肯定会把这些问题都交代出来。到了那个时候，你就不是立功而是犯罪了。其实我们也注意你很长时间了，我们已经连续函询了你三次，你一次也没有回函。如果你今天再不主动给我们提供这些证物，说不定我们也会对你采取措施，让你到核查组协助调查的。"

女主任的话仍然是那样温和委婉，但武祥却听得直冒冷汗。实在太惊险，太幸运了，也许是老太太冥冥之中的护佑，否则再晚一步，自己也说不定被纪检委带走了！

武祥临走的时候，郭主任笑了笑对他说："实话对你说，那一天你闯进我的办公室里来，给人的印象并不好。你当时脸色苍白，神色紧张，衣服穿得也很夸张，反倒觉得你是在故作姿态，有隐瞒撒谎的嫌疑。今天看来，那天对你的印象并不确切，我应该向你道歉。"

武祥又被吓了一跳："郭主任，你可千万别这么说，要不是那天见到你，和我说得那么诚恳，我回去还真不知道该怎么做。就是见了你以后，我才在办公室找到了那些信函，否则真要误了大事。"

最后龚利辛书记又讲了一些鼓励的话，希望他不要有什么思想包袱，只要能明辨是非，正确对待，不论是家庭还是个人，党组织一定会一视同仁，该表彰的一定会表彰，该奖励的也一定会奖励。并希望能继续同纪检委保持联系，如果还有其他发现，应及时向有关领导报告。

谈话结束后，龚书记和郭主任一直把武祥送到了电梯口，临走时两个人都同他握了手。

武祥出来时，才发现内衣都被汗水湿透了。

武祥突然又回想到刚才龚书记和郭主任给他说的那些话，越想越感到后怕。要是自己也被带走协助调查，那将会是一幅什么情景和局面？整个家就完了，绵绵的姥姥无人照看，绵绵的学习无人过问，还有丁丁，这个家说不定就彻底毁了！

还有，那个郭主任说："你的选择是明智的……我们认为魏宏刚最终也肯定会把这些问题都交代出来。到了那个时候，你就不是立功而是犯罪了。"

这就是说，自己的"立功"是建立在魏宏刚还没有彻底交代的基础上。

魏宏刚到现在了，居然还在死扛！

也许他宁可把所有的都交代出来，而这些东西他死也不肯交代。

也许这是魏宏刚最后的一点侥幸心理，想给自己的亲人留点他自己觉得可以聊以安慰的财物。

他可能没有想到，对这些问题，纪检监察部门早已登记在案，清清楚楚。

他更没有可能想到，这些问题有人已经交代了，而且连那些赃款赃物都一并交给了纪检委。

他真够傻！

这怨不得任何人，包括你姐夫，你也一样怨不得。

人家在外面什么都查得清清楚楚了，连你姐都被带走了，你姐夫也差点被带走，你竟然还在那里死扛！

真是蠢透了！

魏宏刚，真没想到你会蠢到这个地步。

简直无法想象，怎么连这样的情况也想不到？

这就是你企望留下的那点孝心吗？

想想也好可怜，你这个市委书记，当得太可怜了！

早知今日，又何必当初！

彤云密布，雨雪霏霏，在阵阵寒风里，武祥悲愤交加，欲哭无泪……

看看时间，已经快中午十二点了。

他先给绵绵打了个电话，想把发生的这些事情先给孩子说说，免得孩子压力太大。没想到居然还是关机。

想给任颖打一个，想了想，算了。这种事情给任颖说不清楚，说不定还会起反作用。

又给丁丁打了个电话，也是关机。

丁丁的事再说吧。

武祥扔下电话，累得近乎虚脱。

回到家，正准备吃点东西，手机响了。

来电显示是任颖父亲！

"老武，你快点来武家寨吧！"任颖父亲在手机里声如洪钟，"我已经动身了，听说绵绵的情况有些反常，孩子闹不好要出问题！你现在就动身，马上过来啊，越快越好……"

二十八

◆

最后一趟班车，车上的人挤得满满当当。站了两个小时后，武祥才有了座位。

武祥接到电话一刻也没停，差几分钟就赶不上这趟车了。任颖父亲在电话里说，任颖已经告诉他了，绵绵这些天整整一晚上一晚上地睡不着觉，前天任颖在学校的卫生室里给绵绵开了三片安定，吃了好像也没什么用，迷糊了几十分钟就又醒来了。最近这两天情绪变得更差，看任颖的眼神都不对了，动不动就央济任颖帮她解这道题，解那道题，解了一道又一道，完全是止不住的样子。有时候任颖半夜里醒来，看见绵绵一个人坐在床上一边背题，一边嘴里咬着笔头。颖颖说，搞得她都不敢在屋子里睡了。绵绵学习着了魔似的，书本一刻都不舍得放下，这两日就是老师说话还听，连班长说话也不管用了。昨天班长悄悄对颖颖说，你快让瑞绵家长来吧，要是再这么抑郁这样魔怔下去，可就麻烦了。这学校里，每年都有学生出事的……

赶到武家寨镇时，已经下午五点多了。

任颖和绵绵都还没有下课，任颖父亲路途相较更远，还没有赶到。武祥一个人，在寒风中和学校门卫解释了好半天，押了身份证，才算进了学校。

山区的风更冷，地上落着薄薄的一层雪花。立春后的冷，钻心一样刺骨。好像这冷如若不肃杀，就见不到阳春似的。

二十四班的教室门关得严严实实，从外面看，几乎看不到里面有学生。

武祥从后窗悄悄向教室里探望。尽管知道学生很满，但实情显现到眼前时，还是万分震惊。

足有一百多个孩子，挤在这个并不大的教室里。

所有孩子都身贴身地挤在一起，有几个孩子被挤得都挺不起腰来，最后面的一排几乎都站着！

武祥怎么也看不到绵绵，前面、中间、后面都看了个遍，还是没找到。

前面的几个窗户都看过了，还是没有。

绵绵不在教室里？

武祥有些发愣，绵绵不在教室里，那会去了哪里？她又能去了哪里？

绵绵会不会坐在一个死角，自己没有看到？会不会在教室的对面才能看到？

武祥转到教室后面时，一下子呆在了那里。

绵绵在教室外的后面站着！

暮色深沉，天色已经完全暗了下来。

在凛冽的寒风里，绵绵的脸被吹得灰青发紫。薄薄的棉衣，几乎裹不住她瘦弱的身体。可能站的时间已经很久很久了，身上的雪花都不再融化，像棉絮一般落在她的头上，脖子上，衣服上，鞋面上。

绵绵的腰斜倾着，可能是太冷了，她把自己身体的一侧斜靠在砖墙上，手里拿着课本，嘴里念念有词，好像正在背诵着什么。

武祥的眼泪一下子掉了下来。哽咽地喊了一声绵绵，然后立马脱下自己的大衣，跑过去给绵绵披在了身上。

绵绵愣了一下，像不认识地看着武祥。呆滞的目光中，看不到任何表情。

"绵绵，我是爸爸。"武祥抓住绵绵的冰冷的小手，急切地说道。

绵绵直视着爸爸，良久无语。

"我是爸爸啊！绵绵……"武祥几乎喊了起来。

"……爸爸。"绵绵好像一下子认出来了，但紧接着，猛地把武祥的手甩开，又把武祥披在她身上的衣服也狠狠推下身去，极度迴避地嚷道，"你来这里干什么！"

武祥吓了一跳，根本没想到绵绵的态度会这么生硬，这么强烈。他有些结巴地说："绵绵，你听爸爸说……"

"爸爸讨厌！"绵绵猛地打断了武祥的话，依然压低了嗓音嚷道，"走开！"

看着绵绵紧张兮兮的表情，武祥一时不知所措。他突然想起了任颖父亲在手机给他说的话："……绵绵的情况有些反常，孩子闹不好要出问题！"

"走开呀！"这时绵绵更加坚决地嚷道，"快点！"

武祥又被吓得一愣。他轻轻捡起地上的大衣，紧张地看着绵绵，一时竟不知道该怎么办。"绵绵，听话，孩子……"

"走！"绵绵猛地把头在墙上撞了一下。

听到墙上的撞击声，武祥满脸困惑，不由自主地后退了一步。

此时砰的一声，武祥身后的教室大门突然打开了，学生们叽叽喳喳地一拥而出。

很快一个轻盈的身影跑了过来，是任颖。

"伯伯吗？"任颖一下子就认出来武祥，"你见到绵绵了？"

"……见到了，"武祥痛心不已，"颖颖，绵绵怎么了？你快告诉我。"

"伯伯你不要太担心，她这几天就是学习得太忘我了，她对谁都这样。"颖颖看到武祥满眼是泪，赶忙安慰道，"老师还在门口等着呢，我马上叫绵绵过去。"

武祥忽然转过身来，大步向教室门口走去。

一个瘦瘦的、个子不太高的中年人站在教室门口。

武祥像咆哮似的低声问道："你就是刚才带课的老师？"

那个老师看了看武祥，问："你是谁？"

"武瑞绵的家长。"武祥恶狠狠地答道。

"哦，瑞绵的家长啊，你今天来得正好，我也正想找你们谈谈瑞绵的情况。"老师的温和中带着威严。

"这么冷的天气，为什么让瑞绵站在教室外面？"武祥一步一步逼近老师，愤恨之情溢于言表，"为什么？"

"你听我解释。"老师也感觉到了武祥的异常，不由自主地往后退了一步，说道，"瑞绵今天是她自己要求站在外面的，她是旁听生，我们从来没有罚站过旁听生。"

"我不相信！"武祥继续咆哮着。

"你可以问问与瑞绵同住的任颖，看是不是这样。"老师十分坦然地说道，"我们班里的规矩，凡是作业差错率百分之九的学生，请在教室外罚站。今天全班只有瑞绵一个人的作业差错率达到百分之十以上，我并没有让她罚站，是她自己主动出去的，我让学生叫了她几次她都不回来。她这孩子自尊心太强了，对自己也太严格了，我们谁也没有办法。"

武祥的气一下子泄了，话也软了下来，"真的是这样吗？"

"这也正是我想找你们的原因。"老师继续说道，"瑞绵这几天的情绪很饱满，学习劲头也很大，可是学习成绩也急剧下降。

估计是压力太大，思想太紧张的缘故。不过，这在学校里也是常有的现象，离高考越近，这样的学生越多。绵绵的情况比较特殊，离高考还有几个月，她就压力这么大，你们当家长的要找找原因。在这之前，我把她叫到办公室询问过她，她缄默不语。我离开办公室有事，让她等我，回来时发现她在办公室门前徘徊，如果她真的是一蹶不振也好说，她学习得相当自觉和刻苦，就是心情太糟糕了，这一次也只是一个摸底考试，就心事重重，紧张成这个样子的情况还不多见。你们要和孩子讲清楚，压力越大，情绪越紧张，成绩就会越差。如果真要到了高考，那该怎么办？是不是还要给吓出病来？"

武祥正想说什么，老师转身，对着他身后喊了一声："瑞绵，你过来。"

绵绵老老实实地站了过来，刚才脸上的不悦和蛮横完全看不到了。

"瑞绵，你爸爸也在这里，我今天当着你爸爸的面再和你讲一遍。"老师很和蔼地说道，"马上就要摸底考试了，你的成绩还可以，平时也很努力很认真，学习态度端正，很有恒心，并能遵守纪律，老师们对你的表现也是看好的。但你的自制能力较差，常常有些不切实际的想法。你说你今天非要自己罚站，老师叫，同学劝，也叫不回来，是不是你对自己的要求太过度了？提高学习成绩只能一步一步来，不可能一口吃成个大胖子。不论学什么都应由表及里，循序渐近懂吗？你年纪还小，这次不行还有下次嘛，只有基础扎实了，才能慢慢赶上来。瑞绵，我的话你听明白了吗？"

"老师，我听明白了。"绵绵乖乖地回答，"我一定会努力的，老师。"

"我看你还是没有听明白。"老师微笑着说道，"瑞绵，你真的是太努力了，你现在的任务就是好好休息两天，什么也不要预习和复习了，然后大后天过来参加摸底测验。这两天你就不要来学校了，就在家里休息，就一件事，睡觉。什么也不要学，什么也不要背，什么题也不要做。听明白了吗？"

绵绵眼巴巴地看着老师，然后低下头来，有些不情愿地说道："听明白了。"

"任颖，你和瑞绵先回家吧。"老师又看着任颖说道，"我和瑞绵爸爸再说几句话。"

任颖和绵绵在教室里拿了书包，两个人拥扶着一起走了。

"老师，我刚才态度不好，你千万别介意。"看孩子走远了，武祥一脸歉意地对老师说道，"我刚来，看见绵绵站在那儿，情绪反常，也不知道具体情况。老师你看绵绵的精神是不是有些问题了？"

"主要是休息不好，太紧张。这孩子心太重。"老师看了看时间说道，"我刚才说了，这在学生中间很普遍。来咱们学校的孩子一般都是基础不太好的孩子，农村的孩子和贫困家庭的孩子，大都这样。小时候家庭条件差 些，孩子学习受影响，基础肯定打不好。等到大了，上了高中了，要想很快把前面的补上来，很难。"

"老师我刚才听你的意思，是不是你觉得绵绵这次摸底考试肯定有问题？"武祥分外着急地问道。

"是。"老师这时给武祥示意说，"咱们一边走一边说吧。"

"是不是一点儿希望也没有？"武祥一边跟着老师走，一边绝望地问。

"是，一点儿希望也没有。"老师一点儿也不隐瞒地说道，"我是瑞绵的数学老师，对学生的情况我只能实话实说。这几天绵绵的作业问题越来越多，今天的差错率居然达到百分之十七以上。这些作业都还是我讲过的习题，相对还是比较容易的习题。我知道瑞绵是个诚实孩子，不会弄虚作假，更不会照抄偷看。但差错率这么高，即使是紧张，即使因为到新环境压力大，可成绩这么差，也是无法想象，无法解释的情况，只能说明孩子的基础确实太差了。现在的高考就是上战场，就是刺刀见红。什么都能做假，就是分数不能做假。拼分数，拼成绩，这也是这么多农村孩子和普通老百姓的孩子的唯一希望，所以我必须要让家长和学生知道自己的实力。绵绵就是属于很努力，但是基础较差的这一类孩子。我刚才也和瑞绵说了，你应该也听到了。如果孩子自制能力强，情绪平稳，脑子好使，心态稳定，临阵磨枪，投个机取个巧，说不准也有可能考出个好成绩来。但绵绵恰恰是个听话努力的老实孩子，不是那种绝顶聪明的学生。越是老实听话的孩子，压力往往越大，一紧张起来，成绩不升反降，说不定还会闹出什么病来。所以，我这几天一直想找你说说，主要是绵绵这个孩子太温顺太让人心疼了，那么听话那么努力，但真的没办法，孩子毕竟还小，不要给孩子这么大压力，明年还可以继续再来嘛。如果你们非要让孩子留在这个学校里，这你也看到了，我们这个班肯定是进不来了，太挤了。若不得不到差等生集中的那些班，还要交很多的赞助费，到底值不值，这就真要你们自己拿主意了……"老师的声音似乎变得十分遥远，仿佛是在隧道的另一端跟他讲话……

武祥突然明白绵绵为什么会有那样的表现了，如果她知道了老师的说法和看法，她的压力怎么能不大。但他又不能说老师说得不对，老师实话实说，言之凿凿，实打实地为了孩子好，为了家长好。

但这对孩子实在太残酷了！

绵绵刚才用头撞墙的那一幕，突然从武祥的脑海里闪现出来！绵绵自卑自咎的样子，让武祥再次感到伤心疾首，咬牙蹙额。当学习对于一个孩子是折磨，而非慰藉时，她是在不堪忍受中忍受不堪。

那一定是孩子绝望中的发泄，而父母也许是绵绵目前唯一可以这么发泄的目标和对象。

孩子太可怜了。

现在究竟该怎么办？

又能怎么办？绵绵用脑袋撞墙的画面一现再现。

武祥绝望地思虑着，他迟疑着，犹豫着，直到他强压下自己的哽咽。

学校里的路灯昏昏黄黄地照着，空中的雪花越飘越大，惨白的校园里，一片肃杀。

……

绵绵同意和武祥一块儿回家。

半路上，武祥手机响了。一个陌生的手机号码。他想了想，还是接了。

"你好。"武祥十分客气又十分警惕地应了一声，现在的垃圾电话、骚扰电话太多了。

"你是武祥吗？"手机里的声音放任而恣意。

"是，我是武祥。"武祥依旧十分谨慎。

"你昨天接到居委会的通知了吗？"对方完全是一副命令式的口吻。

"没有，我在外地，没在家。"武祥解释道。

"那我现在正式通知你，明天下午居委会召开你们住宅小区有关搬迁的听证会，你能参加吗？"对方颇为不客气地问。

"你是哪里？你是谁？"武祥仍然谨慎地问道。

"我是你们小区搬迁领导小组的副组长姚一奎，你听明白我的意思了吗？"

"我明天不在家，我现在外地，明天的听证会参加不了。"

武祥一边解释一边问道，"你们召开所谓的听证会之前，我们事先也没有收到有关通知，我们也不知道你们要干什么，听证什么？"

"这个没有必要吧，领导事先已经做过了大量调查，并不需要对每一个人都发出通知。"对方毫不客气，"而且我们已经在小区贴了公告，你没看到？"

"那你还找我干什么？你们直接定了不就行了？"武祥不禁有些愤懑。

"既然这样，我也就算再一次告诉你，你不来参加听证会，就表示你同意了我们的拆迁方案。"

"我什么时候告诉你我同意了？"武祥反问道。

"那你为什么不来参加听证会？"对方也强硬地质问武祥。

"我不是不参加，而是参加不了。我现在在外地，回不去。我的意见是什么，在没有看到你们所谓的方案前，我不会也不可能表示同意和不同意。"武祥真的生气了，确实太不讲理了。

"我们的听证会，可不会因为你一个人不能参加而推迟，也不会因为你一个人的意见而搁置我们的拆迁方案。实话跟你说吧，如果不是我们组长非让我给你打这个电话，我们根本就用不着征求你的意见。"

"你们的组长是不是叫贾贵文？"武祥突然问道。

"是。怎么了？他是我们市规划局副局长。"

"难怪呢！"武祥顿时血脉贲张，怒火攻心，"姚一奎你听着！你一会儿就去告诉贾贵文，我就是武祥，威武的武，不祥之兆的祥。他知道我是谁，我也知道他是什么东西！如果他敢这么胡作非为，横行霸道，那我就再次上他家的门，剥他一家的皮！你明明白白告诉他，我与他有十年未报的血海深仇！善有善报，恶有恶报，不是不报，时辰未到！只要他整不死我，我活一天，就跟他一天没完！不信就让他走着瞧！我死都不会放过他！"

　　说到这里，武祥不管手机里的人如何回应，径自挂断电话，久久一动不动地站在那里。好多天的闷气，好像不吐不快，终于一下子全都释放了出来。如果那个贾贵文此时就站在自己面前，他一定会冲上前去，奋力与他厮杀一次！

　　这些不把老百姓当回事的贪官污吏、腐败分子，实在太让人愤恨了！真是恨不得食其肉，寝其皮，与他不共戴天，世世为敌！

　　……

　　武祥的怒吼和咆哮让绵绵的心头一热，她紧紧地挽住了爸爸的臂膀。

　　武祥回到租住的房间时，任颖的父亲已经赶到，正在忙忙碌碌地洗菜做饭。

　　武祥告诉自己必须坚强起来，将来有的是时间哭泣！

　　大概是屋子里有了大人的缘故，绵绵又坐在那张小小的课桌前静静地复习着。武祥不时地想看看绵绵，但绵绵的脸埋在一大摞厚厚的课本和作业本里，武祥看不到绵绵的任何眼神和表情。

　　武祥进来时，绵绵一动没动，仍然头也不抬地坐在那里。任颖悄悄向武祥招了招手，算是打了招呼。任颖父亲大呼小叫地亲热了一番，但武祥感觉得出来，任颖父亲是在有意缓和着屋里紧张的气氛。

　　晚饭很丰盛，凉菜热菜好几个。武祥本来还想再买一瓶酒，但想想上次喝醉了，让绵绵一夜没睡的情景，还是决定不买了。

　　饭菜摆好了，武祥叫了绵绵几次，绵绵都不过来。"爸爸你们吃吧，我不饿。"

　　武祥走过去，温柔地摸着女儿的头顶说：先吃饭吧，孩子。绵绵摇摇头，听任武祥在摸她的头顶，她似乎没有意识到武祥在做什么，她不关心任何事，只是在学习。

"你们先吃吧。"绵绵的话很软，表情也很正常，武祥看着绵绵的样子，略略放下心来。这会儿至少不像刚才那样，狂躁的情绪让人望而生畏。

最后，还是任颖父亲笑哈哈地诙谐地说着自编的童谣，把绵绵拉了过来：

> 小鸡小鸡不吃饭，母鸡母鸡不下蛋。
> 小鸡小鸡要吃饭，公鸡公鸡会下蛋。

"哈哈，你这孩子，叔叔和爸爸大老远的来了，也不一起吃个饭？过来过来，看看叔叔今天的手艺怎么样。你爸爸说你爱吃西红柿炒鸡蛋，这一大盘子可是专门给你炒的哟！吃饭就要奋不顾身，就要一马当先懂不懂？过来过来，该休息的时候就休息，该吃饭的时候就吃饭，睡得好，吃得好，才能学得好，吃嘛嘛香，身体倍棒！"

武祥突然发现任颖父亲真是个有心人，说了一大堆，一字也没提摸底考试的事情。

吃饭时几乎就是任颖父亲一个人在饭桌上唱单簧，天南海北，东拉西扯，连绵绵也被逗笑了两次。武祥感激之余，不住地想，绵绵要是生活在任颖父亲这样的家庭里，也许就不会有这么多压力，有这么多烦恼和愁绪。

任颖更是乖巧，也不像上次那样，叽叽喳喳欢快得像只小鸟。说话谨慎多了，学习上的事，摸底考试的事，一句也不说。

绵绵吃得很少，只吃了一小碗米饭，夹了几次西红柿炒鸡蛋，其他的菜基本没动筷子。武祥小心翼翼地问了几句还要不要添饭了的话，其他什么话都没跟绵绵说。绵绵吃得很慢，有一口没一口的，头也始终不抬。一眼也没看爸爸，好像身边没有武祥一样。倒是任颖父亲给绵绵夹了两次菜，但看到绵绵瞅着那些菜空洞的眼神，任颖父亲后来也不再夹了。

大约四十分钟，重逢后的第一次饭总算吃完了。

武祥准备洗碗的时候，尽量放松地和绵绵和任颖说了一句，"你们晚上就早点休息吧，别再复习了。"

任颖答应了一声。

绵绵什么也没说，径直坐回到课桌旁，自顾自地又看了起来。

洗了碗，武祥把屋子里打扫干净了，把所有的东西都收拾好了，趁任颖父女在一旁说话的当儿，走过去悄悄给绵绵说道："绵绵，出去走走吧，爸爸和你说说妈妈的事，好吗？"

绵绵良久无语，好像没听到一样。

武祥又说了一句："妈妈的情况很好，爸爸跟你……"

绵绵突然硬梆梆地呛道："别跟我说妈妈的事，我不想听！"

武祥吃了一惊，愣了半天，悄悄走开了。他实在感到担忧，害怕绵绵又像刚才那样发作起来。武祥已经从绵绵的蛮横中发现了她心中深重的一个孩子所不能承受的痛苦，他觉得女儿突然如此陌生，陌生得让他感到不祥而又沉重。

要是妻子在这里就好了，一切都会迎刃而解！武祥的心像碎了一样，突然感到是这样的剧痛和无奈。

……武祥冲动地把女儿搂入怀中，但他发现女儿的身体是僵硬的！他没注意到女儿的泪水，他沮丧地放开了，绵绵也竭力掩饰情绪，机械地又学习起来。

晚上，武祥和任颖父亲一起在外面走了走。

春雪中的山区深夜，风卷着雪，料峭刺骨。街上空无一人，只有几间昏暗的小吃部里坐着人。让武祥诧异的是，晚上人气最高的地方，竟然是十几家麻将馆。收费不高，一小时五十元左右，还有茶水供应。

没地方去，就在麻将馆里坐坐吧，权当喝茶。

麻将馆里烟雾缭绕，呛得让人喘不过气来。十几张桌子，几乎坐得满满当当。有摸麻将的，也有打扑克牌的。

老板很热情，听说是只来坐坐看看，就很爽快地找了个略为清静的空位置，并拿来一个茶壶两个杯子："不要钱，第一次来的都免费。喝茶随便，坐吧坐吧。"

"好家伙，怎么会这么多人啊？"任颖父亲问道，"老板生意好啊！"

"嗨，一阵一阵的，哪有什么好不好。"老板笑笑，"来这儿的都是陪读的父母，闷了、烦了就玩几把、散散心。"

"真玩儿假玩儿？"任颖父亲四处看着，也笑了笑，明知故问。

"假的谁玩儿？"老板四周看看，悄悄说道，"多少自己定，我们不管，也不抽成。出了事是自己的，我们也不负责。"

"不怕警察吗？"任颖父亲说。

"警察吃饱了撑的？倒霉的事还管不过来呢，还顾得上管这些事？"老板俯下身来，"其实早放开了，没事，放心吧。"

"要是玩大了，闹起来了怎么办？"任颖父亲又问道。

"这你就扯远了不是？都是些陪读的父母，基本国情懂不懂？有钱有势的大老板大小官人能让孩子到这里来念书？"老板一边给他俩倒茶，一边说道，"晚上孩子都在复习，没地方去，这地方又没可玩儿的去处，押个小钱赌两把，时间不知不觉就打发过去了。穷人不就是个穷热闹，玩大的，谁来这里玩儿。"

武祥看着任颖父亲的样子，好像跃跃欲试，也想来那么两把。

等到老板走了，任颖父亲拉下脸来，很认真地说："要不是

穷人不就是个穷热闹，玩大的，谁来这里玩儿。

你家绵绵那样子，我今晚上还真想拉你玩两把。我告诉你，绵绵是个大问题，你要当回事啊，孩子确实有些不对头了。刚才回屋里的时候，她好半天都没认出我来。就那么定定地看着，面无表情。几天不见，整个换了个人一样。你老婆呢？其实前几天她可以来看看孩子的，这会儿当妈的比咱们大老爷们管用。"

"老岳母病危住院了啊，马上就不行了，离不开啊。"武祥想了想撒谎说道。武祥觉得眼下无论如何还是不能把实情说出来，就算任颖父亲再是个忠厚实在的人，他不和别人说，还能不和任颖说。任颖知道了，又怎么能保住班里的学生不知道。一旦知道了，如果绵绵最终还得在这个学校上学，总被人家指指戳戳的，孩子的压力岂不更大。只能说假话了，能瞒一天是一天吧。

"怎么啥事都聚在一起了。"任颖父亲叹了口气说，"绵绵是个好孩子，可千万别把孩子给毁了。听颖颖给我说，绵绵就是心事重，压力大。觉得爸爸妈妈不容易，什么也想走在人前头。说实话，这个学校他妈的也真成问题，你收钱就收钱吧，还要摸底考试，这不是害人吗！现在下面这些地方，就知道穷人好欺负。要是有点关系什么的，能这样吗？他们敢这样吗？"

"是啊，老任。"武祥默默地听着任颖父亲发完牢骚，说，"我现在也看出来了，绵绵再这么下去，真的要出大事。可你说说，我现在该怎么办？领她回去？这书不读了？"

"别呀，熬日子吧，熬一天算一天。"任颖父亲摇摇头无奈地说道，"唉，没办法，也只能熬过后天摸底考试再说了。"

"老师今天和我说了，绵绵摸底考试肯定过不了。你说熬过了明天，如果后天摸底考试成绩确实不行，要是留不下来又该怎么办？"武祥实话实说。

"是吗？"任颖父亲吃了一惊，"老师怎么能这么说，这绵绵不更完了。"

"老任，你说我现在还让孩子待在这里有意义吗？"武祥愤

重新生活

愤地说道，"你说我现在真能强行把孩子拉走，不让她在这里上学了？你说说，我能这样做吗？"

"那可不行！"任颖父亲立刻很坚决地说道，"老武你可别做傻事，要是这会儿把孩子领回去了，这孩子这辈子都恨死你了。再说，要真让绵绵这会儿回去了，孩子一准出大事。"

"可孩子的压力那么大，精神也完全垮了，按老师的说法，情绪这么紧张，肯定考不好，成绩肯定差。言外之意这个班肯定留不下来，要留，就只能去那些差等生班，老师的意思，差等生班也得交那么多钱。想交不想交，愿意不愿意，你们看着办。"武祥喝着杯子里苦苦的劣质茶水，像倒苦水似的说道，"你说我该怎么办，又能怎么办？"

"我看颖颖也够呛，两个倒霉蛋碰到一起了。"任颖父亲像喝酒似的把茶水喝了一杯又一杯，"也只能走一步看一步了，谁让咱是平头百姓呢？"

"这还让人活不活了？"武祥想了想，就这么半个月的时间，差不多小二十万就花出去了，而且好多还没算进去。怎么老百姓的钱这么不经花！还以为家里存了百十万，挺有钱的，哪知道花钱就像流水一样，上个学，看个病，二十万就没了！再联想到绵绵的情况，悲愤交加，越想越伤心起来，"老任啊，要是孩子真有个三长两短，我活在世上还有什么意思？我还有脸再这么活着？"

"老武啊，你可千万别这样想。你现在可是家里的台柱子，你要是也垮了，你这个家不全垮了？再说了，你好歹也比我们强，夫妻两个人都有固定工资，有医保社保，也有住房。你们要是都活不下去了，天下的老百姓还咋活？"任颖父亲说到这里，拿出一个小纸盒子来给武祥说道，"这是我从家里带来的强力安眠片，吃一片至少能让孩子安睡四五个小时。我刚才已经给了颖颖一片，今晚她会让绵绵吃一片。明晚再让孩子吃一片，至少保证孩子考试前能睡两个安稳觉。我问过大夫了，说这种安眠药起效快，副作用小，醒来后不会有困倦、昏睡的后遗症，脑功能和精神马上就能恢复，不会影响学习。这东西我可是走后门弄出来的，听大夫说现在寻短见的人多，这种药医院里一般不给开。我估计你没时间准备这些，所以我给你备了一些。一共七片，这里头还有六片，你保存好，咱们晚点回去，等孩子睡了，咱们回去了不会吵醒孩子……"

武祥和任颖父亲一块儿蹑手蹑脚地回到屋里时，已经凌晨一点多了。

两个孩子都睡了，家里静悄悄的，也很暖和。

幽幽的灯光下，武祥看了一眼绵绵，确实睡得很香，居然还发出微微的鼾声！

武祥慢慢走过来，静静地看着绵绵，也记不清有多少年了，第一次这么近距离地端详着自己的女儿。

椭圆形的脸，清秀，端庄，单眼皮，不大不小，鼻子翘翘的，肤色白皙透亮。魏宏刚在她小时候就常常举着绵绵说："你就是这个小鼻子让人看不够，没有你这个小翘鼻子，你就是个丑小丫喽……"

女大十八变，武祥平时觉得女儿还可以，至少不丑。但今天晚上好像才第一次发现女儿竟然这么漂亮，漂亮得让他心疼和悔恨，自己平时对孩子关爱得实在太少太少了。这样的女孩子，如果没有这么多烦恼，这么多压力，就这样生活在人世间，即使平平常常，普普通通，也一定会快快乐乐，自自在在。绵绵的学习成绩不好，与自己的家庭环境息息相关，责任最大的恰恰是自己。这些年，自己在内弟的荫庇下，不自觉或自觉地自附于豪强之家，以求荫庇，对绵绵的学习不闻不问，自己过着虚荣、轻浮的生活，不劳而获的投机心理在绵绵学习问题上反映得最突出，也最直接。他不禁又想起了丁丁在信里的那句话，"……他们出事了，我却要为他们背黑锅……"绵绵又何尝不是！

看着绵绵额头上又青又紫的皮肤，他两次想起了绵绵下午那种激烈的反应。孩子那样子，就像魔怪附身了一样，无论如何挣扎，也让孩子无以逃脱。

孩子活得太苦了。其实是孩子什么都明白了，甚至可以说她已经惨烈地明白，其实她的亲人从某种意义上来说把她毁了，把她耍了！

武祥鼻子一酸，眼睛又止不住地湿润了起来。

任颖这时醒了，披衣过来，悄悄给武祥说道："伯伯，爸爸的药很管用。绵绵吃了不到半小时就睡着了，现在至少睡一个多小时了。快十天了，绵绵还从来没有这么睡过。学校里给的安定片，先是能睡四五十分钟，后来就只能睡半小时不到，前几天一次吃两片一分钟也睡不着了。绵绵脾气不好，就是睡得太少了，这下好了，能睡着了，大概就没问题了。"

武祥悄悄说了声谢谢，摆摆手，让任颖赶快回去接着睡，之后他一直在屋子里默默地坐着。一直等到任颖父亲也睡着了，他才和衣轻轻躺下。

……

武祥像是受到什么惊吓似的，猛地一下子醒了。

看了看表，凌晨两点十分。

屋子里依然很静，任颖父亲和任颖都睡得很沉。任颖父亲的鼾声有规律地在屋子里轻轻弥漫着、扩散着。

武祥突然感觉到有些异样，一转脸，绵绵的床上是空的。

绵绵不在床上！

武祥一下子坐了起来，完全清醒了。

绵绵呢？

屋里很小，没有绵绵的身影。

洗手间的门虚掩着，里面灰暗的灯光从门缝里淡淡地映射出来。

绵绵去洗手间了？

但门为什么虚掩着？

武祥静静地坐着，心里突然紧张起来。

良久，绵绵仍然没有出来。

足足二十分钟过去了，仍然没有动静。

武祥突然听到卫生间里面窸窸窣窣的声响，像是什么在颤抖，又像是什么在翻动。

绵绵在卫生间里！

既不像是在洗澡，也不像是在上厕所。

但这么久了，为什么不出来？

卫生间里再次传出来窸窸窣窣的声音，这次听清了，是翻书的声响！

绵绵在卫生间复习功课！

这就是说，任颖父亲带来的强力安眠药，也只让绵绵睡了不足两个小时！

武祥慌忙站了起来，轻轻地踮脚走了过去，到了门口，武祥又静静地听了几分钟，确实听到绵绵在卫生间里背诵英文单词。

武祥担心吓着孩子，先轻轻叫了一声绵绵，然后才慢慢把门打开。

绵绵站在洗浴的龙头旁边，拿着一本书，胸脯一起一伏地，正在痴痴地斜视着武祥。

"……绵绵。"武祥轻轻地喊道。

"爸爸干吗？"绵绵的嗓音有些嘶哑。

"孩子，你得休息啊……"武祥乞求般地说道。

"爸爸，你不要管我。我要学习。"绵绵的声音不高，但很强硬。

"绵绵，你听爸爸说……"

"出去！"绵绵猛然低吼了一声。

武祥看到绵绵眼里闪出豹子一样的凶光，他打个激灵，身不由己地退了出来。

两脚不知被什么绊了一下，武祥扑通一声跌坐在地上。

眼前的门咣的一声被关住了。

屋子里顿时一片漆黑。

武祥浑身战栗着，像被什么箍住了一样，久久地一动不动地僵坐在那里。

二十九

◆

武祥整夜都盯着卫生间门口，静静地守着。

早晨快五点的时候，绵绵才打开门，从卫生间里默默地走了出来。她似乎没看见武祥，或者视武祥如空气，漠然回到了自己的小桌旁。

也许是昨晚睡了一两个小时，绵绵的神情还算自然，脸上既看不到疲倦，也看不到焦灼。

任颖的爸爸煮了六个鸡蛋，两个孩子一人两个，大人一人一个。新鲜的牛奶，街上刚炸出来的油条，每人一份。绵绵吃得也算可以，除了少吃一个鸡蛋外，其他的都吃了。

吃饭时，没人说话。任颖和父亲也都知道了绵绵一夜没睡的情况，屋里的气氛格外令人不安。

吃了饭，绵绵拿起书包就走。任颖赶忙说，"绵绵，老师昨天不是说了，我们今天不去学校，都在家里复习吗。"

"不行，我的作业今天还得让老师看看。"绵绵不由分说，径直往外走去。

"绵绵，绵绵，老师说了，今天不判作业。"任颖在绵绵背后追着大声喊道，"老师昨天也没有给我们布置作业，昨天晚上你做作业了吗？"

"我做了，是班长发微信告诉我的。"绵绵头也不回地走了出去。

"绵绵，班长的微信是群发的，不包括咱们。"任颖有些着急了，"老师昨天专门说的，你爸爸也在场，我们今天不用去上课。"

"我不用你管。我不需要休息，我只需要复习。我还有几道题没做出来，我要去问老师。"绵绵加大步子，走得更快了。

这时任颖父亲急忙递给任颖一个眼色，机警地说道，"颖颖，你也快去，陪着绵绵，可不能让绵绵一个去学校。"

任颖听了，急忙背起书包，也跟着绵绵跑了出去。

天晴了，依旧很冷。一夜的大风，把天上的云彩吹得干干净净。沿途就有农田，乌鸦在收割后的农田上翱翔，在犁沟中搜索，嘎嘎的叫声像在抗议一无所获。

九点半左右的时候，武祥找到了学校的医务室。

武祥没想到一个中学的医务室还挺大，挺全，竟分了好几个科室。诊断室，治疗室，换药室，值班室，紧急抢救室，药房等等，医务室外边居然还停着一辆救护车。

如此有备无患让武祥喉咙发憋。

可能时间还不到吧，医务室里并没有几个人。除了门口的一个晒太阳的老头和药房里有一个工作人员以外，其他科室几乎看不到人。医务室很冷，室外的太阳光刺亮亮的却打不进来。

武祥问门口坐在小凳上的那个老头："大哥，这里面的医生呢，是不是都还没来？"

太阳光下，老头懒洋洋地看了一眼武祥："你要干什么？"

"问问孩子的病。"

"你的孩子？"

"是。就在咱这学校里念书，二十四班的。"武祥有意拉近乎地说。

"你孩子呢？"老头头也不抬地问。

"在上课。"

"你孩子有什么病？"

"……你是？"武祥忽然感觉出来点什么。

"我就是值班医生，你说吧。"

"不好意思，真不知道您就是大夫。"武祥顿时手足无措，一脸歉意地说，"大夫您贵姓？"

"姓陈，叫我老陈就行。"

"陈医生您好，您是哪个科室？"

"哪个科室都是，我是全科大夫，你就说吧，孩子什么病。"陈医生依旧头也不抬地说道。

武祥赶忙蹲下来，向陈医生大致讲了讲绵绵的情况。讲完了，武祥很恳切地说道："陈医生，孩子现在的情况我也觉得非常危险，是不是需要采取一些紧急措施？我们现在实在没办法了，您看怎么办才好？"

"不要那么大惊小怪的，考完试就好了，什么事情就也没有。再过些日子，学校里的这种情况会越来越多，每年都这样。也没什么好办法，这叫高考综合征。"陈医生依旧慢悠悠地说道："不过你这孩子得的这个高考综合征也确实有些早，情况也确实有些严重，且不到时候啊。一个摸底考试就慌成这样了？不应该啊？"

"孩子的压力太大，学校的、家里的事情给孩子的负担太多太重，一定是孩子承受不了了。"武祥尽量详细地给医生分析着，"陈医生，你看孩子是不是已经成了抑郁症了？"

"哪有的事，离抑郁症远着呢。"陈医生抬了一下头，斜看了武祥一眼，紧接着又被刺眼的阳光压了下去，"这个孩子嘛，就是让考试给闹的，好胜心强占一部分，恐惧心理有一部分，这就导致了内源氧缺乏，如果不及时救治，会形成恶性循环，你做父亲的，要给孩子调整好心态，让这些症状无机可乘。话说回来，考完了估计就好了，没事。"

"照您说的，现在就啥也不用管？只须苦口婆心就行了？"武祥有些着急。

"明天不就开始摸底考试吗？"

"是。明天上午两门，下午两门。"

"四门课？"

"是。语文政治，数学英语。"

"够狠的。"

"就复习了这短短的半个月。"武祥也有些埋怨地说。

"等考完试再说吧。"陈医生这时给他递过一个名片来，"我在镇上有个诊室，孩子再有什么，你直接到我诊室里去吧。一般我晚上都在，药品全，费用也比这里便宜好多。"

武祥看了看名片，发现陈医生的头衔很多，最令人瞩目的是：市中学校医协会副理事长。原来这个陈医生还真有来头！武祥急忙问道："是不是今天晚上再让孩子继续吃点安眠药？"

"昨天晚上睡了有一两个小时？"陈医生问。

"差不多。"

"那就再吃点。估计效果不会太大。"

"孩子半个月都没睡觉了，明天一整天的考试能坚持下来吗？能熬过来吗？"武祥忧心忡忡地说。

"熬不下来也得熬，考场就是杀场，谁也跑不了，是学生都得挨这么一刀子。"

"要是没考上呢？那该怎么办？"

"那就再考呗，谁也没办法。"

"孩子的病呢？再考一年，家长没问题，孩子要是病好不了怎么办？"

陈医生这时抬起头来，有些迷惑地看着武祥，大概他还从来没听到过这种问题。上万名考生，每年考不上大学的不是少数。考出了病，还没考上，这样的孩子也不是少数。这样的孩子如今都去了哪里？肯定都不在武家寨了，都各回各家了，而这一茬一茬的孩子如今都怎么样了？陈医生摇了摇头，他并不介怀地说道："只能听天由命了吧。考不上，死心了，也许病就好了。"

武祥也叹了口气说："那你看我家孩子的情况呢，明天考完了，有没有可能好转呢？"

"我看没事，常见病，这种孩子我见多了，别太当回事。"陈医生宽心似的说道，"考场其实就那么一道窄门，考生一进去，情绪一下子就会松下来，血压不高了，心也不跳了，马上就不紧张了。考完了，出了考场，有的孩子倒头一下子能睡一天一夜，然后过两天就什么事也没有了。再看看吧，你要是不放心，明天考完了就给我打电话。如若还不行，就先在我那里挂个点滴，说不定挂着挂着就睡着了……"

……

武祥在街上走走停停，他似乎在驻足聆听，寒风似乎在对他倾诉。

下午不到三点绵绵就和任颖一起回来了。任颖悄悄和武祥说了绵绵今天在学校的情况。二十四班的班主任老师今天很生气，说绵绵太不听话了，不让来非要来，严重影响了班里大多数孩子的正常学习。因为班里又来了几个旁听生，根本坐不下来。因为明天就要摸底考试，班里也根本没有安排绵绵和任颖他们几个旁听生的座位，但绵绵坚持要挤进去坐，班长也没办法，于是报告了班主任，班主任下午亲自过来冲绵绵发了一顿火，绵绵才离开教室快快地回来了。

任颖还说了绵绵别的情况，眼下绵绵的情绪更不好了，总是攥着拳头，不时地还哆嗦，越是没人的时候越紧张，只有当她坐在人堆里，才会变得安静一些。其实整整一上午，任颖都在外面站着，教室里根本挤不进去，挤进去也没法坐。任颖这一拨旁听生有九个同学，现在这一拨居然来了十一个同学。也是半个月以后摸底考试，二十四班将来肯定留不下几个，学生太多了，估计连那些差等生班也快挤不进去了。

绵绵回到屋子里依然一言不发，一直趴在小桌上复习功课。武祥也不敢多说什么，悄悄给绵绵倒了两次水，绵绵每次都喝了，但每次也不抬头。看绵绵那样子，任颖父亲也不再嘻嘻哈哈地说什么了。两个大人都默默地坐在一旁，屋子里只能听到两个孩子翻书的声音。

下午五点刚过，武祥和任颖父亲借口买菜，一块儿走了出来。天空雾霭蒙蒙，云层暗淡无光。

任颖父亲一走出屋子就长长嘘了一口气："天啊，真把我憋死了！"

武祥有些歉意地说："委屈你了，老任。"

"委屈什么呀，我是看着孩子太可怜！"任颖父亲有些伤心地说。

"任颖还好，心理素质比绵绵强多了。"

"强什么，你看到两个孩子都紧张成什么了，半个身子都在发抖，后背发僵呼吸都不对了，肯定心跳得厉害。再这么下去，过几个月高考，还保不准再出什么问题。"

"今天校医室的医生告诉我，说过了明天就可能好转。"武祥像是安慰自己似的说。

"你信吗？反正我不信。摸底完了还有一模二模三模，还有高考呢，吓不死也把人愁死了。怪不得大人都去摸麻将了，吓的，愁的！"任颖父亲又长嘘了一口气说道，"咱们那会儿考试有这么怕人吗？怎么越来越厉害了？这不折磨孩子吗？一次考试卷子就有五六张，别说思考了，就是不停气地抄也抄不过来呀，那些出题的老师，你家没孩子吗？还让孩子们活不活了？"

……

让武祥急火攻心的是，绵绵晚上的情况更糟。

绵绵晚饭什么也没吃。听任颖说，中午就在学校食堂里吃了个菜包子，一碗大米粥也没喝完。

晚饭的时候，他和任颖父亲做了一桌子菜，绵绵却怎么叫也叫不过来。绵绵说她不饿，不想吃。绵绵那一张歉意的脸对着武祥，武祥更是心疼。

片刻，武祥给绵绵端过去一碗面条，绵绵看也不看："端走，我不吃！"

武祥愣了一下，又默默地把饭端了回来。

屋子里的气氛顿时越发紧张。

武祥自己先吃了几粒救心丸。

任颖父亲一直默默地坐着，也没再过去把绵绵强拉过来。大概现在才感觉到自己昨天晚上的举动实在太冒险了，今天晚上无论如何是真不敢了。

任颖也没怎么吃，一碗面没吃完，也转过去开始复习了。

武祥本来准备把碗洗了，但任颖父亲坚持要自己洗，说什么也不让武祥插手。

想了想，武祥一个人走了出来。

山里的气候依旧很冷，冷风飕飕地直往衣服里灌。

武祥杂乱的脑子里一下子清醒了。

他看看时间，八点多点。掏出手机，慢慢搜索出一个名字来。

延中宁校长。

对着这个名字，武祥默默地看了好半天。

他早就想打这个电话了，但每次拿起手机，找到这个名字，想来想去，最终还是没能把号码拨出去。前前后后好几次了，武祥都忍住没打这个电话。不到万不得已的地步，他真不想也不敢打这个电话。

宁校长的话，在他最难挨的日子里，常常会莫名地在耳旁响起："以后有了什么事情，特别是孩子的事情，比如碰到了什么难办的事，或者是在学校里遇到什么不好解决的一些问题，就直接给我打电话。只要不是走后门托关系的事情，我都会尽力想办法解决。"

这几日武祥眼前打着滚儿地滚来滚去的都是宁校长微笑亲和的那张脸，他不相信宁校长给他抄的这个号码和他说的那些话都只是在应付他。

今天，武祥确实觉得有点走投无路了，禁不住又搜索到了这个名字。武祥再一次默默地看着这个名字，心里突然一阵突突猛跳。

宁校长会接他的电话吗？

终于，武祥用发颤的手指，摁在了拨号键上。

手机里嘟响了一声，传来的竟然是手机常常能听到的日常语音：

——您拨打的用户已启用来电提醒功能，您的来电我们将以短信方式通知对方，感谢您的来电，请挂机。

武祥愣了一下，一直等到手机第三遍播放语音时，他才慌忙挂断手机。

对方关机。

他发僵一般站在山谷的寒风里，久久一动不动。

十分钟以后，他又拨了一遍，传来的仍然是语音。

半个小时以后，他再次拨了一遍。

一个小时以后，他第五次又拨了一遍。

手机里依然是语音。

武祥原本想，八点九点是打电话最不打搅对方的时段。七点新闻联播，七点四十是天气预报，这以后应该是最放松的时刻，一直到九点，只要在家都不会有太多的事情，此时打电话，也最不让人厌烦。

但没想到，宁校长的手机一直关闭。

宁校长和他说了，这个手机知道的人不多，只要他还在学校，这个手机号码就不会变。

但没想到这么早，手机就关了。

也许宁校长很少用这个手机，也许宁校长也很少看这个手机。

也许，只有到了重要的时候，比如中考时，比如高考时，宁校长才会启用这个手机。

宁校长平时肯定不用这个手机。

而平时用的手机宁校长并没有给他！

武祥长长地叹了口气，没办法，所有的路都断了，只有自己靠自己，什么也别指望了。想到这里，武祥有些绝望地看着冷清的夜空，也只能这样了，该来的就都来吧！

大家都在走的路，为什么你不能走！

大家都在过的日子，凭什么你就不能过！

晚上快十一点的时候，武祥才悄悄地回到屋里。

绵绵和任颖依旧在灯下沉溺般地复习，两个孩子几乎把半个身子都埋在那一堆书里。

夜深了，武祥给绵绵端过一杯水，拿过去一粒药，轻手轻脚地说："绵绵，咱们休息吧，你把这片药吃了，争取能……"

"我不吃。"绵绵的回绝没有余地。

武祥压低嗓音尽力和缓地说道："绵绵，不休息怎么能考好啊，你得听话啊……"

"爸爸！"绵绵猛的一声大叫，整个身子都在战栗。

屋子里的人全都被吓了一跳。

任颖和任颖父亲大概从来没见过绵绵这种样子，都张口结舌地愣在那里。

屋子里绝望一般地死寂。似乎在场的所有人都从一个梦境醒来又沉入到另一个。

重新生活

三十

◆

第二天一早，绵绵还算听话，吃了一个鸡蛋，又吃了一根油条，还喝了大半碗豆浆。

摸底考试八点开始，上午两门：数学、英语。下午两门：语文、政治。

武祥和任颖父亲护送着两个孩子，七点半左右就到了考场。

武祥发现绵绵突然变得很乖，拽着武祥的胳膊就像小时候的样子，和爸爸靠得很紧。绵绵极为依恋地把头靠在爸爸的避谈，仿佛找到了那里最温暖的温暖。

武祥心里一阵悲切。

到考场门口了，绵绵对爸爸说："爸爸，你把我的书包拿好了。我第一门考完了，赶紧把英语拿出来给我，还有几个单词我老是记不住。"

"好的，绵绵。"武祥依从地说，"爸爸等你。"

绵绵快走到考场门口了，突然又快步返回来，走到武祥跟前有些气喘吁吁地说："爸爸，七点五十才进考场，还有十几分钟呢，你把书包拿过来，有几个数学公式我再记一下。"

武祥赶紧打开书包让绵绵找书，绵绵翻了几下，拿出一个小册子来，站在一旁翻看起来。

绵绵找小册子的时候，武祥才发现绵绵全身几乎都在打战，就跟小时候患病昏睡不醒，高烧不退一模一样！

武祥看着绵绵哆哆嗦嗦的样子，不禁心如刀割，悲怆不已。

七点五十整了，绵绵才把小册子一把递给武祥："爸爸，我进去了，你等着我啊。"

武祥点点头："爸爸等着你。"

武祥好久没看到绵绵这个样子了，孩子战战兢兢的神态像只惊慌失措无处逃窜的小鹿。

武祥看着绵绵走进考场的时候，才发现今天摸底考试的学生真不少，至少也有一百多个。一共四个考场，绵绵和任颖不在一个考场。

绵绵刚进了考场不久，武祥的手机突然响了起来。

好几天都没人打手机了，武祥几乎被吓了一跳。

打开一看，武祥又吃了一惊。

妻子魏宏枝的手机！

武祥像不相信似的看了两遍，确实是妻子的手机。

武祥两手发抖，好半天才打开手机："宏枝？"

"武祥！"

是妻子熟悉的声音！

"你出来了？"

"出来了……"

武祥听到了手机里妻子的抽泣声。"刚出来？"

"嗯，刚到家。"妻子一边抽泣着，一边问，"武祥你在哪儿？"

"我在武家寨，绵绵今天摸底考试。"

"绵绵还好吗？"妻子嗓音嘶哑，几乎要哭出声来。

"你的电话要是早来十分钟就好了，就能和孩子通个话。"

"那我怎么办，我现在就过去吗？"妻子在电话里泣不成声，"……我好想你和孩子。"

"你现在就过来吧，赶紧的，一刻也不要耽误！"武祥突然觉得此时此刻是如此强烈地期盼着妻子的到来，"我和绵绵一会儿在车站等你，快点来吧……"

与妻子通完电话，武祥才发觉自己早已泪流满面。

……

武祥正沉浸在妻子来电的悲喜中，手机铃声再次响了起来。

延中宁校长！

武祥的手突然一个战栗，手机差点没掉在地上。

好不容易摁开了手机的通话键，一个熟悉的声音立即传了过来："老武啊，我是延中的老宁。"

"宁校长好，我是武祥。"武祥觉得嗓音也在打战。

"我的这个手机平时很少往家里带，一般都在办公室里放着。所以没有给你及时回电话，你还好吗？"

"还好，还好。"武祥一时竟不知道该怎么说。早知道这样，昨晚就应该给宁校长发个短信的。"我现在武家寨中学，是不是打搅您了。"

"听说绵绵去了武家寨中学了，怎么样啊？是不是碰到什么问题了？"宁校长直奔主题，直接就问到了绵绵的情况。

武祥止不住地哽咽起来，强忍着，把这些天绵绵在这里的情况给宁校长大致说了一遍。

宁校长听后，像是在勉励一个学生似的给武祥说："老武啊，这些我都知道了，你能给我打电话，说明你还信任我，这我得谢谢你。绵绵的事情，还有学校的这些情况，我都会进一步去了解，也都会及时向上面和教育局反映。我现在并不能向你保证什么，但老武你一定要记住，这些问题一定长久不了。武家寨中学原本是个不错的学校，但发展到现在，出现了很多问题。特别是学校目前存在的一些乱象，群众一直反映很强烈。这个学校以前因为是原市委书记魏宏刚树立的典型，当时分管教育的副市长也在这个学校做了很多手脚，所以很多问题都给隐瞒了，包庇了，甚至进一步扩大了。现在这两个人因为严重违纪违法，都在接受组织审查。相信有很多问题会逐步地被揭示出来，包括武家寨中学存在的这些乱收费等问题。我现在之所以和你说这些，就是想告诉你，如果一个领导干部不是真心实意地为人民做事，那他的所作所为，不仅会伤害到广大群众，也同样会伤害到他的亲人和子女。"

武祥一直默默地听着。让他吃惊的是，原来这个武家寨中学，竟然是魏宏刚树立的典型。包括那个后来也被双规的副市长，竟然也是这个学校的支持者和受益者。

"武家寨中学全省有名，好的方面会坚持，但存在的问题也一定会解决。"宁校长继续说道，"老武啊，虽然现在我们还有很多不尽如人意的地方，还有很多问题亟待解决，有些问题也不是一朝一夕就能全部解决，我们还须一起坚持，一起努力，耐心等待。我们一定要相信，凡是群众烦心的事，愤恨的事，党和政府都不会容忍它们长期存在，都会逐步得到解决。所以，你一定要和绵绵说清楚，一定要让孩子放下心来，只要好好学习，将来就一定能自强自立。你跟绵绵说，就说是我说的，凡是在延门中学读过书的学生，不管这些学生到了哪里，学校都会永远把他们当作自己的学生。他们的困难就是学校的困难，他们的问题就是学校的问题。对这些困难和问题，学校绝不会坐视不管，而且一定会一管到底……"

宁校长挂机好久了，武祥仍然一直把手机贴在耳朵上放不下来。

太阳暖烘烘地照着，漫天的寒意正在消失。

这个电话太及时了，还有妻子的电话，也太温馨了。就像山坡上的迎春花，尽管在整座山上只是个淡淡娇黄的点缀，但却明白无误地告诉人们，春天的脚步虽然有点蹒跚迟缓，但春天的到来，谁也无法阻拦。

看看时间，摸底测验已经快半个小时了，武祥再次担心起来，想想孩子这几天备受折磨的样子，绵绵今天的考试能正常发挥吗？

武祥的心情再次紧张起来。

绵绵考场的教室门口突然一阵混乱。

几个人好像抬着一副担架在考场门口东张西望。

有一个学生被慢慢抬了出来。

武祥突然看到了一个熟悉的面孔和身影。

绵绵！

武祥揉了揉眼睛，确实是绵绵！

武祥发狂似的冲了过去。

真的是绵绵！绵绵面色苍白，像一团软软的棉花，四肢耷拉着，被两个人放到担架上。

一个医生在旁边查看着，用听诊器紧张地探测着绵绵的胸口。

武祥马上认出来这个医生正是昨天见到的校医陈医生！

武祥附过身去，嗓音发颤地说："陈医生，这是我的孩子。"

陈医生看着武祥，脸色严峻，并不说话，听诊完了，又翻开绵绵的眼皮看了看，紧接着用手量了量绵绵的体温。

"这就是你昨天说到的你的孩子？"陈医生问武祥。

"是。"武祥惊惧万分，他不知道医生会说出什么话来，只觉得心脏狂跳不止。

"这就对了。孩子紧张过度了。"陈医生这时收起听诊器，对旁边的人说道，"进了考场，情绪一松弛下来，立刻就昏睡过去了。"

"陈医生，孩子有什么问题吗？"武祥好像没听明白医生的意思。

　　"没什么大问题，就是睡着了。"陈医生慢慢地说道，"你看是叫醒孩子，继续考试，还是让孩子回去休息？"

　　武祥顿时泪如雨下，一下子抓住陈医生的手说："陈医生，求你了，就让孩子睡吧，让孩子好好睡会儿吧……"

　　（完）

二〇一三年七月第一稿

二〇一五年四月第二稿

二〇一七年十二月第三稿

二〇一八年四月第四稿

重新生活

后　记

◆

没想到这部小说能写成这个样子。

思路是通畅的，人物都是现成的，如月之恒，如日之升，顺着就下来了，一如悬河泻水，就成了现在这个样子。

起笔时，不论人物还是情节，没想到会是这样的结局。

这是我搁笔十年后的一部新作品。仍然是现实题材，仍然是近距离地描写现实，仍然是重大的社会和政治题材。

也许，这才是我的一部真正的反腐作品。

通篇都是腐败对人与社会的戕害和毁伤。

反腐势在必行。

反腐功德无量。

反腐功德无量，不是一句时尚新潮的话语。

腐败侵蚀的是人心，侵蚀的是人的道德、思想和人的行为准则，侵蚀的是一个国家和民族的文化精髓。

文化是一个国家、民族精神和能量的长期积淀和凝聚，是民族存亡的前提和条件，它蕴含着国家走向未来的一切持续前行和进步的基因，是民族生存发展的全部价值与理性所在。

当贪贿成为一种文化存在时，必然会成为一个国家、民族精神的沉疴和桎梏，要清除它，须付出更沉重的代价，更持久的岁月，更惨痛的努力。

重新生活

它危害的绝不仅仅是下一代、下几代，一定会更长更久。

当我们在人人皆知的历史剧中，看到那些达官贵人，甚至皇帝的近臣重臣，对小小狱卒、奸佞宦官也要重金收买、大笔行贿时；在当代的电视电影中，看到我们的英雄也必须给一些敌人大肆送礼、巨额贿赂时，我们听到的往往是观众席中阵阵会意的笑声和留言跟帖中倾心的赞叹。每当这个时候，给人的第一个强烈感觉，就是腐败的因子已经深入到我们文化的骨髓之中了。真要把腐败的根因从民族文化这块深重的土地中彻底铲除，何其艰难。

我常常面对着那些历史名臣的豪宅大院慨叹不已。山西的皇城相府，清代康乾盛世三朝元老陈廷敬的私邸，占地数千亩，豪宅数千间。为了抵御土匪流寇，宅院内还有一座巨型兵楼，上百人居住其间，可保一月无忧。没有数百家丁仆役的伺护，绝无可能在这样的大院里生活。北京的亲王府恭王府，一样令人瞠目：前厅、中堂、后堂，正殿、后殿、寝宫。明窗彩户，飞檐斗拱，琼楼玉宇，画栋雕梁，三面环水，被什刹海、后海、北海合围其中。气势之大，华美之盛，奢比皇宫，富可敌国。即使是江西的王安石，湖北的张居正，江浙的刘基，阜阳的欧阳修等等，这些现如今被重新修复的名臣故居，虽有后人夸饰的成分，但也依稀看得出当年金碧辉煌、富甲一方的气派和闳阔。这些重臣名臣的巨额财富和宏大建筑，既有帝王的赏赐，但更多是个人多年为官的积蓄。一年清知府，十万雪花银，更不用说历史上那些巨贪大鳄，蠹吏佞臣。

贪腐文化，贯穿于数千年中华历史之中。

一个人，选择做清官廉吏，就只能是一条最难最苦最艰辛当然也是最荣光的人生之路。清官难做，贪官好活。但清官一世堂堂正正，贪官一生日日煎熬。清官难做，清官不易，你一定要有这样的心理准备。人格的贵贱与高低，往往在一瞬间、一伸手之时就分辨出来了。不要轻易地放弃你的人生选择，随心所欲地选择轻松和放任的那条路。因为在这个世界上，做坏事，做徇私利己的事，做随波逐流的事很容易。不要让丑恶玷污了你的人生和名誉，不要让这个世界上恶浊的东西浸染你。当一个人握有事关人民福祉的权力时，你必须以最严格的规则规范自己，以最严厉的禁律约束自己，以最严密的条文督查自己，这一切对你的人生未来和父母家庭都毫不为过。你一定要珍惜、顾重自己的选择，必须毫不留情地维护、捍卫自己的选择。慎独仰不愧天，自律俯不怍人。你掌握着民众的权力，也就不能有任何私利。你主管着社会公众的这个大家，就意味着不能眷顾小家。顾及大爱，只能舍弃小爱。

爱是自私的，也是排他的。顾及大爱，即使对家人，对父母，都只能铁面无私，不掩盖，不遮挡，更不纵容，即使是自己深爱的亲人，也绝不能因你的纵容让这些人的不足和缺点成为谬误与罪错。你必须记住，一个人拥有公权，拥有职务时，你的宽容，积少成多渐渐就成了放纵；你的忍让，层层叠加也就等于丧失了自我。当一个人拥有权力、拥有职务时，社会对你的约束往往是双向的，你的立场因道德法律、规则纪律的强化而不断强化，你的自省自律也会因上级对自己的训诫以及自己对下级的警示而不断增强。而父母、家人所有的约束力和自控力往往只会来自你一个人，一个深爱着他们的人，一个时时在宽容和忍让他们的人。结果是这个深爱着他们的人，权力越大，他们面临的诱惑也就越多；职务越高，紧随的灾难也就越近。于是在偏爱与约束面前，亲情与法纪面前，后者往往不堪一击，一触即溃。官员的败亡，大都是从自己最柔软的部分被摧毁、被击溃。正是蝼蚁之穴，溃堤千里；一趾之疾，足以灭身。

历朝历代，治国必先治吏。"吏不廉平，则治道衰"。上梁不正下梁歪。楚王好细腰，宫中多饿死。几千年的封建社会，都是"学而优则仕"，"劳心者治人，劳力者治于人"。大大小小的官吏，大都是自幼考取功名，而后终身为官。现在的一些领导干部，也有不少都是从乡镇干部一直当到市长省长，从学生会主席一直干到市委书记省委书记。能上不能下，一辈子几乎都是政府官员，终生都是在为提拔升职而处心积虑，对民间疾苦毫无感觉也毫不知情。长年当领导，往往自觉高人一等，必然与老百姓渐行渐远。鹰视狼顾，颐指气使，老虎屁股摸不得。居高临下，傲然睥睨，久享种种特权福利而不自知。有些领导干部动不动就牢骚满腹，老子干了一辈子，享受这么点待遇又怎么了？久而久之，让自己的生活与老百姓的生活根本就是两重天地。如此上行下效，必然会在官员和民众之间划下一道深深的鸿沟。

猛药去疴，重典治乱，刮骨疗毒，壮士断腕，也就是为了铲除和填平这道鸿沟。那些与老百姓相背而行的为官之道和高高在上的思想观念也同样深深地镂刻和浸染在我们的文化之中，要想彻底去除它，也同样需要几年几十年以至几代人的努力和付出。

反腐功德无量！

当贪腐理念沉淀于文化之中时，反腐就是一场关系民族生死存亡的殊死斗争，必然也是一场灵与肉、信仰与欲望之间的存亡较量。通往廉政清明之路，一定如同十四年艰苦卓绝的全民抗战，必将是惨烈的，持久的。短兵相接，狭路相逢，一定会刀光剑影，血雨腥风。反腐正在挽救我们的文化，挽救我们的未来。也是在拯救我们的孩子，拯救我们的亲人。从这个角度讲，重拳反腐，功德无量，重整纲纪，国之大幸。

我赞同二月河的评价：今天的全民反腐与历史上的皇帝反腐相比，是一个巨大的历史性进步。

其意义重大而深远。

在特定的政治和社会环境下，一个清官、廉吏往往会带来湛湛青天，一派清气。与此现象同理，一个地方主管、主官的彻底腐败，则必定会造成系统性腐败，组织性腐败，伴随而来的最大恶果就是区域性整体腐败。官民对立，公德沦丧，正义毁弃，邪恶横行。酷吏催生暴民，虐政滋养群氓。人人怨恨，人人自保；人人憎恶，人人向往。不管大权小权，一旦拥有，几乎人人都在行贿，人人都在受贿。

腐败通吃通杀，在腐败的魔爪之下，人人无可幸免。

腐败的恶果，必然是尸位素餐，欺上瞒下，巧取豪夺，蠹国害民。看历史，必定是横征暴敛，饿莩遍野，揭竿斩木，改朝换代。在今天，往往是贫富悬殊，阶层固化，民怨沸腾，国无宁日。

惟有全民反腐才能抵御和阻止这种系统性腐败、组织性腐败和整体性腐败！

惟有全民反腐才真正顺应民意，凝聚人心。

全民反腐必然全方位提升国人的公民意识、民主意识、制度意识和廉政文化意识。

全民反腐必然夯实中华民族伟大复兴的坚实基础！

反腐功德无量！

归途漫漫，但充满希望。清气扑面，必定万紫千红。人民将会用鲜花铺满大地，迎接国家和民族文化的振兴与新生。

重新生活

图书在版编目（CIP）数据

重新生活 / 张平著 . -- 北京：作家出版社，2018.6

ISBN 978-7-5212-0126-0

Ⅰ . ①重… Ⅱ . ①张… Ⅲ . ①长篇小说 – 中国 – 当代

Ⅳ . ①I247.5

中国版本图书馆 CIP 数据核字（2018）第 142905 号

重新生活

作　　者：张　平

责任编辑：懿　翎　颜　慧

装帧设计：王汉军

插图作者：朱沛然

出版发行：作家出版社

社　　址：北京农展馆南里10号　　　**邮　　编：**100125

电话传真：86-10-65930756（出版发行部）

　　　　　　86-10-65004079（总编室）

　　　　　　86-10-65015116（邮购部）

E–mail:zuojia@zuojia.net.cn

http://www.haozuojia.com（作家在线）

印　　刷：保定市中画美凯印刷有限公司

成品尺寸：152×230

字　　数：265千

印　　张：22.25

印　　数：001-250000

版　　次：2018年7月第1版

印　　次：2018年7月第1次印刷

ISBN 978-7-5212-0126-0

定　　价：50.00元